EL LAGO

Autores Españoles e Iberoamericanos

PAOLA KAUFMANN

EL LAGO

Planeta

Kaufmann, Paola
    El lago.- 1ª ed. – Buenos Aires : Planeta, 2005.
    336 p. ; 23x15 cm.

    ISBN 950-49-1433-0

    1. Narrativa Argentina I. Título
    CDD A863

Esta novela recibió el Premio Planeta (Argentina), otorgado por
el siguiente jurado: Rosa Regàs, Magdalena Ruiz Guiñazú,
Martín Caparrós, Ricardo J. Sabanes.

Diseño de cubierta: Mario Blanco

© 2005, Paola Kaufmann

Derechos exclusivos de edición en castellano
reservados para todo el mundo:
© 2005, Grupo Editorial Planeta S.A.I.C.
    Independencia 1668, C 1100 ABQ, Buenos Aires
    www.editorialplaneta.com.ar

1ª edición: 12.000 ejemplares

ISBN 950-49-1433-0

Impreso en Grafinor S. A.,
Lamadrid 1576, Villa Ballester,
en el mes de noviembre de 2005.

Hecho del depósito que prevé la ley 11.723
Impreso en la Argentina

VÍKTOR

El hombre es una bestia triste
a quien sólo los prodigios conseguirán emocionar.
O las carnicerías.
ROBERTO ARLT

El hombre solitario es un dios o una bestia.
ARISTÓTELES

Lago del Hoyo, Chubut, 1922

Sentado sobre un tronco de aspecto tan desalentado como su propio ánimo, con la camisa arremangada por encima de los codos a pesar del frío y la expresión semioculta por la gorra de fieltro, el Ingeniero miraba la superficie de la laguna.

En algún momento de aquel viaje había perdido el buen humor, su tan mentada buena predisposición para estas cosas. ¿Pero cuándo, dónde había ocurrido eso?

No quería que la pesadumbre de su mirada pudiera leerse con tanta facilidad; aun así estaba seguro de que toda la postura de su cuerpo, fatigado y por ende mucho más lento que de costumbre, sumado al mutismo de las últimas horas, dejaba traslucir sus sentimientos con respecto a la expedición, aunque se tomase el trabajo de tapar por completo su cara con una capelina inglesa.

—Gran mierda —dijo, sin darse cuenta de que había hablado para nadie.

La palabra se le había escapado de los labios, a él, que nunca levantaba el tono de la voz ni permitía griteríos ajenos, que nunca se embravecía ni se irritaba ni dejaba que quienes trabajaban para él lo hiciesen tampoco, al menos no frente a él.

Por suerte en aquel momento no había nadie tan cerca como para haberlo escuchado. A varios metros, entre los árboles, algunos de los expedicionarios armaban con esfuerzo la tienda de campaña para pasar los próximos días, si bien el Ingeniero sospechaba, o más bien a esa altura tenía la total certeza, de que aquellos días se transformarían pronto en uno solo, y con suerte. Los demás, entusiasmados como *boys-couts* en su primera excursión, se atareaban con las herramientas alrededor de la laguna, plantando aquí medidores de salinidad, más allá de temperatura, coladores para muestreo de algas, sogas, rifles, un telescopio pequeño. Mapas. Trajes de agua, unos *waders* duros como piel de foca que había conseguido un pariente de Andueza en algún mercado de pulgas, o más probablemente en un sótano de tortura del medioevo.

¿Qué iba a decirle a Andueza? ¿Eso no sirve para nada, si lo que estamos buscando es en realidad lo que estamos buscando? ¿Tendría aquella gente alguna idea, alguna somera idea de lo que habían ido a hacer a la Patagonia, más allá de la propaganda oficial?

El Ingeniero no lo sabía. Él, por otra parte, había sido el depositario de la lista de instrucciones secretas, salidas directamente de la pluma de Onelli. Él era, quizás, el único que sí sabía lo que habían ido a hacer, y si bien no era su costumbre mantener a sus hombres ajenos a las intenciones generales de la misión, en este caso tenía la sensación de que daba lo mismo que lo supiesen o no. Porque el *objetivo* era el mismo: cazar a una criatura desconocida hasta el momento por los zoólogos, extinta en el mejor de los casos. Si era el cisne ridículo que había denunciado Sheffield, la bestia que circulaba en las historias de los mapuches, la que decían haber visto los geógrafos en Última Esperanza o los marineros en la costa de Santa Cruz, o los ingleses que habían comprado todo el oeste de la Patagonia, de Argentina y de Chile, ¿qué importaba? Para la prensa era La Bestia, para el mundo era La Bestia. Para Onelli no. Para él tampoco. Por lo menos no estaba seguro.

¿Sabrían ellos lo que estaban buscando bajo ese código tan florido? No le cabían dudas de que José estaba allí por la aventura de cazar lo que fuera que hubiese que cazar, como antes había estado en el África y como algún día estaría en la luna, si es que los físicos tenían razón, para atrapar algún extraño espécimen deformado por la falta de gravedad. José Cinaghi estaría allí, en pie de guerra, con su cara rubicunda, su corpachón de pesadez afectada y el tumor leñoso de su cuello exhibido como una prueba irrefutable de sus guerras personales. Cinaghi era llamativamente ágil; podía moverse con velocidad, escondiéndose detrás de los troncos, o trepar árboles imposibles imitando a los animales, y todo esto sin que ni siquiera se le moviera el sombrero. Antes de llegar al Hoyo había cazado un huemul joven, una hembrita de pelo todavía rojizo, de unos cincuenta quilos. Raro en la zona, pero quizás el frío temprano aquel año había adelantado la bajada de los huemules. En cualquier caso, eso fue lo que todos se habían dedicado a comer, reservando los enlatados para el campamento. Cinaghi desangró y carneó al animal en poco tiempo, armado con un par de cuchillos y un gancho de hierro, mientras Andueza armaba un fuego al amparo del carro. Andueza, que había sido reclutado gracias a su extraordinaria puntería, disfrutaba de las maniobras infantiles de Cinaghi. Al final habían asado al huemul con cuero y todo, los largos trozos del lomo y de las ancas engarzados en unas ramas peladas de eucaliptos, como si en el equipaje no hubiese habido utensilios apropiados para una tarea tan básica. No: ellos querían comer a lo salvaje, y el Ingeniero Frey había reído y bebido con ellos, había contado las historias de horror reglamentarias y de mala fortuna de otros, para reservar la buena fortuna para su propio grupo. Ninguno de los presentes era tan sofisticado como para negarse al ritual de cualquier expedición, salvo quizás Merkel, el taxidermista del grupo.

En aquel instante, sin embargo, al borde de la laguna, el Ingeniero habría pagado por una barra de chocolate o una conserva de frambuesas. Pero no era propio de él, de ningún jefe que se preciara de tal, propiciar semejante indulgencia, así que se conformó con chupar con desgano unas hierbas amargas arrancadas del suelo, al lado del tronco sobre el que estaba sentado.

Justo en ese momento los hombres habían terminado de armar la tienda.

—¿Cómo le parece esta vez, Ingeniero? —preguntó el periodista de la *Associated Press* con su irreducible entusiasmo.

Chanfleada, como antes, pensó el Ingeniero, pero no lo dijo. Hizo un gesto de aprobación, y volvió a mirar el agua oscura, sucia y mal oxigenada de la famosa Laguna del Hoyo.

En El Bolsón, hacia el norte, supuestamente, estaba la morada de Sheffield, y del otro lado, cerca de la laguna, había una cabaña que era más bien una casucha de palos y cueros, que era el puesto de caza del gringo. Hasta entonces, o mejor dicho, hasta el día en que Onelli le mostrara la carta, el Ingeniero nunca había oído hablar del gringo, y esto sí que era curioso, porque todos en el Sur sabían de quién se trataba: Martin Sheffield, como Andueza, tenía fama de ser un tirador excepcional, y también un cuatrero tramposo, un bromista nato, un aprovechador y un héroe. Bajo cuál de aquellas facetas el gringo habría tenido a bien escribir la bendita carta a Onelli, sólo Dios lo sabía, pero el texto de la carta en cuestión había aparecido en la prensa, como era esperable, antes que la resolución de enviar una comitiva científica a investigar el tema. El Ingeniero conservaba todavía el recorte de *La Nación* en su morral de viaje, aunque de tanto leerlo ya se lo sabía de memoria.

Esquel, 19 de enero 1922
Señor Dr. Onelli
Director del Jardín Zoológico Buenos Aires
Muy señor mío:

Conociendo el empeño que Vd. siempre ha demostrado en fomentar el adelanto del establecimiento que tan dignamente dirige, me permito distraer su atención sobre el siguiente fenómeno que por cierto ha de despertar su vivo interés ya que se trata del posible ingreso a su Jardín de un animal hasta ahora ignorado del mundo.

Paso a relatar el hecho:

Hace varias noches que he podido registrar un rastro en el pasto que cerca la laguna donde tengo establecido mi puesto de cazador, el rastro es semejante a una huella de una pata muy pesada, la hierba queda aplastada y no se levanta más, lo que hace suponer que el animal que por allí se arrastró debe ser de un peso enorme; he podido apercibir en medio de la laguna un animal enorme con cabeza parecida a un cisne de formas descomunales y el movimiento del agua me hace suponer un cuerpo de cocodrilo.

El objeto de la presente es conseguir de Vd. el apoyo material para una expedición en toda regla para la cual se precisa una lancha, arpones, etc.; la lancha se podrá construir aquí; ahora bien, en caso de no poder sacar al animal vivo, sería también preciso contar con material de embalsamar.

Si Ud. tiene interés en el asunto podría facultar a la casa Pérez-Gabito en esta, para que me facilite los medios para realizar la expedición.

Espero de su gentileza me conteste a la brevedad posible y aprovecho la oportunidad para saludarlo con mi mayor consideración,

Martin Sheffield

El gringo había cometido un solo error: no había tenido en cuenta, al enviar su "denuncia", las propias motivaciones de Onelli, cosa que el Ingeniero recordaba a la perfección.

Onelli no sólo no le creía una palabra al gringo, sino que reía a carcajadas mientras le mostraba las descripciones que había hecho del "monstruo", una tarde pesada de calor en Buenos Aires, en su despacho de la dirección del Zoo.

—¡Pero vea usted, mi amigo, las cosas que inventa la gente para conseguir un puñado de billetes!

—¿No le cree, entonces?

El Ingeniero se había sorprendido un poco. A su entender, el director del Zoológico era un ser por naturaleza curioso, y bastante propenso a dejarse llevar por el entusiasmo. En cualquier caso, había esperado de él una reacción menos escéptica, y casi se había predispuesto a oficiar él mismo de abogado del diablo de la carta contra lo que supuso —equivocadamente— sería el arrebato desmedido de Onelli.

—¿Creer qué cosa? Si se me permite la ironía, ¿creer que hay un animal acuático descomunal con cuello de cisne en una lagunita de porquería? ¿Un reptil marino de la prehistoria atrapado en el agua dulce, que nadie vio antes?

—Es que la Laguna del Hoyo… —empezó a decir el Ingeniero, pero Onelli lo cortó enseguida, con una sonrisa que impedía una discusión seria sobre el asunto, o cualquier otro tipo de discusión.

—La Laguna del Hoyo, mi estimado Ingeniero Frey, es lo de menos. Es el sitio donde este malandrín vive, donde retoza más bien, donde seguramente bebe su whisky a la tardecita y donde se le aparece la realidad… de sus arcas vacías. Este hombre es bien conocido en la Patagonia, no se preocupe que la probabilidad de encontrar un bicho semejante...

De pronto, se puso serio. Como quien va a confiar un secreto importante, Onelli se inclinó hacia el Ingeniero y murmuró:

—Hay un animal, pero no es lo que describe Sheffield.

El Ingeniero lo miró azorado.

—¿Qué es, entonces?

—Ayúdeme a organizar una expedición, con todas las de la ley. Yo no puedo irme de Buenos Aires, no ahora, ni siquiera por esto y créame que lo lamento en el alma. No puedo, necesito la ayuda de alguien que conozca el lugar, que pueda llegar a la precordillera antes de que llegue el frío y que pueda manejar gente y mantenerse dentro de los límites de un presupuesto ajustado. Lo necesito a usted, Frey. ¿Qué me dice?

—Todavía no me ha dicho para qué. Quiero decir, la precordillera, el frío, la gente, el presupuesto, todo eso está muy bien. Pero si la descripción de Sheffield no es digna de crédito...

—La descripción del gringo nos viene de perillas, sin "eso" nadie pondría un peso para una expedición de este calibre. Ya le dije: hay un animal, pero no es ese. La posibilidad de que lo sea es, déjemelo poner así, lejana.

—¿Entonces?

—Mire.

En silencio, Onelli exhibió un esquema hecho a mano por él, seguido por otro esquema que alguien había hecho al pie de una carta (el Ingeniero no pudo ver el nombre del remitente, pero sí que el texto estaba escrito en un idioma parecido al alemán), y la imagen de una vieja enciclopedia abierta sobre su escritorio.

—Los huesos de un ejemplar se encontraron en una caverna de Última Esperanza, como ya le dije, en estado de gelatina. Frescos, si me explico. Si quiere mi opinión, este es el animal que está vivo, no un reptil marino. Este es el animal que yo busco, Frey. Por supuesto que si además encuentra algo aunque sea remotamente parecido a un plesiosaurio navegando las aguas dulces de un lago cordillerano, será más que bienvenido. Si el gringo es capaz de resucitar a los muertos, hasta puede traernos un par de dinosaurios del cretáceo, no le parece...

—¿Por qué eso de resucitar a los muertos?

Onelli se encogió de hombros.

—Eso es lo que dicen algunos. Pero a usted eso no le interesa, son cuentos de fogón, de noche de luz mala, ¿verdad? Volvamos a lo nuestro: ¿Qué me dice?

¿Y qué iba a decir? El Ingeniero sabía que desde fines del siglo pasado se sospechaba la existencia de alguna bestia prehistórica, o por lo menos desconocida para la zoología moderna, que deambulaba por el sur de la Patagonia. A orillas del Lago Blanco, decían, aparecía con la claridad de la luna llena una especie de reptil gigante que emitía unos sonidos guturales y espantosos, y que desaparecía pronto bajo el agua oscura, como si sólo hubiese salido para adorar la noche. Tiempo después, un ingeniero noruego que trabajaba como él en la demarcación de fronteras, había hallado huellas de un supuesto plesiosaurio a la vera del río Tamango, y más al sur, los famosos restos gelatinosos del cuadrúpedo prehistórico que tanto interesaba a Onelli, el único que según él tenía alguna probabilidad de haber sobrevivido en el aislamiento de la cordillera, amparado más que nada por la ausencia obligada del hombre y sus modernos, sofisticados modos de arrasar con todo. De ahí en más, hasta la carta de Sheffield, los avistajes y descripciones nunca habían cesado; en distintos puntos, animales con diversas formas, más o menos monstruosos o quiméricos, habían seguido apareciendo en los relatos de indios y viajeros, tanto que el tema era conocido en Europa y Norteamérica, y se había creado cierta expectativa con el posible hallazgo del "monstruo de los lagos patagónicos", y tanto que, el Ingeniero sospechaba, la expedición suscitaría el apoyo inmediato y la mirada escéptica de muchos en el hemisferio norte.

Por supuesto, y contra todo lo que ya presuponía, había dicho que sí, y que eso había sido un error lo sabía, al menos claramente, recién ahora, sentado al borde de aquella agua barrosa y quieta. Insufriblemente quieta.

Aunque, por cierto, la tarde de verano calurosa que había hablado con Onelli, hasta le pareció una buena idea. Había dinero, no personal, pero sí para comprar los insumos necesarios y contratar gente especializada. Buena gente, entrenada, con experiencia en el campo. Algunos, como Cinaghi, se habían llegado hasta otros continentes. También había dinero para pagar los traslados, para ir a Lutz & Shultz a comprar material fotográfico de primera calidad, y hasta un mes de expedición, de ser necesario.

La cosa se había organizado casi por completo esa misma tarde, en el despacho de Onelli. Se habían encargado también a Lutz & Shultz los instrumentos de cirugía imprescindibles para una autopsia parcial, aunque ya desde entonces se consideró la inclusión de un taxidermista en el grupo, para embalsamar al espécimen, de no haber alternativa alguna para traerlo vivo a la Capital. Se incluyeron en un presupuesto inicial hasta los gastos del carrero para el tramo más escabroso del viaje, desde El Bolsón o incluso desde antes, dependiendo de nevadas tempranas que nunca podían descartarse. Andueza y Cinaghi estuvieron en la expedición desde el primer momento. Después agregaron a Merkel, cuya reputación como embalsamador era incuestionable. Más tarde, el Ingeniero se enteraría de que la mayor parte del dinero para la aventura había salido de las arcas del diario *La Nación*, cosa que incluyó a dos personajes más: el señor Estrella, jovial periodista de la *Associated Press*, y el señor Vaccaro, periodista independiente.

Siguiendo las órdenes que Onelli había impartido bajo tablas, partieron desde la estación de Buenos Aires por separado, aunque a la prensa se le avisó que saldría toda la comitiva junta en tren hasta Patagones, de ahí en barco hasta San Antonio, Golfo de San Matías, y luego rumbo al oeste por el camino más corto, disfrazados de exploradores del fin del mundo y portando la parafernalia que, en el imaginario popular, se necesitaría para atrapar al dinosaurio horrendo y desaforado de Esquel. Que nadie sabía si era horrendo básicamente no importaba demasiado, así como tampoco importaba que se llamase dinosaurio a un animal prehistórico de los océanos, supuestamente habituado, después de miles de años de transitar por los glaciares, al agua helada y dulce de los grandes lagos cordilleranos. Pero al menos así, la prensa y los ventajistas y los aprovechadores seguirían una pista equivocada, y no perturbarían el propósito de la misión.

La "lista secreta" de instrucciones que Onelli había redactado con sumo cuidado, gran parte de ellas en acuerdo con el Ingeniero, incluían cómo actuar en presencia de la bestia, cuándo vigilar y cuándo dormir (esto basado en los avistajes previos del Criptoterio que desvelaba a Onelli, más que a ninguna descripción especulativa del comportamiento de un animal marino extinto hacía sesenta y cinco millones de años), cómo y por medio de qué elementos darle muerte en caso de ser indispensable, qué partes del espécimen embalsamar y cuáles descartar o intentar transportar.

"Hay que descansar de día y estar atentos de noche, pero siempre con el arma bajo el brazo, lista, con los reflectores y las bengalas, con las cámaras fotográficas con el chasis cargado, no sea cosa que aparezca la criatura y no haya con qué documentarla", había dicho Onelli al despedirlos. Además, llevaban el encargo especial de encontrar ciertos animales nombrados por los indios, como el bullín, o lobito de río, el cuyá, o pequeño hurón, y también cualquier hierba, fósil, esqueleto o piel que resultara interesante, para aumentar la colección del Museo de La Plata.

Llegaron a Bariloche, entonces, cada uno por su lado, y antes del 20 de abril ya habían empezado el viaje todos juntos, en auto, hacia el sur. De camino, sin embargo, habían recogido testimonios bastante consistentes acerca de la aparición del "cuero", o Caleuche, como lo llamaban los indios, en las orillas del Correntoso.

Según los locales, un cuero abultado y rojizo como una sanguijuela henchida de sangre, bien provisto con varias hileras de garras a lo largo de los bordes, aparecía hacia fines de verano y principios del otoño, siempre en esa época, y migraba de brazo a brazo del lago, e incluso de lago en lago, como si tuviese la opción de transformarse en anfibio para las travesías, o como si los lagos estuviesen conectados por debajo de las montañas, en un misterioso arreglo de vasos comunicantes.

De modo que antes de tomar la ruta para el sur, y como el Ingeniero tenía que volver urgente a Buenos Aires por un par de días, habían decidido acercarse al Correntoso para sacarse la duda. Entraron por tierra, lo que fue sin dudas más trabajoso, pero al menos les ahorró los costos de atravesar navegando buena parte del Nahuel Huapi.

El Ingeniero había lamentado interrumpir el viaje tan de pronto, pero dijo que su presencia en la Capital era obligada, y encargó a Cinaghi la operación en el lago. El cazador hizo explotar unos cartuchos de gelinita en la zona más profunda del lecho, pero el cuero no apareció. En realidad no apareció nada, apenas unos sedimentos revueltos del fondo, de una consistencia resbaladiza y parda, probablemente plancton que se movía en la masa de agua gracias a las burbujas de gases liberados por algún fenómeno volcánico imperceptible a los ojos del hombre.

A quien sí se encontraron en el Correntoso, justo antes de abandonar la zona, fue a un viejo amigo, si es que podía llamarse así, del Ingeniero, un hombre de aspecto descuidado y más corpulento aún que Cinaghi, que hablaba una mezcla de alemán y castellano, y a veces palabras de un idioma que los expedicionarios reconocieron mucho después como el mapuche, el lenguaje de los indios. Era de origen europeo, pero hacía tanto tiempo que vagaba por la cordillera que se consideraba más bien argentino, o, en todo caso, apátrida. Tanto como esos detalles insignificantes pudieron sonsacarle, y de poco más se enterarían en los días subsiguientes: Víktor Mullin, este nuevo integrante —porque se incorporó al grupo en un acuerdo tácito, con la excusa de guiarlos por los mejores caminos— no explicó al resto de dónde conocía al Ingeniero, y este, más tarde, tampoco se tomaría el trabajo de aclarar demasiado las circunstancias de semejante amistad.

Según confesaría años después el mismo Cinaghi —el único que mencionó la presencia inesperada de Víktor en la expedición de 1922 al diario *La Razón*—, el Ingeniero parecía tenerle respeto al alemán, y un poco de miedo también, o quizás no fuera miedo sino más bien esa cautela que da el conocimiento profundo de las personas, y había aceptado la ayuda del hombre cuya experiencia daba, al parecer, por descontada.

Sin embargo, todos en el grupo percibieron un malestar indefinible en la expresión del Ingeniero; quizás ni siquiera era malestar, sino un sentimiento mucho más ambiguo, casi inconcebible en él: una mezcla de admiración y despecho

18

que le daba a su sonrisa aquel rictus amargo, como si ya no fuese capaz de disfrutar a pleno de lo que más sabía hacer, de lo que había procurado hacer siempre: explorar lo desconocido. Y también sintieron que con la llegada de Víktor se habían quedado fuera de algo, pero nadie se atrevió a preguntar.

Con todo, la presencia del alemán, para el espíritu por entonces todavía optimista del Ingeniero, había sido un contratiempo menor.

Para cuando salieron del Correntoso, sin el cuero ni nada parecido entre las manos, la excitación todavía desbordaba los ánimos de los expedicionarios. Y de ese modo, con la efervescencia prácticamente intacta, habían llegado hasta Epuyén.

A la altura de la mina de carbón los esperaban los caballos y los carros para seguir por el camino irregular, tortuoso, que llevaba al Cholila y a Esquel. Hasta allí, las cosas habían salido demasiado bien. Todos en la comitiva estaban de buen humor, casi con ganas de encontrarse con la bestia descomunal que describía Sheffield en su carta. Todos, por otra parte, creían en la existencia de "algo", aunque ese "algo" distara de ser un dinosaurio, o un monstruo marino, en especial para Merkel, el más escéptico del grupo.

Antes de llegar al Hoyo, a poco de pasar El Bolsón, Cinaghi se había dado el lujo de matar de un solo tiro certero a la hembrita de huemul, y aquella noche, entre el vino y el asado a la intemperie, se sintieron los primeros hombres sobre el mundo. Ellos eran los únicos testigos de la naturaleza, los únicos testigos "racionales", pensó el Ingeniero, y recordó lo que solía decir Víktor cada vez que llegaban a alguno de esos parajes aislados entre las montañas suaves de la precordillera, tan bellos que dolía el pecho de mirarlos: "La naturaleza, amigo mío, no necesita de usted ni de mí, ni del ser humano. Todo lo que ve está destinado a perdurar, pero no para nosotros. Para nosotros desaparece apenas cerramos los ojos, como desaparecen los sueños cuando despertamos".

Una vez, una vez sola, le había mencionado a Víktor el arte como forma de hacer perdurar la emoción que producía la naturaleza en el alma humana. Y Víktor ni siquiera lo había mirado al contestarle: "Si la idea del arte o la memoria lo consuela, allá usted".

Y apenas llegaron al borde de la laguna, el Ingeniero supo que aunque el monstruo de Sheffield existiera de verdad, aunque hubiera sorteado todos los obstáculos de la evolución, las trampas del clima, la geografía y la presencia del hombre, ese monstruo no estaría allí.

La Laguna del Hoyo, morada de una criatura prehistórica y huidiza del porte de una ballena, tenía al momento unos trescientos metros de diámetro y, según las mediciones que hicieron aquella misma mañana, no más de cinco metros de profundidad.

O, como había anticipado con sorna Onelli, "una lagunita de porquería".

¿Qué tipo de animal podían esperar en aquel barro estancado y custodiado por los tábanos? ¿Para pialar exactamente qué habían cargado tantos metros de cable de acero?

—Vaya a buscar a Sheffield —había ordenado el Ingeniero a uno de los peones contratados en El Bolsón—. Si las indicaciones de su carta son en algo acertadas, su puesto de caza es aquella choza que ve sobre la otra orilla, pasando el montecito de cañas.

Por supuesto, el gringo no estaba. Al rato largo, para cuando los hombres ya habían empezado a trabajar igual según las instrucciones, apareció un mocoso que dijo ser el hijo de Sheffield. Que su tata estaba muy enfermo y que no había podido dejar la casa en los Repollos, pero que si ellos querían él podía llevarlos donde habían visto las huellas del dinosaurio.

El Ingeniero arqueó las cejas, sorprendido por la palabra.

—¿Así lo conocen por acá? ¿Como un dinosaurio?

El chico se encogió de hombros.

—Los de afuera nada más le dicen el dinosaurio. ¿Quiere ir a ver las pisadas?

Después de rodear la laguna por el oeste, habían llegado a un sitio en el que la orilla parecía extenderse entre juncos altos, hasta una subida modestamente empinada del terreno. Ahí, justo sobre el declive, había una marca de juncos quebrados y barro seco que se extendía en dirección al agua. No era la huella de una pata, ni de una aleta. No era más que un gran óvalo de barro, de unos dos metros en el eje mayor, y un pequeño rastro que sugería una continuación hacia adentro de la laguna.

—Ahora está mucho más chica que lo que estaba antes —aseguró el hijo de Sheffield, mirando desilusionado la mancha informe de barro que por obvias razones no asustaba a nadie.

—¿Habrá alguna posibilidad de llegar a los Repollos antes de que anochezca? —preguntó el Ingeniero, tratando de disimular la impaciencia que había empezado a carcomerlo.

—No creo que sea prudente, con la tormenta que se viene por aquel lado —contestó uno de los peones.

—Es más allá de los Repollos, tiene que seguir hasta el Foyel casi —dijo el chico.

—¿Vos estás solo acá? —preguntó Cinaghi.

—No, me quedo con Don Salazar hasta que lleguen mis hermanos.

—¿Dónde vive el tal Salazar?

—A tres kilómetros de acá, para el lado de la estancia.

La marca en los juncos y el dato de Salazar habían sido lo más fructífero de la primera mañana. No se podía contar con que Sheffield apareciera por el campamento, ni enfermo ni dormido, a ratificar sus dichos, ni siquiera a guiar a la expedición por los alrededores. Con José, su hijo, tampoco se podía contar, pero quizás Salazar…

Al fin se habían puesto a trabajar a las órdenes del Ingeniero, midiendo la laguna, juntando mugre para llevar algo, aunque más no fuese un poco de mugre del Hoyo, al Museo de La Plata.

Las horas habían pasado sin que nada en absoluto alterase la superficie del agua, más allá del viento del oeste que, tal como había pronosticado el peón, traía flor de tormenta, y por el color de las nubes y la caída brusca de la temperatura, probablemente de nieve.

Arropado en un poncho de lana, observando todo por sobre el hombro de los demás, el Ingeniero daba órdenes mientras tomaba nota de las mediciones y hacía esquemas del territorio relevado. Porque durante el primer día, además de armar el campamento, habían tomado todo tipo de mediciones. Incluso Vaccaro y Estrella habían participado, llevados por la alegría tan pueril como desenfrenada que les producía, sin dudas, el hecho de saberse en medio de la nada, en aquella tierra por la que todavía andaban los indios, los europeos que venían a la Patagonia con las manos llenas a comprar estancias, o sólo con el atuendo de la pobreza a trabajar como burros; los criminales, los cuatreros, los buscadores de metales preciosos, los locos obsesionados por las leyendas, como Víktor Mullin, los curas de Dios, los desahuciados. Tierra de nadie.

Merkel, por su parte, había descubierto el esqueleto de un animal, o bien desconocido o malamente pisoteado, y se había dedicado a limpiarlo con unos productos químicos que sacaba como un mago avezado de un morralito de cuero que llevaba consigo a todos lados, mientras que Cinaghi y Andueza se afanaban explorando los alrededores con los fusiles al hombro, listos para disparar. Cuando cayó la luz, comieron un guiso ligero y se aprestaron a montar guardia: en las instrucciones, Onelli había sido muy preciso en cuanto a qué horas podía aparecer la criatura, ya que todos los avistajes habían ocurrido durante o poco después del crepúsculo, lo cual añadía a la natural ansiedad de la vigilancia la confusión de las sombras, de los gritos destemplados de ciertos animales, del rechinar de las ramas y los dientes.

Tres de ellos pasaron la noche en vela, al lado del fuego, alimentando el miedo con cuentos de fantasmas y aparecidos. En el medio de la madrugada los había sobresaltado la luz mala sobre la laguna, una llama flaca y huérfana que se desplazaba sin rumbo, más bien como si no supiese para dónde enfilar.

Desde entonces, específicamente las cuatro y cuarto de una mañana fatal y helada por la aguanieve que había empezado a caer sin tregua, el Ingeniero no había vuelto a pegar un ojo. Quizás por eso, pensó, estaba de tan pésimo humor, y lo grave era que había empeorado, con la falta del sueño y aún más con la falta del monstruo, o de algo, aunque más no fuera un huroncito para mirar de cerca. Pero no: la conclusión más obvia era que la carta de Sheffield había sido una broma bastante bien pensada, quizás un intento por recibir unos pesos a cambio de un trabajo ficticio, que la marca de lodo había sido hecha a propósito con una chata y un poco de astucia, que el animal de Onelli tampoco tenía mayores chances de aparecer, y que el viaje, en su caso los dos viajes, desde la Capital, había sido una locura impertinente.

A pesar del frío que no había aflojado, el Ingeniero se había quedado con la camisa arremangada y el poncho enrollado alrededor del cuello (porque lo único que le faltaba era caer enfermo), sentado al borde del agua.

Al mediodía había aparecido el famoso Salazar, un baquiano que tenía en alta estima al gringo, motivo por el cual el Ingeniero ni siquiera había podido desquitarse frente a él. Pero al menos Salazar era un hombre honesto, y había vivido siempre por la zona, y nunca había visto nada. Las historias del cuero, claro que las había escuchado. Eso era lo que mantenía preocupado y vigilante al Ingeniero, la sensación de que el mito de la criatura de los lagos, si bien con variantes a menudo no despreciables, era algo que se conservaba perfectamente vivo a lo largo de la cordillera, desde Neuquén hasta Santa Cruz, a juzgar por los dos últimos avistajes allá abajo, pasando el Chaltén. ¿Pero no era acaso el lobizón, por ejemplo, un mito que se había mantenido vivo, aunque nada científico ligara al séptimo hijo varón con la adoración de la luna? ¿No creía la gente en la Ciudad de los Césares, en los tesoros escondidos por Foyel, el gran cacique indio que aterraba el sueño de quienes se atrevían a acercarse a su tumba? ¿Dónde terminaba la realidad que indicaba la lógica, las teorías evolutivas, hasta los límites físicos de lo posible, y dónde empezaban los deseos más atávicos del hombre?

Eso era lo que lo había mantenido observando hasta ahora la superficie de la laguna, todo aquel volumen de agua inalterable: el pequeñísimo espacio, la grieta mínima que su propio deseo mantenía abierta, sin que el Ingeniero pudiese hacer nada para cerrarla, para negarla, porque era parte de su naturaleza humana, y lo seguiría siendo aunque el mismo monstruo no fuese parte de la única naturaleza posible.

Y por si todo esto, es decir la espera, la vigilia, la ansiedad, la desilusión, las especulaciones, el cansancio, la tormenta y el frío, fuera poco, se habían topado con Víktor. El alemán no hacía otra cosa que merodear por el campamento con el ceño fruncido, como enjaulado, totalmente consumido por la frustración, aunque de a ratos presa de un entusiasmo fanático que se traslucía en una velocidad inusitada para desplazarse entre los árboles, los troncos que desvariaban a medio pudrir por la humedad, caídos unos sobre otros en un enrejado verde de moho, los montículos de indescifrables matas, como si de repente ya no fuese un hombre sino un animal, un brujo mimético del bosque.

—No se moleste en ir, ahí no hay nada —le había dicho antes siquiera de saludarlo, cuando el Ingeniero interceptó al resto de la expedición a la altura del Gutiérrez, a la vuelta de su intempestivo viaje a Buenos Aires. Y desde entonces, desde el Gutiérrez hasta Epuyén, hasta hacía menos de dos horas, el Ingeniero había escuchado los comentarios mordaces, a veces persuasivos (o lo más parecido a la persuasión de lo que Víktor Mullin era capaz), acerca de la esterilidad de aquella expedición, al menos alrededor de Epuyén.

—¿Para qué nos siguió hasta acá entonces? —preguntó en un momento el Ingeniero, saturado por la cantinela y la desmoralización que implicaba para el resto de la comitiva.

—Para evitar que pierdan el tiempo —había contestado Víktor—. Hay lugares sin explorar al norte, en el brazo Rincón, y acá nomás, en el Hess, también hubo avistajes hace poco. ¿Para qué desperdiciar la organización y los materiales con los que cuenta?

Y así había seguido la cosa, pero el Ingeniero no podía contra Víktor, le debía demasiado como para pedirle que siguiese solo, y que los dejara en paz.

Maldijo por dentro el preciso instante en el que los miembros de la expedición se lo habían encontrado, maldijo la obsesión incurable del alemán, y su suerte, la mala suerte de haber tenido que marcharse a poco de llegar a Bariloche, y así dejar a la buena de Dios al resto de la expedición. Más que a la buena de Dios, a la de Víktor, porque el Ingeniero sospechaba que era Víktor quien los había rastreado a ellos, y que trataba de usarlos para su propia búsqueda del monstruo. Maldijo también haber mandado a seguir los testimonios del cuero hasta el Correntoso. Se lo habían encontrado ahí, según le habían dicho después, pero al Ingeniero le resultaba difícil creer en las casualidades, en especial en lugares tan vastos. Era evidente que Víktor Mullin había seguido viviendo en las montañas desde el accidente en el Futaleufú, que había seguido buscando algo que nadie había visto, una sombra, una imperfección del paisaje, un soplo de calor que llenaba el maldito vacío del destino y esa maldita costumbre de no pertenecer a ningún maldito lugar.

¿Pero cómo saberlo de antemano? El alemán había seguido viviendo como los indios nómades que ya ni siquiera existían, allí y acá, siempre aislado como un anacoreta entre las montañas y los valles de los Andes, y ahora había aparecido otra vez, como vuelto de la misma muerte, de la nada, ahí estaba: el extranjero loco, el aventurero, el cazador, el eremita áspero y casi animal en su manejo de la cordillera, el compañero de aquel viaje encargado por el Perito Moreno que el Ingeniero hubiese preferido olvidar para siempre, porque la muerte de tres hombres le pesaría toda la vida, dormido y despierto.

Por ese entonces, a las órdenes del Perito, investigaban los bordes sutiles de un mundo que les era por completo desconocido, una mezcla de paraíso y purgatorio de piedra que los condenaba al descubrimiento perpetuo, a la búsqueda de lo que nadie sabía que estaba allí, esperándolos, según el Ingeniero, ajeno a ellos, según Víktor. Un trabajo de Sísifo contra el olvido instantáneo de la geografía, porque las fronteras nunca recuerdan lo que son, aunque se las marque con crayones negros y definitivos sobre el candor de un papel. Aquel viaje había sido una pesadilla, no al principio, y no precisamente por la presencia de Víktor, más bien todo lo contrario: gracias a que este alemán se conocía cada árbol y cada recodo a la vera del Futaleufú, se habían salvado.

No todos: los que habían podido salvarse. Los rápidos del Futaleufú ya se habían tragado decenas de hombres, pero el Ingeniero no había hecho caso del peligro y había mandado preparar los botes igual, cargados como estaban. Parecían juguetes en los brazos del río, tan transparente y tramposo...

A poco de pasar la confluencia había cambiado el viento; primero fue el viento, soplando en la misma dirección del torrente, y después fueron los remolinos, que aparecían por todos lados como si el lecho del río estuviese plagado de agujeros que conectaban con la otra mitad del globo, o de dioses tremendos que desde el otro lado parecían querer tragarse el agua de un solo golpe. Y en la orilla un murallón gris, una pared vertical y despiadada: habían entrado en el cañadón que los indios llamaban Chel-Curá, o fantasma de piedra. Era un tramo corto, encerrado, a donde no podía llegarse por tierra y pocos podían salir, de no ser navegando el curso río abajo; las piedras del lecho salían a la superficie, dando la engañosa sensación de que el río mismo se había endurecido. Piedra y la encerrona del viento, ahí estaban. Uno de los botes, el más pesado, había sido atrapado de pronto en la tangente de un remolino tan poderoso que se veían los límites del embudo, perfectamente circular y oscuro. El bote giró sobre sí mismo, con la misma elegancia leve con la que podría haberlo hecho una hoja seca, y luego desapareció, junto con dos de sus hombres. En el otro bote, Víktor maniobraba con desesperación para conseguir un lazo, echado de espaldas sobre el piso anegado, mientras el Ingeniero sostenía por la chaqueta a uno, que medio sumergido era arrastrado en la corriente, flameando al costado del bote, y trataba de corregir el peso para evitar la orilla.

No se debe luchar contra la corriente, pensó el Ingeniero por enésima vez en su vida. Nunca. Allá, en el Futaleufú, sólo restaba dejarse llevar por ella, flotando, hasta donde quisiera llevárselos. Había que dejarse volcar, romper o matar, si el río así lo disponía, pero jamás tratar de luchar. Era inútil: los músculos se acalambraban de inmediato y de sopetón venía la parálisis del cuerpo y de la mente, porque el agua helada desalentaba el más pertinaz instinto de supervivencia. Y eso era algo que Víktor sabía consumadamente, lo había vivido varias veces en carne propia, por eso, apenas el primero de los botes fue tragado en silencio por el remolino, ordenó a todos que se quedaran quietos, que se sostuviesen con la mayor firmeza posible y se dejaran arrastrar. Que se dejaran ir.

El Ingeniero entendió que debían dejarse morir allí para poder salir, y apenas atinó a sostener con las manos agarrotadas por el borde de la chaqueta a quien, poco más tarde, sacaría del agua tan muerto como a los otros dos.

Después de un tiempo, poco menos de quince minutos, pero algo que al Ingeniero le pareció eterno, la pared del cañadón empezó a disminuir, a redondearse en parches de tierra, hasta que un viraje abrupto del curso los dejó en un tramo menos salvaje, o quizás por comparación menos salvaje que el anterior. Aún así, el bote se mantenía sobre el agua de milagro, siguiendo la estructura caprichosa del torrente pero sin que ninguno pudiese controlar la navegación. Un sauce, una de esas anomalías del paisaje que tanto atraían a Víktor, los salvó. En realidad fue el mismo Víktor, que recordaba la existencia de aquel viejo árbol a la salida del cañadón, con sus ramas colgando sobre la orilla derecha que ya empezaba a aplanarse, y consiguió enlazar una parte firme del tronco, y detener el bote en tierra.

Tres hombres muertos en el Futaleufú, ese fue el saldo de la aventura, y desde entonces el Ingeniero no había vuelto a cruzarse con el alemán, así como no había querido volver a la zona, al menos no al Futaleufú.

Una sola carta había recibido de Víktor después de aquel episodio, en realidad, varios años después, cuando las heridas en el cuerpo del Ingeniero, ya que no las de su alma, habían cicatrizado por completo. En ella describía su peripecia última, un rastrillaje exhaustivo por el oeste, desde el sur del Futalaufquen hasta, según decía, el Lago Espejo.

Lieber Herr Frey:

…En Cuyín Manzano, más hacia el norte y hacia el oeste, hay rastros de asentamientos humanos que datan del 8000 antes de Cristo. Usted conoce tan bien como yo las ideas de Wegener. ¡Aunque todos se empeñen en considerarlo loco, los continentes se han desplazado desde el inicio mismo de la tierra! Lo que es hoy esta Patagonia, fue otrora parte del África, unida con Europa y Norteamérica en un solo y perfecto encastre. Según afirma nuestro común amigo, Herr Dr. Windhausen (lo he traducido del alemán, directamente de sus notas): "Desde el Cretáceo Medio, hay una evidencia bien clara de la existencia de un mar abierto que se intercalaba entre la Antártida y la Patagonia: es la fauna marina del Cretáceo Superior encontrada en la Tierra de Graham por la Expedición Sueca al Polo Sur de 1901. Esta fauna indica la existencia de un centro biológico, en que las faunas marinas se desarrollaban con caracteres propios y de una manera sumamente exuberante, llegando esta fauna a ser origen de otras que desde aquí se dispersaron hacia el Norte, a medida que siguió abriéndose la gran hendidura del Océano Atlántico". Si a esto le sumamos la hipótesis del doctor Guzmán acerca de los canales de la glaciación, que han podido traer al hombre tres veces a lo largo de la historia, desde el Viejo Continente a América, ¿qué no traerían hasta aquí desde el mar?

El Ingeniero sabía ahora, sentado a la orilla de la calma chicha, casi pantanosa de la laguna, que la respuesta estaba a la vista: no había nada. Ni Wegener ni el propio Windhausen estaban locos, ni siquiera Guzmán, a quien muchos llamaban con cierta justicia "el loco" por el tenor arriesgado de sus campañas: era la mirada de Víktor la única, exclusiva intérprete de la locura.

Y quizás no había nada porque tampoco había quedado nada. Del Tigre Dientes de Sable no quedaba más que el puma, violento con el ganado, merodeador de establos, inútil para criar o comer. De los tehuelches altísimos, de pómulos imponentes y manos artesanas, sobrevivían apenas indios prófugos, espectros que recorrían la tierra en busca de sus viejos caballos. Y habían sido los caballos españoles los que habían destruido primero a estos pueblos de caminantes. La perseverancia de la recolección, el trabajo riguroso de la madera y de la piedra, de los arcos chicos y las flechas precisas, quedaron sepultados por las lanzas, las boleadoras, la sed de acaparar ganado cimarrón para luego truequearlo por alcohol o blancas, o toldos de cuero transportables, por un peregrinar sin rumbo que hizo que perdiesen el suelo y, lo que es peor, el dominio absoluto de la tierra que habían tenido desde el origen de su raza. Después vino Rosas, el General de los Tres Mil Hombres. Después vino Alsina con su zanjita de mala muerte y como no pudieron acabar con ellos, con los mapuches nacidos de la serpiente de agua y de la serpiente de la cima del monte, después de Rosas y de Alsina había venido Roca, el General Julio Argentino con sus seis mil hombres y sus divisiones protegidas por el mismo indio, vendido años atrás o más bien comprado después de años de colonización salvaje, y por los correveidiles con los caciques. Vino a resistir Namuncurá y a caer el viejo Calfucurá, y vinieron más hombres y más indios "de la chusma", presos, mutilados, enfermos, a la larga o a la corta muertos. Esos espectros también andaban como sombras por la meseta, como coirones sin raíces, como el alma retorcida y humillada de los ñires. De aquellos indios mapuches transfigurados en peces no quedó casi nada. De los tehuelches altivos, tampoco. Y de haber quedado, estaba seguro, la evolución y las expediciones al desierto lo habrían aniquilado también, como a todo.

No, no había nada. El Ingeniero, además del cansancio que le consumía el cuerpo con tanto viaje, sentía unas ganas irrefrenables de volverse a casa y terminar con aquella farsa. En tres días de vigilancia ni siquiera había aparecido el cuatrero de Sheffield a dar cuenta de lo que había escrito. Onelli había ideado un sistema de frases en código para transmitir los descubrimientos a Buenos Aires, en el que los lugares clave debían figurar con otros nombres, como por ejemplo, Vertiente (Lago Kruger), Esquel (Lago Menéndez), Colorado (Cholila) y frases más complejas que denotaban acciones; el famoso sistema no había servido de mucho ya que, según Estrella, *La Razón* había empezado a sacar una columna diaria en tono ligero, con las andanzas del "equipo mágico", como los llamaban. Y lo peor era que los datos eran, en esencia, correctos. ¿Cómo podía estar filtrándose esa información? El Ingeniero prefirió pensar que era un asunto de la Capital, y que se arreglaran entre ellos, pero no dejaba de causarle cierta gracia el cuidado absurdo que Onelli había puesto para nada.

¿Qué correspondería decir ahora, o mejor dicho, al llegar al primer telégrafo? Tenía además orden de pagarle hasta dos mil pesos a Sheffield en caso de éxito en la misión, y cinco pesos diarios en caso de fracasar, por el tiempo perdido, cuando estaba claro que aquí, el único tiempo perdido había sido el de todos ellos.

Hastiado de darle vueltas al tema, congelado hasta los huesos, el Ingeniero decidió cortar la cuestión de una vez y por lo sano: si había algo en el fondo, él lo haría saltar. Vio que Cinaghi andaba todavía sobre la laguna, a bordo de la ridícula balsa de madera de ciprés que habían llevado para navegar "la laguna del monstruo", cuando lo verdaderamente monstruoso era aquella balsa blanca, ajena por completo al paisaje.

—¡Andueza! —gritó de pronto y de mal modo, tanto que todos se dieron vuelta asombrados para mirarlo.

Víktor, que conocía perfectamente el tono del Ingeniero, se acercó rápido a trancos largos, como movido por un resorte.

—¿Ya se dio por vencido? —preguntó.

—Todavía no. ¡Andueza! ¿Cuánto queda de la gelinita?

—¿Va a dinamitar esta laguna?

—Andueza, apurate, canejo. Cuánto queda.

—Seis cartuchos.

—Guárdelos para cuando valga la pena… ¿O qué cree que va a encontrar acá, en menos de cinco metros?

—Usalos a todos.

—Te vas a equivocar, Ingeniero —dijo Víktor, pero el Ingeniero estaba tan furioso que ni siquiera se dio cuenta de que el alemán, en un gesto inusitado, acababa de tutearlo.

—Como mande —dijo Andueza, y se fue a buscar el explosivo.

—¿Encontraron al gringo? —preguntó el Ingeniero, aunque nadie, salvo Víktor, estaba cerca como para responderle.

—Con un poco de suerte, ese cuatrero es lo único que vas a encontrar —dijo el alemán con el ceño amargado, y los brazos cruzados con obstinación sobre el pecho.

Estas fueron las últimas palabras que el Ingeniero escuchó de él en Epuyén, antes de que el estruendo torpe de la explosión los dejara literalmente sordos por un buen rato.

Esas palabras, y la imagen de dos pejerreyes de aspecto miserable coleteando en el agua barrosa de la ribera, boquiabiertos por el espanto, fue lo último de aquella expedición que quedaría en la memoria del Ingeniero.

Volvieron a Bariloche con tormenta, a través de varios centímetros de una nieve temprana, todos menos el alemán.

Apenas llegaron los sorprendió una muchedumbre que copaba el Centro Cívico; los gritos y la algarabía eran incomprensibles para el Ingeniero, que observaba confundido el aquelarre inédito, y también para sus compañeros, agotados por el cansancio físico y el fracaso. Al verlos, aún en medio del bullicio, advirtieron que una señal se propagaba como chisme a través de varios de los presentes, y de repente, desde la esquina, lento y chirriante, apareció un monstruo hecho de tirantes de pino montados sobre una chata tirada por dos caballos, un armazón descomunal recubierto de arpillera marrón, con la forma de un cisne con dientes de cocodrilo pintados en su enorme bocaza, y ojos simpáticos, socarrones, de color amarillo. El Ingeniero miraba la construcción completamente azorado. Andueza lanzó una carcajada, que fue abortada de mala manera por una sola mirada de Cinaghi.

—¿Qué significa esta payasada? —dijo en voz baja el Ingeniero, mientras la turba, con entregada algarabía, hacía girar a la bestia de madera hasta exponer ante las miradas atónitas de los expedicionarios uno de los flancos, sobre el que podía leerse, en grandes letras blancas:

YO SOY EL PLESIOSAURIO QUE BUSCABAN

Primo Carparo, por entonces Intendente y cuyas humoradas eran bien conocidas por todos en la ciudad, se adelantó un poco, con una sonrisa mal disimulada.

—¿Y? ¿Qué le parece el bicho que le conseguimos, Don Frey?

—Está muy bien. Muy bien —dijo el Ingeniero, y sus labios se separaron con esfuerzo en una grieta desabrida—. Ahora, si me permite, debería ir a telegrafiar a Buenos Aires.

La multitud alegre de vecinos se acercaba al monstruo, hombres con hijos y mujeres tomados del brazo, celebrando el carnaval. Unos aplaudían, otros silbaban.

Hacía mucho, pero mucho, que no se reían tanto.

Desde un vetusto escritorio en la oficina de correos, el Ingeniero telegrafió una sola frase a Buenos Aires, una de aquellas crípticas formulaciones preparadas para la ocasión, y que Frey, hasta entonces, no había imaginado siquiera que habría de usarla, al menos no tan pronto. Decía:

"Perdidas las esperanzas. Volcán apagado".

Hasta allí adentro lo perseguía el sonido de las risas, más sofocado ahora por el viento. Era el nuevo bufón del pueblo, y pronto, apenas Vaccaro expusiese la frustrante aventura en las páginas de *La Nación*, lo sería también del país.

Una sola cosa había pedido a sus hombres, de camino a Bariloche, y ahora se alegraba de habérselos pedido antes de que semejante fanfarria se desatara sobre ellos, porque de ese modo ya no parecería un acto de cobardía: que no mencionaran la presencia del alemán en la expedición. A nadie. Los hombres, gracias al cielo, habían asentido gravemente sin hacerle preguntas. ¿Pero podía acaso quedarse tranquilo?

Con la expresión sombría, encerrado en una habitación que olía a pegamento y a madera mohosa, el Ingeniero pensó por un instante en el hombre que habían dejado atrás, a la altura del Manso, solo con su alma y un rifle. El hombre tenía los ojos afiebrados, la mirada un poco perdida, y era probable que a su modo estuviese loco, pero si alguien podía, si alguien, alguna vez, habría de encontrar al monstruo de verdad, al único monstruo posible, ese era, sin dudas, Víktor Mullin. O el desdichado que se dejara asaltar por su fantasma.

ANA

Tengo nombres para vosotros:
arce, cardo, narciso, brezo,
enebro, muérdago, nomeolvides,
y vosotros no tenéis ninguno para mí,
Wisława Szymborska, *Instante*

La observación y el análisis de los fenómenos
nos hacen penetrar en la naturaleza. Y nadie sabe
hasta dónde nos puede llevar eso con el tiempo.
Emmanuel Kant

—Así terminó la única expedición formal para atrapar a la criatura de los lagos —decía Lanz, con un largo suspiro satisfecho—. O lo que publicaron los periódicos de entonces, más lo poco que contaba Víktor. Cuando contaba algo, porque era duro para hablar, muy duro Víktor…

Y enseguida agregaba, con alguna variante de ocasión y después de haberme observado por algunos segundos con la mirada súbitamente contrariada:

—¿Pero quién es esta muchacha, Mutti?

Y ella, desde su mecedora, le contestaba como si la pregunta fuese tan natural como su propia respuesta:

—Ana, la hija de Víktor. Conoces a Ana desde que era pequeña, ¿verdad?

—¿La conozco? Pero claro que conozco a la hija de Víktor, pobrecita…

Porque el viejo, absorto como estaba en los vericuetos de su memoria pero con esa crueldad infantil de la demencia, a

35

continuación de narrar la historia de mi padre y de re-reconocerme por un período que iba de unas pocas horas hasta, a veces, un día entero, siempre terminaba diciéndome "pobrecita", como si mi propia vida hubiera estado genéticamente condenada por la imbecilidad o por la obstinación de esa especie de Capitán Ahab que había sido para él mi padre, Víktor Mullin.

Ilse —a quien sólo Lanz y Klára llamaban Mutti— le acariciaba la cabeza o le besaba la frente, mientras me miraba como pidiéndome disculpas, y yo le sonreía para tranquilizarla, así como le sonreía a Lanz poniendo mi mejor cara de "pobre Anita".

Este tipo de cosas es lo que con más nitidez recuerdo de los meses que pasaron. Estos diálogos nimios, episodios triviales y livianos que se repetían de un modo tranquilizador, porque así como Lanz habrá contado su versión o la de mi padre acerca del famoso viaje a Epuyén varias decenas de veces, el detalle siempre repetido de su desconocimiento del tiempo presente, el sosiego de Ilse para responderle, para calmarlo, y ese "pobrecita" hermético del viejo, también se repitieron como un mantra, como un conjuro, durante todo aquel verano.

Me sorprendo al decir "aquel" verano, como si ya hubiesen pasado varios más, y no. Sucedieron cosas, eso sí, y también es cierto que me resulta difícil pensar en esta historia —aunque hayan pasado apenas nueve meses desde la Navidad— como una secuencia de hechos ajenos a mí, como algo que le hubiese ocurrido a otro, a otros, a un grupo de dioses o de bestias que funcionaron de un modo misterioso como un solo organismo, un ser impar, ancestral, prendido a la naturaleza de la única forma posible, con sus dientes y sus garras, físicamente, como un animalito, como un cachorro o una sanguijuela. Y prendidos a la naturaleza también por dentro, porque la soledad hace eso, hace que uno se afirme a lo más instintivo, a las verdades universales, si se quiere.

Me refiero a la vida en la Naturaleza.

El miedo es una verdad universal. La curiosidad, también. La insatisfacción. La búsqueda. A todas estas cosas uno se aferra con uñas y dientes, como si la vida misma dependiera de poder retenerlas en algún lugar del cuerpo, en algún órgano esquivo que de arrancarlo, de poder descubrirlo y arrancarlo de las entrañas, seguiría viviendo por nosotros, aun desposeído de la carne.

Por otra parte, ¿de qué se trata esta historia? De un instante en el universo, un tiempo que tiene un significado particular, o tal vez cualquier tiempo, sin magnitud y sin rótulo. En el caso de esta podría decirse que el lapso de nueve meses, nada más que eso. Pero no es tanto lo que fue sino lo que empieza recién ahora, lo que temía Lanz, lo que adivinaba Ilse, lo que negaba Nando, lo que buscaba yo, a mi modo, y aquello de lo que había sido arrojado Pedro. Pedro había sido desterrado de esa historia que empezaba ahora, o había huido de ella, o las dos cosas. Nunca lo sabríamos. Lo que sí sabemos hoy, pasados nueve meses desde la Navidad de 1975, es que siempre se trató del monstruo.

Fue, en todo caso, distintos monstruos para cada uno de nosotros.

Cuando llegué a la Villa —acá todos la llamamos así, aunque como dice Lanz, semejante pretensión es nuestra modestísima ilusión de urbanidad—, cuando volví mejor dicho, hace quince años, mi padre se estaba muriendo en esta misma cama, la que ocupaba yo para poder observar el lago a toda hora, la que ocupó Pedro hasta que no hubo más remedio que trasladarlo, primero al sótano y por fin al único lugar más seguro que teníamos.

La cama, en realidad un antiguo diván que Lanz restauró cuando todavía trabajaba la madera, estaba ubicada bajo la ventana de tirantes gruesos de ciprés, enrojecido por incontables capas de barniz, que mira al mismo bosque sombrío de entonces, al lago, a las dos orillas de este fondeadero natural, de este brazo profundo y abandonado que pienso llamar, como lo llamaba mi padre, Brazo de la Melancolía. Cuando volví a este lugar abandonado de la mano de Dios y de la civilización, con un certificado de diploma en trámite de la Universidad de Bahía que nunca me tomé el trabajo de retirar, yo tenía veintitrés años y mi padre finalmente se estaba muriendo, carcomido por una forma solapada y morosa de cáncer.

Mi padre siempre supo del monstruo, pero de ningún modo fue el único. La expedición de la que tanto habla Lanz fue una rareza sólo en cuanto a que el gobierno tomó cartas en el asunto, y a la presencia clandestina de mi padre; las especulaciones y las teorías existieron toda la vida, en todas las épocas. Me refiero a la gente, a los pueblos vecinos, que incluso para cuando yo volví ni siquiera eran tantos, como tampoco lo son ahora que promedian los setenta. Para mi padre, sin embargo, el monstruo era mucho más que una teoría o una especulación: era la expresión del cáncer que le impregnaba la sangre y que los médicos de Buenos Aires habían diagnosticado, con elegancia, por cierto, como un caso de leucemia avanzada.

Leucemia… Cuando escuché esa palabra tan técnica de la boca del médico me costó bastante contener la risa. Aún así, quiero decir, a pesar del esfuerzo muscular para no sonreír o al menos para que no se notara, la expresión del doctor… ¿Hansman se llamaba? ¿O Hauselbach?… El hecho es que la expresión de piedad serena del doctor se transformó rápidamente en sospecha. Estábamos los dos en un pasillo del Hospital Alemán, pulcro, grave y con la calma de una cámara mortuoria. Al oír la conversación aparecieron de aquella oscuridad sepulcral dos enfermeras con sus uniformes blancos, que se apegaron al doctor como pequeñas ambulancias esperando heridos de juguete.

—¿Usted no es la hija, verdad? —dijo el doctor.

—¿No es la hija? —fue el eco agudo, demasiado agudo, de quien parecía ser la jefa de enfermeras a juzgar por el bonete que le encasquetaba el pelo, peinado hacia atrás, tirante, con rigidez de laca.

Los miré, sonriendo con una seriedad esforzada y delatora.

—¿De qué se ríe? —preguntó la otra de trajecito almidonado.

—¿No entendió lo que acabo de decirle? ¿Sabe acaso lo que es la leucemia? —volvió a la carga el doctor.

Para qué me iba a tomar el trabajo de discutir con semejante trío de marionetas sobre lo que sabía o lo que no sabía. Eso sí: lamenté que aquel gesto mal disimulado deteriorara tanto y tan pronto mi relación con el médico de cabecera, en particular porque después me costó un esfuerzo mucho más considerable sacar a mi padre de aquel hospital.

De todos modos, con cáncer o sin cáncer, curado o arrastrándose él se iría, haría lo que le diera la gana, y eso sí era algo que ciertamente no quería tener que discutir, a posteriori de una fuga, con nadie. Ni con ellos ni mucho menos con la policía.

Pero insisto en que la gente —el recuerdo de mi padre es como una falla, una hendidura de la memoria en la que caigo inevitablemente—, los habitantes de la zona, ya hablaban del monstruo, desde hacía miles de años en realidad, desde que los hombres con un lenguaje primitivo pudieron contarles a sus hijos que en aquel lago del Nahuel Huapi existía una criatura negra sin cola ni cabeza, cuyo lomo informe asomaba como un esporádico arrecife oscuro cada vez que cierto viento hallaba su paso de oeste a este, filtrándose entre las grietas monumentales y grises que dejan las montañas de la cordillera, cada vez que la superficie del agua se encrespaba en olas bajas y una capa encarnada y aceitosa de algas desconocidas subía como un vómito denso de las entrañas del lago hasta quedar expuesta, brillante a la luz del día como la obsidiana, y ser arrastrada a la orilla formando un cadáver vastamente podrido sobre las rocas, un cadáver que las aves comerían para morir pocas horas después sobre aquella mortaja de algas, dejando un rosario de carcasas turbias de las cuales apenas se distinguirían los picos y las garras.

Esos hombres de lenguaje primitivo habían dejado como único testimonio algunas representaciones vagas y temblorosas en las paredes de las cuevas, unas pinturas toscas que fueron desestimadas, por supuesto —en el mejor de los casos preservadas por el desconocimiento—, y una tradición oral que los genocidios de las expediciones al desierto, sumados a la civilización que nada distingue ni perdona, se encargaron de sepultar, junto a la vergüenza de hablar el mapuche y otras desgracias, tan preciadas para los indios.

Por eso muy pocos saben de las imágenes, ni de las tradiciones orales.

Mi padre, que moría más de frustración que de cáncer en esta casa cuando yo volví, era uno de ellos. Lanz era otro, pero para cuando mi padre comenzó su decadencia final, los primeros signos de una demencia alcohólica habían aparecido ya en la mente del viejo húngaro, en la forma de un olvido particular e instantáneo del presente o de todo aquello que se relacionara con él, y eso en Lanz era un claro síntoma de que algo andaba mal. Durante los últimos dos días de su vida, mi padre, que nunca había usado la voz más que para dar órdenes o imitar el quejido de los animales, buscó quedarse a solas con Lanz para hablar. Habló él, sin parar, durante horas y horas. Sin embargo, creo que no buscaba para sí esclarecimiento ni comprensión, sino más bien una suerte de expiación, una confesión amparada no en el sacerdocio, ni en la amistad, sino en la única memoria que sabía demasiado frágil como para retener el relato de su miseria.

Cuando por fin me animé a preguntarle a Lanz acerca de aquella charla, él ya no recordaba casi nada. Y si recordaba algo tampoco me lo pudo contar, sospecho que no por desmemoria, sino por una compasión hacia mí que todavía hoy se transluce, sin que él lo advierta, en su característico "pobrecita".

Mi padre y Lanz se conocieron aquí, en la Villa, mientras mi padre construía esta casa de piedra a la orilla del lago y Lanz trabajaba en el aserradero de los chilenos. Los dos compartían algunas memorias comunes de Europa, y la pasión por el monstruo, aunque la pasión de mi padre fuera más bien una obsesión enfermiza, y la de Lanz una búsqueda metafísica, un presagio acerca de lo que había dejado la guerra. Mi padre no sólo había visto al monstruo: lo había dibujado cientos de veces con su mano torpe sobre los papeles y sobre los troncos de los árboles, sobre las rocas, con pedazos de carbón, con su dedo sobre la arena de la playa; lo había perseguido, había intentado cazarlo en varias oportunidades, lo había espantado y atraído, lo había estudiado a su modo, con desprolijidad y adoración, vigilándolo siempre.

Lanz, por su parte, era el único de nosotros ante quien el monstruo seguiría apareciendo, como si pudiese intuir la ironía de su memoria empañada. Muchas veces he pensado que el viejo, con su demencia suave e ignorante de sí misma, es para el monstruo lo que el monstruo mismo era para mi padre. Después de una vida entera debe crearse entre perseguidor y perseguido una especie de ligazón enfermiza, un vínculo tan necesario como el aire o el agua. Terminan sin

41

poder vivir el uno sin el otro. Eso sin dudas fue lo que le pasó a mi padre: la leucemia fue la germinación de su soledad cuando el monstruo desapareció, cuando ya no volvió a dejar ni un solo rastro, ni un signo, ni el más insignificante de los indicios. De haberlo habido, estoy segura de que mi padre habría seguido viviendo; se habría aferrado a él con desesperación, porque de eso vive el hombre que está solo y busca. De esas pequeñas cosas casi inexistentes vivía mi padre, pero no de los espejismos del deseo o de la locura. Porque un hombre como él tampoco podía negar la realidad, ni inventarla. Aunque fuera un mínimo indicio, eso era todo lo que necesitaba, pero el monstruo desapareció un día sin dejar ni siquiera eso. Como dice por ahí Wilde en alguno de los libros que se llenan de arañas en la biblioteca de esta casa, "la fe que otros ponen en lo invisible, yo la destino a aquello que puedo ver, y tocar". Y mi padre era maníacamente fiel a lo que veía. Para él, en eso —y sólo en eso— consistía lo real.

Después de todos estos años, durante los cuales yo misma he terminado por involucrarme, no sé si es la humanidad la que necesita de los monstruos, o es apenas un rasgo distintivo de los seres que tengo más cerca.

¿Por qué lo buscaban? ¿Por qué lo buscábamos?

A mi padre lo incitaba, supongo, la obsesión, la necesidad irracional de mirarse en un espejo imposible.

A Lanz, la curiosidad, o acaso algún elemento prematuro de su enfermedad.

A mí, la insatisfacción.

La insatisfacción es uno de los motores más poderosos que existen. El odio es otro. En estos últimos meses, tuve la certeza, o un atisbo más bien de certidumbre, de que el amor, tanto como el odio y la insatisfacción y la locura, puede también ser un combustible verdadero.

Decía mi padre, o eso dicen que decía, que mi abuelo era un gran marinero, y que en uno de sus viajes al oeste sobre la costa helada de Maine había visto una vez al monstruo de Gloucester, una suerte de reptil verdinegro con terribles ojos amarillos, largo como el mismo barco y grueso como el tronco de un roble, deslizándose impasible y magnífico entre el oleaje de una tempestad. Esa sola vez fue suficiente para marcar su vida. Según Lanz, el padre de Víktor había visto nada menos que al mitológico basilisco, al encrestado rey de todas las serpientes que quemaba vivo a quien se le acercaba y partía las rocas con su aliento de fuego. El agua era el único detalle que hacía dudar a Lanz: nadie, nunca, había visto un basilisco flotando lejos de su pantano infernal. Salvo mi abuelo, el viejo Mullin, y los demás tripulantes, varios de los cuales murieron carbonizados misteriosamente en la gabarra que los llevó hasta el puerto mientras mi abuelo se retorcía de fiebre en la bodega del barco, fondeado lejos de la costa debido al temporal. Nunca se supo qué originó el fuego. Un artículo del periódico local, uno de los pocos papeles que mi propio padre guardó como un tesoro entre sus libros y dibujos, argumenta que fue un caso de combustión espontánea. Lanz, por supuesto, atribuye las llamas al odio del monstruo, y dice que sólo el grito de un gallo joven pudo haberlo frenado.

Al parecer, recién cuando mi abuelo consiguió volver a Europa después de semejante odisea, supo que su esposa, mi abuela, se había matado "por eso" ahogándose en un brazo fangoso del Rhin. Nunca supe bien qué era "eso", pero sospecho que mi abuelo perdió el juicio, junto al dinero que tenía para mantener a su familia, y consiguió por fin que mi abuela se matara y lo dejara en paz.

La genética es un fenómeno de verdad prodigioso: fruto de un marinero loco y una suicida, mi padre resultó naturalmente un ser violento y ensimismado, mucho más de lo que suelen admitir por aquí, porque todavía los domina una gratitud desmedida y a veces bastante incomprensible. Lanz, a su modo, lo admiraba; Mutti lo compadecía; sus compañeros de turno, cuando los tenía, lo sufrían como se sufren los chancros de la gonorrea, orgullosos de algún modo secreto, atávico tal vez, de llevar en la carne las marcas del camino andado. Algunos de ellos han llegado a creer que Víktor Mullin tenía tratos con el demonio, tal era su furia, su desconsideración impiadosa por lo más humano que había sobre el mundo, incluso su propio ser.

Mi padre buscaba al monstruo, es cierto, pero para encontrarse, como Narciso buscaba los espejos de agua tranquila para poder contemplarse. Lo único bueno que hizo en su vida fue, como dice Ilse, alejarme de su lado. Ese solo acto lo redime un poco, cualquiera haya sido su motivación. Ese, y construir esta casa, La Pedrera, cosa que también hizo por él, para él, pero eso ahora no importa. Lo que sí importa es que ya no está, y que en toda su vida hizo al menos dos cosas bien. No es poco. Otros no son capaces de hacer ni siquiera una, y si algo justifica esas vidas invisibles, tan fútiles, tan pobres que no alcanzan ni para escribir un epitafio digno, es, como siempre, el recurso de la muerte. Que es el último.

Una de las veces que vi a mi padre relativamente sano y lúcido —y una de las pocas, en realidad— fue en un bar de Buenos Aires, uno de esos bares clásicos de la calle Esmeralda, que olía a café, a cera para el piso y a una mezcla curiosa de lavanda y moho. Era un perfume leve que parecía venir desde abajo, de las mesas, de las baldosas, de los mismos mozos que se movían con una lentitud exasperante y formal, como si estuvieran habituados a atender a ingleses o a momias. Un bar para clientes crónicos, para alcohólicos serenos que aparecen a cualquier hora del día a tomarse un whisky. Pero a mi padre le venía bien: su aspecto no difería —ya no, ni siquiera entonces— del de los mozos, no desentonaba con el lugar ni su expresión rígida, ni las ojeras que le enmarcaban la mirada con una sombra grisácea, ni los pocos pelos grises peinados hacia atrás, ni las manchas amarronadas que le cubrían la piel del cráneo y de los brazos. Aunque suene absurdo, prefiero recordarlo así, su imagen amalgamada a la de aquel bar, porque cuando llegué a esta casa mi padre no era más que un manojo de huesos que todavía respiraba, que por obra de Dios o del diablo se mantenía en un estado que técnicamente podría considerarse "vivo". Pero eso ya no era él, y sé que al considerarlo muerto entonces, muerto en vida pero muerto al fin, le hago el mayor de los homenajes.

Esta es la manera en la que honro su memoria, cosa que nunca hice hasta ahora. Eso, y haberlo enterrado donde lo enterré.

Pero no quiero hablar más de mi padre, mi intención era sólo evocar el tiempo más reciente, desde la Navidad del año pasado, y no la de remontarme a su muerte o mi llegada. Por desgracia son esos acontecimientos los que explican, si bien no describen, la mayor parte de las cosas.

En este momento, desde la ventana, veo a tres buzos que se preparan para entrar en el lago. Han puesto una plataforma de madera amarrada al bote, y están apoyando sobre ella tubos de aire comprimido y otros objetos que no alcanzo a distinguir, elementos para ver y maniobrar dentro del agua, supongo. Los buzos, con sus trajes de neopreno lustroso, se parecen demasiado a peces del abismo, a orcas escuálidas, o a esas bolsas de plástico en las que dejan los cadáveres, cuando los dejan en algún lado. Cuando se ven.

Los observo desde acá y pienso que no saben lo que les espera. No tienen idea de lo que van a sentir cuando bajen al fondo del lago con esa ropa inútil, que apenas si puede considerarse apropiada para la superficie de esta transparencia gélida.

Ilse, sentada en la mecedora del otro lado, me pregunta si no hay carta de Klára, y si alguien se va a tomar el trabajo de recargar la garrafa de gas. Pregunta también qué es lo que miro con tanta insistencia. A veces me inquieta contestarle la verdad, pero Ilse es una mujer a quien difícilmente pueda engañarla nadie con respuestas esquivas. Vivió demasiado ya, y a diferencia de Lanz, el hecho de envejecer no le opacó la mente, ni la memoria, ni siquiera le afectó el movimiento, aunque ella diga que ya no puede andar tanto tiempo de pie y se recueste sobre la mecedora con una manta cubriéndole la falda. Así, meciéndose con delicadeza al sol como un sauce al borde del río, parece de verdad una anciana, blanca y lánguida como una vela, casi fantasmal en su palidez, pero hay que verla en acción para darse cuenta de que esta anciana no es un fantasma, ni su cuerpo tiene la fragilidad que aparenta.

Ilse ha transitado lo peor de este siglo, lo mismo que Lanz: los dos son sobrevivientes de las guerras mundiales, de huidas, de exilios e idiomas. Por eso tal vez fuerte no sea la palabra correcta: Ilse está revestida por una casaca mineral, una costra tenaz que acunó la intemperie y que la dulzura y la bestialidad del mundo rasguñan, quizás, pero no mellan. A veces creo que esta mujer no se va a morir nunca, que es una especie de Fénix bordeando los quinientos años de su vida, y se prepara calladamente para renacer, arrebujada entre puñados de cardamomo y mirra. Mejor dicho: quisiera con el alma creer que es un poco inmortal, pero otras veces, como cuando la veo adormecida por el vaivén, con el sol atravesándole el rodete blanco como si quisiera desarmárselo, pienso que Ilse cumplirá setenta y seis años muy pronto, que es ella la que no quiere resistir más y que un día se va a dejar ir, así como ahora, hamacándose.

Trato de demorar mi respuesta con otra pregunta.

—¿Y Lanz?

Espero —aunque sin mucha convicción— que se haya dormido en medio de tanta quietud.

Pero no está dormida: insiste en saber por qué estoy hace tanto rato pegada al marco de la ventana, mirando el lago.

—No quieras que me levante, Ana. ¿Qué es? —pregunta desde su silla.

(Aunque habla un español sin errores, todavía construye las oraciones con verbos insólitos, algunos inventados, otros aprendidos de gramáticas antiguas.)

No puedo mentirle.

—La gente de la prefectura, Mutti. Parecería que van a rastrear el lago.

Durante unos minutos Ilse no contesta nada. Uno de los buzos se ha metido en el agua, y permanece agarrado a la plataforma. Los otros acomodan sus máscaras y reguladores, preparándose para seguirlo.

—Se van a morir de frío —dice finalmente, en el mismo tono dulce, casi trémulo, que la ha caracterizado estos últimos años.

Nadie más, a excepción de Lanz tal vez, sería capaz de detectar la vibración inflexible, ese tuétano de acero que esconde su voz de anciana. La palabra morir, en ella, nunca es casual.

Yo sonrío, y asiento en silencio: la muerte por congelamiento es una muerte rápida y sobria. Casi elegante.

Ilse y Lanz, y también Klára, son húngaros. En el caso de Klára esto no es tan seguro, porque según cuenta Ilse los padres de Klára murieron en el barco que los trajo a Sudamérica, al final de la Segunda Guerra. Ella era todavía un bebé, y se estaba muriendo por deshidratación, envuelta en una manta al lado del cuerpo frío de su madre. Quién sabe, cuenta Ilse, desde cuándo la madre estaría enferma, desde cuándo no podía darle el pecho ni alimentarla con nada. Al lado del cadáver había una petaca que todavía contenía un resto de licor cristalino, que sin dudas había bebido la mujer para apagar sus dolores, y que también, por el aliento de la beba, había administrado a su hija, quizás para que no sufriera. Por suerte se dieron cuenta de que la pequeñita todavía respiraba, y que ese rasgo azulado de la piel era, más que nada, por falta de líquido. Por suerte también había agua potable y leche arriba del barco, cosa que tampoco era obviamente esperable en las condiciones en las que habían huido todos.

La guerra, según Ilse, está plagada de historias como la de Klára, como la suya y la de Lanz. Son esas historias las que constituyen la propia definición de la guerra: gente que se encuentra con otra gente escapando de la muerte, gente que se escapa de la muerte. Y gente que muere.

No sé mucho más que eso en realidad, y es extraño porque estos viejos son para mí lo más parecido a una familia. Están en la Villa desde que volví, e incluso antes, cuando no tenía más de cuatro o cinco años. Ellos son los únicos que tuvieron una relación cierta con mi padre, y que pueden dar cuenta de algunos aspectos de su vida, y de la mía. Al principio vivían, o eso recuerdo vagamente, en una cabaña precaria que estaba detrás de la casa. En aquel tiempo Lanz trabajaba en el aserradero; poco después de que yo me fuera al internado, la empresa fue liquidada por sus dueños, que se trasladaron a Chile, más asustados por las nuevas leyes laborales de Perón que, como dieron a entender en su momento, por los vaivenes políticos de este país. Con el aserradero a la deriva, Lanz intentó seguir trabajando un tiempo, mientras los pocos empleados iban abandonando el lugar, hasta que finalmente se quedó solo. Fue ahí cuando su enfermedad empezó a expresarse, muy callada al principio, con confusiones que en su caso, siendo tan meticuloso y detallista, resultaban graciosas (Ilse y Klára siempre recuerdan el principio del mal como una época divertida). Después, a medida que una parte ínfima pero vital de su cerebro se iba desintegrando, las fallas de su memoria bloquearon para siempre el tiempo presente, la realidad de su vida desde algún punto —imposible de precisar con exactitud— en adelante, de modo que, para él, el hoy "real", en el sentido más cabal del término, es el hoy de hace veinte o treinta años. El mal fue mucho peor que eso, mucho más dramático, porque a la devastación del Korsakov (tal es el nombre de la enfermedad) se sumaron pequeños derrames en otras zonas de su cerebro, derrames que, salvo raras excepciones, suelen pasar inadvertidos incluso para los más cercanos. Esos derrames agregaron una facultad inesperada a su imposibilidad de crear recuerdos nuevos: la de aniquilar poco a poco los recuerdos que sí había conseguido afirmar en su memoria, empezando por los más recientes, como si alguien estuviese barriendo su vida para atrás, adentro mismo de su cabeza.

El síndrome de Korsakov es irremediable. No reacomoda la memoria, no la oculta, no la deforma ni la tergiversa: la destroza. Anula por completo la posibilidad de crear un nuevo pasado por sobre el pasado viejo, de modificarlo, de reconstituirlo, de perdonarlo. No hay redención posible para él: Lanz está estancado en un tiempo que lo lastima y lo persigue, y que va a lastimarlo y a perseguirlo siempre, porque nada de lo que vivió después puede aplacar ese pasado, porque nada de lo que vivió después existe de veras en su memoria. Es atroz, pero al menos él no lo sabe, y esa es la única concesión que le hace la enfermedad. No sabe que se está quedando sin su vida, o peor, arrinconado lentamente en el peor tiempo de su vida. El presente tampoco lo alivia, porque no deja huellas. Nada deja huellas nuevas: todo lo que hay en su memoria, que es su presente, son las huellas retorcidas de la guerra, los pozos escarbados por las matanzas.

Aunque no lo parezca, esta peculiar enfermedad de Lanz quizás haya sido un signo. Al menos estoy segura de que fue durante la cena de la última Navidad, que uno de sus derrames hizo retroceder al viejo varios años en el tablero de su mente, y no sólo eso: esa vez fue excepcional porque todos nos dimos perfecta cuenta de lo que había ocurrido. Esa vuelta atrás en el tiempo significó para Lanz volver para siempre al monstruo, pero no al que mi padre había dejado intacto en el pasado, sino a uno mucho más terrible. También puso una cuota de inquietud en aquella cena que, para mí, fue el comienzo de todo, porque esa noche, además de presenciar el instante en el que Lanz perdía parte de su pasado como si un cirujano riguroso se lo hubiese extirpado de pronto, fue la primera del verano, y la primera en muchísimos años, más de diez, que volvieron a aparecer en el lago las algas de las que hablaban los indios, las tradiciones orales, y, naturalmente, mi padre.

Todo el día previo a la Nochebuena habíamos estado especulando con la llegada de Klára, entre los apurones de Ilse en la cocina de la casa grande y los de Lanz en la cabaña de atrás, que vigilaba la última destilación del licor como si de eso dependiese su propia vida (y más tarde, durante la cena, Ilse aseguraría que era así, que la vida de Lanz dependía un poco de la misma sustancia que lo mataba como un asesino exquisito, dejando su cuerpo y su mente por completo incapaces de detectarla).

Era el 24 de diciembre de 1975 y era verano, por supuesto, pero el verano de la cordillera. Unas nubes globosas y grises habían amenazado con tapar el magro rectángulo de cielo que encajonaban las montañas y el lago, y también con alguna lluvia fría, pero poco después del mediodía el cielo se había ido abriendo, tanto que, a eso de las siete, pusimos la

50

mesa de hierro en el porche, junto con unas sillas rejuntadas del living, la hamaca que usaba Lanz, y unos candelabros con velas gruesas parecidas a cirios que Ilse se obstinó en acomodar sobre una mesa plegable. Ese tipo de accesorios, aunque bonitos y hasta románticos, son inútiles acá. Nunca, desde que yo recuerdo —al menos hasta aquel verano—, hubo un día, o ni siquiera un día, un rato más o menos prolongado, en que el aire estuviese quieto. Jamás. El viento es una presencia constante, como los corpachones de las montañas, como esos cipreses retorcidos que hay detrás de la casa, incluso como esta misma casa. Para Ilse los candelabros son importantes, porque representan una de las pocas cosas que pudo salvar de su casa antes del bombardeo, y que ha venido cargando consigo a través del Atlántico. En general, todos aprovechamos para traer algún objeto amado a esta ceremonia que, según Lanz, tiene más de las tradiciones de Medio Oriente que del catolicismo. Aquí, por otra parte, nadie es católico, con seguridad no católico practicante, pero la Navidad es una fiesta atávica, y nosotros la celebramos como paganos, a nuestro modo.

Miento, en realidad hay al menos dos bautizados: Ilse y Nando, y de Klára en realidad no sabemos nada de su vida antes del barco. El padre de Ilse se convirtió al catolicismo en el apogeo del imperio austro-húngaro, o, como lo llama Lanz, la Doble Monarquía. Su madre venía de una antigua familia de magiares, aristócratas nobles de hábitos distinguidos que vivían en un castillo con torretas y muralla en la cima de un monte suave al final de los Cárpatos, con jardines y estatuas y todas esas cosas que uno suele asociar con los cuentos de hadas, sólo que en el caso de Ilse esto era, o había sido alguna vez, muy cierto.

El padre de Ilse era un judío secular de Szeged, una ciudad de mercaderes y de intelectuales que queda hacia el sur de Budapest, alguien mucho más interesado en las artes y los negocios que en la religión. Por eso, cuando llegó el momento, optó por abandonar a su familia y a los miles de años de religión cuyas tradiciones por otra parte desconocía bastante, y se convirtió estoicamente al catolicismo, una religión muy popular en Hungría pero que, en el fondo, le era igual de indiferente. De cualquier modo, nada de esto sirvió para salvar a sus hijos: ni la conversión —aunque poco sufrida por cierto—, ni la protección de sus nuevos parientes aristocráticos, ni el dinero que había hecho sirviendo con generosidad y honradez a la tierra que consideraba su patria. Ilse, la primera y única mujer de la familia, nació años antes del desmembramiento del Imperio. Después de la Primera Guerra, por esas cuestiones de las fronteras políticas, la familia terminó viviendo en territorio rumano. Como tantos repentinos e inopinados exiliados, tuvieron que abandonar el húngaro como idioma cotidiano, idioma que, debido a la cercanía con asentamientos germánicos desde hacía siglos, fue cambiado no por el rumano, sino por el alemán. En los años que siguieron, Ilse fue la única que pudo acceder al *gymnasium* para seguir con los estudios, pero sólo porque era mujer, y los cupos universitarios de 1920 restringían la cantidad de judíos varones en los establecimientos educativos de cualquier naturaleza. La suerte de Ilse no la tendrían sus dos hermanos menores, nacidos al final de la Primera Guerra, dos de tantos otros bebés que engendró el miedo a la muerte. Para cuando ellos llegaron a la época de la universidad, el partido nazi gobernaba Alemania, y a su modo, prematuramente, también Hungría. Así, gracias a una renovada ley antisemita, fueron rechazados en la Universidad de Debrecen por tener sangre judía, y por superar otra vez el cupo permitido al sexo masculino. Más tarde los dos serían enviados por varios meses al servicio de trabajos públicos forzados en una de las pocas metalúrgicas que quedaban en Hungría, y de ahí, en un tren sin escalas, a Auschwitz.

Durante el período que separó las dos guerras en Europa del Este, la vida de Ilse transcurrió entre los suburbios de Budapest, y algunos viajes esporádicos a la ciudad austríaca de Graz. Ilse no dice mucho de aquella época, apenas si explica que tocaba el piano y que sobrevivía dando clases de arte y de alemán a unos pocos magiares de fortuna. La ocupación alemana la halló en Budapest, quizás el mejor lugar para hallarse en medio de una catástrofe semejante, según cuenta Ilse, ya que en la ciudad los alemanes se veían obligados a moderar el salvajismo y la desmesura de las deportaciones que sí ejecutaban en las provincias. De todos modos, permaneció oculta por varios meses. Tampoco habla de ese tiempo: su voluntad férrea de negarlo es la contracara de la enfermedad de Lanz.

Para cuando Ilse consiguió volver a la casa familiar, en Rumania, descubrió que ya no había casa, que su padre había muerto y que su madre, amparada por unos tíos lejanos, vivía escondida en el depósito de un restaurante clausurado. Juntando el dinero de unos pocos objetos valiosos vendidos en el mercado negro y algo de ropa, con su abandonada carrera de Filosofía y sus treinta y ocho años de edad, huyó a través de la frontera rumana hacia Yugoslavia, y de ahí, en barco, atravesando el Adriático, llegó a la Italia que había dejado Mussolini, donde otros tantos miles de judíos desterrados de Europa, refugiados políticos y enfermos de la guerra deambulaban por las calles de Roma o de Génova buscando desde pasaportes y visados falsos de falsos países sudamericanos hasta salvoconductos para Palestina o asilo político en países africanos.

Entre esa masa de empobrecidos y aterrorizados, también estaba Lanz.

Así fue, al menos eso es lo que cuentan, cómo se conocieron, y cómo se volvieron a encontrar en el intento de comprar visas especiales, primero para Brasil, pero como los rumores decían que ningún judío podía desembarcar en el

Brasil, terminaron por comprar un segundo visado para la República Argentina, país del que apenas conocían su ubicación en el mapa.

La familia de Klára murió durante aquel cruce del Atlántico hacia Río de Janeiro, pero nadie supo decir de dónde eran, ni nada más allá de que la madre de Klára tenía, como ella, el cabello de un rojo que en la Patagonia, aun en medio de extranjeros, resaltaría como una maldición. Y que el cuerpo consumido de su padre —al que también hallaron en la bodega, inconsciente, y que murió en silencio dos días después— tenía la misma complexión delgada y larga que tendría su hija con el tiempo, y una piel tan blanca que el hambre y la falta de agua habían vuelto gris como la de su esposa, una imagen que Ilse afirma que recordará para siempre, porque contra aquella piel muerta, cianótica ya, apoyada sobre las maderas húmedas de la bodega y envuelta en tanto trapo que hasta entonces nadie se había dado cuenta de su existencia, estaba Klára, deshidratada y quieta, pero con los ojos negros abiertos de par en par, como si la muerte le causara más curiosidad que dolor.

Esto es lo que Ilse cuenta, con más o menos detalle, cada vez que saca a relucir sus vetustos candelabros de peltre, de aspecto engañosamente macizo pero tan delicados como la porcelana china. Los candelabros del Conde los llamamos nosotros con cierta solemnidad, porque pertenecieron, en apariencia, a su abuelo materno, que llevaba el título de Conde, además, por supuesto, de un nombre húngaro impronunciable.

Y ese atardecer, mientras sacábamos la mesa de hierro a pesar del viento y del frío, Ilse volvió a contar la historia, casi hablando para sí misma, a veces corroborando algunos detalles históricos con Lanz, mientras terminaba de cocinar una versión sui generis del goulash con carne de ternera y papas, y la famosa sopa de pescado, que iniciaba las comidas desde siempre y en cualquier ocasión, más o menos aderezada con la no menos famosa crema agria con páprika. En nuestro caso, la crema venía de leche de cabra, unos animales roñosos con el pelaje amarillo eternamente lleno de abrojos y de generaciones de chupasangres inclasificables, que los viejos insistían en mantener acorralados al borde del bosque. Eso, la crema, era cosa de Ilse, pero el paté era la exclusividad de Lanz. Todo el proceso, desde cazar los gansos salvajes —que por suerte abundan, o una versión aceptable de ellos— hasta la pasta de hígado, pasando por unas hierbas indeterminadas, también cultivadas con esfuerzo en una especie de vivero detrás de la casa grande, es algo que Lanz no permite que nadie vea, y que sólo él conoce. Sus inversiones más vehementes son su vivero, las cabras, y una población autónoma de gallinas, eso sin contar a los dos gallos que sirven doblemente a las gallinas y a los fines de espantar a un inesperado basilisco.

En fin, que para cuando los viejos terminaron de cocinar ya había llegado Nando, y la botella de licor abierta hacía un par de horas estaba casi vacía.

Lo primero era siempre un licor de rosa mosqueta, de textura suave y embaucadora que nos dejaba a todos menos hambrientos de lo que deberíamos, y hablando siempre de más. Nando solía traer un par de botellas de buen vino de la ciudad que se reservaban para la comida, y al final, después del postre y el café, venía el licorcito digestivo, una mezcla de numerosos yuyos, algunos macerados y otros destilados de modo casero, que los viejos preparaban durante todo el año. Ciertas hierbas crecían al amparo secreto del vivero, otras eran salvajes, y las demás serían, supongo, sustituciones, aunque ni Lanz ni Ilse admitieron jamás haber alterado la receta. La verdad es que la falta de finura en la destilación, proceso que llevaban a cabo con elementos no más sofisticados que el fuego vivo y unos cacharros de aspecto deforme, conseguía un alcohol sucio y poderoso, un líquido de color verde oscuro, al principio irritante y amargo, que parecía filtrarse a la sangre a través de la lengua. El gusto ahumado recordaba un poco al mezcal, si bien en el rito de los viejos no había gusanos, e Ilse decía que poner un animal muerto en el seno de un licor traía mala fortuna. Pero sí se agregaba por ejemplo, y a último momento, el extracto de lo que llamaban hierba del gusano, algo que sublimaba la amargura extrema de la bebida haciéndola casi imposible de tragar: era tintura de ajenjo, hierba que sí cultivaba Lanz en las honduras más frías del vivero. Muchas veces, en vez de agregarlo al licor en forma de gotas de un verde más oscuro que el color de la noche sobre los cipreses, el viejo humedecía con la tintura un bloque de melaza endurecida, que devoraba con la expresión embelesada de los opiómanos. Es la única manera de tomarlo, aducía, sin pretensión alguna de justificarse, e Ilse lo acompañaba sonriente en sus serenos rituales, regando con las gotas ennegrecidas su propia copa de licor.

La persistencia de la mente, así dice Lanz que llamaban los antiguos al ajenjo, un veneno seguro si se consume sin el intermediario del azúcar, y una muerte lenta, poblada de horrores alucinados, si la proporción de alcohol excede la del cociente divino, el código de todas las proporciones en la naturaleza.

Y así, sin gusano ni espíritu agregado, con dos o tres gotas de la tintura, el licor de los viejos era, además de digestivo, misteriosamente catártico.

Estoy segura de que en algún lugar de Hungría existen unas grutas anónimas, unos socavones húmedos excavados en el suelo de ciertos bosques negros, cavernas donde en la antigüedad se torturarían vírgenes y se invocarían los poderes de amuletos paganos, donde hoy se bebe una versión distinta de ese mismo licor, agravado por las hojas de un árbol que se extingue día a día y del cual nadie conoce su origen ni su clasificación en la botánica. Sitios como los rancios fumaderos de opio del Londres victoriano, pero más herméticos, mucho más secretos y profanos.

Esa noche, en la mesa, adelante de todos, debo haber confesado mi hipótesis sobre la existencia de un lugar semejante porque Ilse me miró de pronto con ojos azorados, y Lanz se largó a reír, desmereciendo con humor alcohólico la indignación de su mujer.

—Fue un sueño seguramente —dijo Nando, también sonriendo.

No sé por qué pero yo estaba segura de que no era un sueño.

Hay cosas que son así, como el monstruo —del que no tendríamos sospecha, al menos de su inmediatez, hasta un poco más tarde, como si mi visión hubiese sido una especie de advertencia—, o ese lugar de Hungría.

Pero me adelanto: no había llegado todavía la Nochebuena.

El que sí había llegado era Nando con sus botellas de vino; después habíamos tomado el aperitivo de rosa mosqueta, habíamos puesto mantel y vajilla sobre la mesa de hierro y mientras los viejos se afanaban en la cocina de la casa grande, Nando y yo mirábamos el lago y el cielo que oscurecía y cómo las montañas a nuestro alrededor se iban poniendo violetas, después grises, y finalmente negras.

Quizás fue debido a ese estado de alerta excepcional del licor, que mientras empaña todo aquello que está afuera de uno, en el mundo —como si el cuerpo fuese una frontera impecable— es capaz de precipitar las sensaciones más vagas y exponerlas a la conciencia sin rodeos, que noté por primera vez el malestar de Nando.

Él estaba como siempre, tranquilo, despatarrado sobre la silla, deliberadamente cómodo, con los ojos entrecerrados y la mirada detenida sobre la superficie del lago. Recuerdo un golpeteo de su pie contra la mesa, algo que sonaba demasiado uniforme contra la arritmia del viento, pero ese también era Nando, la regularidad que él mismo generaba y de la que él mismo se alimentaba, como si la cordillera de los Andes con sus imperturbables ríos y lagos y bosques no fueran para él ancla suficiente, o la demostración perfecta de lo inmutable del mundo.

No: definitivamente no fue por nada que él hubiese dejado entrever. Pero dentro de mí, dispuestas mis emociones con la prolijidad con la que un jugador habría clasificado sus cartas, sentía que Nando gritaba con un grito altisonante y desfigurado. En aquel momento no pude darme cuenta, ensimismada dentro de la cueva en la que se había transformado mi cuerpo, de que cuando supe de la agonía de Nando, en el instante preciso en el que se volvió tan diáfano para mí, tan elocuente, que pasaba algo malo, o al menos penoso para él, el Fiat rojo de Klára subía por el camino de la playa, el camino de guijarros que podía verse detrás de la panza del lago, curvándose hasta perderse entre los cipreses. No pude darme cuenta entonces de que la mirada de Nando no estaba detenida en el lago, sino más allá, en el auto colorido que trepaba la cuesta, esforzado como una hormiguita.

Digamos que después, mucho después, supe que esa trepidación tan oblicua que sentí en él aquella noche tenía todo que ver con la pequeña Klára, la hermana de mi infancia, la hija adoptiva de Lanz y de Ilse, que volvía de tanto en tanto a La Pedrera a visitar a los viejos, trayendo los pocos tesoros de imitación europea —algunos quesos en horma, alguna páprika más amarilla que roja, algún conservante maestro— que podía comprar en la Colonia Suiza. Esta vez, como pudimos apreciarlo todos, había traído un *nusstrudel* gigante para el postre, junto con un frasco de vinagre natural, algo muy preciado para la cocina de Mutti, y una lata con semillas de caraway para Lanz.

Klára estacionó el auto de cualquier modo al costado de la casa, y luego se acercó al porche con "la bolsa de los tesoros", un morral tosco y amplio, informe como un buche, tejido con hilo sisal de colores vivos, reconocida de inmediato por nosotros porque era uno de los dos recuerdos que Lanz y Mutti habían conservado para ella del barco que los trajera a América. En el otro brazo, haciendo equilibrio, traía otro bolsón plástico como de mercado. Así, mientras se aproximaba cargada con sus regalos de Navidad, el cabello rojo levantado en una cola de caballo y una chaqueta de cuero demasiado grande para su espalda, nadie le habría dado más de veinticinco años. Klára siempre había sido hermosa, de una belleza clásica, casi molesta, al menos para mí, que nunca pude mirarme en el espejo con alguna satisfacción. Sin embargo, teníamos otras muchas cosas en común: la misma edad, por ejemplo, y que habíamos nacido en algún lugar indeterminado del planeta. A ella la habían rescatado en el barco, a mí quién sabe si me habían rescatado, pero cuando Lanz y Mutti llegaron a La Pedrera las dos pequeñitas empezamos nuestro tiempo juntas como hermanas.

De ese tiempo, ni Klára ni yo tenemos el menor registro. A veces decimos que nos trajo la cigüeña a las dos juntas, para ahorrarse el peaje celestial, y que a ella la soltó primero en el hemisferio norte, mientras que a mí me arrastró hasta la Patagonia, atrancada entre las plumas rosadas —inevitablemente— por culpa de mi nariz.

Antes nos reíamos de este tipo de cosas, pero en el fondo creo que a las dos nos hace bien no acordarnos de nada.

Klára se crió acá, en la zona, mientras que a mí me mandaron lejos, pupila a un colegio de monjas. Ilse insiste en que eso fue lo mejor que pudo hacer mi padre, por él y por mí, tanto que sospecho que fue idea de ella y de nadie más que mi padre hiciese lo que hizo. En fin, no importa: Klára y yo tenemos casi la misma edad (con ella es difícil, su fecha de nacimiento exacta es un misterio que Ilse, con toda la dote ancestral de astrología que lleva en la sangre, ha tratado en vano de precisar, al menos de ajustar a un mes determinado), pero Klára es mucho más hermosa. Nunca lo acepté con demasiado entusiasmo, es cierto, pero tampoco, hasta esa noche, fue algo que había sufrido, como sufrí en aquel momento mientras ella subía la pendiente del camino hasta la casa con sus bolsas y su chaqueta enorme, delgada, diminuta, con la piel tan blanca que resaltaba como un fantasma demasiado vivo. A la luz ocre de las velas, con el color del esfuerzo en las mejillas, Klára estaba, si es posible, todavía más bella. Y un poco triste. Sospecho que Nando la había observado como yo, con el mismo dolor que produce la belleza que no se posee, pero yo no lo miraba a él y no advertí que se había levantado y se había ido de pronto cuando ella llegaba al porche, aunque eso en Nando tampoco podría contarse como raro, ya que suele no atender las mínimas reglas de cortesía. De hecho, son las únicas reglas que no cuentan para él.

—Hermana —dijo Klára al fin, dejando caer las bolsas de Papá Noel en el piso al tiempo que me tiraba los brazos al cuello como una nena. Por un instante tuve la sensación de que se iba a largar a llorar, pero fue muy efímera, como tantas otras sensaciones extrañas e incomprensibles aquella noche. Quizás si ella hubiese hecho alguna observación acerca de la grosería de Nando yo habría podido detectar lo que estaba ocurriendo entre ellos. Pero no.

La abracé: Klára me trae un recuerdo invisible, uno que probablemente no tengo sino que usurpo, de familia, de hermandad, de conjunción secreta con otro ser humano.

—Flaquita, cómo llegás tan tarde vos.

—Se paró el cascarudo, te juro que se empacó y no hubo modo de sacarlo hasta que no vino un ángel de la ruta.

—¿Qué hizo el ángel, si se puede contar?

Klára se largó a reír. A pesar de lo bien que nos hacía escuchar su risa, no era algo que hiciese muy a menudo. Era más bien una persona seria, callada, introvertida. Y le gustaba jugar a la enigmática con respecto a su vida personal.

—El ángel… me regaló un poco de nafta con una manguera. No me di cuenta de que tenía el tanque casi vacío.

—¿Cómo andan las cosas en Barda Roja?

Klára me miró, ya sin sonreír.

—¿Por qué?

—Cómo por qué. Es una pregunta, nada más.

Se quedó pensativa, con esa tristeza en la mirada que yo había entrevisto en ella al llegar.

—Más o menos. Cerraron la escuela —dijo. —Pero no digas nada, a lo mejor es transitorio, viste cómo son estas decisiones…

No me dejó hacer ningún comentario: me acomodó el pelo hacia atrás, con su gesto breve de siempre, y se fue rápido a la cocina llamando a Mutti y a Lanz. De Nando no había dicho nada, pero para entonces yo empecé a preguntarme adónde se había metido, y salí a buscarlo.

Estaba en el vivero, un insólito entrepiso de madera ganado a una esquina del gallinero, que da la misma impresión de minuciosidad abigarrada de las chacras europeas. El ambiente estaba oscuro, no había luz eléctrica y nadie entraba ahí después del anochecer, menos aún sin la autorización expresa o la compañía de Lanz. De espaldas a la puerta, Nando no me vio entrar. Estaba apoyado sobre un fardo alto de alfalfa que el viejo conservaba cinchado y perfecto como una suerte de repisa para sus regaderas y palas. Más que apoyado, Nando parecía estar buscando el equilibrio o el aliento, como si acabara de llegar de una carrera. Hacía mucho que no lo veía en un instante de abatimiento tan íntimo, tan solitario. Quise darme vuelta sin hacer ruido y dejarlo solo, pero las gallinas se asustaron y el jaleo lo alertó antes de que pudiese salir sin que me descubriera.

—¿Ana?

—Vine a buscarte. Te levantaste tan rápido que pensé... Llegó Klára —terminé diciendo, confundida, sintiendo otra vez que algo no estaba bien con él, pero sin poder determinar qué era, excepto por la apariencia agobiada de Nando y de su presencia en un sitio tan oscuro.

—Ya voy, Lanz me pidió un puñado de menta y vine a buscarlo, pero no veo dónde está con tan poca luz...

—¿Estás bien?

—¿Por qué?

—Por nada. La menta está en el canterito de la izquierda.

Me quedé mirándolo un segundo más sin saber qué más decir, sin poder moverme tampoco en dirección a él. Además, ¿para qué? ¿Para ayudarlo cómo, exactamente? Nando no parecía haber estado buscando ninguna hierba, y Lanz no era de los que dejaban que otras manos arrancaran nada de sus benditos tiestos. Sin embargo, no había nada de esa sensación imprecisa que pudiese expresarse de alguna manera. Al fin me fui, cuidando que las gallinas no aprovecharan para salirse del corral.

Eso fue todo. Volví al porche, donde Klára y Mutti estaban a punto de servir la sopa de pescado. Lanz, en la cocina, descorchaba la primera botella de vino.

Mientras una parte de mí trataba de convencerse de que la realidad era ese telón contundente y plano del mundo en el que creía mi padre, y que más allá de eso no había nada, la otra parte, la que ya estaba acaso un poco borracha por el licor, buscaba la oportunidad de preguntarle a Lanz si le había pedido a Nando un puñado de menta.

Durante lo que quedó de la cena estuve dándole vueltas al asunto, sin decidirme a encarar a Lanz. Una inquietud vaga me decía que si mi sospecha se confirmaba, no sabría cómo seguir, cómo interrogar a Nando, o acerca de qué.

La cena transcurrió en paz hasta que el viento, después de tantas horas de aquella anómala pretensión de quietud, arrasó con la llama de las velas, y tuvimos que mudarnos al interior de la casa con nuestros platos y copas y cubiertos a cuestas. Mutti insistió en encender las velas otra vez, de modo que nuestras caras se llenaron de claroscuros misteriosos, iluminadas por la luz espectral del fuego rebotando sobre ese gris exigido de las paredes de piedra. El living era la habitación más amplia de la casa, cuadrada y altísima, y salvo por los tirantes de ciprés en el techo y el piso, el resto era de pura piedra.

Así, sentados a la franciscana y larguísima mesa de Víktor, con la vajilla antigua y los candelabros de peltre, éramos de pronto cinco desamparados del tiempo, cinco náufragos del medioevo amontonados alrededor de los víveres y del tembloroso calor de las llamas. La cortina de la ventana que daba al lago ondulaba con entusiasmo siguiendo los embates de un viento que era más bien un remolino, algo que venía de todos los puntos cardinales, como un simún en India. Hasta el viento estaba raro, incapaz de resolverse a soplar desde el este, como siempre o como casi siempre. Klára se levantó, silenciosa, y entornó las hojas de la ventana para evitar que las velas volvieran a apagarse.

El ambiente había adquirido una textura entre lúgubre y suntuosa; Ilse, con el humor esotérico, empezó a contar una vieja leyenda magiar sobre un niño que se pasó la vida buscando a su padre, siguiendo las pistas de un apellido totalmente falso, ya que por ley cualquier chico nacido en Hungría debía llevar el apellido del padre. En este caso, como la madre no podía revelar la verdadera identidad de su amante, decidió inventar un apellido, que es desde entonces uno de los más comunes de Hungría. Sólo que el pequeño, al crecer, dedicó sus días a buscar a aquel padre que estaba en todos lados y en ninguna parte, como una sombra esquiva, hasta que se suicidó de amargura arrojándose a las vías del tren. Ilse contaba la historia mezclando el alemán con el húngaro y el castellano, y Klára la observaba con una expresión desalentada, los ojos negros impenetrables, y las manos entrelazadas como si estuviese rogándole a un Dios escéptico y cruel. Yo, por mi parte, lo observaba a Nando, sus esfuerzos por parecer alegre y despreocupado, retraído en su extremo de la mesa, lejos de todos nosotros, controlando con insistencia el reloj. Lanz, sentado en la cabecera, se adormecía con la voz de Mutti, y de tanto en tanto se despertaba para corregir algún detalle o para agregar algún disparate. No había en el mundo una escena más pagana, menos navideña en el sentido cristiano de la palabra, que aquella.

Junté los platos vacíos y los llevé a la pileta de la cocina. Nando se levantó para ayudarme. En la cocina, sin decirme nada, me abrazó, y fue precisamente aquel abrazo clandestino, flojo y ambiguo, lo que me decidió a preguntarle a Lanz qué hacía Nando más temprano en el vivero. Pensé en llamarlo aparte con una excusa plausible, buscar la oportunidad para poder hablar a solas con él antes de que se terminara la cena y los viejos quisieran acostarse.

Tuve toda la intención de hacerlo, es cierto, pero no pude. No fue posible. A poco de empezar a comer el postre, Lanz se sentó de pronto muy derecho en su silla, y empezó a parpadear y a frotarse los ojos, mirando extraviado para todos lados. Mutti se dio cuenta antes que nosotros y atinó a sostenerlo con fuerza contra el respaldo de la silla, mientras el cuerpo delgado del viejo parecía ceder a una fuerza sobrenatural que le removía los huesos, y todo residuo de solidez que le quedara en el esqueleto. Cuando los demás nos acercamos, los ojos de Lanz ya estaban inyectados en sangre, de un rojo tan violento que por un instante creímos que los globos enteros habían explotado dejando dos cuencas ennegrecidas. El pobre empezó entonces a murmurar cosas con un tono de voz nuevo, infantil, y sólo en húngaro.

—¿Qué dice? —preguntó Nando, sin saber bien cómo reaccionar.

—No tiene importancia —dijo Ilse—. No podrá recordarlo más. Son las palabras, los hechos que su mente está perdiendo. Sosténganlo bien, sostengan su cabeza en alto. Ya va a pasar.

Ilse había hablado con una serenidad asombrosa. Adelante de nuestros propios ojos el cerebro de Lanz, una vez más, estaba siendo arrasado como nuestras velas bajo aquel pavoroso viento de la cordillera. Una buena parte de su vida no volvería a aparecer jamás, y era eso lo que murmuraba entrecortadamente, conjugando los verbos de un idioma que a la larga también lo abandonaría, como si sintiese la última y suprema necesidad de decir en voz alta, de nombrar por su verdadero nombre todo aquello que estaba perdiendo.

El episodio no duró en total más de cinco minutos, tal vez menos, pero a partir de entonces Lanz no fue el mismo.

En los meses que pasaron sufrió dos ataques más, dos ataques silenciosos pero de una potencia subterránea espantosa. Cada uno de ellos le robó años enteros de su vida, y cada uno lo dejó todavía más incapaz de recordar lo que ocurría en lo inmediato. Algunas veces, cuando todavía estaba bien, recordaba hasta un día entero, pero otras, no más de diez minutos.

Todo lo que pasó en aquella Nochebuena fue extraordinario y anormal, plagado de signos que habríamos podido o no reconocer, dependiendo de en qué lugar de la historia estaba cada uno de nosotros. De Nando apenas si pude presumir algo que comprobaría mucho después (aunque la palabra comprobar, en este caso, es incluso más conjeturada que en el del monstruo).

Después del ataque llevamos al viejo, a medias consciente de que algo le había ocurrido, a la cabaña del fondo, a su propia cama, para no agregar más desconocimiento a su memoria. Es una bendición que no pueda darse cuenta completamente de lo que pasó en su cerebro. No lo soportaría. Nadie lo soportaría. Mutti se fue a preparar un té de hierbas medicinales para bajar la presión arterial, y yo me quedé al lado de la cama de Lanz, que me miraba a través de una profunda tiniebla transparente.

Por varias horas, arropado bajo las mantas que había usado los últimos veinte años, el viejo húngaro estuvo una vez más solo en el mundo, solo en el medio de una naturaleza brutal, bárbara, contra la que no podía hacer absolutamente nada.

El cuarto de Lanz daba a un espacio común a las dos viviendas, un jardín, como lo llamaba Mutti, que separaba el chalet de la casa grande. Desde su ventana podía verse con claridad el rectángulo iluminado de la ventana de la cocina, como si fuera la pantalla de un cine. Allí, de pie al borde de la mesada, estaban Klára y Nando, discutiendo con gestos lo bastante escabrosos como para atraer la atención de cualquiera, pero en especial la mía. La cara de Nando estaba lívida de furia, la de Klára, blanca como el cuerpo de las velas. Toda la escena fue, sin embargo, muy breve: él golpeó algo con violencia, la madera de la mesada quizás, y después se fue, dejándola a ella sola en la cocina. Tenía una expresión resignada, más bien triste, como si hubiese tratado de explicarle a Nando algo que desde un principio sabía que él no podría entender. Cuando entró Mutti, unos segundos más tarde, Klára se pasó la mano por las mejillas en un gesto rápido, y la ayudó a preparar el té.

Me levanté de la mecedora y corrí de un manotazo las cortinas de la ventana: no quería ver más. Suficiente que había perdido, y probablemente para siempre, la oportunidad de haber aclarado alguna de mis impresiones con Lanz. Lo más indicado, sin embargo, habría sido hablar con Nando, preguntarle qué le pasaba, qué era lo que pasaba con Klára, pero no. Ese no era mi estilo, ese nunca había sido mi estilo. Por el contrario, yo trataba de adivinar el mundo por inducción, con el mismo método científico de observación, prueba y error que aplicaba para el estudio de los sedimentos y de la vida primitiva que estos habían cobijado entre sus capas. Draconiano, ajeno a las trampas de la mente, así era el método que aplicaba para adivinar el mundo, y según el mismo protocolo inexorable, nunca hablaría con Nando. Corrí las cortinas tapando por completo la ventana y mi propia incertidumbre, pero no tuve mucho tiempo de pensar en lo bueno o lo malo del asunto porque entonces Lanz empezó a balbucear desde la cama, otra vez atropellado e inconexo, con tal urgencia en la voz que decidí sentarme un rato a su lado para tratar de calmarlo.

—Era un cuaderno muy pequeño, amarillo… un anotador… Darko, el jardinero, no era malo, y creo que le dio un lápiz también… Escribía *költemény*… tan apretados en las hojas amarillas… Miklós tenía ese solo anotador, ese solo, y lo llevaba escondido junto con el lápiz adentro de una media, contra el tobillo, o por dentro de la cintura de los pantalones…

—¿De qué habla, Vati? ¿Se siente bien?

—Los guardas no eran de los que vinieron después, *volksdeutsche*, no. Eran peores que los alemanes… el hombre le dio el anotador y él escribía poemas… caminaba, todos caminábamos y en la estación de tren hervimos paja, una paja del campo, para comer... y también maíz...

Agotado, con los ojos todavía enrojecidos, el viejo se tapó la cara con las dos manos. Lloraba con un llanto mudo, como lloran los animales, sin lágrimas.

—Todo va a estar bien —le dije, acariciándole la cabeza y forzándolo a recostarse otra vez—. Shhhh, todo va a estar bien.

Por unos minutos se calmó su agitación; se había quedado quieto con las manos todavía sobre la cara, tanto que creí que se había dormido. Estiré las mantas sobre su cuerpo vestido con la ropa de la cena, nadie se había atrevido a desnudarlo, ni siquiera a moverlo demasiado. De pronto, transfigurado, se sentó en la cama.

—Nos matan a todos. Como a perros —dijo.

Su mirada había empezado a recobrar la limpidez de siempre, el celeste acuoso del iris más nítido contra la palidez rosada de la esclerótica.

—Boca abajo, paralelos al camino. Pasan y tiran a la cabeza, a matar, al azar, cinco, diez, quince, cien. La mitad de los cadáveres nos levantamos para seguir caminando, la otra mitad ya no puede. Él todavía tiene el cuaderno en la mano. Sobrevive esta vez, los dos sobrevivimos, pero no le importa. A mí todavía me importa vivir.

La voz de Lanz era de una angustia y al mismo tiempo de una claridad inhumana; no había duda de que relataba algo que estaba pasando en ese mismo momento, delante de sus ojos, como si estuviese mirando por la misma ventana por la que yo acababa de ver a Klára y a Nando discutir con extraña violencia.

No supe qué hacer, traté de levantarme para llamar a Mutti pero con la misma firmeza, con la misma resolución atormentada con la que había hablado antes, Lanz se aferró a mi brazo.

—No te vayas todavía, Sashenka.

¿Sashenka? Estuve a punto de corregirlo, por costumbre, a punto de decirle que era Ana, la hija de Víktor, Ana, la pobrecita Ana, no Sashenka. Pero me di cuenta de que la mirada de Lanz seguía cristalina, tan clara o más que antes, y que no divagaba sino que miraba a través de mí, perforando quizás aquella otra realidad, mucho más poderosa para él que la nuestra, pero sin recrearla. En aquel momento, estoy segura, Lanz no deliraba en absoluto y yo, de algún modo, era Sashenka. Después, tan súbitamente como se había sentado, se dejó caer otra vez sobre las almohadas.

Mutti había entrado silenciosa en la habitación con una bandeja, y había permanecido de pie en el marco, mirando la escena sin decidirse a entrar. Observaba de pronto a Lanz con un dolor resignado, y al mismo tiempo un poco sorprendida. Me pregunté hacía cuánto que estaba allí, sin decir palabra.

—Te llamó Sashenka —dije.

—No —contestó Ilse—. No es a mí a quien llamó.

Sin preguntar nada, le dejé el lugar que ocupaba en la cama al lado del viejo. Ella se acercó con su bandeja, y me agradeció tocándome brevemente la mejilla.

Yo volví a la casa, agobiada por todo lo que había pasado aquella noche, por la inquietud y las dudas.

Entre el bosque negro y la silueta apenas visible de las montañas reverberaba el gemido del viento, urgente y agudo como el de una parturienta. El paisaje entero parecía desencajado adentro de mí, y al mismo tiempo tenía que reconocer que el lago estaba donde debía estar, mi casa, donde debía estar, el chalet de los viejos detrás, flanqueada por el gallinero y el corral donde una cabra berreaba asustada, acaso por un miedo idénticamente vago. Todo estaba donde debía estar, incluso la tumba de mi padre, pero desconectado, con la catadura de la duermevela.

Preocupada por la idea de encontrarme con Nando en semejante estado de confusión, resolví pasar por el costado del porche, donde siempre tenía colgado de un gancho un saco de pescador, deformado ya por años de uso, de lana de alpaca, largo y oscuro; una de las pocas cosas que había conservado de las que pertenecieron a mi padre. Así abrigada, me dispuse a bajar a la orilla del lago —el único lugar en el mundo que tenía la virtud de tranquilizarme— por el camino lateral, tosco y apenas iluminado por los residuos anaranjados que proyectaban las velas de Ilse a través de las ventanas.

Una luz sobrenatural, como de estrella que ha estado agonizando durante miles de años.

Lo que yo llamo camino lateral es un sendero pelado, de tierra aplastada y largos trechos de ripio, malo para andar en la oscuridad, más aún con el cielo velado de aquella noche. Lanz, por su parte, lo había bautizado "el paso de Verecke" en honor a los primeros magiares que habían atravesado los Cárpatos por aquel estrechísimo camino de montaña hasta llegar del otro lado, a esa llanura de ríos incandescentes que era Hungría. Verecke, según el viejo, era el camino de los vencedores, de los conquistadores, de los locos, y yo sabía que si llegaba a la orilla por allí, nadie habría podido verme desde la casa.

Las nubes se abrían y se cerraban de tanto en tanto, ocultando un cuarto creciente platinado e intenso. El frío se abría paso por el entramado espeso de la lana, haciéndome temblar. ¿Por qué de repente me daba tanta aprensión el paisaje? ¿No lo conocía de sobra acaso? ¿Por qué entonces esa sensación de estar pisando un lugar tan ajeno?

Llegué hasta el banco de madera de la playa tanteando las piedras y los muñones de antiguos árboles, pero para mi sorpresa (pensé que aquella noche las sorpresas no acabarían nunca, y tenía razón) ya había alguien sentado allí, de espaldas, mirando el lago. Era Nando. Me acerqué igual tratando de no hacer ruido, como hacía unas horas había intentado hacer en el gallinero de Lanz, pero esta vez tampoco funcionó. Nando me reconoció sin siquiera darse vuelta.

—Podés sentarte acá conmigo. Si querés —dijo en voz baja.

Lo hice. La oscuridad era profunda sin la luna, tanto que apenas si podía ver el perfil duro y azulado de Nando, que seguía con la mirada fija en algún punto indefinido del lago, quizás más allá, en las montañas mimetizadas con la noche.

Encendí un cigarrillo; era algo que hacía de vez en cuando, porque a Mutti le disgustaba profundamente el olor y al viejo el humo le azuzaba una suerte de asma hipocondríaca, un problema menor considerando otros episodios como el que acababa de pasar. Por eso siempre acarreaba un atado en el bolsillo deformado del saco de mi padre, junto con una caja de fósforos que solía renovar cuando iba a la ciudad, a sentarme en algún bar a tomar algo. Ladrona, me decía Nando, pero era él quien más a menudo me traía las cajitas de los bares. También Klára, aunque sólo cuando encontraba alguna que valía la pena por el color de la cabeza del fósforo.

El cabo encendido del cigarrillo creaba una sombra china sobre mi mano.

—Cómo está el viejo —preguntó Nando.

—Se quedó con Mutti. Raro lo que pasó, ¿no?

—¿Raro? Lanz sufre esa porquería hace mucho tiempo, y tiene setenta años, Ana. El cerebro no resiste tanto.

—Sin embargo fue peor que otras veces. O a lo mejor esta vez pasó adelante de todos nosotros, y nos dimos cuenta.

—¿Estaba consciente? ¿Despierto, por lo menos?

—No sé. Al principio no, pero después… fue como si se le limpiara la mirada, como si la presión adentro de su cabeza se le hubiera normalizado. No era un delirio. Decía algo de un anotador, y que los habían matado como a perros.

—La guerra.

—Supongo que sí. Pero era algo muy específico lo del

71

anotador, lo decía con mucha tristeza, con angustia. ¿Alguna vez te contó algo de eso?

—No, que me acuerde. Puede haber sido un recuerdo al azar, como acordarse de la cara de la maestra de uno…

—Era un recuerdo horroroso, muy preciso, muy nítido. Y me llamó Sashenka. Pensé que la había llamado a Ilse, que estaba en la puerta, pero…

No sabía si contarle a Nando de la respuesta de Ilse. ¿Quién era, o quién había sido en todo caso, la tal Sashenka? Sospeché que Lanz tampoco podría contestarme eso, y que Mutti, con su regia y soberana compostura, no diría más que aquello que ya había dicho en su momento.

—¿Pero qué?

—Me debe haber confundido a mí. Le pasa cada vez más seguido, ¿te diste cuenta? A Mutti y a Klára las reconoce perfectamente. Siempre. Me da un poco de envidia, te confieso.

—No es justo que te dé envidia. El día que en el barullo de su mente se le pierdan ellas se va a morir. Puede vivir sin vos, pero no sin ellas. Es una cuestión de vida o muerte, no está bien que lo tomes como algo personal.

—¿No? Me parece que estás demasiado juicioso. ¿Qué es? ¿La lista de buenos propósitos para el año que viene?

Nando no contestó. Se reclinó hacia adelante y juntó algo que había en el suelo.

—Tomá, te traje el diario de hoy.

Y me dio el periódico, envuelto en una bolsa de nylon.

—¿Y la escafandra con infrarrojo para leerlo acá?

Por fin conseguí que se riera un poco. Toda la noche había estado taciturno, aunque aquello tampoco era particularmente extraño en él. Por un segundo volvieron mis dudas, e hice el esfuerzo por comportarme como siempre, sin preguntas, adivinando o bien dejando pasar sus estados de ánimo, las motivaciones, los enojos sordos y bruscos tan típicos de él, la cólera y la alegría que invariablemente lograba compactar en un bloque estanco y afónico, en una máscara de serenidad como la que mostraba en aquel instante, pero no pude. Mejor dicho: como algo excepcional, decidí no hacerlo.

—¿Por qué discutías con Klára?

La pregunta debió haberle sonado no sólo imprevista, sino por completo inédita viniendo de mí. Por primera vez, desde que yo llegara a la orilla del lago, giró para mirarme de frente. Nando es traslúcido como una hoja de hielo, incluso en la oscuridad del aire las arrugas de la frente lo traicionan de un modo tal que resulta casi tierno descubrirlo. Estoy segura de que durante un segundo pensó en mentirme, en negar la discusión quizás, pero su mente fue demasiado rápida como para caer en una trampa tan elemental; sin dudas calculó que desde donde yo estaba, en la habitación del viejo, había podido ver sin ambigüedad lo que pasaba en la cocina de la casa grande, y prefirió admitir la pelea. Ahora pienso que si en aquel momento la hubiese negado, a pesar de todo, yo tampoco habría hecho nada para demostrarle que lo había visto; al contrario, tal vez hasta le habría pedido disculpas por haber especulado sobre sus sentimientos y sus acciones. Pero admitió que había habido una pelea. Nando sabe bien quién soy, y hasta dónde sería capaz de llevar el silencio, o cualquier otra determinación.

—Política —contestó simplemente, y volvió a sentarse derecho, de frente al lago—. Discutíamos de política.

Ahora sí podría mentirme, ya que ni siquiera me quedaba la extravagante ventaja de detectar las modulaciones de sus gestos, esas arrugas alrededor de la boca, tan diáfanas para mí, tan reveladoras. Su voz era una cáscara para el silencio, una voz compuesta, un poco hastiada, irritada acaso por mi pregunta, pero aparte de eso, la áspera y mesurada voz de Nando.

—Ustedes viven en un país que no existe. Esto no existe,

Ana. Esta… paz. En algún momento se va a acabar, se va a terminar. Muy pronto.

—¿De qué hablás?

Nando hundió la cabeza entre los hombros. Tenía el mismo aspecto fatigado que le había visto en la penumbra del vivero de Lanz. Por un instante me sentí tentada a creerle lo de la discusión con Klára.

—A veces quisiera que la televisión llegara hasta acá, para que vean algo de lo que está pasando, y no tan lejos de este lugar.

—Tenemos la radio del viejo, la Grundig, y el diario que nos traés. ¿No alcanza? —dije, agitando la bolsa que me había dado.

—No. No alcanza. ¿Vamos adentro?

—Te quedás, entonces.

—¿No querés que me quede?

—Sí, lo prefiero. Es tarde además, no vas a volver a esta hora a la ciudad, es casi la una de la mañana…

—Además es tarde —repitió Nando, sin ninguna expresión—. ¿Y Klára?

Era la primera vez aquella noche que la nombraba, y me sobresaltó, como si hubiese nombrado a un muerto.

—Debe estar en la cabaña, Mutti viene preparándole el cuarto hace dos o tres días. Pobre vieja.

—¿Por qué pobre?

—Me gustaría tener a alguien como Mutti, que me adorara como la adora a Klára.

—Estás rara vos hoy. Desde que llegué, estás rara —dijo Nando, agarrando mi cara entre sus manos y mirándome a los ojos. Un golpe de viento pareció arrancar las nubes que cubrían la luna y entonces, de pronto, nos vimos claramente, los dos de pie al lado del banco de la playa, Nando un poco inclinado sobre mí, sus manos enormes y toscas de hombre alrededor de mi cara, sosteniéndome con firmeza pero al mismo tiempo con un extraño cuidado, como un médico que examina concienzudamente a un paciente quejoso, más que nada para conformarlo.

En esta nueva claridad me costó sostener su mirada. Sabía que lo que había pasado con Klára no tenía que ver con una discusión política, o al menos no solamente, y que su pretensión de normalidad era falsa, pero no quería seguir dándole vueltas al asunto, no así, ni allí.

—Estoy preocupada por el viejo. Y un poco borracha. Nada de eso es raro, ¿no?

—No… —dijo en voz baja—. ¿Vamos?

Esa noche fue también una de las últimas veces que dormí con Nando; mejor dicho, una de las últimas veces que hicimos el amor con paciencia, o por lo menos con algo más que la premura por afirmar la soberanía sobre el cuerpo del otro. Porque nosotros éramos dos conquistadores, no dos amantes; terratenientes delimitando la tierra recién comprada, aunque sólo fuese un desierto con sus arrecifes de ñires grises y yermos. En ese sentido, Nando y yo somos iguales: no defendemos lo que poseemos, sino aquello que nos posee. Por eso desde hace años, desde que llegué a este lugar y supe de él, tenemos este arreglo feudal de cópula, de institutriz y mayordomo del sexo del otro como si eso sólo pudiese darnos, más que el control, el derecho de morar un rato en una casa genital, secreta y fundamentalmente no propia.

Por algún motivo nos hace bien. Sabemos que la piel, los orgasmos, la viscosidad de la saliva o del semen, le pertenecen a un cuerpo ajeno que no aspira a tener nada más que eso, y del que no aspiramos nada más que eso, la piel, los orgasmos, la viscosidad de la saliva o del semen. Nuestros ataques son frontales, llanos, carentes de pasión en el sentido más humano de la palabra; hay un punto de fricción infranqueable: no hay deseo entre nosotros, es otra cosa, como un

75

instinto de procreación en el vacío, o a lo mejor nuestra propia, demacrada ilusión de normalidad. Somos dos encastres resentidos, dos imanes del mismo signo que se acoplan de tanto en tanto, muscularmente, técnicamente, para sobreponerse a la fuerza del rechazo por un mínimo instante. En definitiva, tenemos un trato como el que podría hacerse entre dos domadores encerrados en una jaula, cuya fiera huyó despavorida hace mucho tiempo.

Subimos a mi cuarto, desnudándonos con idéntica parsimonia mientras subíamos la escalera, como si eso pudiese hacernos ganar dos minutos más de una noche que igual acabaría esa misma madrugada, con Nando yéndose de la cama en un silencio clandestino antes de que la luz del amanecer quebrara la penumbra de las paredes de piedra, o de que yo pudiera despertarme de un sueño velado para pedirle, quizás, si me animaba un día, que se no se fuera. Otra vez, el acuerdo era tácito, y el problema era un problema de dominio: Nando no me habría despertado jamás para que yo pudiese pedirle algo imposible, y yo tampoco habría esperado nunca que él lo hiciera. Por otra parte, la verdad es que la mayoría de las veces yo estaba despierta cuando él se iba, y él lo sabía, pero los dos pretendíamos exactamente lo contrario.

Hay personas perfectas que uno encuentra demasiado pronto en la vida, cuando la inexperiencia, la necedad o la desgracia de los caminos que se cruzan una sola vez, como las líneas de la mano, hacen que uno las pierda para siempre, y personas perfectas que se encuentran demasiado tarde como para cortar los hilos de la gran telaraña en la que se ha transformado esa misma vida y empezar de nuevo, sin nada de qué sostenerse; en la práctica, las dos son relaciones igualmente imposibles. Y hay esas personas imperfectas que se encuentran en el momento apropiado, con quien uno se queda. De ese material están compuestas las relaciones humanas y toda la sociedad, sumado a las fantasías de los que se resisten a aceptarlo, los yerros de los que no se resisten, y las frustraciones varias de los que no encuentran a nadie. Me gusta pensar que los solitarios como Nando y como yo no contribuimos a la sociedad más que con pesares y neurosis, casas absurdamente grandes y más absurdamente vacías. Las familias imperfectas contribuyen con sus personas perfectas e imperfectas para otra progenie de otra familia, que los hallarán, o no, en el momento apropiado. Los perfectos olvidados se reciclarán en imperfectos que el tiempo logrará ubicar, o no, transformándolos en ese caso en solitarios estériles. Como Nando, como yo. Como Klára.

Pero sé que Nando no adscribe a estas racionalizaciones mías, aunque debería. Si le contara un poco más, estoy segura de que las consideraría lastimosas ideas de naturalista solterona. Por eso podemos atacarnos sin lástima y sin pudor las noches que se queda en la casa, besarnos con rabia, poseernos sin otro sentimiento que el ardor, la frustración y la orfandad del cuerpo. Por eso podemos ser tan salvajes y tramposos como el apostador que sabe perfectamente en qué cara del dado deslizó el contrapeso, y la Nochebuena no fue la excepción. Acabamos enroscados de un modo ridículo en el piso, al pie de la cama, y a unos centímetros del espejo impiadoso que había reflejado todos nuestros movimientos. Creo que nos dormimos por unos minutos, hasta que Nando desanduvo con cuidado los rulos de extremidades y sábana y alguna prenda anudada en los talones, y yo me levanté para lavarme. No sé por qué lo hago, pero es como el fin de un ritual arcaico, como las indias que lavan la sangre entre sus piernas en el agua de deshielo. Es más que una cuestión de higiene, de limpieza del sexo: las indias se deshacen de la sangre para no concebir, porque la sangre es el símbolo de la fertilidad y del dolor. Yo me deshago del semen como ellas de la sangre, de la misma manera, sólo que en mi caso el agua helada y limpia no es la que corre por el río sino la que brota de la vieja bomba que instaló mi padre, agua regurgitada de la tierra, tan dura que el jabón se coagula antes de hacer espuma.

Es un misterio, de dónde sale el agua que llega a esta casa. Mi padre solía decir que viene de una napa freática a la que filtran varios canales subterráneos conectados con el Pacífico a través de los Andes. Nunca nadie pudo —creo que tampoco intentaron con seriedad— probar la existencia de estos canales: la diferencia de altura entre el lago y el océano haría semejante continuidad casi imposible, como el túnel de Arne Shacknusem que partía de un ignoto granero y llegaba al centro de la tierra. Naturalmente, Víktor Mullin se regodeaba con cualquier teoría que justificase la existencia del monstruo, y el argumento tampoco era nuevo, pero aquí, en estas latitudes, la topología lo niega desde las entrañas mismas de la física. Lanz, sin embargo, dijo una vez que no era necesaria la continuidad entre el lecho del océano y el del lago, sino la contigüidad, y que un fenómeno de filtración podría alterar la mecánica de los vasos comunicantes para transformarlo en algo muy parecido al movimiento osmótico: así, el agua salada del Pacífico se filtraría hacia arriba, hacia esta disimulada napa de agua dulce que se conecta con el lecho del lago, simplemente por una diferencia de concentración. La idea de Lanz es, sin dudas, una ficción posible, pero demasiado improbable, aunque es cierto que el agua que brota de la canilla no tiene la textura, ni la composición, ni siquiera la temperatura de la del lago que parece invadir por completo el paisaje. Por alguna ironía, esa agua que viene de ningún lado es la que alimenta la fantasía del monstruo, y también la que borra de mi cuerpo los restos de Nando.

Luego de lavarme y de pensar, como casi siempre después de cada uno de nuestros encuentros, en esto que acabo de contar, volví a la cama donde Nando dormía boca abajo, roncando leve y apaciblemente. Me senté a su lado y lo acaricié por un largo rato, apenas rozándole la piel de la espalda y de los brazos. Siempre me maravilla de la misma manera el cuerpo de un hombre desnudo. Es como dar vuelta una piedra de la orilla, de esas que parecen al borde de un naufragio permanente, con el agua al cuello pero jamás cubriendo del todo la cara superficial gris y áspera, y al darla vuelta descubrir esa otra cara resbalosa de algas, esa cara que una colonia de pulgas, o un minúsculo cangrejo rey con el lastimoso séquito de una mojarrita hace que de pronto la dureza de aquella otra mitad, la expuesta, la que lucha cada segundo con la naturaleza, se justifique por completo, porque su misión en el mundo es proteger el oasis humilde y blando de la mitad hermana que nunca se ve, la del útero fértil que pagó el precio de haber aceptado, alguna vez, caer definitivamente boca abajo.

No sé si todos los hombres o sólo Nando tienen esa costra que lucha tanto por parecerse a la piedra. El sueño lo debilita, el sueño me muestra el costado más viril del naufragio, el lado lleno de una vida inocultable donde puedo pasar mis dedos o mi lengua y pasearme como esa mojarrita o aquella colonia de pulgas por sus dominios secretos.

Y también podría matarlo, de tan inocente que se ve.

Sé que no es un pensamiento muy edificante ni muy razonable, pero no creo que haya ser humano en el mundo que no piense lo mismo, o lo haya pensado alguna vez, inesperadamente enamorado de la fragilidad del otro.

Pero no hice nada de eso: esa madrugada apenas si pasé la palma de mis manos por el hueco que dejaban sus omóplatos, y quizás lo besé con mucha suavidad en la curva tibia del cuello, conteniendo el aliento como un vampiro que besa temerariamente a su propio hijo. Más tarde me acosté a su lado, de espaldas a él, y esperé con los ojos cerrados a que se levantara y se fuera de mi cama, como es habitual, sin hacer ruido.

Esa noche, entonces, pasaron muchas cosas, pero todas, sin embargo, fueron signos, señales sutiles de lo que vendría, símbolos que tenían que ver con los elementos de lo que ahora, nueve meses más tarde, intento con esfuerzo llamar "la historia". Eran las advertencias de la memoria y del monstruo, de la naturaleza extraordinaria, del amor perfecto, de la traición y el horror.

Todavía no había aparecido Pedro, eso sucedió recién empezado el mes de enero, pero pocos días más tarde aparecería, sí, el único indicio que los indios, los exploradores, los viajeros primitivos de la Patagonia y en particular mi padre, habían considerado como una prueba real y contundente de la existencia del monstruo. Más que de la existencia, de su advenimiento, porque la criatura del lago había sido desde siempre una especie de Mesías, en especial para los indios, que solían atar cabras a la orilla del lago como ofrenda para que el espíritu del agua no se llevase a ninguno de ellos.

La temporada del monstruo la llamaban. Durante ese tiempo, los indios esperaban cualquier cosa de la naturaleza. Hambre, heladas, niños muertos, pumas, enfermedades inexplicables. Sequías. El lago se pudre, decían. Así lo han escrito en las paredes de las cuevas que nadie conoce, más allá de unos cuantos fantasmas. El lago se pudre de algas y los peces abrazan a la muerte mostrando al cielo sus panzas blancas. El lago cubierto de panzas blancas como lirios de otro mundo, entonces sí que hay que atar cabras a las piedras de la orilla, lo suficientemente cerca como para que el monstruo pueda devorarlas vivas en el aire, porque eso es lo que quiere: sangre viva. Los muertos no le vienen bien, no le gusta comérselos porque no hablan, y el monstruo está harto del silencio profundo del agua. Su cuerpo ha estado en silencio por largos períodos, y cuando despierta necesita alimentarse de la vida, corroer la vida, succionarla, para poder adormecerse un tiempo y renacer otra vez, una vez más, entre las algas que lo anuncian, tan claras, tan incuestionables como la estrella de Belén.

El cuarto de huéspedes de la casa da al jardín, una franja de tierra descuidada donde crece la gramilla, la dichondra silvestre, la retama y un par de ciruelos plantados por azar. Ahí guardo los papeles de mi padre, todo lo que atesoró en su vida, aparte de esta casa, desde que llegó aquí. Ese cuarto hace las veces de mi oficina, cuando no está Nando. El diván de ese cuarto es donde Nando duerme, cuando se va de mi cama a la madrugada. La única ventana no da al lago, como dije, sino al jardín, y a la cabaña de los viejos. El bosque está tan cerca que ayuda a fabricarle un cielo de color triste, que varía desde el verdegris de la sombra durante el día al impenetrable verde de la noche entre los árboles. Es un cielo permanentemente oscuro, y el cuarto tiene esa misma propiedad vegetal y parda de los árboles.

Contra la ventana conseguí poner, y antes de eso hacer entrar con bastante esfuerzo, el escritorio de nogal que compré hace muchos años cerca de Alicurá, a un viejo alemán de la zona que, harto ya de tanto extrañar su patria decidió volverse, dejando atrás todo lo que había traído consigo alguna vez. Era difícil para mí imaginar a un alemán dejándolo todo por un arrebato. Lanz diría que eso es más bien cosa de húngaros, o incluso de austríacos, pero no viene al caso: de algún sector indiferenciado de la Mitteleuropa salió una vez un hombre que extrañaba gravemente su patria, y que estaba dispuesto a vender todo lo que tenía en el mundo para poder regresar. Aquel escritorio de madera firme y herrajes de bronce sólido había pertenecido a la familia de su esposa. Era el único mueble que habían podido traer en el barco, además de los baúles, y gracias a que la bodega del barco tendía a inundarse a pocos días de empezada la navegación por unas filtraciones imposibles de reparar sin poner el barco entero fuera de circulación, y debido a las cuales un mueble de aquel porte podía muy bien evitar que el equipaje se arruinara antes de llegar a destino. Así fue como el escritorio que guarda los tesoros de mi padre llegó a esta casa, desde la estatura de los nogales de la Selva Negra a la mesa de un carpintero ilustre de Friburgo, pasando por la bodega anegada de un barco de segunda clase a la bodega polvorienta de un tren que los vecinos sajones habían construido entre el puerto de Buenos Aires y lo desconocido, convencidos de que pronto lo usarían para extirpar los tumores minerales que tanto daño le estaban haciendo a un país tan joven.

Todo esto, por supuesto, no tiene ninguna importancia, más allá de los cuadernos y mapas de mi padre, guardados en los cajones entre los trocitos de cedro crudo que matan las polillas. Como el clavicémbalo de Ilse, otra adquisición producto de otro naufragio, de otra vuelta a la patria, de otro hartazgo u otra muerte. El escritorio, por otra parte, ha vuelto a la habitación vegetal a la que siempre perteneció, luego de pasar el verano bajo las ventanas del living, desconfiado y molesto como cualquier mueble al que mudan de sitio.

Lo que sí importa es que después de muchos años de revisar con cuidado los suelos, las piedras, los restos de huesos y fósiles, los mapas topológicos, las habladurías de los exploradores y la narrativa mágica —la poca que puede rescatarse— de los pobladores más antiguos de la zona, llegué a la conclusión de que las algas son de veras el indicio de un fenómeno ecológico importante, un fenómeno que tiene lugar cíclicamente, con períodos que van de diez a doce años, y que siguen, curiosamente, los ciclos del sol.

La teoría de Lanz (eso de que el agua del océano se filtra hacia arriba por canales finísimos que conectan el suelo del lago con el lecho del mar, del otro lado de la cordillera), por más disparatada que parezca —aunque plausible, si vamos al caso— no hace más que agregar una faceta misteriosa a la aparición de las algas, ya que hay en efecto un cambio en la composición del agua, un cambio sutil pero detectable. Esto ha pasado al menos dos veces en los últimos treinta años; si cuento lo de este verano, tres veces, lo cual hace un buen número y se acerca bastante a la idea de los nativos.

A la mañana siguiente a la Nochebuena me desperté tarde, muy deshidratada a causa de los licores, pero con un bondadoso cansancio físico.

Nando había armado sus petates y se había ido con el bote al medio del lago a pescar alguna trucha para el almuerzo, mientras Lanz lo miraba desde la orilla, conociéndolo y desconociéndolo de a ratos, seguramente, a juzgar por la forma en que de pronto se levantaba y lo señalaba, exaltado, o bien continuaba haciendo lo que hacía siempre en la orilla del lago: excavar en la arena pequeños pozos, que llenaba con hierbas o florcitas silvestres y que luego sellaba con piedras, asemejándolas a minúsculas y prolijas tumbas.

Ilse, en la cocina, preparaba un almuerzo preventivo con las sobras de la noche, y Klára, según me dijo la misma Ilse apenas entré, antes incluso de ponerme en las manos un tazón de té negro espesado con miel, se había vuelto a la ciudad muy temprano, tanto que se había tomado el trabajo de dejarles una notita para no despertarlos.

"Espero que la nafta de mi ángel de la guarda me alcance para llegar a una estación de servicio. Si no aparezco en una semana, denme por muerta. Un beso para todos, quizás el último. Klára.

PS: Ana, el bolso de los tesoros es para vos."

Siempre con el mismo humor negro, la muy guaranga. Pero ya la conocíamos, y por suerte los viejos habían dejado de hacerse mala sangre con sus bromas.

Creo que aquella nota de Klára fue lo más conspicuo de los siguientes tres días. A lo mejor porque hablaba de un modo explícito de la muerte, no lo sé. Con el correr de las horas, y de dos regias tardes de pesca que dejaron el saldo de seis truchas comunes y dos bonitos de buen tamaño, al menos desapareció un poco el retraimiento de Nando.

No pude más que intuir, ya completamente sobria, que esta "recuperación" tenía que ver con la ausencia de Klára. Nando no estaba menos taciturno, sino que se había dejado tranquilizar por la única rutina que lo devolvía al centro de su ser: el lago, los viejos, las noches interrumpidas en mi cuarto. Sin embargo, no volvimos a hacer el amor. Nos acostamos juntos porque sí, porque era lo que acostumbrábamos hacer cuando él estaba en la casa, pero nada más. Así y todo, se levantó de mi cama y se fue a dormir al escritorio.

No volvimos a hablar de Klára, ni de su nota fúnebre, ni de la ciudad ni tampoco de su trabajo. Nos limitamos a ser parte del paisaje.

Lanz, al cuidado casi enfermizo de Ilse, se recuperó del ataque.

No quiso saber nada de ir al hospital, además para qué, decía. Ilse consideraba que era mejor no perturbarlo más, porque narrarle lo que había ocurrido aquella noche no tendría para él ningún beneficio. Insistió con que Lanz podría incluso sufrir otro ataque si se lo alteraba con algo tan poco habitual para él como un hospital, y como era la autoridad máxima en lo que al viejo concernía, los dejamos finalmente en paz. No sabía yo, por entonces, que en muy poco tiempo iría al hospital de la ciudad, y que esa visita, insospechada todavía, no tendría nada que ver con la enfermedad del viejo sino con la llegada de Pedro a nuestra casa.

En cualquier caso, esto ocurrió antes de la aparición de Pedro, el 29 de diciembre, para ser precisa, cuando el año 74 se terminaba y todos acabaron por aceptar que Perón, lejos de haber vuelto, se había ido para siempre.

Ese día fue extraño desde el principio: la temperatura había subido con brusquedad, y el viento que machacaba obstinado las laderas rocosas de la cordillera con su hálito impertérrito parecía haberse detenido. Nada, no se movían ni las hojas más débiles, ni los crisantemos del aire, hamacados por su propia sed parásita de savia, ni las flores amarillas de las retamas. El bosque a nuestras espaldas estaba también anormalmente silencioso. En el alféizar de la ventana de la cocina, dos gorriones picoteaban con una delicadeza pasmosa los granos que Ilse les arrojaba de tanto en tanto, como si levantasen polvo de oro con los picos, sin hacer el más mínimo ruido.

Ni un aleteo, nada.

Ilse revolvía una mezcla de frambuesas sobre la hornalla, y aquel raspar sedoso de la cuchara de madera contra el dulce era lo único que se escuchaba.

—¿Qué pasa, Mutti? —pregunté asombrada, sin terminar de dar crédito a la sordera que había invadido de pronto la naturaleza, por lo común tan azotada de sonidos.

—Hushhh —dijo la vieja, con su acostumbrada forma de hacer callar, con la misma dulzura de quien hace dormir a un bebé—. Ve a echarle un ojo al lago, pero no hagas aspaviento, que Lanz duerme todavía.

A Ilse le encantaba usar ciertas palabras, y "aspavientos" era una de ellas. Supongo que quiso advertirme que no hiciese ruido, y como a ella le costaba pronunciar la palabra bochinche, otra de sus preferidas, prefirió amalgamar el significado de una a la otra y quedarse sólo con aspavientos. Antes de dejarme salir de la cocina, por ese hábito inveterado de alimentar a la humanidad que tenía, Ilse me puso en la mano un cucharón limpio lleno al ras con el dulce, que estaba casi a punto.

De modo que, mientras me decía que en aquel nuevo paisaje deformado por la quietud aspavientos era lo que, sin dudas, íbamos a necesitar todos para —por ejemplo— mover el molino, bajé por el camino más corto hasta la playa, haciendo equilibrio entre las piedras y las matas de rosa mosqueta y de abrojos, sin poder afirmarme en ningún lado más que con la mano izquierda. El trayecto era breve pero empinado: Víktor había levantado La Pedrera sobre cimientos muy elevados, no sólo para resguardarla de eventuales subidas del lago sino para dar espacio al sótano, detalle europeo que no estaba dispuesto a declinar.

Y aunque me había negado a soltar el cucharón y el dulce a riesgo de romperme la cabeza contra las piedras, cuando llegué al borde de la playa la impresión y el estupor me aflojaron los músculos de una manera tan repentina que se me cayó el cucharón y quedé boquiabierta, incapaz de juntar las mandíbulas. Porque la quietud que sentí al borde del lago no tenía la textura sosegada de la cocina de la casa, o la placidez anormal del bosque: era aberrante. El aire se había enrarecido con una especie de bruma amarillenta inyectada de supuraciones vegetales, de resinas volatilizadas, de fósiles de insectos microscópicos que parecían emanar del cenit, verticalmente, como un castigo. Las lengas alrededor del lago proyectaban una sombra grumosa y pesada sobre todo el Brazo de la Melancolía: con su orientación, el sol ni siquiera había tocado las orillas, y la luz tenía todavía esa cualidad lunar, más polarizada incluso por el vapor rancio que amortajaba el lago. Pero lo aberrante del aire y de la luz, de la ausencia de brisa, del silencio, no podía compararse con el fantasmagórico panorama del lago mismo: ahí, frente a mis ojos, dispersas sobre la superficie formando una filigrana compuesta por millones de hilachas de color rojo parduzco que apenas podía distinguirse del ópalo del agua en aquella sombra descomunal, estaban las algas. Las mismas algas que habían descrito los indios, los viajeros más observadores, y mi propio padre, flotaban empastadas y turbias, en silencio en medio de un silencio todavía más emponzoñado, como si no quisiesen atraer la atención de los dioses ni de los hombres. Como las plantas acuáticas en un pantano.

Sostenidos milagrosamente por sus vejigas llenas de aire, enrojecidos por las hilachas que taponaban unos opérculos ya violáceos, llegaron a la orilla dos enormes peces, hinchados e irreconocibles, que agonizaron boqueando a mis pies.

Mirado desde acá, desde ahora, primavera otra vez, todo aquello se me hace muy lejano, casi irreal. A veces, inverosímil.

Los brotes se van a retrasar este año después de tanta sequía, y las lluvias no empiezan normalmente hasta octubre. Si no fuera por este rasgo árido del paisaje, este soplo de Patagonia que parece haber tomado hasta el corazón del bosque, podría decirse que la primavera, hasta hoy, nos honra con un tiempo diáfano y cálido como nunca, algo que los turistas de Buenos Aires agradecerán, ya que vienen por tan pocos días. Con todo, algunos tallitos tempranos han empezado a animarse, y el cementerio en el que se había transformado la playa durante el invierno se ha recuperado un poco. Los juncos van a volver a crecer, de eso no tengo dudas. El curso de la Naturaleza es ineludible.

Los buzos desaparecieron hace rato bajo la superficie del agua, y la plataforma, con este sol todavía ladeado, más típico del final del invierno, casi no se ve. Todo el lago parece cubierto por una película de óleo iridiscente, algo que lo transforma más que nunca en un cuerpo, la masa gelatinosa de un mundo adentro de otro mundo que hace tiempo ya dejó de prestarle atención. Vacío, radiante, mercurial: es como si este lago fuese de pronto el gran quiste de una memoria apagada. O un cráter, la gran grieta que fue alguna vez, antes de los deshielos.

Si Ilse no estuviese aquí, si Lanz no estuviese de algún modo aquí, a nuestro lado, y si no supiese que Nando va a venir más tarde, con las compras para los viejos que Klára ha dejado en sus manos, diría que aquí nunca ha pasado nada.

"¿Qué podría pasar bajo una superficie tan serena?" Eso fue lo que dijo Ilse mirando con dulzura al último de los hombres negros; la expresión de sus ojos era reconcentrada y franca, casi angelical. Las cosas parecen tan sobrias en su boca, tan alentadoras y simples... si yo pudiese caer en el embrujo de sus palabras, como los otros...

Pero no, la conozco demasiado. Podría persistir en esta impresión de memoria borrada si los buzos no volvieran a salir a la superficie, si la plataforma ya no pudiese verse ahí, flotando, nítida y arrogante.

Eso no va a pasar: los buzos van a salir de una u otra manera; por otra parte yo ya tampoco puedo insistir en una memoria que no tengo. Cuando era chica, por ejemplo, tenía la capacidad de volar. No en el sueño, quiero decir, no soñaba que volaba, sino que volaba nomás, de un modo bastante poco espectacular, circunvalando el patio del colegio, mirando los objetos, el mástil con la bandera flameante o mustia, los bancos de madera sobre el damero de mosaicos, exactamente como un pájaro. También era capaz de volar adentro del cuarto, y todavía hoy recuerdo la imagen de las cuchetas contra dos de las paredes, con sus frazadas a cuadros, todas iguales, y la alfombra en el centro, y las ventanas, cuyo marco superior veía con claridad desde el techo. Volaba con naturalidad, despierta, y lo más difícil de todo aquel asunto era despegar del piso. Aclaro que desde el piso porque resultó que no era necesario despegar desde la altura —y eso probablemente fue lo que me salvó de morir estrellada contra el cemento alrededor de los siete años—, sino que por el contrario yo podía levantar vuelo desde cualquier lado, concentrándome, y ubicando mi cuerpo de una manera particular. Había etapas clave, más bien insoslayables, durante el procedimiento, como desplegar los brazos, mirar para arriba o sentir el viento, pero lo único de veras fundamental era la voluntad de hacerlo. Me acuerdo perfectamente de la última sensación antes de despegar, esa inseguridad sobre si ocurriría aquella vez o no, porque podía muy bien no pasar si mi voluntad no era tan fuerte como para levantar vuelo. Pero cuando pasaba, la certidumbre era como un dolor en el pecho, un dolor suave, como si alguien hubiese inflado de pronto un globo adentro de la caja de mis costillas. Y así volaba, afuera, sobre el patio del colegio, deteniéndome apenas sobre la cabeza de San Martín, copiosa e invisiblemente —para los demás, por supuesto— cagada por las palomas, o adentro del cuarto donde dormíamos todas las que estábamos internas durante el año entero, invierno y verano, vacaciones o no.

Hoy, casi treinta años más tarde, tengo todavía la impresión precisa de lo que significaba volar. ¿Cómo puede explicarse tanta exactitud? ¿Que una pincelada tan pequeña, tan definida, coloree una realidad que no existió jamás, más allá de la mente de un chico? ¿Por qué esos recuerdos no se desdibujan?

Lo triste no es que se pierdan semejantes capacidades extraordinarias cuando uno se transforma en adulto, cuando algún día, vaya a saber de la mano de quién o de quiénes, o quizás ni siquiera a instancias de nadie sino de uno mismo, del inevitable proceso de su propia razón, uno decide que ya no puede volar más, o que esa facultad no existió. Lo triste es que ese tipo de realidades no puedan recrearse más, que uno ya no pueda vivir más convencido —convencido de un modo total y absoluto— de que las cosas son de un modo virtualmente imposible.

Hoy, también, que además de treinta años más encima tengo una teoría para casi todo, supongo que gran parte de mis vuelos se debían a que de chica sufría de tos intermitente, producto de una neumonía mal curada, según me dijeron en el hospital una vez, y a que las monjas me embuchaban con un jarabe especial día y noche para que no molestara con mis ataques furibundos, especialmente durante la noche. El jarabe desagradable, aframbuesado y viscoso, tenía —como todos los jarabes para la tos— codeína, un narcótico derivado del opio, de modo que es muy probable que mis "vuelos" se debieran a las alucinaciones producidas por una intoxicación leve, lo mismo que la anormal nitidez de mis percepciones.

Que mis alucinaciones hayan tenido que ver con volar, y no con nadar, por ejemplo, o ser una princesa vestida de rosa en un mundo de hiedras mágicas, es otra historia. Volar para mí era volar del internado en el que pasé trece años de mi vida, volar como las águilas, como los cóndores de la cordillera de la que tan poco me acordaba, volar para encontrar lo que había perdido, o lo que se había ido de mí, volar hacia mi padre, hacia mi casa, hacia mis montañas, hacia Ilse y el viejo Lanz y hacia Klára, que se borraban de mi memoria sin que yo pudiera hacer nada para evitarlo.

No sé por qué me acordé de los vuelos. Supongo que por lo que significa, o en su momento deja de significar la realidad para cada uno. No soy de las que creen que el mundo y la vida no son más que una ilusión inventada por otra ilusión, recursivamente, como un juego de mamushkas rusas. Al igual que mi padre, tiendo a pensar que la realidad es todo aquello que prescinde de nosotros, que se ríe en secreto de nosotros, de nuestra ilimitada capacidad para la confusión y la petulancia. Desde su córnea profundidad, estoy segura, cada lenga se regocija del hombre que la observa y que piensa si no será acaso aquel árbol que parece siempre al borde de la podredumbre un producto de la ilusión humana, como el aire que la rodea, como el mismo hombre. Y la lenga calla, por supuesto, divertida acaso también, por tantos estúpidos que pulsan sin saberlo los límites de la soberbia.

Mi padre tenía al menos la honestidad intelectual de buscar en la naturaleza un fenómeno físico, una criatura de otro tiempo que lo ignoraba del mismo modo que lo ignoraba una lenga o una montaña, algo que estaba más allá de él, y que él aceptaba sin el pudor vergonzoso de mis métodos, ni echando mano de ninguna de mis teorías. Mi padre nunca justificó su búsqueda, sencillamente porque nunca se le ocurrió que el monstruo podía ser una ilusión, suya o de alguien más. El monstruo pertenecía al mundo, a su realidad, y en todo caso quien no pertenecía al mundo, a la realidad, era él.

Pero yo no soy Víktor Mullin. Soy Ana Mullin, alguien que cree que participa de la realidad tanto como podría hacerlo una piedra, un ciervo o el viejo Lanz, que el mundo es una pasta de átomos sin Dios y con un final calculable, que Darwin tenía bastante razón, y también alguien que a los cinco años volaba casi profesionalmente por los techos del colegio como un pequeño planeador.

"¿Qué podría pasar bajo una superficie tan serena...?"
Me pregunto qué habrá sentido Mary Anning, la mujer que en Escocia descubrió el primer esqueleto fosilizado de un monstruo marino, descomunal, perfectamente preservado entre las capas de sedimento de esos paredones antiguos, como separados del mar a fuerza de cuchillo. ¿Qué habrá sentido metida hasta el cuello en una sociedad hecha para los hombres, apasionada como era por la naturaleza pero al mismo tiempo creyente en Dios, y en lo personal, tan pobre

91

que no le alcanzaba ni para comer? ¿Qué habrá sentido al vender el primer calco pétreo de un hueso a un coleccionista de Londres, el primero de los cientos de fósiles removidos de la tierra con tanto esfuerzo, usando poco más que unas espátulas de madera blanda y un par de cepillos de cerda, usando las uñas, los dedos hasta abrirse la piel, para comprar la cena de los días siguientes? ¿Se habrá sentido una prostituta? ¿O un monstruo, mucho más atroz que el que acababa de exhumar?

¿Y qué habrá sentido la médula de la sociedad al descubrir una prueba irrefutable de todo lo que *sí había pasado*, de todo lo que Dios *sí había permitido que ocurriera*, en medio de estertores de lava y estallidos eléctricos del cielo?

Una mujer que vendía huesos para poder comer. El primer plesiosaurio, el mejor conservado en más de un siglo, descubierto por una mujer, apasionada, delirante y más pobre que las ratas, que vendió de a uno los restos, acaso los peores, los más arruinados, al mercado de la ciencia, para que ellos, otros, los que sabían pero nunca desenterraban nada, tejiesen las teorías que les viniese en gana. Ella sólo sabía de los lugares donde había huesos. Podía olerlos, podía oler a los monstruos, a sus cadáveres. Podía exhumarlos y reconstruirlos, como si, sin haber tenido jamás la menor educación formal al respecto, los hubiese soñado toda la vida.

La juntahuesos, así me llama Nando, y cuando lo hace siento que en algún punto puedo entender el gozo perplejo que sintió aquella mujer de cara al monstruo. Ella no sabía qué era, sólo que aquello estaba ahí, blanco, profundamente hincado en el lodo endurecido. Estaba ahí, y eso era suficiente. Mary Anning no necesitó clasificarlo para gozar de su descubrimiento: para eso estaban los sabios relucidos e inútiles a quienes les vendería una a una las piezas. En su casa de Escocia, una casa humilde sobre una ladera que daba al mar, Mary Anning no guardó ni siquiera un diente, o una vértebra: miles de monstruos vivían debajo de sus pies, innombrados, inclasificados, desperdigados entre los sedimentos. Porque era eso lo que los hacía monstruosos, no el tamaño formidable de sus esqueletos.

Desde el verano pienso mucho en Mary Anning. En que su aceptación rotunda era muy parecida a la de Víktor, como la de Lanz también, sin preguntas, sin clasificaciones, y en que por eso el monstruo los seguía, o mejor dicho se les revelaba sólo a ellos.

Ilse dice que las criaturas de las aguas no comparten la cosmovisión de las criaturas de la tierra. Es una cuestión de fuerza mayor, de elemento, por eso es vana la pretensión de entenderlas, de establecer su naturaleza. Están hechas de dos sustancias incompatibles, de manera tal que unas, para las otras, son apenas una extensión del pensamiento. Digo esto porque vuelvo a mi padre, del mismo modo en que vuelvo al monstruo: siempre creí que lo que habitaba estas aguas era, antes que nada, un reflejo de su locura. Pero también, impulsada por una fiebre de teorías, había llegado a creer en la existencia física de una criatura como la de Mary Anning, una criatura muerta en vida, como la que buscaba mi padre.

Antes de que ocurriera lo que ocurrió el verano pasado, yo creía en estas cosas de un modo vago, quizás más bien especulativo, sin pretensión de certeza.

Ahora no, ahora es distinto: sé dónde están, dónde yacen, dónde se ocultan. No quiero clasificarlas y prefiero llamarlas, en forma colectiva, monstruo. Sé de ellas, y desde esta ventana quisiera desconocerlas, quisiera que la realidad, otra vez, fuera esa burbuja ficticia sostenida por recuerdos que nunca existieron, como el del patio del colegio visto desde arriba con mis ojos imposibles de paloma.

Clasificar es un acto de amor, y también de agonía. Todo lo que uno clasifica termina dejando de ser lo que era, para ser otra cosa. El acto de clasificar es un acto de amor porque conlleva la pasión por el esclarecimiento, por el conocimiento de la cosa misma, por la revelación, mientras que la agonía pertenece puramente a la cosa que se extingue al adquirir un nombre, una clase, un orden.

Según este libro de filosofía natural que encontré en la biblioteca de mi padre, en 1758 Carl Linneo introdujo la palabra *Mamíferos* en la taxología zoológica, incluyendo al hombre, al mono y toda criatura con mamas, pelos, tres huesitos en el oído y cuatro cámaras en el corazón. 2.400 páginas, para 4.400 especies, edición monumental de 1776. Curiosamente la reina de los mamíferos es nada menos que la hembra: esa sombra inculta y aletargada de la que hablaba Nietzsche, es la que define a todo un orden.

En la naturaleza —y esto lo digo yo, no Linneo ni Nietzsche— hay dos tipos cardinales de hembras: las que se reproducen, y las que no. Yo solía pensar que pertenecía a la segunda categoría. De hecho todavía lo pienso, pero los hechos contradicen a veces las creencias, incluso las más arraigadas.

Entre las páginas de Linneo hay un señalador del tamaño de una postal, y detrás, con una letra abigarrada y cargada de tinta, alguien transcribió la siguiente cita: "La mujer permanece más cercana a la naturaleza que el hombre, siendo siempre ella misma en lo esencial. La cultura le es siempre externa, algo que no toca ese carozo eternamente fiel a la Naturaleza". Pero ese sí fue Nietzsche, no Linneo. Otro hijo de su madre. No es la letra de Víktor, ni la de nadie que conozco; sólo sé que es esa letra, ese texto, lo que transforma a este libro en una pieza de plomo.

El mundo debió de haber sido bastante sencillo para Linneo: bautizó él mismo todo lo que no tenía nombre. Les dio a las cosas un nombre y una casa donde alojarse, una vecindad a la que pertenecer, una tumba en la que reencontrarse al final del camino con otras cosas similares. Un espacio común, un rótulo, un origen, un propósito. En ese mundo de Linneo yo habría vivido feliz, casi podría decir que en paz. Quizás hasta habría aceptado a Dios, al menos como artificio para nombrar lo innombrable; me habría dado lo mismo ponerle Dios o alguna otra palabra, en vez de no ponerle nada. No es lo mismo Dios que nada, aunque ni lo uno ni la otra exista. Linneo se paró al borde del precipicio, dándole por un segundo la espalda al mundo preclaro que había definido antes, y miró para abajo, y a todo lo que había allí abajo lo llamó Dios. Después le dio la espalda al precipicio, y se olvidó del asunto.

Ahora ya es tarde: la naturaleza está coartada por todo aquello que no puede ser. Forzada a ser lo que queda, en todo caso, lo posible. No puede haber un monstruo porque, simplemente, no puede haberlo. Hay demasiadas hipótesis, demasiadas teorías e impedimentos. Y lo que es peor, ya no quedan nombres.

El acto de clasificar es más que un ejercicio de la petulancia. Debe ser innato, primitivo, tal vez la primera capacidad que ayudó al primate a creer que tenía alguna influencia sobre el mundo, porque podía ordenarlo. Lanz, por ejemplo, tiene una teoría que se basa en la clasificación, una teoría parecida a la de los vasos comunicantes y filtradores entre el piso del lago y el del océano. Según el viejo, en este ecosistema del presente la vida se divide en dos tipos de seres: los que producen, y los que parasitan (no sólo los productos de la primera clase, sino a la clase entera). Este fenómeno se da, dice, en todos los niveles de organización, desde los más elementales, y es inherente a la vida. Pero ocurre que las sociedades modernas atribuyen una cualidad moral a esta clasificación: el productor es bueno, y malo es el parásito. Dado que si uno está vivo, por definición produce o parasita, tiene por necesidad que caer en alguna de las dos categorías morales, pero si uno no hace ninguna de las dos cosas, es decir, no produce ni parasita, desafortunadamente uno no es ni bueno ni malo: está muerto.

Estas reflexiones, en verdad, no hacen más que apenarme. Antes al menos podía hablar con Lanz sobre la naturaleza y la vida, sobre la muerte y Dios y esta compulsión que los dos llamamos taxonomía humana. Pero no me engaño: el viejo no puede seguir una conversación normal. Ilse tiene, como dice ella, una "cosmovisión" diferente, y no entiende la necesidad de hablar de estas cuestiones. Nando se aburre, y Klára no está. Pedro, desde su silencio, era el único que me escuchaba. Claro que quizás para él la naturaleza, la vida, la muerte y Dios ya no significaran nada en absoluto, pero eso jamás voy a saberlo.

Durante tres días, hasta el primero de año, hubo sobre el lago y sobre todo lo que nos rodeaba una calma descomunal, como un manto, tan vasta y apócrifa que daba miedo quedarse y daba miedo alejarse del lugar.

Lanz, en sus momentos de recuperada lucidez, sospechaba de una erupción volcánica, y en los otros, los momentos en que terminaba sepultado en uno de esos pozos de recuerdo en los que caía —y seguiría cayendo, cada vez con más frecuencia— gritaba y gritaba, parado en la orilla de aquel lago irritado y pastoso por las algas, que los cuerpos estaban todos ahí, que los habían tirado a todos ahí, en el agua, no en la tierra, y que por fin, por fin, la sangre era inocultable. No valían de nada los intentos por tranquilizarlo: por el espacio de diez minutos o de varias horas, el viejo revivía el horror de los fusilamientos masivos en un campo de maíz de Cservenka, Yugoslavia o quizás todavía parte de Hungría.

Ilse, aunque sin dejarse tentar por el recuerdo de la guerra, también sospechaba de una muerte próxima, de una configuración extraña y apocalíptica de los planetas. Nando acabó por regresar a la ciudad de mala gana, prometiendo traer a algún especialista del Instituto, además de los reactivos que necesitaba yo para analizar el agua del lago. Yo no quería saber nada con la gente del Instituto: durante años me habían considerado "poco académica" como para acceder a un puesto permanente, y también "poco proclive a la interacción con otras disciplinas", o "poco proclive a la interacción", y punto, hasta que un buen día me echaron con lágrimas en los ojos, y argumentos que defendían mi "asombrosa capacidad intelectual" para perseguir proyectos solitarios y estériles. No protesté cuando Nando sugirió llamarlos, aunque la perspectiva de tenerlos husmeando en uno de esos proyectos solitarios y estériles que tanto depreciaban no me hacía ninguna gracia. De cualquier modo necesitaba los reactivos, y lo que es más importante, confiaba en la incapacidad de Nando para convencerlos de viajar con los equipos hasta acá.

Desde entonces, desde aquella mañana que vi el entramado de las algas por primera vez y los dos peces atorados en la orilla, decidí empezar a relevar la superficie del lago con la cámara fotográfica de Víktor, una Leica con cuerpo de metal, y lentes que todavía hoy son una maravilla de la óptica. Un verdadero lujo para mis posibilidades en esta punta del planeta.

Montaba la cámara sobre un antiguo trípode herrumbrado, también atesorado por mi padre, en el ángulo de la playa que enfrentaba mejor toda la longitud del Brazo de la Melancolía, dejando la casa a mi derecha. Así, a la tarde, cuando el sol ya se había ocultado entre las montañas hacia el oeste, la luminosidad sobre el lago era perfecta, tanto como para incluso evitar el uso de ninguna luz artificial. El trípode, una especie de estandarte de mi ilusión de atrapar una imagen del monstruo, o de lo que fuera que había perseguido mi padre inútilmente toda su vida, había quedado enterrado entre las piedras, inamovible. De ese modo, me garantizaba un punto fijo desde el cual comparar las fotografías, que sacaba siempre a la misma hora, detectara o no la sombra de alguna criatura.

Lo mío era, digamos, una aproximación metodológica, una apuesta científica, racional, a los avistajes simples. Por motivos que nunca alcancé a comprender, esos avistajes, tanto los de observadores avezados como los de los indios o los de los expedicionarios, incluso los de los turistas sin experiencia de cordillera, habían sido sistemáticamente descartados como prueba de la existencia del monstruo. ¿Por qué? Todos los hallazgos, científicos o no, empiezan con una observación de algún tipo. ¿Por qué entonces esa insistencia en considerar a los avistajes una evidencia accesoria, un accidente, una alucinación producto de la ignorancia o de la subjetividad?

La observación a ojo desnudo no es suficiente. Uno ve lo que quiere ver, eso en rigor es cierto, salvo para mi padre, que era capaz de ver la realidad aunque fuera en contra de sus propios intereses. De modo que decidí usar la cámara, aproximar el horario que, según los antiguos viajeros y los indios, incluso Onelli, era el crepúsculo, y sacar cinco fotografías por vez, separadas a intervalos regulares de tres minutos, cosa que cubría con bastante justeza la caída de la luz sobre el lago, y el momento que los indios llamaban "el despertar de la noche".

Y esto fue así durante todo el verano.

Atardecer tras atardecer, cuando Ilse se retiraba a la cocina para servirnos la usual copita de licor que oficiaba de vermut, yo bajaba a la playa con la Leica.

Lanz solía acompañarme, a veces sin entender siquiera lo que hacía, a veces repitiendo la historia de la expedición de 1922 en la que había participado mi padre y que yo sabía de memoria, y a veces, hundido por completo en un pensamiento recurrente sobre lo monstruoso, como si el monstruo físico que estábamos buscando no fuese más que una simple alegoría de todos los monstruos de la humanidad.

En lo que a mí respecta, después de la aparición de las algas fue como si el fantasma de Víktor Mullin me hubiera tomado por completo.

Quizás, como dije antes, no fue exactamente a partir de las algas, es decir, no fueron ellas las que resucitaron a mi padre en primer lugar, sino la carta que había descubierto dos meses antes, en octubre, mientras ordenaba un archivero apolillado que todos en la casa creíamos vacío y bueno sólo para leña.

La carta era, en realidad, una copia en carbónico bastante borroneada, pero todavía inteligible, y además fechada, cosa extraña en mi padre, que parecía vivir en un perpetuo paréntesis dentro del cual el tiempo, o mejor dicho, el paso del tiempo, no significaba más que el desgaste de los objetos. Por eso era sugestivo que a esta nota sí le hubiera puesto una fecha: catorce de abril de 1955. No me llamó tanto la atención por estar fechada, ni por el uso de aquel carbónico —otra rareza, ya que mi padre escasamente conservaba copia de nada— sino por el escueto contenido, tanto o más enigmático que las circunstancias que la habían preservado dentro de aquel archivero.

La carta en cuestión estaba dirigida a un tal Doctor E. Guzmán, del Museo de Ciencias Naturales de Buenos Aires, y decía que dos días antes (mi padre) había despachado una caja a su nombre, cuyo contenido era, como se podría imaginar (el doctor Guzmán) de una importancia capital, que por tal motivo le pedía encarecidamente el mayor de los cuidados en el manejo y conservación de la "muestra", y que —otra vez, encarecidamente le rogaba— procediese primero a la fijación del espécimen y luego a su evaluación. Que quedaba a la espera ansiosa de las novedades, y que, en beneficio de los dos, le agradecía no divulgar nada acerca del contenido del envío, aun en caso de resultar este negativo, hasta su llegada (la de mi padre, imagino) a Buenos Aires. Firmaba con su garabato habitual, algo que a través de la mirada cenicienta del carbónico se asemejaba más a un rayón impremeditado que a una rúbrica formal. Esto también era extraño… ¿por qué habría de firmar una copia que quedaba en su poder?

No había sello, mi padre nunca había usado nada parecido, ni dirección de retorno, ni especificación alguna de quién era el remitente: sólo aquella firma lacónica debajo de un texto que si bien no era muy sugerente, encubría el secreto de un hallazgo debajo de una imprecisión bastante bien lograda, en especial tratándose del rústico, a veces brutal, Víktor Mullin. Si es que había sido él el verdadero, o al menos el único, responsable de la nota.

Adosado al carbónico había también un pequeñísimo comprobante de correo de aquella época, un estampillado que alguna vez había sido rojo y en el que ya nada podía leerse, más allá del signo de los centavos.

Cuando se la mostré a Mutti, ella reconoció la firma de mi padre con una sonrisa, pero dijo que ignoraba todo acerca del contenido. Le parecía raro, dijo, que Víktor mandara nada a nadie, mucho menos algo que, era evidente, había hallado en sus recorridos. A nadie, salvo que esa persona fuera de su círculo más íntimo, o sea Lanz, el viejo Windhausen, algún indio o un gringo cuatrero tal vez.

Lanz leyó la carta varias veces con curiosidad. Para octubre, antes de los ataques de fin de año, su capacidad de retención era todavía bastante buena, o por lo menos constante, de modo que para sonsacarle algo bastaba con rastrear su momento más lúcido, mostrándole o interrogándolo repetidamente a lo largo del día. Y como cinco minutos de lucidez del viejo equivalían a varios días de razonamiento de cualquiera de nosotros, intentarlo bien valía la pena. Un día entero insistí mostrándole la nota de Víktor; en algunas oportunidades Lanz la miraba con ojos perturbados, sin ningún interés, como solía mirarme a mí muchas veces, o bien reconocía la firma de Víktor con la misma sonrisa de pena discreta de Ilse, o recordaba la expedición aquella de Frey.

Hasta que en un momento, cuando yo estaba a punto de darme por vencida, pasó lo que tanto había buscado: Lanz arrancó la carta de mis manos con el ceño de repente arrugado.

—Entonces era cierto —dijo. Había un rasgo de perplejidad absolutamente diáfana y reflexiva en su voz.

—Lanz, necesito que me cuente de qué se trata. No se distraiga, por favor: dígame, la escribió Víktor, ¿verdad?

—Víktor, por supuesto, aquí lo dice con claridad: Víktor. Es su firma. ¿Y quién si no podía firmar de esa manera tan... tan...?

—Está bien, no importa. ¿Reconoce a la persona a la que le mandó la carta?

—Guzmán. Pero es raro, es probable que Víktor conociera bien al primero, al que andaba en las montañas, creo que se llamaba Felipe. Aquí dice E, que sería de Esteban, de Enrico, de...

—¿Felipe Guzmán era amigo de mi padre?

—¿Amigo? No, no. Era un naturalista, o algo por el estilo, que había sido la mano derecha de uno de los Ameghino en el descubrimiento de Última Esperanza.

—¿El del megaterio?

—El cuero fresco. Eso fue antes de la expedición, por eso Clemente Onelli estaba tan interesado en mandar gente a buscar al animal, él creía que todavía estaba vivo en algún sitio de la Patagonia, muy al sur, protegido tal vez...

—Lanz, míreme: no importa eso ahora, ni la expedición.

101

Esta carta está fechada en 1955, ¿recuerda algo que haya pasado, algo de Víktor?

—Por supuesto: ese año lo echaron a Perón.

—¡De Víktor, Lanz! Algo que Víktor le hubiese contado, algo relativo al monstruo, ¿recuerda?

Lanz volvió a mirar la carta, el minúsculo comprobante pegado con cola en el extremo inferior de la hoja delgadísima del carbónico.

—Guzmán se volvió loco —dijo, muy lentamente, como si le costara mucho, de pronto, expresarse en oraciones inteligibles—. Guzmán se volvió loco y desapareció, y Víktor andaba siguiéndole las pisadas. No: no era a Guzmán, sino al monstruo. Víktor quería saber por qué Guzmán había desaparecido. Pero no sé si es este de la carta. Ese hombre era un misterio. Guzmán murió en... en... no recuerdo ahora, pero fue poco después.

—Después de qué, Lanz

—De lo que vio. Quizás Víktor vio lo mismo, no lo sé.

—Víktor trajo algo a esta casa. Encontró un objeto, una muestra que trajo a La Pedrera, y que mandó a Buenos Aires desde la ciudad. ¿Se acuerda?

Lanz giró hacia mí con una expresión estupefacta.

—¿De los tres huesos? —preguntó.

La frase me desorientó por completo. Un hueso era hasta esperable, ¿pero tres? Ese fue mi error, porque el descreimiento que me invadió por un segundo debe de haberse reflejado en mis ojos, y Lanz, aún enfermo, siempre había sido demasiado sensible a la mala espina de los otros.

—¿De qué? —pregunté, sin poder evitarlo.

El viejo se quedó mirándome por unos segundos, receloso. Entonces supe que la ventana del tiempo se había cerrado. Tomé su cara arrugada entre mis manos, lo obligué a enfocar su mirada en mis propios ojos, y despacio, modulando muy bien las palabras, hice el último esfuerzo:

—Dígame, Lanz, qué son los tres huesos.

Pero una incomodidad aturdida había bajado sobre el viejo como una mortaja sobre un cuerpo vivo, y supe que ya no me conocía.

De hecho, durante varios días después del episodio no pude acercarme a él: como un niño molesto que no puede determinar la causa de su enojo, se negó a hablar conmigo.

Durante dos meses, casi hasta la Navidad, traté de sondear en la memoria de Lanz para recuperar algún dato nuevo sobre la carta, sobre el primero de los Guzmán o su hijo, o sobre los misteriosos huesos, pero todo lo que conseguí fueron relatos cada vez más fabulosos de la expedición 1922. Más tarde, después del Año Nuevo, ya no podría contar ni siquiera con eso, pero es cierto también que la aparición de Pedro desvió mi atención.

De cualquier modo, las líneas de mi padre acerca del "espécimen", de la preservación del espécimen antes de la evaluación, *aun en caso de resultar esta negativa*, me obligaban a pensar que Víktor había hallado algo muy directamente vinculado con la criatura, y que había recurrido a la única persona en la que podía confiar en ese momento. Al menos como científico. Era bastante probable que Lucas Guzmán hubiese tenido un hijo, y que este hijo se desempeñara en el '55 en alguna dependencia del Estado. Pero para resolver el enigma de la carta era necesario ir a la Capital, buscar a quien había recibido en su momento la caja de la que hablaba mi padre, si es que esa persona no había muerto también en los últimos años, o siquiera si había recibido de veras la famosa encomienda.

Desde entonces la idea de ir a Buenos Aires había quedado flotando en ese espacio neutro de la duermevela; le daba vueltas al bendito viaje sin decidirme a proponérselo a Nando, o a hacerlo sin ayuda de nadie, y sin hablar demasiado acerca de mis intenciones. Con el correr de los días empecé a dudar entre tomar la carta como una de las tantas excentricidades de mi padre, o darle crédito, hasta que, por fin, todo el incidente pareció fundirse en la alucinación de un sueño.

Y así ya casi lo había olvidado, en especial, como dije, después de traer a Pedro a esta casa, hasta el día en que volvió con la potencia de una revelación: de pronto ya no tenía un solo motivo vago para ir a Buenos Aires, sino dos razones idénticamente descabelladas de las que parecía depender mi vida entera.

Sin embargo, me estoy adelantando otra vez: Pedro no existía al principio del verano, y ni siquiera existía en realidad Guzmán, a quien preferí considerar muerto y enterrado para facilitar el olvido. Pero dos meses más tarde de haber encontrado la nota en el archivero, aparecieron las algas. Y si Víktor había estado presente en mis indagaciones, después de las algas fue como si hubiese vuelto de la tumba, o peor, de alguno de sus viajes, con todas sus obsesiones intactas.

No sabría decir, ahora que todo está tan quieto y como dice Ilse, nada podría haber pasado en este sosiego de tumba, qué era lo que esperaba encontrar.

Siempre me había considerado una suerte de naturalista, de experimentadora de campo, de ser racional y puro que veía el mundo a través de las lentes prístinas de la deducción. Si me hubieran preguntado en aquel momento si yo de verdad creía en la existencia de una criatura del Pleistoceno, extinta hacía sesenta millones de años y característica de los océanos, antes de la aparición de las algas habría dicho probablemente que no, con cierto margen para la inclusión de teorías aventuradas como la de Lanz, o la de las cavernas del Lago Ness allá en Escocia. Creía en los testimonios de los viajeros, en los de mi padre, en los de los indios, pero eso no significaba necesariamente creer que en alguna parte de aquel lago de lecho profundo y desconocido había un plesiosaurio como el que Frey y su comitiva parecían haber buscado. Me intrigaba cuál era la forma, animada o inanimada, que habían retratado en las cavernas, y que había perseguido a mi padre durante toda su vida. Me intrigaba mi propia ignorancia, el hecho de que hubiese algo ahí, frente a mis propios ojos, algo que sucedía con una periodicidad no del todo clara pero con una periodicidad al fin, lo que significaba al menos un patrón, un fenómeno regular con una causa y un efecto, algo que me asediaba desde el fondo de mí, más que desde el fondo de aquel lago que conocía tan bien. Como dije antes, mi búsqueda antes de las algas estaba ligada a mi propia insatisfacción.

Quizás todavía lo esté, quizás lo esté siempre.

En un mundo definido y explicado con tanto fervor como el mío, la criatura, fuera lo que fuese, era un elemento desestabilizador, una molestia. No sabía qué era, no podía imaginarme cómo algo así podía haber sobrevivido, no sabía si era un anfibio, un pez, una mantarraya de agua dulce, una sirena, un mamífero que nadaba en ciertas ocasiones, como un ciervo, una expresión inorgánica de algas o gases o burbujas, un cúmulo de ramas o todo eso junto, combinado con el viento del oeste y las olas que parecían formarse de súbito, de la nada, en el medio del cuerpo de agua, como si algo más allá del aire, un remolino o un dios abrevando desde las alturas, hubieran sido capaces de crearlas de un momento a otro.

Lanz decía, para mi solaz, que yo buscaba nada menos que al Leviatán. Por eso decidí hacerlo a mi modo, con mis métodos, y Lanz se reía, decía que la mía era una búsqueda metafísica, un sin sentido peor que el de mi padre, porque mi padre sí creía en el monstruo, a diferencia de mí, y que todo lo que yo pretendía era encontrar un resto, una mordida, un hueso, un rasgo de piel para clasificarlo, para darle un nombre a lo innombrable y de ese modo quedarme tranquila.

Así, podría decirse que gracias al método —a una derivación insospechada del método—, fue que llegó Pedro, o mejor dicho, como encontré a Pedro, el atardecer del 6 de enero de 1976, en el camino alto que bordea el único flanco transitable del Brazo de la Melancolía.

Ese camino que, por un atajo disimulado que solamente los habitantes de la Villa conocemos, llega hasta los pies de La Pedrera, mi casa.

PEDRO

*A lo largo de nuestras vidas nos mantenemos
en silencio acerca de quiénes somos,
acerca del que sólo nosotros conocemos,
y no podemos revelar a nadie.
Pero sabemos que aquello sobre lo que callamos
es la verdad.
Somos lo que callamos.*
SÁNDOR MÁRAI, *Memoir of Hungary*

Esa tarde —y en general durante todas las tardes, como si la enfermedad se ajustase a un ritmo predeterminado y secreto— Lanz estaba especialmente trastornado. Siguiendo el rito demencial de un uroboro que da vueltas alrededor de su propia cola hasta que se la devora entera para regenerarla, él agotaba la historia de Leviatán para poder empezarla una vez más. Por añadidura, casi todos los días, desde el ataque de fines de diciembre, recordaba la expedición de Víktor —la que para él siempre sería la expedición de Víktor, no de Frey— con alguna variante fabulosa o algún agregado que parecía fluir, inventado, de su frágil y desabrigado cerebro. Y por si Leviatán y la expedición no hubiesen sido suficientes, desde entonces despertaba en algún año de la guerra, hablando en húngaro o en un idioma que Ilse identificaba a veces como serbocroata.

Pero quienes, desde afuera, padecían el deterioro del viejo, sabían que lo peor del caso era que no podría salir de aquel laberinto nunca más. Los hechos del presente se le perdían de inmediato, se evaporaban sin dejar ni una mísera marca, ni un halo, ni un perfume: nada en absoluto. Ya ni siquiera conseguía reclutar en su memoria dos minutos consecutivos del ahora; su memoria, en realidad, parecía retraerse hacia el pasado a costa de liberar el espacio que ocupaba el pasado perfecto, y por supuesto, el presente. El tiempo, para Lanz, había dejado de tener sentido, más allá del sentido que tenía para él la muerte y la guerra, que eran la suma de todos sus tiempos, la suma de los horrores.

Aquella tarde, al bajar al lago, volvía sin respiro al tema de Leviatán, lo deshilaba, lo enrollaba y empezaba otra vez, enganchando la última y la primera palabra del discurso, como un disco puesto a tocar en una victrola extraviada o una Penélope enloquecida por el resentimiento.

—Leviatán, el monstruo de los mares, tiene cabeza de serpiente, boca de dragón y cuerpo de pez, pero también es un mamífero: sus crías amamantan de dos enormes pechos que brotan del flanco henchido, no una ubre bestial sino dos pechos bestiales, dos tetas de hembra. Esa es la verdadera, la única esencia del monstruo. Leviatán ocupa el agua, Behemoth la tierra. Uno traga, el otro mastica. Son la misma cosa y son uno la antítesis del otro. Leviatán no es un pez. Leviatán no es un mamífero. Leviatán es la esfinge, la gorgona, la harpía, el grifo, las lamias que devoran a sus hijos y amantes por igual. Leviatán es salamandra que vive en el fuego, y también dragón que lo produce en sus entrañas y lo escupe, y unicornio, y sirena. Leviatán tiene cabeza de serpiente, boca de dragón y cuerpo de pez. Leviatán...

No había modo de parar su letanía. Ana tuvo que ayudar al viejo por el camino más empinado, y mientras lo sostenía por los hombros desde atrás, como quien guía a un chico, más que a un adulto, en medio de la oscuridad, de pronto le dio lástima algo en lo que todavía no había reparado: Lanz era, aún hoy, a sus años, un hombre fuerte, y sus reflejos, al contrario de lo que ocurría con su memoria, estaban intactos. ¿Por qué tendría que ser tan cruel, tan inhumana, esa amnesia que se lo comía por dentro?

Sin dejar de oír como música de fondo el discurso monótono del Leviatán, Ana calzó la máquina en el trípode que los esperaba detrás de los arbustos leñosos del sendero, firme como un faro o un mástil, y bien clavado entre los guijarros de la orilla. La Leica, robusta pero dócil en sus manos, se ajustó sin rechinar al extremo del trípode con un clank apagado. Este sistema de presión era mucho mejor que los nuevos a rosca, aunque la rosca permitía una hechura menos precisa, un ajuste más forzado e incluso cierta inestabilidad, o una ligerísima —en el caso extremo— inclinación, algo que podría notarse sólo en la fotografía revelada, y contra la silueta rectilínea del lago. En los últimos años, según Ilse, la industria alemana había perdido un poco aquella inveterada pasión por los mecanismos perfectos. Lo había dicho mirando con desesperanza la cortadora de fiambre que Klára le había conseguido para la Navidad, flamante, de acero bruñido, en un mercado de la plaza central de Osorno. ¡Industria alemana!, había exclamado Klára mientras arrancaba el papel madera, y sus ojos, ignorantes probablemente de otros objetos con los cuales comparar semejante adquisición, tenían una expresión de orgullo casi pueril. Ilse se lo había agradecido —ella era siempre muy agradecida con cualquier cosa que Klára le trajese—, pero en la soledad de la cocina, o quizás frente a Ana, con quien tenía menos reparo para criticar ciertas cosas, aceptaba desilusionada la manivela de la cortadora cuyo tosco sistema de rosca que ajustaba a su vez el disco de corte ya había empezado a fallar, dejándole en las manos unas fetas irregulares, de un translúcido veteado.

—Así no es. Así no queda nada bien —dictaminaba Ilse en

voz muy baja, observando con disgusto las fetas que se desgarraban por la gravedad entre sus dedos expertos.

Era el día de Reyes, el día de la anunciación, y la vieja quería sacar a relucir no tanto la nueva cortadora alemana de la nueva Alemania, sino el lomo crudo de ganso, que tanto tiempo llevaba ya curándose en la sombra espesa y fragante de la despensa, colgado de un gancho como un cadáver olvidado en la horca por un verdugo negligente. De modo que Ana prefirió sacarlo a Lanz del medio, en especial de la cocina, donde hostigaba a Mutti con los saltos y encajonamientos de sus recuerdos, obligándola a perder el hilo de los suyos propios y, por ende, de su distintiva y modesta paciencia a la hora de cocinar.

—Llévatelo, por el amor de Dios, Ana. Llévatelo a la orilla, y de poder, ponlo en un bote a remar un rato, así se cansa y se duerme una siesta antes de la cena —le había murmurado Ilse en un recodo de la cocina, sesgadamente, mientras Lanz toqueteaba distraído la carne oscura del ganso y los manojos de hierbas que Ilse había dispuesto alrededor, sobre una tabla, para perfumarla.

Y Ana se lo había llevado, sí, pero ahora apenas si podía sacarle los ojos de encima al viejo, que de pronto se portaba como los chicos y de pronto, al azar, como el Lanz de siempre.

—Leviatán no es un pez, y tampoco un mamífero. Dos grandes pechos salen a su costado donde maman las crías…

—Vati —dijo Ana cortándolo—, hágame la caridad y tráigame los filtros que dejé anoche en el otro lado del muelle, ¿puede ser?

—Leviatán… ¿Qué filtros?

—Los que puse anoche para levantar muestras nuevas de las algas que aparecieron. Y de los restos, Vati.

—Los restos, sin dudas… —dijo Lanz. Y añadió, con voz pícara—: ¿Cómo me dijo que se llamaba usted, señorita?

Aunque habían pasado pocos días del último y el más grave de los ataques, Ana estaba tan acostumbrada al desconocimiento periódico del viejo que le contestaba ya sin prestarle la menor atención, cuando contestaba.

—Ana, Lanz. Ana Mullin, la hija de Víktor. Se acuerda de su amigo Víktor, ¿verdad?

Aquel comentario desencadenaría, tarde o temprano, el relato de la expedición, pero eso a Ana ya tampoco le importaba. Hacía rato que no lo escuchaba más.

—Ana, claro. Por supuesto. Pobrecita…

Eso, el pobreteo, sí que lo escuchaba. ¿De dónde provendría esa lástima visceral de Lanz hacia ella? Algún día, si llegaba el momento apropiado —que cada vez parecía más y más improbable—, se lo preguntaría.

La enfermedad del viejo era, en un sentido, maravillosa. Después de un período de horrendos desvaríos que a veces eran, en efecto, desvaríos, y a veces evocaciones, venían períodos brevísimos de una lucidez casi sobrenatural. Claro que estos últimos podían ser apenas instantes, pero a veces más, varios minutos, durante los cuales la cabeza de Lanz parecía explotar en todas direcciones en medio de teorías, ocurrencias, pequeñísimos análisis, anécdotas y observaciones que, en la apoteosis del momento y de la charlatanería natural del viejo, tenían un matiz idéntico al de los delirios de la enfermedad. La erudición natural de Lanz era, o había sido en todo caso, excepcional. Ilse lo sabía porque ella misma le había opuesto, durante los años de la juventud, una capacidad igualmente fina, aunque más elástica, más artística que la de Lanz. El viejo era un analítico, un desglosador nato. Ilse era el engrudo que unía las cosas, y echaba mano a cualquier forma del conocimiento o del recuerdo para armar el mundo otra vez, bajo una luz distinta.

Era una lástima que Ilse no tocara más el piano. O el clavicémbalo en este caso, esa minúscula y agudísima pianola, o espinal, como la llamaba ella, que hacía no tanto tiempo parecía que fuera a desarmarse bajo sus dedos. Ana había aprendido a amar a Bach porque era el compositor preferido de Ilse. Pero un día encontró un antiguo cuaderno de partituras de Bach, los primeros contrapuntos del Arte de la Fuga, en el tacho de la basura. Había sido rasgado y abollado con tanto odio que era imposible tratar de recuperarlo. No había hecho preguntas: todos sabían que la artrosis de la vieja le afectaba, más que los dedos de las manos en sí, las muñecas y los codos, y que hacía rato que no podía finalizar una pieza. Desde entonces, Ilse no había vuelto a tocar ninguna pieza, y ya ni siquiera se daba el gusto de escuchar las grabaciones que Klára le traía en cada una de sus visitas.

Ana comprobó que le quedaban tres fotografías, contando las dos de gracia que usaban el extremo final de la película; era probable que saliera una más forzando el pasador, aunque no era seguro. Decidió cambiar ahí mismo el rollo, pero antes, para no desperdiciar los últimos centímetros de aquella película tan cara, se le ocurrió tomarle unas fotografías al viejo, que caminaba todavía en dirección a los filtros. Ese desvío transitorio de la rutina fue lo que la llevó, en su afán de enfocar precisamente a Lanz, a usar la lente de máximo acercamiento, y así a descubrir el auto que subía por el camino de la ladera, ya en sombras, apenas perceptible a simple vista por el verde oscuro del bosque.

Al cambiar el modo panorámico que usaba cada día por el modo manual, la cabeza digna y agrisada de Lanz apareció en el foco, tan detallada que, en el instante en el que el viejo se detuvo y giró para mirar hacia la casa, Ana se dio cuenta de que todavía seguía hablando, solo por supuesto, por el movimiento de sus labios. Se preguntó qué estaría diciendo. Ya no hablaba de Leviatán, eso podía deducirlo no sólo leyendo sus labios, sino porque la cantinela usual solía venir acompañada por ciertos gestos de su mano derecha, como los ademanes de un profesor excéntrico que intenta que una cantidad de alumnos invisibles comprenda profundamente algo muy misterioso o muy difícil.

No, no era Leviatán porque su mano derecha estaba quieta, aferrada a la tela de los pantalones de un modo curioso, como si estuviera conteniendo el aliento. El perfil del viejo, con aquella luz que le abrillantaba las cejas como dos puentes negros sostenidos en el vacío, era fuerte y perfecto, de una belleza casi helénica. Ilse siempre decía que Lanz, en su juventud, había sido el hombre más hermoso que había visto y que vería nunca en su vida. Ana, entonces, quiso tomar la foto para ella, para demostrarle que a pesar de sus mañas y episodios, a pesar del tiempo transcurrido y de tantas otras cosas Lanz seguía siendo el mismo húngaro bello de antes, y aún más que bello, imponente, pero el viejo, ajeno a sus intenciones, había colocado la mano sobre la frente como haciendo de visera, y miraba ahora para el bosque. Casi por un mecanismo reflejo, ella siguió con la lente el gesto esforzado de Lanz: un vehículo azul, o negro, o quizás de un verde muy oscuro, se acercaba rápido, apareciendo y desapareciendo entre las copas y los troncos de las lengas y los cipreses que ganaban la ladera hasta el pie del lago.

Se preguntó quiénes serían. ¿Turistas? No era común que llegaran tan lejos...

Ana trató de seguir el curso del auto entre el ramaje, pero con la luz del sol tan baja entre las montañas, supo que pronto lo perdería. Así y todo, contra su propia curiosidad, la lente de la Leica parecía querer llegar todavía más lejos, y Ana por fin forzó el aumento y el foco hasta el tope. Ahora veía segmentos del auto con más claridad, un sedan azul de los grandes, un Ford Fairlane tal vez, con ventanillas entintadas reflejando el último destello de naranja que a esa altura de la ladera todavía se dejaba ver. Desde ahí, debido a la velocidad que llevaban, al cerco del bosque y en especial a la luz, que les daba de frente, era imposible que quienes iban en el auto pudiesen ver la playa. Es más: era probable que ni siquiera supiesen que un brazo del lago los acompañaba por abajo, tan próximo al camino. Estaba claro que Lanz miraba lo mismo que ella, y aunque conservaba una visión inusualmente buena para un hombre de su edad, en particular de lejos, también era evidente el esfuerzo que hacía para seguir el movimiento del auto.

De pronto, en el espacio que dejaban los dos cipreses más antiguos del camino, como si todo transcurriera en una película del cine negro, Ana vio con nitidez que se abría la puerta trasera del auto, y que algo, un bulto de naturaleza indefinible, era arrojado al camino, del lado de la barranca.

Fue un segundo, o dos, el instante de un parpadeo.

La secuencia había precisado sólo del rechazo mutuo de los dos viejos cipreses para completarse ante los ojos perplejos de Ana, acercada magníficamente por el aumento de la lente. Lanz se había vuelto hacia ella y le hacía señas con los brazos: con menos nitidez, había visto lo mismo.

Ana trató de recuperar la imagen del auto que se le escapaba del foco por el entramado cada vez más denso de las ramas y las hojas. Ahora subía, y parecía haber aumentado la velocidad, cuesta arriba, y en el afán por trepar la pendiente, la cólera del motor podía sentirse incluso desde la playa. Antes de perderse de vista por completo, el auto había empezado a dar barquinazos bruscos, como si hubieran destrozado un neumático... ¿Qué especie de loco haría algo semejante?

Pero no había tiempo para averiguar eso: después de asegurarse de que el auto no había tomado por el sendero que llevaba a la casa, cuyo acceso desde el camino perimetral de la ladera estaba disimulado por una profusión de matas de retama y rosa mosqueta, Ana volvió con el foco de la cámara al sitio donde había sido lanzado eso, lo que fuera, desde la parte trasera del auto, y disparó dos fotos, una enfocando el camino entre los dos árboles, ahora desierto, pero en el que todavía flotaba una nube de tierra, y la segunda haciendo centro en la masa boscosa de la barranca, en línea recta hacia abajo. Después, sacando la cámara del trípode, fue corriendo a buscar al viejo, que gesticulaba impaciente hacia ella desde hacía varios segundos.

Lanz tenía la mirada desorbitada, tanto que Ana temió la inminencia de otro derrame. Calculó que la presión del viejo debía andar por las nubes, alterado como estaba, pero para su sorpresa, estaba al mismo tiempo tan lúcido como antes de la enfermedad. Lanz no sólo la había mirado a los ojos sin titubear, sino que además la había llamado Ana y había señalado la barranca con urgencia. Una emoción violenta y terrible le hacía temblar el cuerpo entero, y al mismo tiempo lo inmovilizaba, porque hasta que Ana llegó a su lado no había atinado a moverse, más allá de gesticular como si sus brazos fuesen las aspas de un molino.

—Están acá —balbuceó Lanz sin poder contenerse—. Lo tiraron desde el auto ese, lo tiraron por la pendiente, Ana, lo tiraron, ¿los viste? ¡Lo tiraron como a un perro!

—¿Qué es lo que tiraron, Vati? Cálmese por favor…

—Un hombre, qué otra cosa va a ser. Un hombre. Quiero ir a ver. Vamos a ver, ayudame a subir otra vez y vámonos a ver.

—Lanz, no podemos subir por acá, y además no sabemos… ¿Cómo sabe que es un hombre?

—Porque lo sé. Lo vi.

—Puede ser peligroso ir ahora. Esperemos a que se vaya el auto…

—Se fueron, estate segura de que esos ya se fueron. ¡Vamos!

—Vati…

—Por el camino chico, con la chata, y desde ahí bajamos. No puede haber ido a parar tan lejos, ni tan abajo.

—No sabemos.

—Y así no vamos a saber nada, nunca.

A Ana se le pasaba la hora de tomar las fotos en el lago.

La hora del crepúsculo, esa hora que era crucial, y no sólo por una cuestión metodológica, sino por la luz. Más que nada por la luz. El crepúsculo en la cordillera es siempre un arma de doble filo, un simulacro del sol, un falso atardecer. Las montañas crean ese efecto fantasmal en el que, aunque la evidencia del cielo despejado asegure que faltan todavía muchos minutos para que el sol se ponga detrás de la línea del horizonte, en el hueco que dejan sus perfiles, en el intersticio de aquellos abrazos monumentales, el sol se pone anticipadamente detrás de un pico blanco de nieve eterna, de hielo, o detrás de un ejército de cimas grises, menores, que en el instante preciso en el que el sol les ilumina las espaldas se vuelven translúcidas, y luego de un denso violeta. Por un segundo, por centésimas de segundo cambian de color, como aquel rayo verde de los atardeceres en el mar.

El aire enmudecido de los valles observa el fenómeno día tras día en medio de una quietud instaurada desde el principio de la tierra, porque en el momento exacto de la puesta del sol, el aire calla. Siempre. Luego recomienza, y este movimiento puede desencadenar en una brisa nocturna o una tempestad, pero en ese instante de la puesta, cuando podría oírse el siseo del que hablan los más experimentados marineros, cuando se ve el resplandor de las esmeraldas y las montañas se criban hasta desaparecer, o hasta ser nada más que una lámina frente al sol, el recuerdo tenue de lo que alguna vez fue un accidente categórico de la geografía y ahora nada más que esa lámina de color ceniza, entonces el aire se silencia, se detiene tanto que cualquiera que prestara atención —la debida atención— podría concluir que ahí, justamente, es donde y cuando se revela lo que suele llamarse eternidad. Pero la naturaleza, harta de que los hombres abusen de una palabra que ni siquiera le adjudican a ella sino a dios, también se divierte con los atentos, y tan de improviso como empezó la ilusión, así también se termina. Y entonces viento otra vez, y la opacidad de las montañas que calientan los últimos espesores de sus espaldas del lado chileno, y el cielo oscurecido ya de un azul irreversible, y el sonido de los animales y de los insectos, el sonido del despertar de la noche del que hablaban los indios.

Esta cualidad, esa muestra fugaz de lo renuente que puede llegar a ser el sol, tenía la luz del crepúsculo que Ana necesitaba; o mejor dicho, era la transformación del paisaje bajo el violento giro cromático que ocurría en esas centésimas de segundos, lo que Ana buscaba al ajustar obsesivamente la hora de las fotografías. El único momento en el que el mundo real desaparecía tanto bajo la mirada del ojo desnudo de la lente, tan efímero pero tan innegable que era imposible no captarlo y lo que es más: era imposible pensar que el monstruo, fuese lo que fuese, no pretendiera aquel matemático paréntesis del tiempo para emerger, para echarle un vistazo al planeta que había desheredado hacía tantos millones de años.

O para burlarse. Ana, con todo su rigor y su método, creía secretamente más en eso último.

Llevando al viejo de la mano, o siendo llevada, porque a esa altura Ana ya no sabía si quería ir a investigar lo que había pasado o volver al trípode, llegó a la camioneta estacionada al lado de la casa, una suerte de tractor jibarizado, de Citroën montado sobre el esqueleto de un tractor, algo que, en cualquier caso, era conocido por todos como "la chata". Lanz había cerrado el pico de golpe, demasiado extenuado quizás, demasiado ganado por la inquietud, o a punto de entrar en el delirio, y para Ana eso significó al menos unos minutos de paz para pensar, mientras maniobraba para tomar el camino de grava que llevaba a la ladera.

¿Qué habría sido todo aquel incidente? No podían haber tirado un hombre, como insistía Lanz. *Un hombre.* ¿Un mueble, una valija? ¿Un bulto de ropa? Demasiado grande para ser nada de eso. *Un hombre, Ana, qué otra cosa va a ser.*

En su interior, antes aún de llegar a la barranca, Ana supo que el viejo tenía razón, que desde aquel auto habían arrojado al vacío un cuerpo, un cuerpo muerto. Un cadáver.

¿Por qué a la barranca, y no al lago? Ana podía dar fe de que si alguien, cualquiera que no conociese muy bien esa parte de la cordillera, se acercara a La Pedrera por el camino de la cuesta, salvo que tuviese en la mano un mapa muy reciente y que —cosa menos probable— supiese orientarse con él, pudiese leerlo como correspondía, no sabría nunca que el camino, allá abajo, corría paralelo a un brazo del lago, un brazo oscuro, profundísimo, por lo general inexistente para la topografía oficial, desde varios kilómetros atrás, a la altura de Cuyencurá.

El brazo no estaba señalizado por ningún cartel. El lago, como cuerpo de agua, no estaba indicado a esa altura ni para la navegación ni para la pesca. A menos que los que viajaban en aquel auto se hubieran detenido y se hubieran internado en alguna saliente de la barranca, bien adentro entre las púas del bosque, no habrían podido darse cuenta de que el lago había recomenzado, y por ende, no habrían tenido ninguna intención de arrojar un cadáver a un lago que para ellos, claramente, no existía. O quizás existía, pero habían preferido dejar que el cuerpo fuese primero devorado por los animales, los gusanos de los árboles, los tábanos, las avispas. El cuero.

Ana pensó en que a lo mejor le habían tirado el cadáver al lago como los indios entregaban en su época las cabras, para aplacar la furia del monstruo.

118

—No es cuestión de furia —dijo Lanz a su lado, mirando obstinadamente hacia adelante—. Es una cuestión de limpieza, si se quiere ver de ese modo. Así operan: matan y limpian enseguida, porque de ese modo los demás no ven los cuerpos, pero saben que están en algún lado. Quemándose, o pudriéndose. Es por eso que limpian, no por buenos, no por ocultar nada, ni siquiera por higiene: esta limpieza es una buena parte del asunto.

Ya habían llegado a la bifurcación de las retamas. Ana había manejado la cuesta como un autómata, perdida en sus propias, y evidentemente no tan internas, elucubraciones.

Detuvo la chata, invisible detrás de los matorrales: el camino estaba vacío. Ni siquiera podía detectar las huellas de las ruedas sobre esa mezcla de tierra suelta y ripio.

De pronto, a Ana se le ocurrió que todo había sido una ilusión colectiva, y que los dos se habían dejado llevar, como almas impresionables que eran —aunque por distintas razones— a hacer el ridículo al borde del camino como dos detectives privados enfermos de aburrimiento por la falta de casos para resolver. Holmes y Watson en el mundo de los arrayanes, con sus desprestigiadas lupas y sombreritos a cuadros.

—Sigue adelante, no hay nadie —dijo Lanz, y su voz resonó con tal autoridad que Ana, arrancando súbitamente (más para borrar la fantasía de su mente que por obedecer) dio un volantazo y calzó la chata de lleno en el camino de la ladera.

—Es allá. Allá están los cipreses.

El borde de la montaña se curvaba hacia adentro y el camino se perdía detrás de la muralla verde, pero siempre siguiendo la concavidad y una pendiente suave hacia abajo, de tal modo que, desde donde estaban, podía verse la silueta de los árboles de la barranca, iluminados por esa luz fantasmal y carmesí que Ana estaba perdiéndose para sus fotografías al borde del lago. Esa luz que ahí mismo, tan alto sobre la ladera, todavía faltaba virar hacia aquel rojo del atardecer que hacía detener el aire.

Al llegar a la altura de los árboles, estacionaron la chata enfrentando el lado del declive, saliéndose del camino, y siguieron en el ripio la huella flagrante del zigzag del auto que se había tirado mucho hacia la derecha, y el raspón del supuesto cuerpo al caer sobre la tierra, bien al borde de la pendiente, como si hubiesen querido arrojarlo a lo que, sin dudas, suponían un precipicio.

Ana y el viejo bajaron despacio, sujetándose de las ramas más sobresalientes y bajas, hundiéndose en el colchón espeso y barroso de hojas y podredumbre que la lluvia arrastraba hacia el lago en oleadas, persiguiendo unas huellas que se habían vuelto invisibles. Lo que fuera que había sido arrojado desde el camino no habría podido conservarse intacto en aquella maraña de espinas y de troncos desgajados por los rayos y el viento, afilados ya como las cuchillas de una virgen de hierro medieval. Ana pensó que Lanz no debería estar ahí, pero una sola mirada al viejo, que venía tanteando el declive detrás de ella, la convenció de que sería inútil pedirle que se quedara donde estaba. Por otra parte, si bien la cabeza de Lanz era un problema, su físico descarnado por los años era mucho más flexible y fuerte de lo que parecía. Las venas hinchadas, visibles incluso bajo la piel floja de su cuello, eran el único detalle que mostraba el enorme esfuerzo que estaba haciendo Lanz para controlar sus pasos cuesta abajo.

De repente, sin embargo, la barranca se abrió en un claro que se empinaba con urgencia hacia el lago, un espacio limpio dentro de la maleza, cubierto apenas de un musgo grisáceo, tanto que a Ana le pareció roca desnuda, casi roca marítima. Con una señal detuvo al viejo, que ya amagaba con pisar la trampa de aquel tobogán, y en ese momento lo descubrió, en el extremo inferior del claro, a la derecha de ellos, sostenido por una redecilla de plantas rastreras que habían aprovechado la falta de la sombra perpetua del bosque para crecer, descontroladas, a su espalda. Por sobre las plantas, un brazo sobresalía hacia atrás de una manera tan artificial que, a menos que el hombre hubiese sido un experto contorsionista, estaba fracturado desde la base, hasta el punto de parecer separado por completo del hombro.

Entonces pasó lo de la luz que Ana esperaba con paciencia al lado del lago, cada día. El aire de un magenta transparente, el aire adelgazándose, luego deteniéndose por completo; los rayos del sol penetrando las entrañas de la cordillera, masivos como una explosión queda de fuego, de silencio carmín. Fue en medio de aquella hemorragia crepuscular, sobre la calvicie aceitosa, casi fosforescente de la cuesta, que vieron por primera vez a Pedro: el brazo desarticulado de Pedro, el cuerpo retorcido sostenido por la mano débil de las plantas, allá abajo, la cabeza de Pedro enmarcada por una pequeña hondonada de la piedra, la única en la pendiente, una suerte de cuenco que la hacía parecer flotando en un charco de sangre roja, sangre que reverberó una centésima de segundo contra el espejo elástico del aire.

Sangre viva. Al menos para Ana, aquel borravino arterial era una prueba inconfundible.

Sin embargo, antes de que pudiera hacer nada, un alarido quebró el espanto quieto de la escena: era Lanz, que había empezado a golpearse la cabeza contra el único tronco de la barranca que parecía sostenerlo, al borde de la pendiente.

Y ahí estaba eso de lo que Ilse solía hablar en sus arranques de humor cáusticos, el discreto, sutilísimo placer de vivir en el último confín de la tierra. El atroz encanto de vivir colgados de las márgenes del mundo. Ahí estaba ella, sola, o mejor dicho con dos viejos, uno de los cuales podría morirse ahí mismo, dándose cabezazos brutales contra un árbol, gritando desaforado, inmerso en quién podría decir qué versión de derrame, de ataque, de episodio psicótico, o quizás, de recuerdo tan terrible que deberían darle ganas de matarse contra el tronco de aquel árbol, y la otra en la casa, perdida en sus propias reflexiones, ajena a lo que acababa de ocurrir, y, por lo pronto, incapaz de ayudarla por ser demasiado vieja, o estar demasiado lejos, o llegar demasiado tarde. O todo eso junto.

Haciendo un lamentable equilibrio, sentada sobre la superficie húmeda y resbaladiza del claro, Ana no se decidía a trepar lo andado y socorrer al viejo, eso en caso de poder hacerlo antes de que Lanz perdiese el conocimiento y cayera rodando hasta terminar agonizando al lado del otro, del que habían arrojado como a un cerdo al que ni siquiera ha valido la pena faenar. El que yacía allá abajo estaba vivo, pero no lo estaría por mucho tiempo más, y para Ana era más fácil seguir la bajada, sentada, como si estuviese deslizándose por un tobogán, y después…

Si no hubiera sido porque era el famoso Día de Reyes y porque Ilse había insistido tanto en invitar a Nando para probar su conserva de ganso salvaje —Ilse celebraba indistintamente las festividades judías y cristianas, como solía hacerse en su familia, y en todo el imperio austro-húngaro— o quizás por la condenada extravagancia de Ilse de festejar cada episodio del Viejo y del Nuevo Testamento, Torá y cuanto libro sagrado se le cruzaba, por el mero, el exclusivo y vanidoso placer de cocinar para varios, la situación de la barranca habría acabado rápido, y de un modo desastroso.

Pero era la hora del vermut, la hora acostumbrada a la que se reunían para sacar la mesa al porche si era verano, y servir las copitas de licor mientras los viejos se ponían manos a la obra, secreteando por encima de las ollas como los dos ridículos viejos extranjeros que eran. Al menos esa vez había que agradecer la terquedad de Ilse y todas sus vanidades y manías de banquete: Nando, que venía manejando su propia camioneta —y a pesar de que la luz había empezado a irse a pique también sobre la ladera, tal vez porque conocía cada árbol y cada curva de memoria hasta llegar a La Pedrera—, alcanzó a reconocer la parte trasera de la chata, estacionada de punta hacia abajo, entre las matas de espinas.

Para izar el cuerpo desde el fondo del barranco desnudo hizo falta ir a la casa a buscar cuerdas, pero de estos hechos, y aunque participó activamente de todo el procedimiento, Ana no se acordaría más que de detalles aproximados.

Apenas llegaron al hospital, sedaron al viejo con una inyección en la vena. Estaba tan agitado que fue difícil hasta tomarle la presión, para descartar al menos algún episodio cerebro-vascular, como dijo el médico de guardia. ¿Por qué usarían tanto esos términos que no significaban nada? "Episodio cerebro-vascular" llamaban a los terremotos de Lanz, a las erupciones del magma de sus tejidos, a todo ese bodrio confuso y gris. De todos modos, para cuando llegaron Lanz estaba más calmado, aunque seguía hablando de la sangre, de la sangre y del barro, y había vuelto a la carga con el misterioso anotador amarillo, y los cadáveres sembrados en un camino rural de Serbia.

El doctor Marvin, un antiguo amigo de Nando, llegó de inmediato, aunque para entonces el médico de guardia le había inyectado el tranquilizante y lo tenía recostado en una camilla de emergencia.

El problema no era Lanz: el viejo se repondría. El problema, como dijo Marvin, era "lo otro", eso que yacía inerme, extinguiéndose, bajo la luz blanca del quirófano.

Antes de que Marvin pudiera terminar las primeras curaciones, Nando tuvo que irse, cosa que Ana agradeció secretamente. Alguien debía llevar a Lanz otra vez a la casa, o correrían el riesgo de que Ilse sufriera un ataque por la angustia. De modo que Ana se quedó sola, con una taza de café, cortesía de una enfermera adormilada.

"Lo otro", así llamaron a Pedro durante las primeras horas en la clínica.

Recién cuando el cuerpo estuvo estirado sobre la camilla, recién entonces Ana pudo tranquilizarse un poco y mirarlo bien. Así como estaba: destrozado. Un hombre joven, destrozado. ¿Cuánto de la sangre que lo cubría sería producto de la caída, de los últimos golpes? El cuerpo, salvo por un líquido amarillento que corría apenas por la comisura de la boca, y los vastos coágulos que se iban acumulando contra el cabello negro, o ennegrecido quizás también por la hemorragia, era un cuerpo muerto, laxo, sin vida ni reflejos de ningún tipo. Ana pensó, sentada en la sala de espera, que en definitiva sólo había asistido a la muerte de un desconocido, y que estaba allí, quieta, esperando que el médico saliera del quirófano con el certificado de defunción.

¿Pero para quién? ¿A quién se lo daría?

Una enfermera, otra bastante más despabilada que la del café, se acercó por el pasillo con un bulto sucio entre las manos.

—¿Es pariente suyo? —preguntó, con una dulzura más profesional que sentida.

Ana no supo, o mejor dicho no quiso, responder. Dentro de ella, como un huésped sospechoso, se había alojado un temor que recrudecía cuando recordaba los detalles del auto, la puerta trasera abriéndose de golpe, el cuerpo empujado con violencia, las marcas del zigzagueo sobre el ripio… El sigilo bestial, irreal, de toda la escena, la conminaba, más por intuición que por otra cosa, a no hablar con ninguna precisión, a callar todo lo posible. No podía determinar por qué, no a esa altura, pero después Ana se alegró de haberlo hecho.

Así fue como, ante la pregunta de la enfermera, Ana se cubrió la cara con las manos, como toda respuesta, y la enfermera, creyendo que sollozaba, dando por sentado que sollozaba porque era una novia o una hermana, le dijo que ahí le dejaba la ropa "del accidentado", porque iban a necesitar los documentos para la clínica y también para cuando viniese la policía.

Por suerte, la enfermera piadosa la había dejado sola otra vez: alguien, desde el pasillo que iba al quirófano, la había requerido con urgencia. Antes de que desapareciera detrás de las puertas vaivén, Ana le preguntó si estaba vivo. La enfermera le había contestado que hasta donde sabía, sí, pero que volvería con información nueva.

Apenas se fue, Ana se puso a revisar la ropa ensangrentada y destruida que la enfermera le había dejado sobre la silla. Los restos de lo que fuera un pantalón, alguna vez. Una camiseta hecha jirones. Una camisa, o chaqueta ligera. Un solo mocasín. Eso era todo. Un bollo de fibras que olía de un modo espantoso a sudor, más a sudor que a sangre. Era como si hubiese sido usado por mucho tiempo, antes de la barranca…

Antes de la barranca… ¿Quién era? ¿Qué edad tendría? ¿Por qué habrían hecho eso con él? ¿Y quiénes eran los del auto? Ana tanteó las prendas: no había nada, ni billetera, ni cédula, ni nada. Telas peladas: sangre y barro y sudor, nada más.

El mocasín pertenecía a un pie sorprendentemente pequeño, o a lo mejor ella estaba acostumbrada a los enormes pies de Nando, planos, de uñas redondeadas y grandes, típicas de los hombres generosos. Por lo menos eso era lo que decía Ilse: que para adivinar la médula del carácter de un hombre, había que mirar primero sus uñas, de las manos y los pies. Uñas carcomidas, pequeñas, y en dedos grandes, era señal del amarrete, del esquivo, del egoísta. Uña chica en dedo chico, signo de equilibrio y de reserva. Uña grande, basta, crecida, de borde duro, blanca y redonda como una almeja: hombre sensible y generoso. Uña amarilla: además de alguna micosis, indicaba estrechez de pensamiento. Nunca te acerques a un hombre de uñas amarillas. Jamás, decía Ilse. Y al final la vieja, con su frenología astral, resultaba mucho peor que ella en sus clasificaciones.

Ana se preguntó cómo serían las uñas de aquel muchacho. ¿Sería realmente un muchacho, o un adulto, un anciano? ¿Pero quién? ¿De dónde? ¿Y por qué así, de ese modo tan brutal?

En la otra punta de la sala, sobre el escritorio, la enfermera decidió encender el televisor, y movió la perilla para sintonizar algo. En uno de los canales había una señal de ajuste, rayas verticales y grises, y un zumbido desagradable.

—Hay que acomodar bien la antena —dijo la mujer, moviendo esperanzada la cabeza mientras trataba de armonizar las dos patas de una antena ridícula y larga, y sintonizaba otro canal, el de Buenos Aires, con la programación retransmitida en parte por la repetidora de la ciudad. La imagen, cenicienta y borrosa, llovida de a ratos, mostraba algo que debería ser un noticiero, un hombre vestido de negro, una especie de funebrero que hablaba sobre quién sabe qué atrocidad que había ocurrido esa misma tarde, en una quinta de González Catán.

Ana se preguntó dónde quedaría eso. Conocía la Capital, pero solamente las vecindades más típicas, el Barrio Norte, donde estaba el Hospital Alemán, el microcentro con su calle Florida y su calle Lavalle, Corrientes y sus bares, la Avenida de Mayo, la Plaza del Congreso, y algún que otro sector de Palermo y Almagro. No había estado muchas veces en Buenos Aires, un par, de paso en vacaciones entre el internado y La Pedrera, y otra más, para encontrarse con su padre. El colegio de monjas quedaba en la provincia, pero ella no sabía bien dónde. Mejor dicho: nunca quiso enterarse. De allí se iba en un colectivo que llevaba a las chicas que tuviesen autorización para irse, y las llevaba hasta el centro. De ahí en más, se las arreglaban solas. Para volver, tomaba un ómnibus de Chevallier que la dejaba en el pueblo más cercano. Ana ni siquiera podía acordarse del nombre de aquel siniestro pueblo en el que todo el mundo parecía mirar con un gesto casto para abajo y no decir palabra, como si los ojos de Dios los siguieran en cada mínimo gesto. Imbéciles; ojalá nunca volviera a acordárselo. Como le sucedía a Lanz. A ella, en verdad, le hubiese gustado olvidar selectivamente esos acontecimientos y más aún, rellenar el hueco de la memoria con una memoria inventada. Con algo amable, o exótico. Pero no: Ana sabía que el recuerdo de aquella época de su vida estaba, en cualquier caso, replegado, y que podía ignorarlo, podía pretender que lo había olvidado y aún así un día, sin proponérselo, recordaría el nombre del pueblo. También sabía que ella usaría ese nombre para algo, como hacía con todos los nombres.

¿Pero dónde quedaba González Catán?

—Está que arde la cosa —dijo la enfermera, con cara de preocupación. Y agregó, con una suspicacia que a Ana le pareció un poco forzada, o tal vez copiada de algún otro lado:

—En cualquier momento, se acabó lo que se daba.

Ana sentía un júbilo casi profano, cada vez que veía los trastornos que causaba el televisor, de no tener en La Pedrera más que aquella radio Grundig pesada, con la que Lanz sintonizaba a veces hasta emisoras europeas. Ella prefería las radios de Buenos Aires, o del Uruguay. En los últimos tiempos le había dado por una radio brasileña, más que nada por la *bossa nova*. Ilse, en cambio, era partidaria de la Radio Nacional, y sus programas de clásica repetidos hasta el hartazgo. Igual, Ilse se arreglaba muy bien con el tocadiscos, y la radio era apenas una variación, algo que podía llevarse a la cocina o a la cabaña y escuchar mientras hacía otras cosas.

Nando tenía una tele en su departamento, y había amagado varias veces a comprar uno usado para ellos, pero Ana se había opuesto. Por otra parte, era probable que no captasen señal de ningún lado, metidos como estaban en un cajón de montañas. Nando les traía el periódico una o dos veces por semana, y ese era, más o menos, el contacto que los habitantes de La Pedrera tenían con el mundo. Y lo que venía de Chile, radio o prensa gráfica, era lo mismo que nada: desde la caída de Allende, tampoco podían contar con las noticias del otro lado de la cordillera.

En pocos años, según decían, llegaría la televisión a colores, y ahí ni siquiera les quedaría el beneficio de entrenar la imaginación visual. Una pérdida de tiempo.

—Cuando el país se les caiga a pedazos alrededor, ustedes van a pensar que es una tormenta de nieve, y en realidad van a ser las cenizas —decía Nando, con su acostumbrado modo de anticipar catástrofes.

—Este país se cayó hace tiempo, muchacho —contestaba Lanz, antes, antes del ataque, y todavía después, en sus momentos de lucidez.

Y agregaba un comentario tan invariable como el "pobrecita" que le dedicaba a Ana:

—La culpa es de Perón. Ya se van a dar cuenta cuando no esté, si es que no pactó con el diablo y vuelve. ¡Ya van a ver!

Porque para el viejo, la culpa de todo había sido siempre, en tiempo presente y de manera total y categórica, del General Perón, y el único júbilo que le quedaba era que le contaran —una y otra vez, porque volvía a olvidárselo— que Perón había muerto en julio de 1974, un día que llovía a cántaros.

128

La verdad sea dicha, aun cuando nunca hubiese tenido la enfermedad, para Lanz, Perón era inmortal; en realidad no podía morirse, porque alguien tenía que tener la culpa de los grandes males de la Argentina. Si no era Perón, ¿entonces, quién? A diferencia de los radicales, que detestaban el populismo pero no necesariamente a la derecha, su propia condición de pobre y húngaro, de inmigrante, de rechazado en las fronteras y en las universidades, de judío secular errante, como él mismo solía calificarse, lo ponía sin dudar en contra del "nuevo fascismo global", más sutil, menos pretencioso a corto plazo quizás, pero mucho peor como enemigo precisamente por eso: no había alternativa alguna al poder disimulado de sus tentáculos.

—Cuando llueve se ve mejor, no me pregunte por qué, pero pasa en todos lados. Estos aparatos… —dijo la enfermera, de súbito satisfecha por una imagen más nítida que lo que había pasado hasta ese momento.

Ana se preguntó si todas las enfermeras conocerían de política y de tecnología como aquella que maniobraba la antena. La pantalla tuvo por unos momentos la claridad de las fotos en blanco y negro, un contraste perfecto que hizo que Ana pensara que así era algo casi agradable de ver, pero pronto aparecieron unas rayas horizontales, inmanejables para la técnica de turno, o eso parecía por sus esfuerzos inflamados para volver al romance anterior con el televisor.

Ana miró el reloj: ya eran casi las once de la noche. No podría quedarse a dormir en aquella salita, pero tampoco podía irse por las suyas: Nando se había marchado con la camioneta a La Pedrera, y ella no tenía la llave de su departamento en la ciudad, así que en cualquier caso, estaba obligada a esperarlo.

Revisó la ropa otra vez, con un gesto mecánico, sin esperar encontrar nada entre tanto trapo inmundo, cuando entre las manos sintió el crujido de una textura distinta, algo que al principio creyó que sería sangre seca, una costra quebradiza de sangre endurecida sobre la tela, pero al tantear con cuidado descubrió, en la cara interna de la chaqueta —ahora podía afirmar que era una chaqueta de tela liviana, y no una camisa—, un bolsillo, prácticamente una ranura de poca profundidad, parecida a los bolsillos para las monedas. Ahí, aplanado contra la tela, pegoteado, había un pedazo de papel. Ana lo sacó, cuidando de no romperlo: era un rectángulo de papel plegado en cuatro, minúsculo, como esos armados por los chicos para el juego del sapito. Sólo que los chicos solían pintar de colores distintos las caras de afuera, o poner nombres de compañeros o de flores para una adivinanza, y este rectángulo sucio no evocaba nada tan pueril como el juego del sapito. Lo desplegó, y por un momento no vio nada, nada más que manchas oscuras y más pegote ocre. Pero en una de las esquinas, con una letra imprenta de liliputiense, alguien había escrito con suficiente claridad:

PEDRO GOYENA 963

Ana sintió una excitación nueva, como si hubiese exhumado de aquellos harapos un secreto más horrible que la situación por la que atravesaba el mismo hombre que lo había guardado. Todavía no sabía si estaba vivo o muerto, ni qué pasaría en el caso dudoso de sobrevivir aquella noche, pero al menos ahora sí sabía que el hombre del accidente llevaba oculto en un bolsillo un papel que decía el nombre de lo que probablemente era una calle, y la altura de esa calle. ¡Un nombre! Si bien Pedro Goyena 963 no sugería mucho, delimitaba de algún modo un infinito de posibilidades, un infinito molesto, inmanejable.

Era un nombre, mejor que nada, mejor que "lo otro", mejor que "el cuerpo".

Aunque no tuvo tiempo de regocijarse con el hallazgo, porque en ese instante salieron del quirófano Patricio Marvin, el médico amigo de Nando, y un asistente u otro médico del lugar, junto con la enfermera que le había dejado la ropa.

Marvin se acercó a ella solo. Tenía cara de cansado, más bien de extenuado, y no parecía traer buenas noticias. Ana pensó de inmediato que Pedro había muerto. Y fue entonces, cuando tuvo miedo por primera vez de que el hombre hubiese muerto, que empezó a llamarlo Pedro. Para sus adentros, al principio, y para los demás después, el hombre que habían tirado por la barranca se llamó Pedro Goyena.

—Ana, ¿lo conocés? —había preguntado Marvin sin vueltas.

Era evidente que el médico no había podido cruzar palabra siquiera con Nando.

—No tengo idea de quién es. Lo único que sé es que lo tiraron casi al pie de mi casa.

—Eso fue un accidente.

—¿Un accidente? Como qué, por ejemplo. ¿Abrieron la puerta del auto para que tomara aire y se les cayó? Patricio, por favor...

—Ana, digo que fue un accidente que lo tiraran ahí, justo ahí. Lamento lo del viejo, pero eso va a pasar.

Ana notó que Patricio había recalcado la última parte de la frase: eso, lo de Lanz, iba a pasar.

—¿Y lo otro?

(Todavía no podía nombrarlo, pero sintió la extrañeza de llamarlo así, como lo llamaban todos.)

—Está muy al borde. El golpe en la cabeza terminó de quebrarlo. No tiene reflejos de ningún tipo, más allá de lo básico.

—Eso qué quiere decir.

—Que si sobrevive, y con mucha suerte, este tipo va a seguir en coma. Además, hay que avisar a la policía.

—¿Y qué va a hacer la policía? ¿Perseguir un auto más o menos azul, o más o menos verde, que se fue más o menos para el oeste, y que es muy probable que ya esté del otro lado?

—El problema…

El problema era que Marvin estaba demasiado cansado. Había pasado las últimas cuatro horas literalmente doblado sobre un cadáver, con las manos sumergidas en las entrañas de un cadáver, desfibrilando el corazón vivo —e imposible— de un cadáver, haciendo masajes cardíacos, sellando arterias, succionando la sangre de las heridas de un cuerpo desconocido y mortificado, que a pesar de todo se había mantenido con vida. Sí, aunque sonara extraño, un médico raramente siente que hace todo lo posible sobre un cuerpo que, en algún lugar de su conciencia, sabe que se va a morir igual. Y este no, este había seguido adelante, el corazón había retomado con ardor el bombeo después de cada interrupción, los pulmones habían vuelto a inflarse, ayudados por la traqueotomía y el respirador, y la sangre, diluida por litros de otra sangre y de otro suero, había seguido su clandestino cauce por las venas.

Al menos el tipo de sangre no era raro, y con lo que tenían en el hospital… Pero Marvin sabía que el cerebro del hombre estaba muerto. Hasta qué punto, era cosa para determinar al día siguiente. Y por otra parte, el tema del resto… Porque lo que inquietaba al médico era lo que había visto fuera de la concusión feroz en la cabeza, de las fracturas obvias de la caída. Era lo otro, lo que había pasado antes de la caída con aquel hombre.

—Por hoy no podemos hacer nada más. Yo te llevo a lo de Fernando si querés.

—¿Y si se muere durante la noche?

—Está estable. Además, se tendría que haber muerto antes. Mucho antes.

Ana no preguntó cuánto antes. No conocía tanto a Marvin, pero sí lo suficiente como para no tirar más de la cuerda en un hombre absolutamente agotado.

—Me quedo a esperar a Nando. Fue a llevar a Lanz primero, pero volvía.

—Muy bien, hasta mañana entonces.

—Hasta mañana.

El doctor Marvin saludó a las enfermeras, y salió con el otro cirujano.

Lo único que se oía con claridad era el sonido penetrante de la señal de ajuste: eran las doce de la noche.

Esa noche durmió en el departamento de Nando, sólo aquella vez. La situación era muy irregular: salvo en las pocas ocasiones que habían decidido "salir", a comer, al cine, al teatro, Ana nunca se quedaba a dormir.

Era algo bastante simétrico a lo que ocurría con Nando cuando se iba de su habitación a la madrugada, sólo que Ana se iba antes, antes incluso de que pudiera darse entre ellos algo íntimo, en el marco de la casa de Nando. Los hoteles por horas funcionaban mejor —aunque no había mucho para elegir en la zona—, y los hoteles comunes, por una sola noche. Pero en casa de Nando, casi nunca. Ana se sentía extraña, claustrofóbica más bien en ese living diminuto de paredes lisas y blancas un poco descascaradas, con un sofá de cuero y libros que rebasaban los estantes de una biblioteca, un puff de tela buclé verde, heredado de una tía, y poco más, porque no entraba. Era un departamento moderno, de los que habían empezado a construirse en la ciudad en los últimos años: edificios con una mezcla imprudente de estilo alpino con lo más vulgar de la vanguardia americana, cosa que daba como resultado un barroco de fórmica y espejos en los rellanos, de apariencia plástica. Abigarrado, ese era el término correcto, aunque los decoradores insistieran desde las revistas en llamarlo moderno. A Ana estos nuevos edificios le daban un poco de lástima. Probablemente a Nando también, pero él no tenía más criterio estético que el de la funcionalidad, y el departamento, chico y todo, era más que suficiente.

En el dormitorio había un diván cama, mueble cuya única virtud era la de dejar el espacio necesario para una mesa que servía de escritorio y de mesa para comer, además de obligar a Ana a dormir en el otro cuarto, en el sofá, y no con Nando. Por eso ella se iba antes, pero la primera noche que Pedro pasó en el hospital, se quedó hasta la mañana siguiente, en el sofá.

Hablaron poco, casi nada. Ana le agradeció haber llegado a tiempo para ayudar, en especial a Lanz. Él dijo que había dejado al viejo durmiendo como un ángel, todavía dopado por la inyección, y a Ilse más tranquila. Que Ilse no sabía mucho del otro asunto —todos, al parecer Nando también, insistían en llamar a Pedro como "lo otro", "el otro asunto" y eufemismos por el estilo— y que celebrarían la noche de Reyes al día siguiente.

—Eso si no aparece el cuero en el lago, o el plesiosaurio, o el porta-bomba atómica de Lanz justo mañana a la tardecita —dijo Nando desde el diván.

—¿Porta qué? —preguntó Ana a su vez desde el sofá. Los dos estaban quedándose dormidos y la conversación era, muy probablemente, un diálogo de locos.

—Bomba atómica —contestó Nando, y bostezó—. Lanz cree que Perón mandó a construir un submarino que es un caballo de Troya para la bomba de hidrógeno. Con eso le va a declarar la guerra al mundo y se va a convertir en el primer batienemigo argentino que llegue a Hollywood.

—De dónde habrá sacado eso… Te estaría tomando el pelo.

—Sin ninguna duda. A quién se le podría ocurrir que Lanz está para camisa de fuerza… ¿Hablaste con Patricio?

—Mañana, dijo que recién mañana iba a poder dar un diagnóstico, pero que en cualquier caso Pedro iba a quedar en coma.

—¿Quién?

—"El otro asunto."

—Entonces encontraron algún dato.

—No.

—Pero dijiste Pedro.

—No.

—Dijiste Pedro va a quedar en coma.

—Eso dijo Marvin.

—¿Querés venir acá conmigo un rato?

—Prefiero dormir.

Nando no volvió a hablar. Ana tampoco, pero se despertó constantemente durante la noche. Soñaba que rodaba por una pendiente cubierta de césped verde y corto, suave como una alfombra; mientras caía pensaba que después de todo no era tan malo, más bien un juego de niños, rodar hacia abajo sin poder detenerse pero al mismo tiempo sin sensación de vértigo, rodar envolviéndose en una especie de pradera sin espesor. El sueño era tranquilizador, casi placentero, hasta que Ana veía el lago al final de la pendiente, un pantano denso y negro como el petróleo, una mandíbula líquida, infinita, que se iba tragando la colina desde abajo, como sorbiéndola a través de una rendija de vacío. El paisaje entero desaparecía por un lago angostado que era, al final, nada más que eso: una raya horizontal, una ranura de nada como las que aparecieron en el televisor de la clínica mientras esperaba noticias de Pedro.

A las seis de la mañana Ana se despertó, exhausta, convencida por segunda vez en menos de veinticuatro horas de que Pedro había muerto.

Tres días pasó, suspendido, como uno de esos móviles que se cuelgan de las cunas, de la muerte, o de la vida, sin decidirse por ninguna de las dos.

A veces dejaba de respirar, y venía la enfermera a conectarlo a un respirador artificial. Otras se le paraba momentáneamente el corazón. Los catéteres de plástico translúcido, con líquidos amarillos, ocres, otros más bien azules, eran parte de la gran telaraña que lo sostenía en el mundo, las venas de sus dos manos perforadas, las del antebrazo también.

Era joven, demasiado joven, desmayado para siempre en aquel espanto. ¿Cómo se sentiría? Eso se lo preguntaría a cada rato, durante los próximos meses: cómo se sentiría Pedro, cómo sería no sentir nada. No ser. Pero las vísceras eran, claro que eran, el corazón, el hígado, los pulmones, cada uno de esos órganos huérfanos de Pedro tenía una especie de conciencia de sí, de voluntad, una voluntad de hierro que superaba la ruina de su cerebro. Devastado, esa palabra la había usado el médico: tiene el cerebro devastado, y algunos órganos internos dañados, pero no por la caída, había dicho. En ese momento la aclaración "pero no por la caída" no había significado nada en absoluto para Ana, y por el contrario, lo había dicho todo para Nando y los demás. Ana había oído sólo la palabra devastado, y con esa definición era capaz de imaginar una playa después de un maremoto, un bosque incinerado, un lago seco, una ladera quebrada por la lava, un paisaje lunar cribado de cráteres.

Todo, menos el cerebro de Pedro.

Tres días, con cada una de sus horas y minutos y segundos, suspendido.

El cuerpo tenía voluntad, esa era la otra palabra en la que Ana pensaba muy a menudo: la voluntad. ¿Cómo se podía tener voluntad sin conciencia? ¿Era posible acaso?

Ana lo vio con claridad a la mañana siguiente, después de que dos enfermeras lo limpiaran a Pedro con cuidado de no despegar la armadura de plásticos a su alrededor. Que era un hombre joven, un muchacho casi, podía verse incluso a pesar de la inflamación. Así, con la cabeza en buena parte vendada, la máscara del respirador ocultándole media cara, el cuerpo cubierto por gasas y algodones sucios, la piel violeta y ocre por los hematomas, o tan pálida como las sábanas, Pedro no era nada más que un pedazo de carne pulsátil, una voluntad de arterias y de contracciones, de líquidos trasegados, de latidos: una voluntad de vivir de cualquier modo, a cualquier precio, tirada boca arriba sobre una camilla.

Nada era, pero Ana no podía dejar de mirarlo. ¿Era su fragilidad, o justamente lo contrario, lo que la atraía tanto? ¿Era la lucha extrema de un cuerpo para mantenerse, o para recobrarse? ¿Y en ese caso, recobrarse o mantenerse para qué? Una maravillosa refutación de la teoría darwinista esta supervivencia del despojo, un acto de fe contranatural, una imbecilidad, una pérdida de tiempo, pero no podía evitar una especie de ternura piadosa, una conmiseración que iba mucho más allá de la lástima, algo que Ana podía haber sentido alguna vez por ella misma, en silencio, y quizás también por Lanz, pero por nadie más. Nunca. Ni siquiera por Víktor al final, cuando se estaba muriendo. Era un sentimiento tan cercano a la miseria del alma como al más perfecto altruismo. Tal vez serían las uñas, esas marcas de agua que Ilse usaba para clasificar a las personas, junto con la fecha y hora de nacimiento, la forma de las orejas y del mentón, el largo de los dedos y el puente de la nariz. Las uñas de Pedro, las de sus manos y más aún, la del único pie que permanecía sin vendas, intacto, incólume, como ajeno al desguace del cuerpo al que venía adherido, majestuosamente, espléndidamente lejos de la cabeza —centro álgido y destrozado de la cuestión— como una burla, un preparativo solitario para la fuga, ese pie de uñas blancas, redondas, grandes y planas que a Ana le traía a la mente un piecito cubista de uñas globosas pintado

137

por Picasso. Generosas, diría Ilse más tarde —lo primero que diría, recuerda Ana— uñas de una generosidad sin límites.

Y había más, algo que Ana presentía de un modo transversal y cuyas causas no podía precisar: Pedro parecía encender el malestar a su alrededor. En aquellos tres días el cansancio de Marvin se había centuplicado, aunque el estado de Pedro había tendido a mejorar, con relación al principio, al menos. De pronto era peligroso. No sólo porque era un desconocido, alguien que nadie había reclamado, sino por todo aquello que, según decían, no había sido producto de la caída. Algunas piezas habían empezado a encajar: las manos y los pies atados demasiado fuerte y por demasiado tiempo, tanto que uno de los pies tenía principios de gangrena, las marcas de golpes a la altura de los órganos vitales, los frunces despellejados de las quemaduras, el tabique de la nariz quebrado.

Lo cierto era que a Pedro lo habían reventado pero literalmente, por dentro y por fuera, antes de decidirse a darlo por muerto y a echarlo por la barranca. Le habían hecho un favor, en cierto modo, si es que estar vivo era mejor para Pedro, porque aquel infeliz había sabido del dolor, del dolor real, mucho antes de ser arrojado al vacío y de haber perdido en el camino —cosa que seguramente debía agradecer, al menos en virtud de la falta de sensaciones— buena parte de su cerebro.

Para el 10 de enero, cuatro días después de que lo llevaran al hospital, aunque ya lo habían sacado del respirador artificial y mantenía por sí solo una respiración pausada pero estable, Pedro seguía en coma, o en un estado que, según el médico, iba pasando de coma a condición vegetativa irreversible.

Para Ana resultaba algo asombroso cómo un cuerpo muerto o casi muerto, mejor dicho inconsciente, podía mantener las funciones vitales, obstinarse como una maquinaria en un pálpito, en una inspiración y exhalación rítmicas, en contracciones reflejas. Homeostasis, esa palabra, aprendida hacía mucho tiempo, volvió a resonar en el marco de una situación nueva: cómo hacía un ser vivo para mantenerse vivo sin saber que lo estaba. La conservación del estado, en última instancia, era un problema de la voluntad, y esa voluntad en nada dependía de la conciencia de Pedro. La voluntad de homeostasis partía de sus mismas vísceras, como la de las hormigas al reconstruir su nido después de una catástrofe, sin importarle nada de las leyes rigurosas de la lógica y del propósito. Era la voluntad de vivir y punto, codificada en el entramado recóndito de los genes.

Vagamente, porque los días transcurridos en el hospital, desde la barranca, incluso las noches pasadas en casa de Nando, habían transcurrido en la niebla, Ana recordaba una reunión en un bar cerca del hospital, una mesa cubierta de un paño verde, como el de los billares, a Nando sentado frente a ella, y a Marvin, escanciando una botella de whisky en tres medidas descomunales que no hicieron más que entorpecer su ya turbio recuerdo de la situación. Marvin decía —otra hilacha, otro vestigio o traza de qué, de justificación, en el tono de voz— que Pedro no podía quedarse allí, que si no querían dar parte a la policía había que llevárselo lo antes posible, que él en persona había firmado la entrada de un tal Pedro Goyena —siguiendo naturalmente las instrucciones de Ana— pero que no podía mantenerlo más, menos aún en las condiciones en las que había entrado. Todo el personal especulaba con la historia detrás del accidente, y no faltaría alguno que soltara la lengua y entonces sí las cosas se irían a la mismísima mierda y no se podría hacer nada para evitar el desastre.

Nando, desde su rincón, asentía en silencio.

Entonces lo van a tirar otra vez, dijo ella, en vez de al lago lo van a tirar a dónde. Está estable, dijo Marvin sin mirarla, pero no va a mejorar. Se va a morir, más tarde o más temprano, es cuestión de tiempo. Y en el hospital, por diversas razones, no podemos mantenerlo. Es demasiado peligroso. Pero no puede hacerle daño a nadie, dijo Ana, qué peligro puede representar un hombre en ese estado, y fue cuando Nando saltó como si le hubiesen puesto un hierro marca ganado incandescente en la espalda, pero no te enteraste acaso dónde vivís, qué pasa en este país de mierda, o te pensaste que eran en serio las montañas Tirolesas, este tipo tiene hasta las pelotas quemadas, Ana, lo cagaron a palos, lo cagaron a trompadas y cuando se cansaron de cagarlo a palos y a trompadas lo pusieron arriba de un auto y lo tiraron. Marvin, en ese preciso momento, decía —sin preocuparse mucho, probablemente bastante entonado por el whisky— que podrían trasladarlo unos días al dispensario de la ruta paralela al circuito del sur. En el dispensario había lo necesario para sostenerlo, incluso si le daba un paro, pero que ahí tampoco iba a poder quedarse mucho tiempo. Cuánto, había preguntado Ana, cuando Nando la interrumpió golpeando la mesa con la palma de la mano de tal modo que el vaso de Ana se derramó sobre la felpa verde, dejando un manchón oscuro que se expandió con lentitud mercurial, como un presagio de algo calamitoso. Y de hecho fue eso, un presagio, porque de inmediato Ana se levantó de la silla y desde arriba, con la fuerza combinada del envión y de la furia, le dio vuelta la cara de una cachetada, tirando a su vez el vaso de Nando al piso.

El ruido de vidrios rotos se acopló al otro, seco y trágico, del cachetazo.

Antes de que ninguno pudiera reaccionar, Ana estaba otra vez camino al hospital, dispuesta a llevarse a Pedro, o al cadáver de Pedro, al dispensario, y después, como fuera, a su propia casa. En ningún momento se detuvo a pensar seriamente en las palabras de Nando, ni en lo que significaría guardar el sueño de Pedro, ser el cancerbero celoso de un hombre en coma, y lo que es más, de un completo desconocido.

Los viejos se habían recluido en la casa de atrás. Desde que había vuelto de la clínica, Lanz estaba más frágil que nunca. Un manojo de nervios, decía Ilse, que desde entonces lo mantenía a un régimen estricto de infusiones de valeriana con un par de gotas de ajenjo, que era según ella un calmante natural. Así, Lanz salía y entraba del estupor con la sencillez con la que se despierta un narcoléptico de su breve y profundo sueño. El ajenjo, quizás, o la presencia de un ser extraño, o sus propios presentimientos y recuerdos lo sensibilizaban al punto que hablaba sin parar durante horas, con sus habituales pasajes de la lucidez de la memoria a la confusión o al delirio, y luego caía en una afonía atenta, despierta, una suerte de meditación forzada, y se sentaba junto a la ventana y miraba las montañas con los ojos muy abiertos y las manos agitándose sobre el regazo. Hasta que se dormía, de pronto, donde estaba, y teníamos que llevarlo con Ilse hasta la cama, a veces a la rastra, como a un peso muerto.

Pero Lanz no estaba muerto: Pedro sí. O casi.

—Necesita cuidados permanentes. Necesita una enfermera —había dicho Marvin la última vez que se vieron, en el dispensario—. Y no es una cuestión de vigilancia sino de trabajo, trabajo para que no se le resquebraje la piel, que no se le ampolle la espalda, para preparar la sonda, el líquido que va al estómago, para lavarlo, cambiarlo, poner los catéteres…

—¿Lo puedo hacer yo? —fue lo único que había preguntado Ana. Para ese entonces Nando no había aparecido en los últimos dos días, y las decisiones las tomaba ella, que sentía un misterioso derecho de propiedad sobre el cuerpo de Pedro, como si haberlo descubierto le otorgara privilegio de adelantado, una patente de corso sobre el botín, fuera este lo que fuese.

—Podés, si te enseña la enfermera, más que nada lo de los catéteres para la orina y mantener el tubo nasogástrico, pero vas a transformarte en una esclava. Un comatoso es un tirano que no lo sabe, como casi cualquier enfermo grave, pero peor. Pensalo… ¿vale la pena?

¿Valía? Ana miraba a Pedro acostado boca arriba sobre la cama debajo de la ventana, la misma en la que había muerto Víktor.

A Víktor también hubo que bajarlo a la planta del living y la cocina para poder atenderlo mejor. Había que inyectarlo a intervalos regulares con morfina, por el dolor. Al menos le habían dejado un tubo permanente en la mano, y las ampollas del Temgesik iban directamente al suero. Igual que Pedro, todos sabían que iba a morir en cualquier momento, pero a diferencia del hombre joven que parecía dormir un sueño apacible —en aquel momento, aunque no era siempre así, Ana había aprendido en pocos días a detectar una agitación consistente en Pedro, un temblor, ciertos mínimos, casi imperceptibles gestos espasmódicos de fruncir el ceño o la comisura de los labios, algo que Marvin le había advertido que sería común, y en particular reflejos involuntarios que en nada dependían de que estuviese consciente—, a diferencia de Pedro, agitado o tranquilo, su padre sí podía hablar, aunque todos hubieran preferido que no lo hiciera. Víktor, bajo la morfina, no deliraba: decía lo que se le cruzaba por la cabeza sin tapujos, tapujos que, por otra parte, él nunca había tenido, sólo que estaba siempre demasiado lejos como para ejercer sobre los demás ese derecho brutal a la verdad que era lo único que le quedaba intacto en su lecho de muerte. Fue una pesadilla que todos en la casa, Ana, Ilse, Lanz e incluso algunas veces la misma Klára, se habían acostumbrado a soportar a favor de una muerte digna para Víktor, después de las aberraciones de una vida, si no indigna, llena de errores y de fracasos.

¿Había valido la pena, por ejemplo, hacer lo necesario para que muriese en lo que él, toda la vida, había considerado su propia ley?

Muchas veces, durante aquellas últimas noches de estallidos de furia, de crueldad, de palabras soeces y desalmadas exhaladas sin fuerza, apenas en un hilo de aliento que parecía acabarse a cada minuto —y era quizás ese esfuerzo sobrehumano de Víktor para decirles lo que las tornaba infinitamente más perversas, más hirientes todavía—, Ana pensó si no tenía que irse y dejarlo solo entre aquellas piedras, para que muriese como un animal enfermo. Como un bicho, eso fue lo que pensó. Y si acaso valía la pena malgastar en su muerte una misericordia que él mismo jamás había sentido por nadie.

No, claro que no valía la pena, ni acompañarlo a morir ni tampoco seguir con su locura del monstruo, o vivir en el medio de las montañas como una penitente, o revisar los escombros de la geografía para encontrar qué, cuáles respuestas, cuáles categorías de elementos que un día, después de mucho manosear la tierra y los huesos y las solidificaciones del tiempo, encontrarían su sitio en una tabla de nombres que no significaría nada, más allá del trabajo que ella se habría tomado de nombrarlos.

—Es un ser humano que no tiene a nadie, y vale tanto la pena que haga esto como cualquier otra cosa que pueda hacer —había contestado Ana aquella vez a Marvin, dando por cerrada la discusión y obligándolo a precisarle, porque ya no quedaba cómo o sobre qué dificultades argumentar, los pasos a seguir en La Pedrera, la secuencia de controles, de maniobras, de cambios y limpiezas que habría que hacer sistemáticamente sobre el cuerpo de Pedro.

La última noche en el hospital, a la madrugada y en secreto, Marvin lo había trasladado al encefalógrafo del segundo piso para determinar el daño residual y ajustar el pronóstico del coma.

Del aparato amarillento brotaban cables enmarañados, algunos con los extremos abiertos, otros cubiertos con gruesos engarces de cobre envejecido o electrodos planos que Marvin untaba, diligente, con una gelatina incolora. Un pequeño sismógrafo adaptado a los minúsculos temblores del hombre. Al lado de la cabeza de Pedro, una máquina ajena al equipo, una suerte de reproductor de mapas en miniatura, cobró vida de pronto, con un quejido que podría haberse confundido con el del improvisado paciente. Ana, que podía comprender las gráficas pero no su significado en el diagnóstico, se quedó observando la tira de papel que brotaba del impresor un poco perpleja. Una delgada púa, indiferente y parsimoniosa, trazaba lentas ondas como si dibujara colinas azules, interrumpidas en ocasiones por una alteración que podía sentirse en la vibración del equipo. Esas interrupciones, tan ominosas que hacían saltar el trazo hasta los extremos del papel, hacían también que Marvin aclarara de inmediato, como si ella necesitara alguna confirmación, que aquello que daba tanta sensación de vitalidad era sólo "ruido eléctrico".

En cualquier caso, el trazo verdadero del graficador era notoriamente amable y constante, como si esa pulcritud mecánica fuese capaz de mostrar un rasgo de carácter, pero a todas luces reflejaba más la elegancia de la muerte que la actividad desprolija de un cerebro vivo. ¿A ese signo de tinta quedaba reducida la identidad, la conciencia del mundo? ¿A aquella incongruente pretensión de serenidad?

Llovía.

Una lluvia anómala, sin viento, sin que la menor brisa alterase la plomiza guillotina del agua. La perpendicular que trazaba la hoja de la lluvia contra la tierra era casi perfecta; horadaba la superficie del lago y lo cernía sin ninguna piedad. Ana se preguntó cómo se oiría en el fondo del lago aquel repiqueteo violento. ¿Cómo se sentiría la lluvia en la morada del monstruo?

El lago seguía espeso como los primeros días de enero, sólo que todavía más rojo, y la temperatura había bajado un poco.

Pedro, entretanto, dormía su sueño de bóveda sobre la cama de Víktor, justo debajo de la ventana. El agua rejuntada en las viejas canaletas de chapa que bordeaban las tejas caía en un chorro fastuoso, rebotaba sobre los bancos de troncos y salpicaba con fuerza los vidrios de la ventana, en un intento vano por despertar al durmiente. Ana miraba su perfil ya desinflamado, el pelo que había comenzado a crecer alrededor de la cicatriz que cruzaba la cabeza desde una de las cejas casi hasta la nuca. Una cicatriz sin objeto, tan inútil como el sonido de la lluvia sobre los cristales, ya que prácticamente no había habido cirugía sino más bien un drenaje de emergencia de los coágulos más superficiales. Aparte de la cicatriz, un costurón todavía púrpura que había ido formando costras negras sobre las suturas, de los ojos y del tabique desviados de una manera ominosa hacia el costado izquierdo, el aspecto de Pedro había mejorado mucho. La inflamación inicial que le deformaba las facciones, los hematomas sobre la piel de los brazos y el torso, habían ido desapareciendo; hasta el pie que se había salvado asombrosamente de una infección grave se parecía ahora al otro pie, el que a Ana le recordaba a aquel otro garabateado por Picasso.

Ya le había cortado las uñas. Esa había sido la primera sugerencia de Ilse al verlo en la casa; después de examinarlo a conciencia, como un joyero atraído por la imprevista calidad de una baratija, sentenció: "En este hombre nadie se ha ocupado de las uñas".

Lanz, que ya había olvidado por completo el incidente de la barranca y la impresión que le había provocado el cuerpo ensangrentado de Pedro sobre la roca, o quizás el hecho de presenciar la brutalidad de la escena anterior, lo trataba con naturalidad, como si ese hombre tendido hubiese estado ahí desde siempre. En verdad, la actitud de Lanz resultaba un modo excepcional de reconocimiento. Por otra parte, cuando el viejo preguntaba de quién se trataba "el muchacho", todos contestaban lo mismo: un extraño. En algún lugar de su propio y mustio cerebro la aparición de Pedro era lo más justo que podía haberle sucedido, porque el desconocimiento de los otros se equiparaba en secreto al de él. Pedro era lo mismo para Lanz que para cualquiera de los habitantes de la villa, y eso el viejo parecía saberlo íntimamente.

Hacía varios días ya que había tomado la costumbre de sentarse al lado de la cama de Pedro, en un sillón de cuero que había pertenecido a Víktor, y le hablaba, como si el otro pudiese escucharlo. Hablaba sin cesar, con su delirio entrecortado, pero Ana lo dejaba. La ventana que se abría por sobre el cuerpo de Pedro tenía la mejor vista desde la casa de la bahía, del Brazo entero con sus dos orillas. Era la misma ventana que Víktor usaba los pocos días que recalaba en La Pedrera para su propia vigilancia del monstruo. Poner a Pedro en aquella cama en la que su padre había querido morir no hacía más que perpetuar las motivaciones de Víktor: estar allí, despierto, presente y alerta, cuando el monstruo saliera a la superficie.

Para lo único que Ana debía estar en la orilla era para tomar la foto del crepúsculo, ya que la línea del bosque anulaba con su sombra el ánimo de aquella luz encarnada que era oxígeno y señal para los predadores. Lo demás, el muestreo

146

del agua, la recolección de algas y cadáveres emponzoñados, y en especial el estudio de los papeles de su padre, era algo que podía hacer en los intervalos en los que Lanz se quedaba cerca de Pedro, o incluso mientras estaba ahí, con sus papeles y mapas, vigilando. Al cabo de unos días Ana había puesto el escritorio de nogal contra la pared, al costado de la ventana del living, de modo que podía mirar el lago y a Pedro al mismo tiempo.

Durante las noches subía a su cuarto. Nando no había vuelto a la casa; ella no había hecho nada para remediar aquella escena del bar, y él tampoco.

La aparición de Pedro había sido un punto de inflexión. No sabía por qué, y eso le había ocurrido una sola vez en el pasado: la sensación de que a partir de entonces su vida ya no sería la misma. En aquella oportunidad, todavía en el colegio, lo que había llegado intempestivamente a su vida fue una carta dirigida a Ana, pero a una Ana que, en pocos minutos, supo que no era ella. La carta venía de Uruguay, en un sobre violeta lleno de estampillas de aspecto muy antiguo. El nombre del destinatario era Ana M..., un apellido indescifrable porque la tinta azul se había corrido por la lluvia, aunque parecía, a mirada rasante, que decía Mullin. Y bien podía haber dicho Mullin, pensó Ana después, mucho después, cuando decidió que aquella carta la había dejado en un sitio diferente, y que nunca la devolvería a su legítima dueña. Dueña que, por otra parte, no podía ser otra que Ana Migues, de cuarto año, la chica que había muerto en el mes de diciembre. Nadie pareció asociar ese apellido desdibujado por la lluvia con Ana Migues. Nadie en el colegio parecía recordar ya a Ana Migues, ni la forma callada que había elegido para morirse, ni los motivos, porque los motivos no se supieron nunca. Todo lo que Ana, junto con las demás internas de su "dormitorio" —así solían agruparse, siguiendo la geografía, como pordioseros que se reparten un socavón que no les pertenece pero que terminan por considerar una especie de patria—, todo lo que habían sabido en el dormitorio por entonces era que la cantidad de tiras vacías de Seconal que encontraron debajo de la cama habrían bastado para matar a un caballo. Al menos eso era lo que habían susurrado dos celadoras en el vestuario, y aunque probablemente los cuchicheos de pasillo habían sobredimensionado el comentario, a Ana siempre le había impresionado mucho que alguien estuviera tan decidido a matarse como para, con el mismo método, liquidar a un caballo. O tal vez le había impresionado lo suficiente como para no olvidar a su desdichada tocaya tan rápido como el resto del colegio. La cuestión de la muerte de Migues se había acallado, eso era cierto, pero también lo era el hecho de que una interna más o menos no era algo significativo. Las monjas parecían estar acostumbradas a la muerte súbita, y las adolescentes a los barbitúricos que conseguían robar de los botiquines de los conocidos cuando iban de visita, conocidos que también tomarían barbitúricos y que acaso también morirían así, como caballos, porque en definitiva, pensaba Ana, era la única explicación que encontraba al hecho de que hubiese tantas chicas internas: la orfandad.

Y de eso se trataba la carta, precisamente: alguien, a juzgar por la firma una tía lejana, quizás ni siquiera eso, le informaba a Ana —en cierto sentido, a las dos Anas— que su padre estaba muy enfermo, y que el desenlace (aquella palabra también había impactado con fuerza a Ana) se esperaba muy pronto. Que si quería podían pedir por ella una autorización para que la dejasen salir del colegio por unos días, para asistir a su padre en sus últimas horas. Si quería, o sea que era muy probable que Ana —ninguna de las dos, para el caso— no querría hacer cosa semejante. De hecho, Ana Migues no lo hizo, porque se había suicidado varios meses antes de recibir la noticia, pero Ana Mullin sí, y aquel, justamente, había sido el punto de inflexión, la bisagra que la había trans-

148

formado. Y lo más gracioso era que no sabía por qué, nunca había podido explicarse cuál había sido, o dónde había residido el núcleo del cambio. ¿Porque se había animado a pedir permiso para salir a acompañar a su padre, completando así el destino que la carta había iniciado para otra persona? ¿O sólo porque se había atrevido a hacerlo, a jugar una ceremonia impostada hasta el final, y las monjas se lo habían creído? ¿O porque en realidad sí había visto a Víktor, y a partir de ese momento había decidido volver a La Pedrera?

Fuera lo que fuese, Ana había sentido, en el momento preciso de recibir la carta y darse cuenta de que no era para ella, pero que podría haber sido para ella sin embargo, que su vida ya no tenía esa restricción de mariposa, esa cortedad, esa cualidad de presente absoluto que siempre, o al menos hasta ese momento, la había caracterizado.

Con Pedro, extrañamente, había ocurrido lo mismo, aunque otra vez, como en el colegio, no podía asegurar por qué, o dónde residía el núcleo de semejante sentimiento. Quizás, como entonces, volvía a tener entre las manos el cadáver de un desconocido.

El 25 de enero fue sábado. Ana lo supo porque ese día, después de muchos días, desde la Navidad del año anterior de hecho, había aparecido de nuevo Klára, que apenas si podía tomarse los sábados para visitarlos, y porque además había visto el periódico sobre la mesa de la cocina, abierto en un título ominoso del que apenas había alcanzado a leer "posibles elementos perturbadores del orden" antes de desviar la atención hacia el ángulo superior y verificar la fecha, 25 de enero, para quedarse sólo con aquel dato. Más cercana la noche, pensó, junto con Lanz, trataría de leerlo para seguir la cuestión de Angola, pero todavía era temprano, y Pedro la necesitaba. Cuando entró en el living, Klára estaba sentada en el borde de la cama, y sostenía la mano de Pedro entre las suyas. Había algo más que maternal en su actitud, algo espontáneo y afectivo característico de Klára pero también protector, como un aura, algo de lo que ella carecía por completo y siempre la sorprendía agradablemente descubrir en Klára, que era como su propia hermana y la depositaria de ciertos dones que Ana podía cultivar como si fuesen propios, una botella de la que le era dado servirse sin pedir permiso, disfrutar sin intención de apropiársela. Sin embargo, por primera vez, esa mezcla de ternura y comprensión no le provocó nada más que una cólera fría, tanto que lo único que detuvo una escena de la que después se habría arrepentido fue la sorpresa, una sorpresa genuina, casi estupor, de sentir que aquello que antes la había deleitado tanto ahora la corrompía de rabia.

Porque entonces se le ocurrió que tal vez Klára conocía a Pedro, de antes. ¿Pero qué significaba eso? ¿Cuándo era antes, y dónde? ¿Podía preguntárselo, acaso? Se dio cuenta de que desconocía a Klára casi tanto como a Pedro, que los dos seres cuyas manos veía ahí, entrelazadas, tenían en común una característica indefinible, un rasgo que los unía más allá de ella y que no podía reconocer. ¿Qué era lo que la separaba de ellos?

—Está cambiado, ¿no? Ahora se le ven los rasgos —dijo, deteniéndose detrás de Klára, que se sobresaltó y dejó caer las manos de Pedro sobre las sábanas.

—Es buen mozo —contestó Klára con una sonrisa.

Ana miraba el lago, opacado por la contaminación, que era un reflejo perfecto de su propio ánimo. *¿Por qué no podía preguntárselo?*

—¿Se supo algo allá?

Klára se dio vuelta para mirarla, confundida

—¿De esto?

—De Pedro.

—Ana, no podés guiarte por ese nombre.

—¿Y cuál, entonces?

Klára le dio la espalda para tomar otra vez la mano de Pedro entre las suyas. Ana ya no pudo verle los ojos cuando respondió, con voz pausada y triste.

—Ninguno. Ese es el punto.

No pudo preguntárselo, y los celos la siguieron de cerca, pisándole los talones como una sombra.

Era cierto, además, que Pedro había cambiado en su aspecto físico, como ratificando aquella cualidad traicionera del tiempo que había empezado a fabricar otra vez una memoria falsa para Ana, una memoria imprecisa pero que bastaba y sobraba para justificar su devoción. Pedro era ya otra persona, otro ser humano, alguien diferente que nada tenía que ver con el despojo de la barranca, con el agrio, tumefacto armazón que había llegado al hospital, escasamente vivo. Las marcas de su cuerpo —aunque irreversibles— estaban ahora cubiertas por la ropa, y la más irreversible de todas, la de la conciencia, estaba expuesta sobre la almohada blanca, sosegada como un ánfora. La cabeza de Pedro se había transformado en la depositaria de un secreto que la quietud y el silencio habían convertido en algo apacible, algo que ya no reflejaba ni el horror ni el dolor, ni siquiera la realidad anterior.

El único detalle perturbador era su mirada bajo los párpados entornados, una mirada torcida por completo hacia uno de los lados, una mirada tan oblicua, tan insistente y oblicua que parecía indicar a cada momento el sitio donde se había cometido un crimen. Ana no podía acostumbrarse a los ojos de Pedro, no podía mirarlo sin seguir con los suyos el lugar adonde apuntaban, como si al obedecer mil veces la orden implícita de aquel reflejo pudiese descubrir ese otro enigma, en nada apacible, que Pedro, desde el interior de su armadura sellada, trataba con desesperación de revelar. O no: quizás ya ni siquiera le quedaba nada como la desesperación.

Porque de la realidad anterior, salvo por la urgencia sesgada de sus ojos, el único remanente era un sosiego parecido al de la naturaleza muerta de la playa cuando se retira el agua después de las crecidas. Una afonía limpia y abstraída, carente de pasado, con esa cualidad desmemoriada de los cementerios. ¿Qué historia puede tener un cementerio, qué recuerdos, si a sus habitantes no les ocurre nada? En esta nueva existencia de Pedro, lo mismo que en los cementerios, la apariencia no decía nada. Porque no había nada que contar, salvo la calma.

Ana había empezado a adorar la calma de Pedro, eso que en él no era ya falta de reacción sino puro detenimiento. Pedro sorbía las palabras como sorbía el aire. Quizás fuera por el modo en que Lanz lo trataba, o por esa amabilidad distante de su cuerpo enajenado por el sueño, lo cierto era que Pedro Goyena, quienquiera que fuese, se había convertido en apenas un mes en uno más de la casa, una parte que no estaba ni viva ni muerta, sino que flotaba, inacabada, entre lo que había sido, lo que había quedado de eso, y lo que cada uno de los otros insistían en hacer de él.

Cada vez que lo lavaba, con diaria rigurosidad, si bien ni Marvin ni la enfermera del dispensario habían indicado tanta higiene, Ana hablaba con Pedro en voz alta, como lo hacía Lanz también, como lo hacían todos, hasta Ilse. Pero era Ana la que más hablaba con él, porque era la encargada principal de los cuidados, y porque había sido ella quien había decidido traerlo a la casa. Cada día era necesario controlar el tubo que entraba por su nariz hasta el estómago, y desmontar el contenedor de plástico en el que tenían que verter una especie de papilla, dos diferentes potajes en realidad, de mañana y de tarde, porque Pedro comía solamente de ese modo. Aparte del tubo para alimentarlo, había que rotar su cuerpo sobre la cama, también dos veces al día, recostarlo, masajear la espalda y la cara posterior de los muslos con agua de alcanfor o alcohol, tomar la temperatura para corregir cualquier desarreglo, colocar una máscara de aire mezclado con oxígeno durante cuatro horas a la noche, para lo cual había que despertarse a la madrugada a quitar la máscara, administrar el antibiótico y drenar la orina acumulada en la vejiga a través de un catéter.

Sobre una mesa de luz improvisada al lado de la cama de Pedro, había jeringas con ampollas para inyectar en caso de convulsiones, y todo lo necesario para insertar una sonda y aspirar el líquido que sin remedio se acumularía con el tiempo en el fondo de sus pulmones.

El trabajo fundamental de Ilse consistía en preparar mañana y tarde la papilla correspondiente, y desinfectar el contenedor cada vez que se cambiaba la comida. Y salvo a la tardecita, cuando Lanz o Ilse se quedaban con Pedro, vigilándolo o más bien sometiéndolo a un monólogo incansable, mientras Ana se iba al borde del lago a sacar las fotos y las muestras, el resto del tiempo era ella quien estaba cerca, o sentada a los pies de la cama, o en el escritorio de nogal.

Según había dicho Marvin, la mitad de los pacientes en coma moría dentro de las primeras veinticuatro horas, y las dos terceras partes, dentro de las cuarenta y ocho horas siguientes. Ana se preguntaba cuándo habría empezado el coma para Pedro. Marvin también se lo preguntaba, y Nando, pero a diferencia de ellos dos, para Ana era sólo un dato que le ayudaría a calcular otro, el de la posibilidad de supervivencia una vez pasadas las cuarenta y ocho horas críticas. Que habían pasado, en apariencia, durante su estadía en la clínica, o quizás habían pasado hacía mucho más tiempo, antes de que tiraran a Pedro por la barranca. Ana sabía que Marvin apostaba a la muerte pronta de Pedro, por neumonía, le había dicho, o por un paro respiratorio, y que casi seguro gracias a ese pronóstico él se había comprometido a pasar una vez por semana por La Pedrera.

Después de la escena en el bar, la de la cachetada, Ana y Nando no habían vuelto a hablar hasta dos semanas más tarde, un día que Nando pasó por la casa con un paquete de compras insólitas encargadas por Ilse (sémolas y leche en polvo, para preparar la comida líquida de Pedro).

Ana limpiaba el cuerpo de Pedro cuando Nando llegó.

—Rumpelstiltskin —decía— es la historia de un enano que quería poseer algo vivo, algo propio, algo que le hiciese compañía, porque era un enano maltrecho y horrible, y bastante taimado. También es la historia de un molinero pobre —esta es la que cuenta Ilse, la versión original de los hermanos Grimm— que tenía una hija hermosísima y que, para mandarse la parte adelante del rey, le dice que su hija es tan pero tan habilidosa que puede tejer la paja y hacer con ella mantos de oro. A su vez, es la historia del rey, que al enterarse de las habilidades de la hija del molinero, la llama al palacio y la encierra en una habitación llena de paja para que la transforme en oro, amenazándola de muerte si no cumplía con su voluntad. O sea, es un cuento sobre la avaricia del rey, que cada vez la encierra en habitaciones más llenas de paja para que la transforme cada vez en más oro, y sobre la miserabilidad del molinero, que entrega a su hija por nada. El único digno de todo el cuento es el enano siniestro, que acude al oír los llantos de la hija del molinero, y transforma la paja en oro para ella, a cambio de dos chucherías: un collar, y un anillo. Dos veces se repite la escena, y los elementos son los mismos. Pero a la tercera vez, el rey promete que si la hija del molinero transforma en oro una habitación descomunal llena de paja, entonces él la hará su esposa. Esta vez, la hija del molinero llora desconsolada, aunque sabe que el enano va a acudir en su ayuda como antes, porque seguramente está enamorado de ella. Es decir: el rey usa a la hija del molinero, y la hija del molinero usa al enano. Como no tiene nada a cambio del trabajo, le promete que le entregará al enano su primer hijo con el rey. El enano trabaja durante toda la noche hilando la paja en oro, y al día siguiente, pensando que se casa con la mujer más rica de la tierra, el rey se casa con la hija del molinero y cada uno de ellos consiguió lo que quería, salvo el enano. Al año, cuando la hija del molinero devenida reina tiene un hijo, el enano pasa a buscarlo, como se lo habían prometido. La reina, espantada, le dice que no, y a cambio de su bebé le ofrece las riquezas del palacio, del reino entero. Pero el enano le contesta algo muy interesante: le dice que en realidad él quiere algo vivo, algo vivo solamente para él, y que ni todo el oro del mundo podía transformarse en eso. En el fondo, el requerimiento del enano es correcto, merecido y hasta comprensible. La reina llora, grita y ruega, hasta que el enano se apiada de ella, o al menos se apiada lo suficiente como para arriesgar la única oportunidad que tiene de compañía, de amor, en su propia vida. Y entonces le propone que si ella adivina su nombre en menos de tres días, se puede quedar con su bebé, de lo contrario estaba obligada a cumplir con su promesa. La reina manda un mensajero por el feudo recabando nombres, nombres, los más raros, los más comunes, todos los nombres posibles, pero ninguno es el del enano. Así, hasta que el mensajero descubre la casa del enano, detrás de una montaña, y al mismísimo enano cantando su nombre, deleitado ante la perspectiva de no vivir solo nunca más. El nombre del enano era, por supuesto, Rumpelstiltskin, y cuando al tercer día, la reina lo llama por su verdadero nombre, al enano le agarra tal ataque de furia que hace algo verdaderamente espantoso: se entierra con una pierna en el piso, y al tirar de la otra para zafarse, se parte al medio. Ahí termina el cuento, con la imagen

155

del enano desgarrado en el suelo, y la hija del molinero acunando feliz a su bebé.

—Es la historia más desagradable que escuché —dijo Nando desde la puerta de la cocina. Atrás de él venía Ilse, con la papilla lista para el recambio.

Ana lo miró por sobre el hombro. En aquel momento estaba limpiando con un paño húmedo las axilas de Pedro, frotándolas con cuidado como si fuesen porcelana antigua.

—Siempre me pregunté por qué —dijo, sonriendo, y giró a Pedro de costado, para fregar la mitad de la espalda.

—¿Por qué, qué?

—Por qué el enano haría eso cuando escucha su nombre.

—Olvidas al diablo, Ana —dijo Ilse—. Rumpelstiltskin dice que el diablo intervino para que la reina adivinara su nombre. El diablo te lo dijo, repite Rumpelstiltskin, y después se entierra y después hace lo que hace.

—Hubiera sido mejor para él no tener nombre —dijo Ana, acomodando con delicadeza el brazo de Pedro sobre las sábanas estiradas—, al menos así no se desgarraba por eso.

—No se desgarra: se muere —dijo Nando. Y de inmediato preguntó—: ¿Cómo está?

—Igual. ¿Se supo algo más?

—Nadie avisó nada, ni a la policía ni a nadie… Podría ser cualquiera de los que aparecen en el diario. La dirección esa que encontraste no significa mucho tampoco. Es una calle de Buenos Aires, pero también podría ser de cualquier otro pueblo o ciudad del país. Aunque Buenos Aires parece más probable…

Fue en aquel instante, en aquel preciso instante, y después de casi cuatro meses de haber hallado la nota de Víktor en el archivero, que la palabra Buenos Aires impactó en la memoria de Ana, y se le reveló como una clara manifestación de lo que debía hacer. Se dio cuenta de que ni siquiera se había tomado el trabajo de llamar al Museo de Ciencias para preguntar si el doctor Guzmán, el famoso corresponsal de su padre, seguía trabajando allí, o al menos si seguía con vida. De pronto intuyó que había un denominador común para la presencia de Pedro y su propia búsqueda del monstruo. Todos los hechos, pasados y presentes, parecían haberse conectado mágicamente en un solo lugar: Buenos Aires.

Era cierto lo que decía Nando: Pedro Goyena podía muy bien pertenecer a cualquier otro sitio del país, pero Ana presentía que no, que existía un núcleo genérico, una razón original para las cosas que habían ocurrido hasta el momento, y las que irían a ocurrir. No tenía sentido tratar de explicárselo a nadie, porque ninguna de las personas que estaban allí lo entenderían. Y porque, además, esa súbita presunción de ligazones extravagantes entre los hechos y los objetos era muy impropia de su modo de pensar. ¿Pero no era ella, acaso, la que volaba por el patio del colegio? ¿O eso no era *también* parte de ella?

Después de un silencio que pareció durar varios minutos, Ana decidió tomar el camino más corto.

—Habrá que ir, entonces —dijo.

—A dónde.

—A Buenos Aires, a dónde va a ser.

—Estás loca.

—No, no está: es loca, y bastante loca —dijo Ilse, y desapareció en la cocina con el contenedor de plástico sucio.

—No se puede, Ana.

Estaban otra vez al lado del lago, Ana preparándose para tomar la fotografía. Excepto por los días que Pedro había pasado en la clínica o en el dispensario, el plan de retratar lo imposible con la lente de la cámara seguía en pie. En ese tiempo no había habido ningún avistaje, nada más allá de las algas, cuya densidad parecía haber disminuido un poco, aunque distaba mucho de haber desaparecido. En la ciudad, sin embargo, nadie había reportado ningún cambio en el cuerpo principal del lago. Ni algas, ni aire detenido, ni peces muertos ni nada parecido a la calma espectral que empantanaba el Brazo de la Melancolía desde la Navidad. Lo más extraño era que hasta entonces tampoco habían aparecido los "especialistas", como si no se hubiesen enterado del extraordinario fenómeno. Era algo limitado por completo a aquella zona, al brazo más profundo, o quizás al más protegido por las montañas. La prefectura controlaba la pesca, pero a esa altura no estaba permitida, por lo peligroso de las corrientes que se movían de pronto hacia la superficie, gracias al declive pronunciado que formaba las paredes del lago, y a la diferencia de las temperaturas en las diferentes capas de agua. Eso, sumado a lo inaccesible del paraje, significaba que prefectura no llegaría hasta allí a menos que alguien se tomase el trabajo de denunciar algo específico en el lugar. Los del Instituto no parecían haber registrado el incidente, ni la gente de la capital, de modo que la cuestión entera estaba en manos de Ana, los viejos y Nando. Pero Nando no creía en el monstruo, y por lo único que lamentaba la cosa era porque le impedía salir a pescar con el bote a pocos metros del extremo del embarcadero, como solía hacer siempre que tenía un poco de tiempo libre.

Por otra parte, la relación con Ana se había trastocado al punto que ninguno de los dos quería disculparse, ni dar el brazo a torcer, y mucho menos hablar del "asunto", como todavía llamaba Nando a Pedro.

El "asunto" se había integrado con total armonía a La Pedrera, incluso había resultado una buena manera de tener a Lanz sentado por largos ratos, y tranquilo, ya que, insólitamente, había adquirido el hábito —si es que puede llamarse hábito a algo que no se recuerda— de sentarse al lado de la cama de Pedro, y hablar con él. Hablaba con Pedro como si fuese un par, alguien que quizás hasta había compartido las mismas experiencias que él. Hablaba con naturalidad, y a veces hasta con una lucidez que le duraba mucho tiempo, como si la cotidianidad lo sumergiera en la confusión y la posibilidad de ajustarse a sus recuerdos le diera nuevo brillo. Ilse, a espaldas del médico que lo había tratado por última vez, cuando el incidente de Pedro, había decidido seguir adelante con su terapia de licores de hierbas y gotas de ajenjo, mientras Ana, Nando y Klára —que pocas veces era testigo ocular del "tratamiento"— la dejaban hacer, desesperanzados, porque como la misma vieja decía, no había nada mejor que hacer con Lanz.

—No se puede, Ana. Es una locura —volvió a decir Nando, cuando Ana disparó la primera foto.

Ana le hizo el gesto de que se callara. El lago se parecía a la célebre descripción bíblica del Mar Rojo cuando Moisés cruzó a pie por en medio de las aguas, separándolas a su paso. O Dios las había separado por él, pero si Dios había hecho tamaño milagro hacía tanto tiempo, ¿por qué no podía repetirlo ahora, y convertir para su ejército de creyentes a una servidora rebelde?

—Porque la Biblia era una fábula para sostener el ánimo de los cristianos perseguidos. Eso antes. Ahora es un manual para idiotas —dijo Nando—. ¿No vamos a hablar del asunto, entonces?

—Se llama Pedro —dijo Ana, mirándolo a los ojos por primera vez en varios días—. Y tenés razón, sí. Es una locura ir a Buenos Aires. Pero todo es una locura, porque no es por Pedro solamente. Tengo que ir a ver a alguien. Alguien que tuvo mucho que ver con Víktor. No sé ni siquiera si está vivo o no, o qué es lo que voy a preguntarle. Sé que tengo que ir.

Ana se acercó a Nando como solía hacerlo antes, y lo abrazó.

159

—No te pido que me entiendas. Te pido que me acompañes, nada más que eso.

—No puedo.

—Sí podés.

—No quiero.

—Ya lo sé.

El viaje quedó establecido, en principio, para el 15 de febrero. Irían en el colectivo de La Estrella directo a Retiro, o bien hasta Zapala, y de ahí en tren. A último momento Nando insistiría en viajar en colectivo porque era más seguro y más directo, y Ana aceptaría, incapaz de imponer más condicionamientos a semejante favor. De cualquier modo, aquella tarde en el lago ni Ana ni Nando suponían que antes de que pudieran salir de la villa en el tiempo previsto pasarían otras cosas, cosas que tendrían que ver con la aparición del monstruo y también con la de ciertos hombres negros que habían empezado a acosar la vigilia de Lanz. Cosas que, en definitiva, alterarían los planes que Ana había conseguido armar con un ambiguo y desanimado abrazo.

Se acerca a la cama.

Se acerca atraída por la humedad, por el calor, como los insectos.

Es irresponsable, lo sabe, incluso peligroso. Y claro que lo sabe, pero no le importa porque tiene que despertar a Pedro, tiene que conseguir sacudir su sangre, airear los rincones más clausurados de su cerebro, despertarlo y hablarle y pedirle aunque no sepa bien qué, lo mismo que le pedía a Nando, que la tocara tal vez, que la nombrara. ¡Eso era! Que le pusiese un nombre con voz de Pedro, algo que entonces la identificase solamente a ella en el mundo de él. Nombrarla, eso es todo lo que busca, pero para eso necesita un segundo de conciencia, un solo segundo de movimiento. Amor no, no es

160

amor, es algo muchísimo más simple, más primario incluso que el afecto o el deseo, aunque los músculos la gobiernan, el calor la humedece; se siente de pronto un tábano gigantesco, casi obsceno, carroñando sobre los despojos quietos de un animal que agoniza. Allá afuera, en el lago, abajo, en el cuerpo profundo y frío de aquel lago, el monstruo hace lo mismo que está haciendo ella: busca que lo nombren, quizás que Ana lo nombre, por amor, para ayudarlo a existir de otro modo, en otro elemento que no sea la viscosidad del agua sino el mundo de los hombres. Porque todo es una cuestión de nombres y sin nombres sería la extrañeza perpetua, como la de este tábano en el que Ana se siente transfigurada de pronto sobre el cuerpo dormido de Pedro, acomodada sobre un letargo que no dice nada. Le susurra al oído, le pide, lo siente respirar con dificultad bajo su peso. Y está el zumbido de su propia insistencia, un zumbido que acaba rebotando sobre la carne laxa. Baja sobre ese cuerpo, porque no sabe de qué otro modo resucitarlo. Despeja el cuerpo de Pedro de las sábanas que parecen una mortaja. Al desnudarse ella pensó, pero solamente por un instante, que sería una especie de sacrilegio hacerle el amor a un muerto. Un instante apenas que se pasó rápido: Pedro no era un muerto, Pedro tenía una sangre que no le respondía, la había perdido toda allá en la barranca, antes de la barranca también, pero eso ahora no importaba, lo único que importaba era la música que venía del fondo del lago, que llevaría al monstruo a la superficie con la misma imperiosa violencia con que la movía a ella. No veía las cicatrices, podía sentirlas, sí, bajo la yema de los dedos, sobre el esternón, la cara interna de los muslos, unos cordones rigurosos y ásperos. Indiferentes. Bajó más, con la lengua sobre las cicatrices, mientras pensaba que con Pedro no había fricción, tal vez porque no la veía, o porque consentía en dejarse tocar con tanta blandura, o tal vez porque esta vez era sólo su lengua la que participaba, su boca, sus manos, y la fricción tenía que ver con la dureza, con las erecciones obstinadas e interminables, con la penetración a destiempo, con el movimiento continuo y arrítmico, con la sequedad, y ahora... Ana sentía que por una vez su cuerpo estaba deslumbrado, como recubierto de un material capaz de fosforecer. Y toda ella derramaba ese líquido fosforescente, su vagina, sus ojos, su boca, su piel, toda ella era capaz de inundar a Pedro, de humectarlo, de nutrirlo, de transpirarlo, aunque tuviese que dirigir ella misma las manos de Pedro sobre su sexo, los dedos inertes, los labios áridos, aunque tuviera que arrastrarse sobre él, apretarse, restregarse, aún así no había nada parecido a la fricción.

Y en el último momento, al susurrar su nombre con los dientes apretados, lo único que no pudo conseguir fue que él la nombrara.

Ana despertó de costado, con la mano de Nando entre sus piernas.

A juzgar por la luz, era de mañana, las siete, tal vez más temprano. Ningún sonido atravesaba el aire, tan sereno como el cuerpo de Nando acurrucado a su lado, de frente, con esa mano sepultada amorosamente en su pubis. Pero aunque lo intentó con ansiedad, Ana no pudo recordar nada de lo que había ocurrido. Nando, por primera vez, se había quedado a dormir con ella toda la noche, y ella no se acordaba ni siquiera de cuándo habían decidido acostarse juntos, o dormir juntos, o siquiera que Nando se quedara en La Pedrera hasta el día siguiente.

En realidad, Ana no recordaba nada en absoluto, más allá de su voluptuoso sueño de tábano.

LANZ

Viví sobre esta tierra en una época
en la que el hombre cayó tan bajo
que mataba gustosamente, por placer, sin recibir órdenes.
Locas obsesiones tejían su vida,
Creía en dioses falsos.
Desilusionado, echaba espuma por la boca.

Viví en esta tierra en una edad
en la que era un honor traicionar y matar,
el traidor y el ladrón eran héroes —
quienes estaban en silencio, no deseando regocijarse,
fueron odiados como si tuvieran una peste.

Yo viví en esta tierra en una época
en la que si un hombre hablaba, debía esconderse
y podía sólo morderse los puños con vergüenza —
borracha de sangre y escoria, la nación enloqueció
y sonreía ante su horrible destino.

Yo viví sobre esta tierra en una edad
en la que una maldición era la madre de un niño,
las madres eran felices si abortaban,
un vaso de denso veneno espumaba en la mesa,
y los vivos envidiaban el podrido silencio de los muertos.

MIKLÓS RADNÓTI, fragmento de "Viví sobre esta tierra"

Szörnyetegek kötz élek, szörnyetegek kötz...
(Monstruos entre quienes vivo, monstruos entre quienes...)
Diario de Miklós Radnóti, Budapest, 1941

Es una tarde sin viento. Una tarde calma y húmeda, con el cielo limpio, algo por completo inusitado en toda la cordillera pero especialmente en este lugar, este surco protegido

163

por las murallas que a Ana le gusta llamar Brazo de la Melancolía, aunque haya sido Víktor quien lo nombrara así hace más de cuarenta años y aunque Ana en general no haga nada de lo que solía hacer su padre, salvo respetar semejante bautismo. Eso, y buscar al monstruo.

El murmullo habitual del lago casi no se oye: eso lo hace más bien fantasmagórico. La superficie del agua parece vitrificada; sobre los bordes de la barranca el tegumento de la bruma acumulada de las últimas semanas ha empezado a revestir las siluetas de los árboles.

Hay una suavidad espectral, una languidez que no pertenece a este paisaje, una decrepitud tóxica que no es propia de tanto follaje al viento ni de tanta agua rebelde por las corrientes del aire. Y una falta de aspereza en la orilla, incluso entre los guijarros, tan lisos, tan tersos y parejos que dan ganas de ir a jugar a algo sobre la arena, a las damas chinas por ejemplo, o a alguno de esos juegos con cuadrados y cielos a los que se acostumbran los chicos en las galerías de las escuelas cuando hace frío para ir al patio. A eso se jugaba al oeste del Tisza, por lo menos cuando Lanz era chico.

El viejo húngaro recuerda perfectamente cuando era chico. Sus recuerdos más lejanos siguen en pie, ostensibles como un bosque de robles en la llanura seca de su memoria. Pero él no quiere recordar su niñez, ni su patria, ni a su familia, ni a sus hermanos, ni a Sashenka tampoco, no quiere recordar lo mínimo que realmente puede recordar porque gracias a Dios —si bien esto es una manera de decir, ya que Lanz no tiene a quién agradecerle— o mejor dicho a la piedad de la que sólo es capaz la naturaleza, él no sabe que su memoria no abarca toda su vida, sino apenas un pequeño fragmento que se angosta con cada latido imperfecto de su corazón. A su juventud también la recuerda, todavía, aunque con menos precisión. "Memoria fragmentaria", ha dicho el último de los médicos, un cuerpo de recuerdos que se iría

164

desintegrando de adelante hacia atrás, del presente al pasado. Al igual que un músico sordo con un diapasón apoyado contra los huesos detrás de la oreja, su vida ya no depende de la exquisitez del sonido sino de una vibración rústica, algo inespecífico y primario que haría trepidar tanto los huesos de su cráneo como el caparazón rígido de un escarabajo.

Sentado en la antigua butaca de Víktor, con la ventana abierta de par en par, tiene la frente apoyada contra el marco y parece que va a batirse a duelo con la tarde, que uno —quizás— hará desaparecer al otro antes del atardecer.

Una nueva oleada de bruma acaba de levantarse de repente sobre la anterior como una señal todopoderosa, y eso significa que no falta mucho: el atardecer sucede rápido y la oscuridad cae de repente, sin grandes preámbulos. Así es en estas latitudes. ¿O quizás es que el ojo se acostumbra a creer que la sombra de las montañas es la noche, y que el cielo nocturno es de veras esta tapa de grafito espléndido, acerado, y sin estrellas?

Pero ya son las nueve de la noche en este brazo perdido del lago.

Para Lanz, sin embargo, la palabra noche es una manera irónica de sopesar la luz: siendo tan tarde, todavía abrillanta las paredes de piedra como si su gris perpetuo se dejase vencer al final del día después de largas horas de lucha.

En la playa, una figura velada, un poco oscurecida por la bruma, debería haber nivelado ya el trípode enclavado entre las piedras, muy cerca del agua, y sobre él debería haber colocado la vieja Leica de Víktor, pero esto Lanz no lo piensa, probablemente no puede pensarlo porque toda la escena, que se ha repetido las últimas semanas con rigurosidad, excepto por los cuatro días que separaron el antes y después de Pedro, esa escena como tantas otras desaparecen de su mente, se desvanecen como se desvanece el vapor sobre el lago

165

cuando el frío de la noche empieza a mover.el aire. Desintegrándose hacia atrás, como una película vieja que corre al revés, o más bien una secuencia anómala de instantáneas unidas por las alucinaciones que rellenan los huecos. Aunque eso él tampoco lo sepa.

Esto —la mujer de la playa y su ritual de las fotografías— también es señal de que pronto va a anochecer, pero hoy no parece ocurrir.

Otro misterio.

Otra alucinación.

Hoy hay todo lo que no suele haber: muy pronto caerá la noche y la chica no está en la playa con su cámara. Entonces la cuestión del misterio, piensa Lanz —que no sabe de la chica con la cámara más que como el eco deformado de la vibración contra los huesos—, esa cuestión es todavía más impresionante de lo que él había intuido al principio.

—Si te pueden hacer creer en cosas absurdas, te pueden hacer cometer… atrocidades —dijo en voz alta.

Al menos el hecho de hablar solo no era patrimonio de la enfermedad: Lanz siempre había hablado solo y en voz alta, como los locos. ¿O habría empezado después de la guerra? Ilse aseguraba que sí, que había sido así desde siempre. O sea, después de la guerra.

—Tal como lo digo yo lo dijo el filósofo Voltaire —siguió Lanz—. ¿Voltaire? No me suena, pero es probable que sea, sí. Porque el hombre es únicamente lo que cree. Eso ya no sé quién lo dijo. A lo mejor no lo dijo nadie, a lo mejor lo dije yo también y a lo mejor hasta una vez lo supe. Yo antes sabía, tengo esa sensación mistericordiosa todo el tiempo. Mis… teriosa, yo antes sabía, quizás porque antes creía más, o en más cosas. No, no es así. Sabía porque se sabe cuando se es joven. Los griegos tenían razón: la juventud es lo único que importa. Con los años no se aprende más: se inventa más, que es

166

distinto. Se inventa para compensar lo que uno ya no sabe porque no es más joven. Después eso de la experiencia... excusas. Los viejos leen más —¿qué más les queda por hacer?—, y ven las mismas cosas una y otra vez. Viven las mismas cosas, una y otra vez. Perdón, pero para mí eso no es sabiduría: se llama capacidad de predicción. La sabiduría real es la del joven, que no conoce patrones, no tiene esquemas, no mira brújulas, no asume que ya lo ha visto todo, que lo ha vivido todo. Nada de eso: la vida lo toma por sorpresa, y el joven, a diferencia del viejo, es permeable. Por eso sabe lo que sabe, sin hacer grandes altavientos. Alza... vientos. Alzamientos. Eso echo yo de menos, no recordar para nada qué dijo Voltaire o Katalin o... Pero sí ser capaz de vivir sabiendo que te pueden hacer creer en cosas absurdas.

Sobre el diván, el hombre gimió muy suavemente, como si pudiera comprender al viejo y su necesidad de asentir o refutar pudiera vencer un instante el velo macizo del letargo.

—Esta noche puede ser la noche —dijo Lanz, mirando para afuera, pero haciendo un gesto de advertencia con la mano hacia adentro de la habitación, ya en semipenumbra por la orientación de la casa—. Y si no supiera que es una noche especial para otras cosas, casi diría que usted se está despertando.

Hubo un silencio largo, involuntario para los dos hombres. Luego Lanz habló otra vez, sin despegar la mirada del lago:

—Quizás se esté despertando usted, después de todo.

El hombre que yacía, sin embargo, no volvió a gemir, y Lanz pensó que había sido su imaginación tal vez, o el murmullo de las hojas en el bosque sometidas a aquel aire extraordinario.

—Usted es un pobre diablo que se ha quedado dormido, eso lo veo muy bien. Si se despertara hoy, si se despertara en este preciso momento, sentiría que el mundo le ha quedado... in... incon... gruente. Pero un hombre... algún hombre, yo, a lo mejor, solía pensar que esto de ser extraño es el único modo de ser en el mundo. Digo Ser, con mayúsculas. Apegarse a las cosas, pertenecerles, aferrárseles, significa conquistar la identidad de ellas, no la propia. Digamos: uno debería Ser flotando en el vacío perfecto, en el éter, esa viscosidad quimérica de la que hablaron los físicos y los poetas románticos por igual. Así, suspendido, como un átomo de argón, colgado del mundo por los pelos. Un autómata programado por Dios, o mejor aún: por otro autómata. Usted es un pobre diablo que se ha quedado dormido y no es capaz de ver por sí mismo, por eso yo le cuento. A lo mejor se ha dormido para no ver porque no quiere ver, o para olvidarse. Hay muchas formas de olvidarse, pero ninguna es más efectiva que cerrar los ojos. Dormir. Soñar tal vez. Cerrar los ojos. Peregrinar no sirve, se lo advierto por si se le ocurre intentarlo cuando se despierte: uno se lleva el paisaje consigo y la pesadilla no descansa, anda con el peregrino, lo acompaña. Lo vive. En cambio ya ve: usted cierra los ojos y se duerme. Yo también duermo, despierto. Duermo despierto. Duermo, despierto. Duermo. Despierto. Le digo esto para que no se sienta tan mal en esa cama. Le puedo contar también lo que veo por la ventana, por ejemplo. Ojalá usted pudiera incorporarse un poco al menos. Tomar un té. ¿No quiere? Usted está enfermo. No sé quién es usted, pero para serle sincero, tampoco me interesa. No me interesa usted sino la mujer esa que está en el amarradero, maniobrando con el bote. Debe haber llegado recién, porque hace un rato no estaba. Hace un rato… Parece mojada, como si se hubiera caído al agua. Y eso que acá no es fácil el lago para caerse, Víktor dice que este brazo del lago es el más peligroso, porque es el más profundo de toda la cordillera. Dice que el fondo del lago no existe. Qué tontería. Aunque sería interesante, un fondo a través de un canal que atravesara la tierra de lado a lado. Eso vendría a ser en las Antípodas, un fondo que refleje el fondo que refleje el fondo que refleje el fondo… Pero yo le digo una cosa: en realidad el fondo no existe porque está comunicado con el mar del otro lado de las montañas. Con el océano que está del otro lado, del otro lado de las montañas. El océano ese. Ese océano. Báltico. No. Báltico. No. Báltico. No. Bálticono. Bálticono.

El viejo se ha puesto a cantar una especie de nana, la melodía de un arrullo infantil con una palabra que le suena completamente desconocida y que ha empezado a reverberar adentro de su cabeza como una imagen en una maligna sala de espejos. El viejo canta y hamaca con suavidad el cuerpo en la poltrona austera; por momentos lucha contra el sin sentido porque lo percibe de manera extraña, pero la mayoría de las veces se entrega a su efecto letárgico. Encuentra que abandonarse es un alivio enorme, y que de ese modo el reverbero se agotará solo.

Sobre la cama, el hombre estira de pronto el brazo en un movimiento epiléptico e incontrolado, y al hacerlo se destapa. Por lo común está cubierto hasta el pecho; a veces, a instancias del doctor Marvin, Ana hace un largo doblez con una sábana de dos plazas para poder meter el pliegue profundamente debajo del colchón, y de ese modo sujetar al hombre a la cama. Atarlo. Ana odia verlo atado. El médico les ha advertido que los movimientos no tienen ninguna intencionalidad, y que pueden muy bien ser lo suficientemente bruscos como para que todo el cuerpo cambie de posición, incluso tanto como para caer al piso. Esa camisa de fuerza hecha con la sábana nunca ha servido para mucho, y Ana, en los últimos días, ha dejado de armarla.

Lanz, con un suspiro de hastío, deja de inspeccionar el paisaje por la ventana para observar al hombre.

—Se te ha caído el brazo, muchacho.

…

—Tan dormido no está, entonces.

169

…

—Quizás tenga calor.

Lanz se rasca la oreja, un poco desorientado tal vez, pero la curiosidad se le esfuma con rapidez. En ningún momento pensó en ayudar al hombre, en cubrirlo. (La empatía, había dicho Marvin, desaparece enseguida en estos casos; es el primer rasgo de humanidad que se pierde.)

—La chica del amarradero se llama Sashenka —sigue Lanz, en un tono de voz más claro y limpio—. Es un ángel, una criatura de otro mundo. No es muy normal que digamos: casi no habla, y cuando lo hace le salen unos sonidos guturales que asustan. Algunos dicen que es sorda, o sordomuda, otros, que es débil mental. Pero es tan hermosa que no importa. Yo estoy enamorado de ella; se lo digo a usted así, en secreto, porque sé que Mutti anda dando vueltas. Mutti es mi mujer. Sashenka siempre fue mi mujer, aunque nadie lo supo, ni siquiera ella. La familia de Sasha es de origen ruso (Sashenka es el diminutivo de Sasha, no tiene por qué saberlo si no la conoce). Antes era dueña de una parcela buena para cultivo de maíz, no eran nobles ni mucho menos, pero el problema no es lo que ellos eran sino lo que era yo. Y yo era pobre. Siempre supe que era pobre, no que era judío. Los pobres no tienen religión, y si la tienen no interesa, y si la cambian o la abandonan, tampoco. Me corrijo: excepto, quizás, los judíos. Por eso Hungría está llena de gente así: protestantes que fueron católicos, católicos que fueron judíos, luteranos cansados, griegos ortodoxos, ateos, calvinistas teóricos… todos pobres, campesinos, algunos acomodados como los padres de Sasha, pero campesinos al fin. Y judíos, que fueron judíos, que son judíos, ortodoxos, neologistas, seculares, ateos, conversos, renegados. En cualquier caso, si son pobres importa mucho menos. Yo no me casé con Sashenka porque era pobre, y porque los rusos tienen una manera muy particular de ver las cosas. Odian a los zares pero son aristócratas. Aman a los bolcheviques pero detestan la vida del proletariado. Ahí está ella ahora, en la playa, mirando el lago. Es una lástima que no pueda verla usted también, muchacho. Es una joven muy delgada, con la típica palidez de los rusos, la tez blanca como la muerte, la misma expresión un poco torva, como si estuviese irritada buena parte del tiempo. Los soldados rusos no ríen nunca, ¿ha notado eso? Y son tremendamente hirsutos. Ahora que lo pienso, yo nunca toqué un solo pelo de Sashenka, y jamás le escuché la risa.

Fuera de la habitación, en la cocina, se oye el estrépito de vidrios rotos, y de inmediato, una voz queda que profiere palabras sueltas en alemán o en húngaro. Lanz sonríe:

—Esa ha sido Mutti que rompió algo —dice—, y ha dicho lo suyo. En castellano sería algo así como "la hostia inmunda en el tabernáculo de mierda". No tiene sentido, ¿verdad? Ni en húngaro tiene sentido. Pero esa chica prepara el bote para volver a salir. El lago se parece al Mar de los Sargazos. Los portugueses lo bautizaron así: una masa de algas rojas capaces de atollar a un barco. Víktor decía que los indios se morían por causa de las algas, que se intoxicaban... No, Víktor no decía eso... decía que beber el agua del lago producía una infección en la mente. Delirios. Al final, en el caso más grave, se suicidaban golpeándose la cabeza contra los árboles. Los cuerpos se pudrían, se llenaban de gusanos y de moscas, lo mismo que los troncos de los árboles, todo a orillas del lago. Sangre roja, troncos rojos, cuerpos rojos. Agua roja. Mar rojo.

De pronto, como reanimado por una curiosidad repentina, Lanz gira para observar al hombre de la cama:

—¿Quién es usted? —pregunta.

En su voz no había miedo ni suspicacia, sino simplemente una especie de intriga que lo ha fulminado de pronto.

—¿No se aburre ahí, tan quieto? ¿No se cansa? Me impresionan un poco sus ojos torcidos, sabrá disculpar que no lo mire demasiado. ¿Por qué mira para allá? ¿Qué hay de aquel lado? Me recuerda un poco a Miklós. Sí, me lo recuerda porque Miklós era un poco estrábico. Estrábizco. Pero no le he contado nada de Miklós, y no me ha contado nada de usted. ¿Quién es usted? Está claro que usted no duerme: usted se ha muerto y no dice nada para no llamar la atención. Nosotros nos hicimos los muertos también, para escapar, pero a los cadáveres los procesaban igual, como si fueran carne de pollo, los huesos, las entrañas, no había nada que no usaran. Escapamos esa vez, de nuestra propia fuga, o sea de la muerte fingida, de casualidad. Miklós era estrábizco como usted y sobre la tierra, entre los cadáveres, tenía seguramente los ojos abiertos. Igual que usted. No podía evitar mirar para un solo lado. Cuando estaba muerto. Los muertos no pueden evitar hacer ciertas cosas. La muerte les lleva la voluntad. Después vienen los gustanos… los gusanos, o los gendarmes, o la Gestapo. Todos ellos vienen después, y cada uno hace su trabajo, aunque los gusanos son los más honestos. ¿Le avisé ya que hay unos hombres afuera que nos vigilan? Unos hombres que llevan trajes de azul muy oscuro, o negro, en el límite del bosque. Juegan a que no puedo verlos. Se hacen pasar por árboles, se hacen pasar por sombras, y cuando salen lo hacen a propósito, para que pueda verlos. Como si yo no pudiera reconocerlos igual.

El hombre que yace sobre el diván ejecuta otro movimiento automático y brusco, que esta vez no acaba en la inmovilidad sino en una agitación leve que persiste como un temblor. Pero Lanz está demasiado ensimismado para notarlo.

—Mutti se volvería loca si los descubre. Son ellos, los de siempre, que vienen para comprobar si todavía estamos vivos. Para rematarnos, seguramente. Por eso usted es muy sagaz. Muy sagaz. Así como está, cualquiera lo tomaría por muerto. Pero le digo algo: no se fíe. Si ellos descubren el más mínimo aliento, el menor parpadeo… Se lo digo por experiencia. Miklós no era bueno, él no estaba para estas cosas, pero yo sí, yo hubiera podido convencer al diablo de que estaba muerto, tanto podía dominar el miedo. Pero ellos... lo que ellos huelen es la vida, no la muerte. Y porque la ejecutan todos los días la conocen mejor que nadie. Por eso no se distraiga: puede hacerse el dormido todo lo que guste, pero si llegan a descubrirlo, le van a pegar un tiro en la cabeza.

Afuera, al borde del lago, Ana hace señas hacia la casa. Está otra vez dentro del bote, y agita los brazos como pidiendo ayuda o tratando de señalar algo, si bien no da sensación de urgencia. Ilse le grita algo incomprensible desde la cocina, y Lanz gesticula una especie de saludo a distancia. Después de varios minutos, Ana parece darse por vencida porque nadie la asiste, baja del bote y lo amarra sin cuidado. Ofuscada, se dirige al lado opuesto de la playa, donde la espera el trípode clavado entre las piedras.

—Me pregunto qué querrá la chica con todo ese aspaliento. ¡Pobre Sashenka! Hace esos ademanes porque no sabe hablar. O no puede, nunca lo supe, porque nunca pude hablar con ella. ¿Usted puede hablar, acaso? Y si puede, ¿le serviría de algo? Me pregunto si le serviría de algo. Quizás llegó hasta aquí justamente por eso: *porque puede*. No se inquiete, yo soy como Sírkő[1]: una tumba. Como Sírkő... Como Sasha, quiero decir como Sasha: *Sírkő*. Después de todo, ¿conozco yo algo de su vida? Conozco la persecución, conozco las marcas que deja, y ese cuerpo suyo está marcado del mismo modo en que se marcan los cuerpos en la guerra. Eso es lo que Klára no entiende. Ella insiste con la verdad, como Víktor insistía con la criatura del lago. Y la verdad no existe. ¿Qué es verdad? El único principio que rige al universo es el de la indeterminación, fíjese si no en la física de Heisenberg. ¿A usted le interesa la física? ¿No? Entonces la dejamos, es una lás-

[1] Tumba (húngaro).

173

tima. Pero la negación, a diferencia de la verdad, sí que es absoluta: uno puede estar seguro solamente de todo lo que no es. La criatura, por ejemplo: el monstruo se define sólo por la vía negativa, porque si pudiese definirse por la vía positiva no sería monstruoso. Sería Dios, o nada. Por eso "la verdad del monstruo" es una ilusión equivocada desde el principio: la verdad no existe, o en todo caso es un fenómeno estadístico, un residuo, algo que cabe en el porcentaje minúsculo que desprecia el intervalo de confianza. Una probabilidad. Un electrón en una nube de órbitas. Como Leviatán. Leviatán no es un pez. Leviatán no es un mamífero. Leviatán no es, y sin embargo ahí lo tiene, en el lago. A veces aparece, son unos instantes nada más, pero a veces aparece. No es un mamífero. No es un pez. No es una ballena. No es una foca. No es un ciervo. No es un tronco. Tampoco es una burbuja: es el Leviatán. Ahora fíjese usted esa chica: da la impresión de que fuera a sacarle fotos a las algas. ¿Quién es? ¿Y qué piensa descubrir con una foto? Leviatán está por debajo de las algas. No en la superficie. Casi nunca en la superficie.

Ana titubea al borde del trípode, como sin decidirse a ajustar la cámara en la rosca. Finalmente, retorna la cámara a un saco de tela que ha venido cargando, y vuelve al bote.

—Ha cambiado de idea —dice Lanz sonriendo—. Eso está muy bien. Muy bien. ¿Usted cree que la superficie dice algo de lo que ocurre debajo? Fíjese en este pantano: está todo podrido, pero yo le aseguro que el Leviatán puede aparecer hoy. Esta noche. En esa in… mundicia. Hay algo perverso en la aspereza de este lugar. La cordillera es insoportable, particularmente en este brazo del lago. Quizás sea la desolación… no hay luces alrededor, ¿se ha dado cuenta? Digamos: no es solamente que no hay casas, o ventanas, o techos: no hay siquiera aves asociadas al hombre, gorriones, palomas, ruiseñores, sinsontes. Aparte de mis gallinas y mis cabras, acá no hay nada doméstico. No hay humildad en esta vista. Estas piedras, las formas de los árboles. Es tan monstruoso como el Leviatán. La naturaleza es por definición inmodesta, amoral también, como un imperio en pleno apogeo, y cuando el hombre por fin consigue dominarla ella... se repone, se recupera con el mismo gesto fingido de una mujercita a la que acaban de azotar en público. Me imagino la creación bíblica: un dios iracundo, taimado, forjando esta tierra a fuerza de maza y de odio, y también algo de compasión, y vanidad por su propio trabajo. Y al terminarlo decide que el mundo no le ha salido exactamente como quería, porque es perfeccionista, o acaso porque es caprichoso, entonces saca de entre los pliegues de su túnica dos piedras, las frota, quema todo sin más explicaciones, y decide que nunca más va a volver a mirar esa insignificante porción dañada del universo. Y la olvida. Pero esa porción del universo así desterrada no se descompone: por el contrario, se regodea en su condición de proscrita del mismo modo en que lo haría Lucifer. Nadie la detesta ni la observa. Crece un moho de bestialidad en todas partes, pero he aquí que no es decrépito sino frondoso. Mohos como bosques, donde el único corral que importa es el que pone el tiempo. Mi patria fue como esa tierra: una enorme *puzsta* negada por Dios, de todos y de nadie, excepto que en Hungría el espacio parece más vital. No lo es: sólo lo parece. Como el caldero de un alquimista que echó mano a todo el mercurio, a todo el azufre y la sal para conseguir apenas oro sucio. Hungría fue una tierra atravesada por todas las religiones, desde que Kurzán y Árpád se instalaron con sus siete tribus en la planicie, y todas convivieron en el hombre común, en el campesino y el aristócrata, el intelectual y el pobre, hasta los ritos paganos de los sacrificios y las torturas más crueles que haya conocido la humanidad. Fue engatusada por mercaderes musulmanes, invadida por los mongoles y por los tártaros, triturada en Mohács por Suleimán el Magnífico, sitiada por el imperio otomano durante ciento cincuenta años y recuperada en la batalla más sangrienta de la historia, en setenta y siete días de horror en nombre de Inocencio el Papa Justo. Fue diezmada por varias cortes de reyes cretinos, de sangre corrompida por la endogamia. Fue descompuesta por muertos mal enterrados en catacumbas de las que nadie sabe, en basamentos y pasadizos de castillos de arquitectura más santa y mucho mejor protegidos por Dios que por los ejércitos de turno. Fue humillada por la lujuria y por la megalomanía simiesca de los Habsburgo, maniatada por el Ejército Rojo, violada, robada, desangrada en revueltas fracasadas, revueltas de los campesinos, secretas revueltas parlamentarias, desmembrada, arrancada de a pedazos por los bordes de sus montañas y sus ríos, como si la mano de Churchill hubiese querido desgarrarla por los únicos lugares en los que sus dedos podridos pudieron enganchar algo de tierra. Fue ocupada por los fascistas, los de afuera y los de adentro, pero especialmente los de adentro, asesinada en exilios masivos, porque las fronteras jamás fueron asunto de los húngaros. Fue expiada en cámaras de gas tan perfectas que posiblemente les diese pudor ensuciarlas. Fue sacrificada la corona de San Esteban por el imperio, el imperio por la monarquía, la monarquía por la doble monarquía y por la constitución, las leyes de Abril por la república y por el parlamento y todo lo que quedó fue sacrificado, finalmente, al gran salvador: Stalin. ¿Qué sale, se preguntará usted, de ese caldero de locos? Húngaros. Nuestra verdadera Tierra Santa es una Transdanubia imaginaria, una frontera del imperio, negra y fértil como los Matra, esas colinas fecundas y verdes de viñas. Quizás ya ni siquiera sean parte de Hungría.

Lanz calla desde su puesto de vigía en la ventana. Más lejos, Ana dispone la Leica de Víktor dentro de una caja improvisada, y prepara los frascos para tomar muestras de agua. Las copas de los árboles adquieren ese silencio forestal que pronto será quebrado por rumores de insectos, zumbidos diminutos, resonancias de los cazadores y las presas del crepúsculo. Los ojos del viejo, sin embargo, no enfocan ningún elemento en particular. La comunión con Pedro es más profunda ahora, que cada uno se ha sumergido en el lago de su propia mente.

—A veces sueño que estoy de vuelta en casa, y todo lo que veo es la fragilidad del hombre. Sinagogas exquisitas, catedrales imponentes con capillas y sacristías, las estatuas, artesonados, bibliotecas y galerías, las colecciones de arte, los frescos, los mármoles, las columnas. Toda Europa es eso: el hombre todopoderoso, el hombre Dios, musical, refinado, artístico. Pero le digo algo: en medio de las bombas, todo eso no muestra nada más que la fragilidad humana. La cáscara estética si quiere, que cubre a una criatura bestial que todo lo destroza. El hombre es una máquina imbécil. El propio Michelángelo atacó su Piedad con una maza. ¿Por qué? Porque la concibió frágil. Un guijarro contaminante en la placa de mármol, y todo se viene abajo. Y créame que no hay justicia en la fragilidad. La debilidad no garantiza comprensión, ni tratamiento especial. Ellos vienen ahora por nosotros, esta vez son ellos como en otro tiempo fueron otros: los destructores pueden ser bestias, o el mismísimo Michelángelo. Porque es la esencia del hombre. Porque nada de lo que vemos o hacemos está destinado a perdurar, salvo esta vida banal que llevamos. El hombre es una máquina imbécil en todos lados, y los que habitan países curtidos por los ava... llasamientos —de cualquier tipo— acaban por comportarse de una manera similar, la diferencia es que una guerra explica por qué la gente desaparece: explotan los edificios, hay bombardeos, fusilamientos abiertos, golpizas brutales, sótanos mal ventilados, hambre, minas que estallan, esas cosas. Quiero decir que durante la guerra la muerte tiene explicación. Es una consecuencia lógica: un cuerpo humano no resiste la

177

inanición, ni la sed, ni la tuberculosis, ni las balas ni los cañonazos ni la artillería aérea. Puede resistir la miseria de la guerra, eso sí, pero no su parafernalia. En tiempos normales, digamos, uno ve a una persona en la calle, y, aunque le resulte completamente desconocida, puede llegar a hacerle una señal amistosa con la cabeza, si es una mujer hermosa, hasta mirarla con una sonrisa inconsecuente. Esa es la palabra: inconsecuencia. Los gestos mínimos de la vida cotidiana no tienen consecuencias en tiempos normales; quisiera decir tiempos de paz, pero no puedo, es como si ya no pudiera creer en la paz, ni siquiera como palabra. Es obvio que no volverá a ver al desconocido, ¿verdad? Y sin embargo esa certeza no produce ningún dolor. En la guerra uno sabe que nunca más va a volver a verlos, y ellos tampoco a uno. ¿Qué tiene eso de tan particular, me preguntará? ¿Me preguntará? No tiene por qué preguntarme nada. Yo a usted tampoco lo conozco. No pienso que no voy a volver a verlo, pienso eso sí que va a morir, y antes que yo, lo cual ya es una paradoja porque tendrá a lo sumo treinta años. Menos tal vez. Eso también es la guerra: uno desarrolla una intuición, un sexto sentido, digamos, que le permite adivinar a cuáles personas va a sobrevivir. Basta mirarles la cara para saberlo. Miklós, por ejemplo. Cuando lo conocí sabía que él iba a morir primero, porque Miklós era poeta, no guerrero. Él también se dio cuenta, por eso me ofreció el anotador amarillo que guardó hasta último momento en la media. Y cuando la vi a Mutti por primera vez, supe que ella me sobreviviría a mí. Y que Mutti nos va a sobrevivir a todos, porque esa mujer está hecha de un material in… consumable. Incombustable, eso es. Incombus… table. Tampoco. No importa.

Finalmente, el atardecer cubre cada resquicio del Brazo de la Melancolía, y acaba con un chisporroteo violeta en las comisuras del paisaje. Detrás de la bruma que consuela la mirada de quienes observan el escenario del crepúsculo, del otro lado de su telón piadoso, la noche acaba de dar rienda suelta a la batalla una vez más.

—La gente ya no viene a esta parte del lago. Se asustan de la niebla que se levanta de pronto, como la noche. ¿Ha visto ese fenómeno? Es como si el aire la empujase sobre el agua, una masa de nube y ya no se ve nada. Es curioso cómo todo aquello que no se puede ver aterra tanto, ¿verdad? No deberían tenerte acá. Parece que hubieses venido del frente sin uniforme, o de un hospital de campaña. A lo mejor hay otra guerra ahí afuera y no lo sabemos. ¿Por qué habríamos de saberlo? Después de todo la guerra es sigilosa como el monstruo. Al principio fue así: uno escuchaba por la radio que el ejército había llegado a tal o cual parte, que algunos huían y que casi nadie resistía… pero la radio no es más que una voz, un aparato metálico, una cajita con unas lámparas y dos perillas, y uno escucha, detiene un segundo aquello que está haciendo, escucha, y después sigue tomándose el café. Y el ejército venía, sí, por la radio, pero especialmente por Austria. Claro que venía. Si en Voronezh habían sudado a cien mil… usado de escudo a cien mil húngaros. Mientras los nuestros morían de frío, de cañones rusos, ellos… se fueron. Yo no estuve, pero podría haber muerto ahí mismo, en Stalingrado, junto con los otros. El cupo —esos eran los otros, el ejército prescindible— se llenó con judíos jóvenes en edad de pelear, pero a mí me tocó el trabajo en la fábrica de azúcar, y después en la mina. Ahí conocí a Miklós, durante el traslado a Bor. Ya había dejado mi casa, en ese entonces mi casa de Vécses. Estábamos quienes entrábamos y salíamos de los trabajos a medida que necesitaban mano de obra, por eso al principio todos nos acostumbramos a la intermitencia. Mientras alrededor la gente era arreada en trenes y camiones, nosotros volvíamos, y unos días de respiro nos devolvían la ilusión de seguir siendo parte de una ciudad, un país, cuando nunca habíamos formado parte ni de la ciudad ni del país. Tío Dezsö creía que sí, que durante la monarquía era otra cosa. Antes se podía migrar para la cosecha, o se podía alquilar para cultivar uva o maíz o cereales, avena, lino, esas cosas. Por eso la casa de Vécses no era mi casa: era de Tío Dezsö, que por dos años pudo levantar la cosecha de los propietarios en los alrededores de Buda, mientras planeaba volver a sembrar por las suyas. No ocurrió: antes de la invasión, las reglas de juego habían cambiado otra vez. Pero al menos quedaba ese trabajo... Y ya es casi de noche. ¿No le dije? Acá la noche no cae: se desploma.

Es poco y nada lo que puede verse ahora desde la ventana.

Una brisa cálida ha empezado a agitar las cortinas, que ondulan sobre el diván y acarician con suavidad al hombre que yace, como si quisieran despertarlo. Pero el hombre no se mueve, y la sábana que lo cubría sigue en el piso. Ilse acaba de entrar desde la cocina, con un repasador floreado enganchado sobre la cintura a modo de delantal. Viene con un farol de querosén encendido, una de esas lámparas antiguas de tulipa alargada. Siempre ha sido apegada a los faroles, a las velas, a la luz del fuego y de las brasas. Siempre ha detestado el vicio de la luz eléctrica.

—Es de noche —dice, acercándose a Lanz—, y Ana todavía no ha vuelto del lago.

Desde la ventana, Lanz la observa sin emoción.

—¿Que no ha vuelto de dónde?

—Del lago.

—¿Quién?

—Ana —repite Ilse—. Ana, la hija de Víktor, del lago. Se ha ido hace un rato largo en el bote, y todavía no ha vuelto.

—¿Y la cena? —pregunta el viejo con tono jovial.

Ilse lo ignora, y va hacia el diván, donde Pedro tiembla

aunque no de frío, y ella lo sabe, pero igualmente levanta la sábana y vuelve a cubrirlo.

—¿Qué hacemos ahora? —pregunta en voz baja, como si le hablase a Pedro, mientras lo arropa—. No hace falta preocuparse, no usted, por seguro, que ya tiene demasiados problemas. Ana conoce el lago mejor que su padre, yo puedo asegurarle que ella no va a perderse. Es sólo una preocupación de vieja. Y sí, hace falta cerrar las ventanas, es de noche y este hombre puede enfermarse más aún de lo que está —agrega.

—¡No! Todavía no, Mutti. Estoy vigilando.

—Pero no se ve nada afuera. Está oscuro…

—Vigilo la noche, Mutti.

Ilse le acaricia la cabeza y besa ligeramente la coronilla despeinada del viejo.

—Az az éj már vissza se jö soha többé[2] —dice.

El lenguaje ha sonado extraño bajo la luz de la llama, pero Lanz no se sobresalta, por el contrario, sonríe ligeramente y hace un gesto con los hombros como diciendo "quién sabe, quizás vuelva después de todo".

Afuera, el lago apenas si podrá verse como un reflejo cuando aparezca la luna entre las nubes, si es que aparece. Ni Lanz ni Pedro, ni siquiera Ilse, con su mirada atenta y preocupada, podrían detectar el movimiento en las sombras de la orilla, un andar de sombra entre sombras, sigiloso y humano, apenas, acaso, la manga de una tela del color del bosque y la mejilla alveolada por el acné que un instante anfibio en la claridad de la arena acaba de recortar brevemente del fondo. Y tampoco el extraño punto de luz, algo tan pequeño y errante como una luciérnaga, sobre el cuerpo negro del lago. Ninguno de ellos podría decidir, de poder percibirlo, si esa luz es la linterna de Ana, o el reflejo fosforescente de una

[2] Esa noche nunca va a volver (húngaro).

enorme pupila. A medida que la misteriosa luminosidad se acerca a la orilla, los ojos de Lanz se habitúan a la oscuridad. Aunque su mente sigue perdida en el pasado, hay una parte de él que vislumbra físicamente el cambio que parece haberse operado cerca del agua. Los sonidos de los animales —la cacofonía noctámbula que ha reemplazado en poco tiempo al jolgorio sanguinario del crepúsculo— han cambiado de pronto. Lanz lo sabe con una certeza que lo desposee, lo sabe porque se ha levantado del sillón de Víktor y se ha apoyado contra la ventana, tratando de escudriñar un poco más, más lejos, más allá. Lo sabe pero no sabe que lo sabe, no podría comprender tampoco con cuáles o cuál de sus sentidos lo percibe, tal vez con aquel que le revelaba a quiénes sobreviviría durante la guerra. Un sentido vinculado más bien a la percepción de la muerte, o de aquello que está en el límite, como la luz que se acerca dibujando un zigzag impreciso por el Brazo de la Melancolía.

—No puedo verlos, ¿sabe? Pero sé que están ahí, esperando. Se agazapan. A veces se parecen a enanos, a duendes, tan furtivos son. A veces, como ahora, se esconden. Otras no, otras hacen lo que hacen a cielo abierto. Usted lo sabe, ¿verdad? ¿Muchacho? No se haga el muerto conmigo, que no vienen por usted. Son soldados, están entrenados para eso. No todos sin embargo, algunos son gente común, como usted o como yo, pero con mucho odio, o mucha necesidad. En la guerra la necesidad no puede descontarse nunca. Es aberrante, pero es así, créame. Me obstinaba con Miklós sobre los motivos de la guerra, de cualquier guerra. Él era cauteloso, y un poco ingenuo también. Tenía confianza en el ser humano, y en las palabras, y en lo que esas palabras podían transmitir. Yo había perdido ese candor, y le decía que en la guerra las palabras no valen nada. Vale el mínimo de fuerza que separa al vencedor del vencido, porque esa mínima diferencia significa poder. Escuche esto: en Nis, al sur, los bombarderos habían empezado a arrasar unas bases alemanas. Las bombas caían al lado del tren, porque el tren era un objetivo en sí mismo, junto con un campamento que no veíamos, porque las ventanas del vagón estaban selladas con tablas de madera por afuera y apenas si teníamos unas grietas para observar el exterior. El tren se detuvo de pronto, y los guardas húngaros —nuestros compatriotas, nuestros propios compatriotas— se bajaron, huyeron, corriendo, y se escondieron en un monte, antes de llegar a la estación. A nosotros nos dejaron ahí, encerrados en los vagones, a la suerte del bombardeo. Después volvieron, aunque lo único importante para nosotros —más allá de que ningún vagón fue alcanzado por las bombas— era que los aliados habían llegado y que los alemanes ya no tenían escape, y que por lo tanto había dos salidas para ellos: retirarse o matarnos a todos. Muchos meses más tarde supimos que habían hecho las dos cosas, pero por entonces la presencia de los aliados significaba que Alemania estaba definitivamente vencida. Y lo estaba, de eso no cabía duda. Los que no estaban vencidos eran los de adentro, los nuestros, los gendarmes, la milicia: esos estaban más vivos que nunca, y al mando de casi todo, salvo, quizás, de la supervisión, a cargo de algunos nazis de la Gestapo que habían decidido permanecer en Hungría a pesar de los tanques rusos. Los nuestros no: tenían todavía su propio proyecto por delante, y la única oportunidad de liberarse de la raza que les contaminaba el reino… *Y donde la corriente pasa del Tisza y del Danubio, han hecho perpetuar a la noble Casa de Árpád, por siempre en nuestro pecho.* Ahí lo tiene: una estrofa del himno. Y le aseguro que los de la noble casa de los Árpád se lo tomaron muy en serio.

El viejo, sin darse cuenta, ha sacado medio cuerpo fuera de la ventana y ya no habla para Pedro sino para una suerte de auditorio de fantasmas que se mueven en la penumbra. Todavía no puede ver lo que ya sabe que está ahí, palpitando, en el enrejado de la noche, ni siquiera puede ver a Ana, aunque de verla probablemente tampoco la reconocería. Muy cerca de la orilla, las algas fosforecen con una luz pálida y rosada.

—Escuchen ustedes algo realmente indigno: Heidenau[3] era un paraíso. Sí: un paraíso entre las montañas más hermosas de Serbia. Era mayo, plena primavera, y las colinas estaban florecidas, y el pasto cubría las laderas como si alguien lo hubiese plantado brizna por brizna pocas semanas atrás, y los acantilados precipitaban a hondonadas de color turquesa gracias a un arbusto cuyo nombre ya no recuerdo, y de no haber sido por los postes clavados frente a las barracas —los había, después lo vimos, frente a la cantera también, para los castigos ejemplares—, de no haber sido por los postes para los colgamientos —"las suspensiones", como las llamaban los gendarmes, algo medieval y repugnante— y por los galpones donde nos albergábamos, el trabajo en el campo Heidenau habría sido casi placentero, por lo menos para mirar alrededor. Miklós decía lo mismo, y aprovechaba a escribir durante el descanso del almuerzo; el pobre decía que la litera de la barraca estaba demasiado infestada y que los bichos le comerían el poco papel que le quedaba. Igual, dentro del campo estábamos separados, porque los judíos puros dormíamos en la barraca más grande, y los bautizados, en una suerte de depósito anexo a la cocina. Sabíamos que los gendarmes tenían órdenes de los supervisores de no matar a nadie: cada trabajador valía lo que podía arrastrar de la cantera para la construcción de las vías. Sólo tenían permitido ejecutar los intentos de fuga, esos sí, y en el acto, delante de todos. En los tres meses que pasamos ahí, apenas hubo dos ejecuciones, y en

---

[3] Campo de trabajos forzados para judíos, en Serbia.

una de ellas hicieron pasar por fuga una incursión a la despensa para robar pan. Si no hubiera sido por el jardinero que le regaló a Miklós —arriesgando su vida, y la de Miklós también— aquella libreta de papel amarillo, mi amigo habría muerto mucho antes, se habría dejado morir como se dejó morir después, durante la marcha, aunque ellos digan que lo ejecutaron porque ya no podía caminar... ¡Pero escuchen más, escuchen más! Ese jardinero serbio fue uno de los pocos que se animó a darnos algo, a escondidas: una libreta, para Miklós, un par de zapatos que de todos modos fueron incautados por los guardas, y una pequeña horma de queso para un compañero que sufría de tifus y que murió a los pocos días. Cuando nos llevaron —meses más tarde— atravesando la campiña y los pueblos, algunos caminos estaban poblados, había casas a los dos lados, algunas casas con jardines que podíamos entrever por huecos de los ligustros altos que tapaban la vista del camino para ellos, para los habitantes de esas casas, y para nosotros, que circulábamos con la esperanza de que alguien, detrás de esa empalizada verde, fuera capaz de arrojar un poco de pan, una señal de que nos estaban viendo, que éramos todavía de carne y hueso, ahí, en el camino del pueblo o del barrio, donde nada hacía suponer que de pronto cuatro filas de miles de seres humanos vestidos con harapos a rayas y zuecos con pies embichados irían a aparecer como por entre los cortinados de un teatro espantoso. Pero en Cservenka, muy al sur, en el medio del campo, antes de que fusilaran a la mitad de los presos y dividieran el batallón en dos porque ya no podían manejar a todos los que se derrumbaban, una mocosa salió corriendo de una casa rural, una casa que apenas si podía distinguirse como tal entre el sembrado de maíz, y nos trajo un pan negro y un frasco de mermelada. ¡Mermelada! Por la cara que traía, había sacado aquel manjar a escondidas de la cocina. Se acercó a unos metros de nosotros, que estábamos tratando de sacar raíces para hacer sopa, o tallos tiernos para chupar, dejó las cosas en el suelo, y se fue corriendo de vuelta a su casa. La niña tendría doce años a lo sumo, y llevaba un pañuelo en la cabeza; seguramente había tratado de imitar a la madre, quien estaría en aquel momento en la cocina de la casa, o en el corral, distraída, pensando que con el hambre de la guerra se quedarían cortos con la cosecha de maíz de ese verano. Dormimos a cielo abierto, y a la madrugada seguimos sólo los que nos pudimos levantar. Los que no, fueron ejecutados de un tiro en la cabeza. Un disparo, dos, cien. No podíamos llevar la cuenta de los disparos, pero aquella madrugada los que estábamos de pie sabíamos que cada uno significaba un hombre menos. Pero todo esto fue después, ya en plena marcha. Cuando evacuaron Heidenau era fin de agosto, y tanto Miklós como yo y otros cuatrocientos habíamos conseguido, de milagro, sobrevivir todo el verano. Los traslados empezaron de inmediato, ya sabíamos —porque había informantes dentro del campo, que traficaban novedades, pan y cigarrillos por igual— que Rumania había capitulado, que las caravanas de civiles que pasaban a nuestro costado en los caminos estaban huyendo de los rusos, que los rusos llegarían de un momento a otro. Igualmente, nos llevaron a pie hasta el campo Berlín, y nos dijeron que desde allí nos regresarían a Hungría. Finalmente nos encontramos caminando juntos —los trenes no estaban disponibles para nosotros, ni los trenes ni los camiones en los que viajaban los gendarmes—, sin poder siquiera sostenernos el uno en el otro, desde las montañas de Serbia hasta —para Miklós— la frontera con Austria, donde los gendarmes se escaparon como ratas y lo dejaron tirado en el camino. De eso, igualmente, me enteré mucho más tarde, como de la forma en que murió mi amigo. Antes, cuando recién habíamos empezado a marchar por los caminos hacia Belgrado, andábamos de día, si es que aquel flotar puede considerarse andar, y de noche nos acostábamos al descubierto, con el frío de octubre, la lluvia, lo que tocara. Miklós y yo nos turnábamos para arrastrar un atado de equipamiento, para que al menos por un rato uno de los dos pudiera caminar con la espalda derecha. Miklós, entonces, recitaba romanceros de Lorca. Había aprendido español solamente para leerlo, y con él, en esos meses, aprendí yo a recitar versos en un idioma que todavía me sonaba desconocido, más allá de las similitudes con el italiano, que podía comprender, y hablar en chapuceos con otros presos venidos del oeste. "Díganme, ¿existe todavía un país donde la gente conoce los hexámetros?", preguntaba Miklós. Cómo puede, pensaba yo entonces, mientras lo observaba escribir, encorvado sobre un tronco que le hacía de escritorio y de mesa de almuerzo, y que nadie había osado quitarle, con su letra apelmazada sobre las hojas amarillas, cómo puede acceder una rima, ocurrir, como un hecho completamente nuevo, en la mente de un hombre cuyos pies, sus dos pies, ya no pueden salirse de los zuecos? Un hombre con los dos pies podridos, acaso gangrenados ya —¿y por eso insensibles?— escribe versos sobre un papel amarillo, y he aquí que a los versos les cabe una métrica perfecta. ¿Cómo puede ser? Pero Miklós repetía: "Díganme ustedes, que quizás todavía recuerden, ¿existe allá afuera un país donde la gente sabe de hexámetros? Porque a mí me queda la ilusión de que sí, y si eso es lo único que me queda, entonces voy a volver". Lejos de la vigilancia de los alemanes, en Ujvidék, los gendarmes húngaros empezaron a ejecutar a mansalva: por salirse de la ruta, por tratar de arrancar un zapallo para comer, por detenerse. Ya no era solamente por caer, sino ante la menor desobediencia. No querían que nos vieran, que los civiles nos vieran, pero las columnas de miles de hombres son difíciles de ocultar, y finalmente decidieron mermar la cantidad de hombres. Una solución final a menor escala. Detrás de nosotros, el camión recolectaba los cuerpos, y de tanto en tanto nos hacían parar para cavar fosas lejos de

187

la ruta. De esa manera burda pretendían hacer desaparecer la evidencia de una masacre. ¿No existe acaso lo que no se puede ver? ¿O no existe Leviatán debajo de la superficie? ¿O los muertos no existen adentro de sus tumbas, de sus fosas, en el seno de sus cenizas?

Ya no siente nada, aunque su cuerpo tiembla, transformado en un músculo que ha perdido toda coordinación y se estremece sin conseguir ningún movimiento. En el medio del lago, una corriente ha comenzado a desplazar el manto de algas y organismos diminutos que relumbran con esa luminosidad rojiza. Esa corriente turba tanto el agua como el aire: una onda transparente como un sonido ultravioleta se expande en todas direcciones, y el viejo la percibe con los huesos de la sien. Todo aquello que no puede ver está a punto de manifestarse, en el mundo instantáneo y perecedero que está más allá de la ventana, y en el paroxismo de su recuerdo.

—Nos separaron, y Miklós siguió con una columna para Sombor. Yo me quedé en Cservenka y allí debería haber muerto junto con los demás, pero no: los alemanes y los gendarmes se quedaron sin municiones después de una noche entera de asesinar a mansalva cuerpos que ya estaban prácticamente muertos. Los hicieron poner de pie al borde de una hondonada natural, pero antes separaron a un grupo de veinte o treinta, los que estábamos un poco más fuertes. Luego nos dimos cuenta, a la mañana, de que seríamos los encargados de cavar para cubrir los cadáveres. Miklós, antes de irse, había querido dejarme encomendado el anotador del jardinero serbio. Pensando que de todos modos íbamos a morir en pocas horas, le dije que no, que no lo quería, que de cualquier manera ni él ni yo, ni ninguno de nosotros, sobreviviríamos, y que si por azar un gendarme nos descubría con los papeles abollados en la cintura o en la pantorrilla, eso sólo nos merecería un disparo entre los ojos. Miklós me miraba con su mirada oblicua y triste, no con rabia sino más bien con vergüenza por haberme pedido semejante gesto. No pude decirle entonces que sus poemas significaban para mí lo más humano, en el sentido cabal de la palabra, que había visto en los meses de la guerra. Y a pesar de que yo sabía que esos poemas escritos con tanta determinación eran lo que justificaban su vida, tanto si moría al día siguiente como si continuaba vivo, le dije que no los quería. Así nos separamos, y nunca más lo volví a ver. Entre los prisioneros rumbo a Austria que sobrevivieron, por lo menos hasta 1946, cuando se armaron las listas, Miklós no estaba. Casi no recuerdo los días que siguieron a Cservenka, cuando un grupo de partisanos entró en la barraca y los hombres gritaron que éramos libres para volver a casa, y todos, sin faltar ninguno, decidimos que la palabra casa ya no tenía sentido, que no volveríamos a casa, sino al lugar donde nos esperaban nuestros propios jueces, nuestros propios vecinos e instituciones, como hasta aquel momento nos habían acompañado nuestros propios gendarmes. Y huimos a Rumania sin dudarlo, una noche que tampoco recuerdo, bajo el único amparo de los partisanos que sabían más de odio que de armas. No tengo fotografías de la guerra, ni siquiera tengo recuerdos sanos. Quiero decir enteros, intactos. Ni diarios, ni documentos. Tengo la ropa de las Hermanas en un convento de La Spezia donde pasamos dos noches antes de zarpar a Brasil. Las Hermanas dicen que en el Brasil hace frío aunque no lo parezca, y nos dan unos cuantos abrigos. Ilse tiene un sobretodo de hombre de lana gris que llega casi hasta el piso, y un chal alrededor de la cabeza. Debajo del saco no lleva más que una enagua y tres pares de medias, una sobre la otra, y unos zapatos que también le sobran. Cuando la veo en el muelle, parada frente al barco como desafiándolo, sé que no quiere subir, sé que se

arrepintió de la decisión que tomamos y que la decisión, acaso, fue más bien una ilusión transitoria. No quiere embarcar
y lo sé y sin embargo la fuerzo a hacerlo. Podría contar esa
imagen de Ilse en el puerto negándose a embarcar como
otros tantos recuerdos que no tengo, porque más allá de los
abrigos inútiles de las Hermanas no se nos permite traer casi nada. Casi nada. No se nos permite casi nada. No se permiten judíos, ese cartel estaba en todos lados. Aquí no se sirve
a los judíos. Aquí no se atienden judíos. Aquí viven judíos.
Aquí se creman judíos, se muestran judíos, cadáveres de judíos, pilas de cadáveres de judíos. Por aquí caminan judíos,
porque este camino es judío o lo que queda del camino o lo
que va a quedar del camino cuando los judíos terminen de
pasar. Todos son carteles que rotulan imágenes: prisionero
muerto en la zanja ferroviaria, una mancha blanca que sobre-
sale apenas, tal vez la cabeza o un jirón o un brazo; prisioneros detrás de una cerca electrificada, animales de circo, hombres de hilo blanco, hombres que se vacían al mirarlos, tan
débiles que parecen eternamente de perfil; ¡No soy judío, no
soy judío!, grita uno arrodillado sobre el barro con los ojos
cerrados a tres fusiles sostenidos por manos invisibles; cuerpos que yacen en el campo, desordenados pero al mismo
tiempo el conjunto tiene una diagramación curiosa, como si
hubiese una cierta prolijidad en el lugar y la manera de caer
fusilado; cuerpos apilados en un camión, sólo que acá el orden es una pila, en el sentido voltaico de la palabra, un cuerpo arriba de otro y la simetría de la muerte se mantiene, de
cualquier modo ella no ha sido responsable del ordenamien-
to sino los gendarmes y no por estética sino por ahorrar espacio; cuerpos que sobresalen de una tumba colectiva, y no
se ve más que eso, algo que bien podrían ser cuerpos sobre-
saliendo de una tumba colectiva, o tal vez un grupo de buitres devorando un esqueleto, o una planta excéntrica de maíz
en un campo recién arado. ¡No! Son cuerpos que salen del

lago una masa negra de cuerpos soldados en uno solo sube saca su cabeza porque ya no tiene nada que hacer en el fondo en la fosa ya no puede quedarse quieta y sale para que la vean para que la vean y para que la recuerden porque son demasiados cuerpos. ¡Ahí están, en el medio del lago! ¡Leviatán! ¿Lo ven? ¿Pueden verlo? ¡Está acá! ¡Está acá!

ILSE

Y no miraré hacia atrás.
Ni la memoria ni la magia me protegerán
de estas profecías en el cielo.
MIKLÓS RADNÓTI, "Ni la memoria ni la magia"

Era Lanz el que gritaba.

Tanto, y con tal vehemencia, que el terror paralizó a Ilse en el medio de la cocina. Hubo otro estrépito de loza caída y pasaron varios segundos o quizás minutos hasta que Ana —¿de dónde había aparecido Ana? ¿cuándo había vuelto del lago?— pasó a su lado en dos largos saltos, como un animal que huye o que se dispone al ataque definitivo, abriendo la puerta del living con una violencia que hizo que la madera crujiera contra la piedra.

Las dos, Ana e Ilse detrás de ella, se estremecieron en el umbral al ver a Lanz con medio cuerpo colgando fuera de la ventana que daba al lago, rotado sobre sí mismo como si a último momento, antes de caer o de arrojarse, hubiera cambiado de idea tratando de arañar el contramarco más grueso para sostenerse. Demudado, los ojos inyectados, las venas del cuello y de la frente como serpientes atrapadas bajo la jaula de la piel. El resto de la escena era semejante a la de un crimen que acaba de cometerse, en la que todavía se huele el perfume de la sangre, no el coágulo de la muerte sino la fluidez aromática del estertor. Lanz había tratado de levantar a Pedro y de llevarlo hasta donde él había estado, porque el

193

cuerpo del muchacho estaba tirado boca abajo, con los brazos estirados hacia delante y la cara aplastada contra el piso. El extremo de la sonda para alimentarlo se había desprendido del recipiente, y un reguero de papilla dejaba su huella ocre sobre las sábanas y el suelo. El resto de la tubuladura se perdía debajo de la cara, y gracias a la cinta adhesiva no se había salido de la nariz.

El viejo había tratado de mostrarle algo, eso que lo había extraviado, y lo había arrastrado casi hasta la ventana, o eso había intentado hacer al menos, antes de volverse, armado sólo con su terror, hacia la noche.

El living ya no estaba en penumbras, y el interior de aquel cuarto iluminado por la luz eléctrica eclipsó lo que estaba ocurriendo más allá de la casa, en el lago. El rectángulo de la noche en la ventana se hizo monolítico, impenetrable como el cuarzo negro. En pocos instantes todo habría pasado, pero nadie en la casa estaba en condiciones de advertir lo que sucedía afuera.

Eso que habría empezado para Ana y para Lanz, y que habría terminado en silencio, majestuoso como un naufragio en alta mar, para nadie.

Aunque la verdadera inquietud de Ilse era lo que había visto Ana.

Lo que había visto Lanz era imposible de determinar, incluso para alguien acostumbrado a la trama de sus monólogos, de sus maravillosas fabulaciones para rellenar la oquedad que dejaba el presente, cada minuto que pasaba y que se evaporaba sin dejarle absolutamente nada. Aun para ella, acostumbrada a interpretar la calidad de los gemidos de Lanz, la inminencia del temblor que se llevaría consigo, al azar, los pocos retazos de la memoria que conformaban la vida de cualquier ser humano, a tamizar la fantasía del recuerdo genuino. Un cuerpo negro brotando del lago, o un empaste alquitranado de cuerpos saliendo de una fosa. Leviatán, el monstruo de las profundidades, tal vez. ¿Pero Ana?

Aquella noche había sido el 2 de febrero. Ilse lo recordará siempre porque esa misma tarde había escuchado por Radio Nacional que en Munich, a los setenta y cuatro años de edad, había muerto Heisenberg, el creador del principio de incertidumbre, de una lógica entera, de un nuevo sistema en el que el hombre debía reubicarse, como se había reubicado en 1915 con la relatividad de Einstein. Pero Ilse no lo recordaría por ese logro particularmente —aunque había meditado mucho acerca de lo que ella llamaba "reubicación" del hombre— sino porque Heisenberg había sido el físico de los nazis, y porque al día siguiente, martes, se había desatado una ola de lluvias y viento sobre toda la república, tan poderosa y consistente como un funeral divino.

Esos dos hechos marcarían para Ilse el dato preciso de la fecha, el número: 2 de febrero, el día que Lanz y Ana habían visto al monstruo, cada uno a su propio monstruo, casi en forma simultánea, uno desde la ventana de la casa, la otra desde el barquito que usaba Nando para pescar sus truchas.

¿Pero era eso lo que habían visto realmente? ¿Qué había visto Ana? ¿Y cómo saberlo, tratándose de Lanz?

Ilse apenas si podía guiarse por lo que recordaba de las exclamaciones (al principio excitadas, luego violentas, finalmente aterrorizadas) que venían desde el living, desgarradoras como los gritos de dolor que se oían durante la guerra —pero no el dolor de las heridas sino aquel otro, el del hijo muerto, el de la casa destruida, la madre arrebatada, el padre fusilado sumariamente al borde de un cantero cuyas flores lo ocultarían con piedad, una especie fatal de dolor que supera al de la carne porque no cede nunca—, gritos atribulados y exaltados también, como los de un suicida. Por un instante, de hecho, tanto Ilse como Ana habían pensado que

Lanz había tratado de matarse, pero Ilse lo conocía demasiado como para darle a aquel pensamiento más crédito que el de un breve instante.

Y no era porque Lanz no fuese capaz de hacerlo, o no lo hubiese pensado más de una vez, no: Ilse sabía que si alguna vez ocurría, nadie podría detenerlo, ni siquiera encontrar su cuerpo. Lanz era, ahora, exactamente igual a como había sido treinta o cuarenta años atrás, en plena juventud: su determinación no conocía límites. ¿No había sido acaso esa misma determinación de Lanz lo que la había traído hasta acá? No una decisión firme de parte de ella, en todo caso. Cuando por fin los dos consiguieron los papeles para salir de Italia, Ilse había considerado seriamente volver a Hungría: Györ o Budapest le parecían entonces, incluso apenas terminada la guerra, sitios tan terribles para vivir como cualquier otro. Pero la resolución obcecada de Lanz se lo había impedido, no sin razón. ¿Volver a qué? ¿O era que la guerra, al terminar, había acabado con algo más que con el oprobio de los alemanes en las calles?

Por supuesto que no: el fin de la guerra significaría en todo caso el fin de los bombardeos, el fin de las razzias en las estaciones de tren, el fin de los campos tal vez, pero nada más, porque el hombre ya no tenía la voluntad de oponerse a su naturaleza destructiva y absurda. Era la marca de los tiempos para Europa, para toda Europa, y eso Ilse lo sabía, aunque no quería admitirlo, aquella tarde en el muelle del puerto de La Spezia en la que demoró la última oportunidad que tendría de escaparse de la rampa llena de gente mal vestida, ojerosa, angustiada, que acarreaba consigo unos pocos bártulos, si es que había conseguido salvar algo.

Dejar a Lanz, abandonarlo en la huida a tan poco tiempo de conocerlo, habría sido posible solamente entonces, cuando todavía los unía la guerra, la nacionalidad, y poco más. Pero ya entonces, en las circunstancias en las que se hallaban junto con tantos otros a punto de desterrarse, eso era demasiado.

Y si algo había contribuido a mantenerla desafiante y confundida, inmóvil sobre aquella rampa que conducía a la cubierta de un barco excesivamente elegante para lo que ellos podían pagar, era el recuerdo de Gyula, que era como recordar la esencia del espanto. Gyula, para Ilse, como Sasha para Lanz, formaban parte de una historia que los dos se habían empeñado en olvidar, de dos secretos que se habían combinado formando así un gran secreto, único e indivisible, del que jamás hablaban, ni hablarían nunca.

Y quizás, en el fondo, fuera la imagen de Gyula y no la obstinación de Lanz lo que le había impedido moverse en la dirección opuesta, retroceder sobre lo decidido, volver a su país, porque ese era, en definitiva, el país que había engendrado al traidor, que lo había encubierto, y en el que ella, Ilse Krisztina Balász (un apellido apropiadamente estilizado para que pudiese pasar por magiar, que luego sería trocado por Bauer para que pudiese pasar por alemán y así ser estampado en un pasaporte falso), se había enamorado del traidor. Y esto, la vergüenza, era lo único irrestañable.

La vergüenza, no el amor.

Por otra parte el amor tampoco los había acompañado de un modo heroico, no a Gyula al menos. Por eso lo que no tenía arreglo para Ilse era la humillación de haber amado a Gyula con tanto fervor como para enceguecer las pruebas de la traición, e incluso las del desamor. Gyula, en español, se llamaría Julio. Tal vez aquí, en la Patagonia, no se distinguiría de la gente común como se distinguía Klára, con su cabello de un rojo que sólo podía verse en los campesinos de los Balcanes o en el Cáucaso. Rojo cobre claro, como una llama cuando le daba el sol. Gyula venía de una familia de militares regios, magiares de pura cepa, rebeldes al reino, y como ellos, tenía la tez oscura y curtida, los ojos negros de cíngaro enmarcados por pestañas tan espesas que a veces parecían delineados con lápiz de carbón, y el cabello tan negro como los ojos. Gyula en su uniforme de gendarme. Con un poco de suerte habría escapado de la furia de los partisanos, y sería hoy un ciudadano más de aquel país al que, todavía de pie en el entablonado de la rampa, Ilse consideraba volver. En todo caso, era poco probable que hubiese muerto después de la guerra, ya que apenas si habían procesado —y mucho menos condenado— a los ejecutores últimos de la solución final. No a Gyula, que por añadidura ni siquiera era alemán.

De ese país había conseguido escapar de casualidad, porque había intentado, a último momento, volver a su casa en Rumania, cuya frontera era una de las pocas que los activistas de la resistencia habían conseguido horadar, con la anuencia interesada de algunos contrabandistas, y la colaboración de los partisanos yugoslavos. Los métodos del Halutz[4] eran más arriesgados, pero más seguros que tratar de conseguir uno de los famosos *schutzpässe*, o pases protectores, emitidos por los no menos famosos "consulados neutrales". No, para eso había que presentar demasiados contactos, contactos como los que sólo podía conseguir Gyula, suponiendo que quisiera utilizarlos para salvar la vida de algún judío. Porque lo del falso pasaporte alemán no había sido más que un gesto para facilitarle el tránsito por algunas fronteras de Europa durante la guerra, cuando todavía la victoria del Reich era posible y Hungría era un aliado dilecto de los nazis. Eso sin contar que las consecuencias de ese "gesto" habían sido bastante sorprendentes. Porque era verdad que gracias a Gyula —a su natural habilidad para cambiar cualquier circunstancia adversa, hasta los apellidos—, Ilse se había hecho de un pasaporte alemán, tan artificial como su

---

[4] Resistencia judía clandestina durante la Segunda Guerra.

nuevo nombre, pero con todos los sellos correspondientes. Gracias a Gyula y a ese pasaporte había conseguido atravesar la frontera sur, todavía custodiada por los SS y sus atavíos de cuervo. Pero no había sido fácil. Para todos, no sólo para Ilse, los últimos días de octubre en Budapest habían sido siniestros: corrían los rumores de que el barrio judío y todos los alrededores de la sinagoga serían cercados para crear un ghetto con el eje central en la calle Wesselény (y pronto conseguirían hacerlo, pero para entonces ella ya había dejado la ciudad). Las razzias nocturnas no sólo no habían menguado con la derrota inminente de los nazis y los rusos en Polonia desde julio, sino que habían recrudecido, tanto en frecuencia como en ferocidad. De hecho, hacia el fin de año el problema parecía ser, justamente, la capital. La gendarmería entraba de noche en las casas marcadas por grupos paramilitares, o bien hacían "barridos" urbanos en los que caían todos los que todavía se animaban a mostrarse con la banda amarilla. Los que se ocultaban o se negaban a llevar la identificación podían ser fusilados en el medio de la calle, de acuerdo con el humor y el origen del militar. En general, los alemanes no eran los peores, porque ni siquiera eran tantos, y además estaban demasiado ocupados en exterminios de último minuto para prestarse a los controles finos que requería el Judenfrei. Los paramilitares de la Nyíla, sin embargo, no tenían pruritos para deshacerse de los cuerpos: los tiraban al Danubio, dejándolos flotar hasta que se hundían, o hasta que aparecían carcomidos en el perímetro de la Isla Margarita, a la vista de todos.

Y la gente seguía asistiendo al teatro, a los billares, a la Ópera. ¿Cómo podían llevar sus galas, sus joyas, sus peinados? El mundo alrededor se caía a pedazos. En la orilla del río aparecían todos los días cadáveres azules. Pero la muerte sola no era suficiente: tuvieron que esperar a los bombardeos y entonces sí, cuando todo empezó a derrumbarse de veras, los puentes, los castillos, los monumentos milenarios, ahí sí dejaron de ir al teatro porque ya no había teatro sino un muñón negro, salpicado de mampostería dorada y restos de terciopelo carmín. Sin embargo, mientras se destruía lo poco de bueno que todavía quedaba en el hombre, los teatros estaban llenos de gente.

Al terror siempre se había llegado por la misma vía. En todas las épocas negras de la humanidad se había conseguido, por métodos parecidos, el mismo efecto. Para una moral tan débil como la de la sociedad moderna, ese efecto era una incertidumbre peligrosa: el bien y el mal se corrompían en un licor común que atontaba, y las pasiones que antes enardecían por separado se volvían una única y desgraciada pasión: la muerte como solución universal. Y en Budapest, octubre de 1944, la muerte era, sin dudas, una solución.

Pero no para ella, y si de algo sirvió el pasaporte de Gyula fue para que huyera de Hungría por el único lugar posible. Había fronteras que no podría cruzar: Austria, por ejemplo. El riesgo de caer en el campo Mauthausen era demasiado alto. El norte estaba vedado, además de destruido por completo, y el este había sido tomado por el Ejército Rojo... quedaba solamente el sur como alternativa, volver a su casa de Témesvar, volver a su familia y tratar de salir todos juntos por el camino de Yugoslavia...

Por lo menos así había logrado llegar a Italia y conocer a Lanz. Pero cuando llegaron a la Argentina, a poco de que el país decidiera entrar —demasiado tarde— en el conflicto y unirse a los aliados, le ocurrió lo más inesperado: su falsa nacionalidad alemana era doble motivo de control y de sospecha; primero, por mostrar la credencial de un país del que oficialmente se renegaba y, segundo, porque el gobierno argentino había manifestado con una claridad pragmática su verdadera posición al impedir el desembarque de judíos en el territorio, y el otorgamiento de visas y asilo político (documentos que, cuestiones religiosas aparte, no se habían negado jamás a vender).

¿Cómo podía suponer entonces que aquel pasaporte la iba a condenar de un modo tan absurdo?

Era cierto, también, que ninguno de ellos, ni uno de los que atestaban las bodegas de aquel crucero de lujo —obligado a llenar sus resquicios menos habitables con los refugiados más por el desbarranque económico que por una cuestión humanitaria— esperaba realmente algo del país que finalmente les concedería algún tipo de asilo. Argentina no era la excepción, aunque al menos tenían visado para entrar, cosa que, en el puerto de llegada, podía no servir de nada.

No había sido en Buenos Aires, ni en Entre Ríos: esos caminos se habían agotado rápido. La Patagonia, por el contrario, era una tierra extraña a la que las leyes llegaban deformadas por el eco del desierto, la demora del tren en las vías destrozadas por el frío, la extranjería natural de los habitantes y los años de mutismo administrativo.

La correspondencia en La Pedrera se recibía en una casilla postal de la ciudad, por entonces más pueblucho que ciudad, y la intimación durmió probablemente durante varias semanas en la soledad del buzón. La descubrió Lanz, azorado por lo insólito del problema, luego furioso. Le había costado lo suyo a Ilse convencerlo de que no fuera a la seccional a increpar en su mezcla cocoliche de húngaro e italiano con algunas palabras tan bellas como inútiles para la conversación cotidiana, sacadas de los poemas de Federico García Lorca.

No atendió a la citación aquella vez: adujo por escrito que su artrosis deformante le impedía trasladarse tanto después del exilio mayor al que se habían visto obligados. Que confiaba en que ellos (¿Ellos? ¿Ellos quiénes? ¡Ay, qué desamparados estaban, y qué lejos de la patria!) podrían y sabrían comprender. La palabra traslado, sin embargo, no parecía suscitar la misma reacción allá en Europa que aquí.

201

Por supuesto los oficiales insistieron, y tuvo que hacerlo en la segunda citación.

Un hombre de expresión adusta le pidió su pasaporte, le hizo unas preguntas, imprimió sus huellas dactilares para compararlas con las del registro, y la dejó ir. Lanz había estado a su lado todo el tiempo, y volvieron juntos, ella colgada de su brazo, caminando tan lentamente que habían demorado casi media hora. Cuando llegaron a la tibieza del hotelito que habían alquilado para no volver de noche a las montañas, el dolor apareció con una violencia que le hizo perder el sentido...

Aquel diálogo con el oficial había sido tan breve como disparatado:

—Pase, tome asiento.

—Gracias.

—¿Entiende español?

—Perfectamente, y alemán, inglés, francés y algunos dialectos de los Balcanes.

—Es raro que una mujer hable tantos idiomas...

—Soy europea, señor. Europa es chica, lo que sobra son idiomas.

—¿Cuándo entró al país?

—En marzo de 1945.

—¿Qué hacía en Alemania?

—No vivía en Alemania, señor, sino en Austria.

—¿Qué hacía en Austria?

Impertérrito, el hombre parecía seguir un cuestionario del que le era imposible desviarse.

—Estudiaba.

—¿En la universidad?

—Digamos que sí.

—¿Y qué estudiaba?

—A Benedicto Spinoza.

—Quién es.

—Un muerto, por desgracia.

El hombre levantó la mirada de la máquina de escribir, desconcertado. Dudó unos segundos antes de seguir.

—Usted me disculpará, pero tengo que preguntarle…

—No fue el ideólogo fascista, si es lo que le preocupa. Era filósofo, era judío, era un gran hombre que murió muy joven. No sé si quiere saber algo más.

—Es una situación delicada, usted es alemana.

—No señor, no soy alemana porque mi esposo es húngaro, y por la ley alemana tengo la ciudadanía de mi esposo.

—Pero tiene pasaporte alemán.

—¿Usted cree que soy una espía de Hitler?

—Podría ser.

—¿Usted cree que el gobierno alemán es tan estúpido como para mandar a una mujer con artrosis deformante a espiar a su gobierno, o a lo poco que su gobierno hace por su país en este desierto?

—Quizás su marido…

—Entonces cite a mi marido, señor.

—Pero él no es alemán. Y además es judío.

—Entiendo. Eso lo exime de toda sospecha.

El oficial no pescó la ironía, y ella tampoco tenía intenciones de explicársela. Para eso era necesario ser capaz de comprender profundamente la bestialidad, y aunque tal vez el oficial fuese capaz de hacerlo a su modo, incluso de ejercitarla, sería siempre más modesto que el de las verdaderas bestias. Todavía ahora, a tanto tiempo de la guerra, solía decirle a Ana que los seres humanos eran artífices del bien y del mal, pero especialmente del mal. Francisco de Goya decía que la razón engendraba monstruos. La razón, corregía Ilse, lo engendra todo, lo bueno y lo malo que nos habita y que construimos, por eso lo único que podemos hacer es oponer a nuestra naturaleza la voluntad de no ser malos y, como Sísifo, estamos condenados a subir la piedra para verla caer. Eso significa en el fondo ser un hombre de bien: tener la voluntad como para vivir oponiéndose a la propia naturaleza, no para hacerlo una o dos veces, o en las condiciones más favorables, sino para hacerlo toda la vida.

Sin embargo, tenía que reconocer que el traidor había hecho algo por ella, incluso antes de lo del pasaporte: le había rogado —a sabiendas de la brutalidad con la que la policía húngara solía encarar las razzias— que por ningún motivo se subiese a un tren, si así se lo ordenaban. En lo posible, le había dicho, no debía tomar trenes, ni frecuentar las estaciones más concurridas. Ella le había preguntado por qué, y él le había respondido sencillamente que "era demasiado peligroso para la gente común". Todavía era un tiempo en el que no se obligaba a portar el brazalete con la estrella, ni esconderse en los ghettos. Todavía se podía andar por las veredas, sentarse en el patio perfumado de un café, o comprar el pan en los grandes canastos de los granjeros, que horneaban cada día en algún sitio dorado de la *puszta*.

Sí: a aquel país nefasto y amado había dudado si regresar o no hasta los últimos minutos antes de zarpar, o mejor dicho, hasta haber aceptado que Lanz tenía razón, que no había motivo alguno para volver: ni familia, ni casa, ni amigos, porque la verdad era que no había tal país, que no había existido nunca.

¿Lanz había decidido por ella, o era su indestructible voluntad la que había decidido por los dos? Lo cierto era que Lanz se había propuesto abandonar Europa, y lo mismo daba que fuera eso o matarse: nadie habría podido evitarlo.

Por eso Ilse supo de inmediato que la noche del 2 de febrero Lanz no había tenido intenciones de hacerse daño, ni a él mismo ni al muchacho, y que si colgaba a duras penas de la ventana, con más de la mitad del cuerpo afuera, era porque había presenciado algo extraordinario, algo que había ocurrido en el lago o quizás en el bosque.

O bien —Ilse tenía que considerarlo, a su pesar, como posibilidad— dentro de la minada cabeza de Lanz. ¿Pero dónde encajaba lo de Ana, entonces?

Esa noche —podía describir todavía cada detalle, ya que los recordó y repitió decenas de veces para la propia Ana, que intentó durante los días posteriores exprimir algún recuerdo de Lanz, alguna pieza desgajada por casualidad de la memoria— había entrado al living porque estaba preocupada y quería compartir su preocupación con Lanz, que posiblemente ni siquiera supiese de quién estaba hablando Ilse (Ana, la hija de Víktor, diría, y Lanz contestaría lo de siempre), y con un muchacho incapaz de escuchar o de dar una opinión.

Ana había ido al lago por las fotos de cada atardecer, y demoraba en volver. Ilse la había visto zarpar con el botecito y la cámara y unos bártulos indescifrables desde la ventana de la cocina, que apenas si tenía una vista tangencial de la playa. Después de dos horas de ausencia, la tardanza era para intranquilizar a cualquiera: desde el Año Nuevo el lago estaba peligroso y extraño; habían ocurrido demasiadas cosas que hacían que Ilse pasara las horas con una ansiedad difícil de dominar: el lago pútrido, la historia del monstruo, los ataques de Lanz, la aparición del muchacho aquel que dormía en el diván bajo la ventana, y del que Ana parecía haberse adueñado, Klára que ya no los visitaba tanto por La Pedrera, y cuando lo hacía estaba circunspecta, como a la defensiva. Sí, a Klára le pasaba algo, pero Ilse no podía determinar la naturaleza del cambio. En resumen, desde la Navidad el mundo se había vuelto un poco incierto para ella. Hasta Nando parecía haberse contagiado de la insólita enfermedad y no se quedaba a dormir, ni a pescar, al menos no con la frecuencia con la que solía hacerlo los últimos veranos.

Por eso cuando Ilse entró al living por primera vez ya estaba inquieta: había aceptado por fin que cada hecho de la naturaleza le revelaba un rasgo monstruoso que quizás no alcanzaría a descifrar.

El muchacho yacía medio de costado y completamente descubierto. El doctor amigo de Nando había recomendado especialmente que no lo dejaran sin sujetar, pero Ana se había hartado y lo cubría ahora con dos sábanas gruesas que el muchacho, en medio de los temblores bruscos que lo asaltaban, terminaba quitándose sin querer.

Ilse había entrado y había dicho que estaba preocupada por Ana, y ninguno de los dos hombres le contestó nada, pero era así, y ella lo sabía.

Mientras sostenía la habitual charla con Lanz acerca de quién era Ana, Ilse había vuelto a cubrir el cuerpo del muchacho, inerme sobre el diván. Había mirado las manos pálidas sobre el colchón, alargadas, de dedos finos (algunos, sin embargo, estaban todavía bastante desfigurados por la quebradura), y la forma redondeada y ancha de las uñas le indicó, una vez más, que el pobre infeliz había sido un buen hombre. Un hombre generoso. Las facciones se le habían ido deshinchando con los días, muy rápidamente, tanto que el mismo doctor amigo de Nando se había asombrado de la recuperación física del desconocido. Salvo por la forma de las uñas, aquel joven le hacía acordar mucho a Gyula. Claro que la piel cetrina por la inmovilidad pudo haber sido más oscura, los ojos de mirada estrábica pudieron haberse visto menos desvaídos, y el cabello que Ana insistía en peinar cada mañana hacia atrás con un poco de agua pudo haber tenido un aspecto más fresco cuando todavía el muchacho andaba despierto por la vida pero, con todo, en su descolorida insensibilidad, le recordaba las facciones del traidor.

Y aunque gracias a eso el muchacho le inspiraba piedad y rencor por partes iguales, lo primero que hizo al entrar fue taparlo otra vez, amorosamente, para luego concentrar su atención en Lanz, que escudriñaba el lago desde la ventana, a los pies del diván donde yacía el muchacho.

Desde la ventana, el bote de Ana ya no se veía, pero se había visto en algún momento, a juzgar por lo que había escuchado decir a Lanz un rato antes. Por supuesto, no tenía sentido preguntárselo, y no lo hizo: Lanz, presionado por el vacío que le generaba lo inmediato, solía inventar historias fantásticas con el solo propósito de responder algo. El recuerdo de Lanz, por otra parte, andaba lejos del lago, a muchos años de allí. Ilse también había escuchado nombrar a Miklós, el hombre con quien Lanz había compartido buena parte de los trabajos forzados del campo, y la marcha hacia Hungría al final de la guerra. Últimamente, Lanz estaba encajonado en la guerra. Su mente parecía retraerse cada vez más, encerrarse en una habitación que no le dejaba más escapatoria que el sufrimiento inútil, pero Ilse no podía hacer nada.

Luego, Lanz había hablado de la noche, la noche de la guerra, y ella le había contestado que esa noche no iba a volver nunca más. Lanz había sonreído, y ella había vuelto a la cocina. Después ¿cúanto después? Lanz había empezado a balbucear sobre los cuerpos, sobre las fosas, y después de eso ¿cuánto después? había empezado a gritar.

Ilse pensó que la inmovilidad que la había estaqueado en la cocina era peor que el sueño del muchacho. Dos fuentes, una de ellas con los trozos de pollo macerado con aceite y hierbas, resbalaron de sus manos. La luz de la lámpara se reflejó sobre el aceite, una mancha luminosa en el piso, como un espejo roto. El alarido de Lanz había traído de vuelta todo el pánico que Ilse creía haber olvidado, o por lo menos sometido, porque el ejercicio de su olvido había sido, en definitiva, la única defensa contra la persistencia del recuerdo de Lanz. Fue de pronto, como un rayo, una descarga eléctrica que paraliza y deslumbra, que destroza al tiempo que ilumina con la luz más poderosa de todas.

No supo explicarlo más tarde, y esa parte de la noche quedaría, en el relato de los detalles, sin detalle.

Cuando Ana pasó junto a ella como una sombra, esa leve brisa la rozó, resucitándola, poniéndola otra vez en movimiento. Aquellas horas de la impaciencia de Ilse debían de llenarse, necesariamente, con el relato de Ana, lo que ella misma contó, ya pasada la medianoche, más sosegada bajo el efecto del licor, después de que consiguieron levantar a Lanz de la ventana y acostarlo, volver a poner a Pedro sobre el diván, sujetarlo con las sábanas al colchón y verificar que ninguno de los dos hubiera sufrido nada definitivo.

Ana se movió con la precisión de un autómata que no se detiene a considerar las fuerzas que le quedan. Tenía el cabello mojado, más bien chorreando agua, como la ropa, y olía a las algas rojas y a otro compuesto, algo más sulfurado y penetrante. Una secreción aceitosa la cubría por entero, como si hubiese estado revolcándose en el jugo de una enorme víscera.

Ilse la dejó hacer, excepto en lo concerniente a Lanz. Él era su trabajo, siempre lo había sido, porque sólo conseguía calmarse con ella. De todos modos, Ana la había ayudado a llevarlo hasta el chalet, un poco a la rastra, porque desde que lograron poco menos que izarlo de la ventana Lanz había sucumbido —como habitualmente después de los ataques— a una suerte de modorra delirante a la que seguiría un silencio de tumba. Por eso Ana intentó sonsacarle enseguida lo que había visto, antes de que se lo tragara la amnesia, pero fue inútil.

—¿Qué fue, Vatti? ¿Era en el lago?

Lanz la miraba con los ojos entrecerrados, pero sin desconfianza. A veces pasaba que la reconocía espontáneamente, pero en esta oportunidad Ana no tuvo tiempo de disfrutarlo.

—Anita. ¿Cuándo llegaste?

—Recién, Vatti. Vengo del lago. Usted estaba gritando, se estaba cayendo por la ventana y Pedro estaba tirado en el piso. ¿Qué pasó, Vatti?

—¿Qué pasó? Yo estaba en el ciervo de Víktor, no en la ventana.

—Afuera, en el lago, piense un minuto, por favor. En el lago o en el bosque, o en la playa. ¿Lo vio?

—El muchacho también.

Ana se había inclinado sobre él, y lo obligaba a mirarla sujetándolo por los brazos, como a un chico. Un hilo de agua maloliente corrió sobre la frente de Lanz, despabilándolo por un instante.

—Mutti, esta criatura me está mojando.

—¡Lanz! ¡Míreme! ¿Qué había afuera?

Ana, sin darse cuenta, le había clavado las uñas.

El viejo, dolorido, se soltó de un tirón.

—Siempre nos vigilan —dijo, con las manos cubriéndose los ojos.

—¿Quiénes?

—Los enanos.

—De qué habla…

—Ya está bien.

Ilse la había apartado de Lanz con suavidad y firmeza.

—¡No! ¡Después no sirve de nada!

—¡Ya está bien, Ana!

Y no lo había repetido.

Más tarde le había tocado el turno a Pedro (un aseo rápido, las sábanas, el control de las sondas), y por fin a Ana. Ilse había ayudado a sacarle la ropa mojada y pegajosa, y a llenar la bañadera. El licor que usaba para calmar a Lanz fue servido en dos copas, y las gotas de tintura color cobalto repartidas entre las dos.

A la luz de la vela, sumergida a medias en el agua alcanforada, la mirada de Ana empezó a perder el frenetismo perturbado que tenía al llegar.

El ajenjo había abierto desmesuradamente las pupilas de Ana, y los ojos grises se habían transformado en dos ópalos que resplandecían con una iridiscencia turbia. Parecía agotada, a punto de dormirse (más tarde, Ilse la acompañaría hasta la cama, ahora cerca del diván de Pedro, para asegurarse de que estuviera bien) pero Ana la había tomado del brazo, obligándola a sentarse a su lado. Así, en un estado de colapso alivianado por la ebriedad, le contó a Ilse lo que había visto ella, en el lago, unas horas antes.

—Cuando me di cuenta de lo que había hecho, ya estaba remando en la oscuridad. Y era como remar en un sueño. Me había acercado a la costa, pero el viento otra vez no me dejaba avanzar. Era raro, porque no había viento. Quiero decir: era como un viento cenital, de arriba hacia abajo, perpendicular a la médula del lago. Es el monstruo, pensé, pero no con miedo. Desde la tarde todo había sido así, extraño, más extraño todavía que lo de estos días. El agua seguía estancada, es cierto. Las algas seguían ahí, cada vez peor, más rojas, más hinchadas. Había insectos por todos lados, tábanos, moscas, mosquitos, abejas, unas avispas anaranjadas. Todo zumbaba alrededor como si el lago fuera un gran despojo y los tábanos, buitres. Los verdaderos pájaros se habían callado, sólo zumbaban los insectos. A las siete de la tarde se levantó el viento del oeste, unas ráfagas fuertes que crisparon las olas, por eso me apuré a bajar a la playa. El trípode seguía ahí, clavado, pero el agua le llegaba a los pies. El nivel de agua estaba demasiado alto para sacar las fotos desde el mismo lugar.

Además, el olor ya era fétido, como si el contenido entero del lago se hubiera muerto. Había una sustancia gelatinosa, una baba sobre la superficie del agua que formaba una espuma marrón. Todo olía a podrido, a descompuesto, tanto que por unos minutos, en la orilla, tuve la impresión de ser yo misma parte de un enorme cadáver. También la barranca estaba muda. Era como el efecto de una tirantez previa a la eclosión inevitable. Se podía sentir, se podía oler que la naturaleza necesitaba una vía de descongestión, o bien el lago iba a reventar en el aire, para arriba, como lava. No sé, a lo mejor no tiene ningún sentido, pero este lugar no es así. Este lugar es exactamente lo opuesto. Por eso decidí subirme al bote con la cámara. Sabía que Nando y Lanz no habían terminado de calafatearlo, todavía olía a brea y uno de los remos seguía con la rajadura sin cincha. No me importó: en ese momento, una balsa de cañas me habría dado igual, aunque poco más tarde tuviera que arrepentirme de la imprevisión. Desde el embarcadero había visto que en el centro del brazo, justo entre las dos barrancas, parecía estar generándose una corriente, algo más circular, como la estela de un remolino profundo… ¿Te lo dije? No: no te lo dije. Bueno, así empezó todo: a la rareza de estos días, a la peste de las algas, se había sumado aquel movimiento del agua. El brillo del círculo que se formaba era tangencial, rojo, levantado como un labio de agua, y no se cerraba nunca. Pero apenas si podía verlo desde la orilla. Subí al bote con la cámara a cuestas y remé hacia adentro, hacia el centro de aquel remolino o vaya uno a saber qué. Al principio todo fue bien: iba con el viento a favor, el cielo del atardecer parecía un limón, y la obstinación me daba fuerzas de sobra para dejar atrás la costa. Pero pasaba el tiempo y yo no conseguía llegar. Fue cuando el viento del oeste dejó de soplar y empezó esta nueva versión cenital, centrípeta, que parecía empujar agua y cielo en todas direcciones. Me lamenté de no haber cargado el motor más chico por si los remos no fueran suficiente. De cualquier modo ya estaba hecho. Seguí remando con más fuerza para el centro del lago mientras la luz se acababa, aunque sabía que no podía estar tan lejos, sin linterna, sin nada de equipo, en la oscuridad. Vos sabés, Mutti, cómo es acá con la noche. Pero antes de eso, antes de la noche cerrada, cuando había conseguido avanzar lo bastante como para estar a la misma distancia de las dos barrancas, al mirar el clavado de los remos me di cuenta de que no era el viento lo que me frenaba, ni las algas, sino que estaba atravesando la estela de algo que se deslizaba por debajo del bote, en dirección a la orilla. Ese algo estaba en movimiento, y lo que yo sentía en los remos era el efecto de ese movimiento, opuesto al mío. El reflejo del agua era demasiado fuerte como para verlo, y la densidad de las algas tampoco me lo habrían permitido, pero igualmente saqué un par de fotos de la huella que se había formado sobre la superficie. No habría servido de nada, ya lo sé, ¿pero qué otra cosa podía generar semejante corriente en un lago prácticamente estancado? Después… me tomó varios minutos poner la proa otra vez hacia la orilla, para seguir el rastro de la estela. Lo que nadaba por debajo ya me había pasado de largo, y se alejaba muy rápido, tanto que por un segundo creí esa teoría disparatada de Lanz sobre los submarinos nucleares. Sabía que no podía alcanzarlo, no sin motor, y que muy pronto estaría remando en el medio de la oscuridad, pero no me importaba. Preparé la cámara, y en vez de guardarla en la gaveta de la proa, la tapé con una lona para protegerla y tenerla más a mano. Todavía no podía ver la casa, ni el muelle, y no los vi hasta que encendiste la luz de la cocina. Para entonces ya era de noche: apenas si distinguía la cordillera contra el cielo, que había virado al mismo morado de las montañas. La luz de la ventana se fue acercando hasta que pude ver también la silueta de la casa, a unos doscientos metros de donde estaba. Sentía las paredes de los barrancos más cerca: el sonido reverbera de una manera especial sobre el lago, como cuando se escucha una caracola. Estaba entrando en el angostamiento del brazo, cerca del muelle. La luz de la cocina… reconocí la luz del farol de querosén, porque de lejos se ve rosada. Pero había perdido la noción del tiempo. Remaba a sotavento de un viento caprichoso, de noche, sobre la noche, en medio de los sonidos de la noche. Remaba como en un sueño. Había dejado de sentir los brazos, las manos agarrotadas alrededor de la madera, la resistencia de las palas contra el agua. Supongo que el cansancio me hizo recostarme hacia atrás sin darme cuenta, porque de pronto algo —no sabría decir qué, un ruido en el agua tal vez, el cabeceo del bote— me despabiló, y me encontré no remando sino boca arriba, mirando el cielo. Pensé que, en realidad, el bote se había dado vuelta hacía rato, que me estaba muriendo y que lo último que veía era el fondo del lago. El aire tenía la misma textura empañada del agua… Pero la confusión duró poco, porque justamente ahí lo sentí salir, brotar del lago, en algún lugar entre el bote y la luz de la casa. Pude sentarme —demasiado sobre popa, y ese fue mi error— para tratar de localizarlo, para ver cómo era. No sé cómo explicarlo: estaba ahí, una masa indefinida de agua, informe y negra como el ónix, que por un instante —por un instante solamente— tapó esa única luz. Era una sombra vidriosa, cristalina… pero invisible. Ocupaba el aire, modificaba el sonido, podía eclipsar una luz. La oscuridad era completa para entonces, y cuando desapareció la luz de la cocina, me sobresalté… una parte de mí quería salir de ahí, la otra quería ver. Supongo que quise buscar los remos y la cámara al mismo tiempo, pero apenas si conseguí hacer una de las dos cosas, y mal. La cámara estaba en la otra punta del bote, cubierta por la lona. Primero traté de tirar la lona hacia mí para arrastrarla, después, como los segundos pasaban y no la alcanzaba, me fui hacia la proa con todo el cuerpo, sujetán-

213

dome del tolete pero sin incorporarme, a ras de la banda. En ese momento una ola pegó de costado, el bote dio un bandazo y la cámara se me vino encima. Como pude, con un resto de equilibrio, enfoqué la negrura con el objetivo, y me preparé para disparar. No fue mucho: una masa que irradiaba un brillo negro, facetada como el ojo de una mosca gigantesca. En el instante en que sacaba las fotos supe que nada de lo que aparecía a través de la lente iba a quedar plasmado en una película, porque era la sensación de una presencia lo que intentaba registrar. Era todo a mi alrededor: el viento de ninguna parte, las olas generadas por un movimiento como de naufragio a estribor, el hedor del agua, el negro aceitoso, macizo, de lo que fuera que había emergido del lago, mis manos rígidas como ganchos alrededor de la cámara. Era imposible. Entonces escuché el alarido de Lanz, y supe que veía exactamente lo mismo, pero del otro lado. Fue como si ese grito hubiera podido tocarla: la masa empezó a desplazarse hacia la barranca izquierda, y recién ahí, creo, apareció otra vez la luz de la cocina. Cuando llegué al muelle ni siquiera me había percatado de que el fondo del bote estaba lleno de agua, lo mismo que la cámara, y que tenía las piernas completamente heladas…

—¿Y eso fue todo?

—Todo. O sea, nada. Fue inútil, Mutti. Ni siquiera creo que pueda salvar el rollo de fotos. La Leica está arruinada, Lanz no se acuerda y casi se mata, yo podría haberme ido a pique en el medio del lago…

—Pero no hay que preocuparse por Vatti. Tampoco está claro para mí que haya visto lo mismo, Ana. Vatti hablaba de otra cosa; quizás haya visto algo, es cierto, pero eso que veía estaba en otro tiempo, en otro lugar. Créeme lo que digo, Ana: ese monstruo no es lo mismo para ti que para él —dijo Ilse.

Ana no respondió por un largo rato, y cuando lo hizo, no fue para hablar de aquella noche en el lago.

—No podemos dejar a Lanz solo cerca de Pedro, Mutti. Ya no.

Ilse no hizo ningún comentario. Sabía que Lanz no podía estar solo, ni cerca ni lejos de Pedro, y que la situación empeoraría, como había empeorado desde el principio del año. Pero no era algo que quería discutir con Ana.

El silencio entre las dos se prolongó tanto que Ilse creyó que Ana se había quedado dormida, o peor, que se había desmayado debido al agotamiento o al licor. Sin embargo, al acercarse a la muchacha, vio que no era así. Sumergida en la bañadera, adormecida y extenuada, Ana lloraba como solía llorar ella, con lágrimas quietas, sin sollozos. Siempre había tenido ese llanto adulto de lágrimas cayendo solitarias por el costado del ojo, y el gesto de limpiárselas torpemente con el dorso de la mano. Ilse sabía que el consuelo no venía por el lado del afecto; en ese sentido, el desarraigo y la herencia habían hecho un buen trabajo. La paz para Ana tenía que ver con otra cosa: con la exactitud, o quizás con el detalle con que podía iluminar ciertos huecos. Eso, sí, era un consuelo para ella.

Ilse esperó con paciencia, sentada en un banquito de madera con la toalla lista. La luz de la vela sobre un enorme candelabro de hierro temblaba sobre la pared agrisada por un simple revoque.

—Estoy tan cansada, Mutti.

—Nadie tiene por qué hacer aspavientos con esto. Lanz está perdido, chiquita, y lo tuyo fue…

—¿Una locura? De acuerdo. ¿Una ilusión? No, Mutti. No pude verlo, es cierto, pero estaba ahí, te lo juro. Lo tuve muy cerca. Y Vatti también lo vio.

—Lo mismo da: ya aparecerá otra vez, si es cierto que existe.

—Existe. Está ahí. Es… está vivo.

—Es una condición que no dice mucho. Ese muchacho Pedro también está vivo.

—No es lo mismo. O sí: no sé qué son. Ninguno de los dos. Son como huérfanos que no tienen nombre.

—No cualquier cosa puede tener un nombre, chiquita. Este sitio es un poco así también: no hay hombre, ni Dios. No hay nada, es un callo en la tierra. Por aquí no pasó la Reforma, ni el Renacimiento, ni las Guerras Mundiales. Estamos lejos, y a los efectos prácticos, es como si no estuviéramos en absoluto. ¿Qué diferencia hay entre hoy y diez mil años atrás? Hay luz eléctrica, y un antibiótico en este gabinete de baño… la naturaleza se ríe de nosotros, Ana, por eso ese monstruo, si es que existe de verdad, sigue viviendo ahí afuera, al lado nuestro: si este sitio tuviera nombre ya habría dejado de existir. Al muchacho tampoco lo habrían tirado acá. Lo innombrable oculta, es cierto, pero también protege.

—A lo mejor es así, pero yo no puedo vivir con eso.

Hubo unos minutos de silencio, quebrado por el goteo de la canilla o algún chisporroteo de la vela al derramarse la cera. De afuera, sin embargo, llegaba el alboroto impreciso de la noche en el bosque. Ilse seguía esperando. Finalmente llegó:

—Contame la historia de Carmen —pidió, con un tono de voz aniñado y un poco ronco. Las lágrimas habían cedido, y parecía a punto de dormirse.

Ilse sonrió: era bastante parecido a lo que se esperaba.

—Pero antes —dijo— salís del agua, o te arrugarás como yo.

—¿A tu edad? Entonces me quedo…

Con un gesto amoroso, Ilse envolvió el cuerpo desmañado y largo de Ana en la toalla. Seguía siendo su chiquita, con el mismo contorno escueto, los pechos de adolescente, las caderas estrechas de un varón, las pantorrillas flacas. Ana llevaba en la carne la belleza rústica y demoledora de su madre. Un cuerpo hecho para andar desnudo en medio de la naturaleza, no para ser vestido. Klára, por el contrario, era pequeña y blanca, con la palidez de los serbios y una idéntica negrura en los ojos. Siempre, desde chica, había llamado la atención, pero incluso eso era algo en lo que ella nunca parecía reparar. Disimulaba las caderas anchas con largos vestidos hindúes o sacos tres talles más grandes. Ana ni siquiera se tomaba el trabajo de elegir su propia ropa. No podían ser más diferentes.

Con el mismo cuidado Ilse la había acompañado hasta la cama, la había arropado como se arropa a un niño, y después, recostándose a su lado, en medio de la penumbra muda de la casa, se había dispuesto a consolarla.

—"La" Carmen —acá todos, que eran muy pocos, la conocieron como la Carmen— era una india alta y delgada, con los ojos pardos de los tehuelches. Cuando el hombre solitario la halló, era muy pequeña. La habían abandonado en un rancho; la pobre criatura se había mantenido por varios días comiendo unos restos de carne seca, chupando unos cueros hasta desecarlos. Tendría muy pocos años. El hombre solitario no sabe muy bien por qué, pero se la lleva. No hay rastro de los padres, o al menos él dice eso. No tenía ninguna necesidad de hacerles daño: se la lleva con él, anudada a la espalda con un viejo poncho no para raptarla, sino pensando, tal vez, que podría serle útil. El hombre solitario vive en las montañas, y allá, en medio de la nada, la cría con la misma dedicación con la que podría haber criado a una cabra en los alrededores. La llama Carmen, él la llama Carmen porque eso es lo que entiende de los labios de la niña que habla otro idioma, y que pronto, muy pronto, dejará de hablar por completo. Sin embargo, la india responde al nombre de Carmen. En realidad, ese nombre es lo único que posee. La Carmen crece, los ojos se le vuelven medio amarillos como los de los pumas. Apenas puede con las tareas de la casa —crece delgada y resistente como una rama de sauce—, se transforma en una suerte de empleada. El hombre solitario no le habla, salvo para comunicarle órdenes, y las esenciales. Ella tampoco: el hombre no sabrá nunca si enmudeció, o si, simplemente, se niega a hacerlo. Lo que sí sabe es que la Carmen entiende el idioma a la perfección. Ni siquiera hace falta ya que reproduzca ciertos gestos, ciertas mímicas que habían acompañado los primeros años de aquel aprendizaje opaco del nombrar. El hombre solitario no le explica nada de la vida, pero mantiene las supersticiones indispensables para que la india no se vaya de su lado. La Carmen sigue creciendo, cada vez más alta. Se le nota en el color de la piel y de los ojos el mestizaje. El hombre solitario supone —y así se lo hace saber— que su progenitora la abandonó en el rancho porque es el fruto de una deshonra. La niña es casi tan salvaje como él, y no da muestras de entender lo que la palabra deshonra significa, y al hombre solitario tampoco le importa: no es el único recurso que tiene para mantenerla a su lado. La Carmen entra en la pubertad llena de miedo y de potencia, como un animal del bosque. El día que llega su primera menstruación, el hombre solitario le dice que es una enfermedad mortal. Ella grita —pocas veces lo ha hecho— y se escapa a la ladera de la montaña. Al cabo de dos días, el hombre solitario la encuentra medio muerta de frío y enchastrada de sangre. Esa misma noche, llevado por el odio o por la frustración, empieza a someterla. La segunda menstruación no llega nunca: la Carmen queda preñada creyendo que la enfermedad ha seguido su curso y ahora anida en su vientre, esperando el momento justo para comérsela por dentro. Tiene trece años: el mestizaje le afinó las caderas, y al mismo tiempo le conservó intacta la espalda derecha y los músculos firmes y longilíneos de sus ancestros indígenas. Hasta que su cuerpo se hincha, para ella inexplicablemente. Por las noches gime de dolor pensando —cada noche, todas y cada una de las noches— que morirá durante el sueño, sin ver la mañana siguiente. Durante las horas del día se frota el abdomen estirado con huesos de animales muertos para matar su enfermedad. Finalmente, un día de mayo, pare un bebé, una hembra más blanca que ella, como si desde sus entrañas la hubiese rechazado. Atemorizada, cree haber perdido una parte de su cuerpo, la parte de su cuerpo que late, que la mantiene viva. Cree que está vacía, y esa certeza es tan poderosa que la consume hasta hacerse realidad: la india se vacía, se seca. El hombre solitario pone a la criatura contra el pecho de la india, y la recién nacida aprende su primera lección en este mundo: cómo alimentarse de un pezón indiferente. La obstinación de la niña no impide lo que de cualquier modo iba a pasar: la Carmen muere seis meses después, ajada como una piña. La chiquita no lo sabe, ni siquiera parece darse cuenta. Es que no ha tenido una madre, sino un útero que la ha concebido y expulsado. Para ella, el biberón que la reemplaza y del que aprende rápidamente a succionar le permite disfrutar de una leche menos amarga.

La voz de Ilse se había ido adelgazando hasta volverse un murmullo. La respiración de Ana era pausada, con un ligero ronquido que desapareció cuando Ilse la puso de costado, y la cubrió con la manta hasta el cuello.

En puntas de pie, fue hasta la cama de Pedro, que dormía en un sueño apacible, y recordó a Gyula una vez más. Después, agotada, se sentó en la penumbra de la cocina.

A su alrededor, las ollas y cucharones de cobre y lata que colgaban de la pared —sus cachivaches, como ella solía llamarlos— la recibieron con un aire de ausente displicencia. La luz de la luna, o acaso la madrugada, los había transformado en objetos extravagantes, ajenos a sus funciones y al cuarto que los contenía: rebordes y mangos, mitades de tapas, honduras metálicas que resplandecían formando una artillería medieval, la armadura fragmentada y ligeramente amenazadora de un gigante. Había dos sitios en la casa que Ilse amaba, en los que pasaba buena parte de su tiempo y encontraba un consuelo inexplicable: uno de ellos era la cocina, aquella misma habitación cuadrada, un poco tosca, con mesadas de madera al estilo de las del campo y un horno de hierro fundido que funcionaba a leña. El otro estaba en el piso de arriba, en el descanso de la escalera, debajo de una ventana oval como un ojo de buey que siempre le recordaba el barco en el que habían atravesado el océano escapando de Europa. En ese rincón ganado a las imperfecciones del diseño estaba el pequeño clave, que era en realidad un instrumento más antiguo y sencillo, más parecido al virginal: una caja de cedro en forma de arpa que contenía las cuerdas, sostenida por tres patas delgadas con un torneado sin gracia. A juzgar por las inscripciones en el interior de la caja, el clave había sido fabricado por un luthier de Santiago para una señorita llamada Magdalena. Era, como objeto hallado en el medio de la Patagonia, algo extraordinario: el éxito de Landowska nunca se había propagado tan lejos, y de no haber sido por ella, el clave y todas sus variantes habrían permanecido como instrumentos de museo. Para ella, el sonido simple, metálico y antiguo de las cuerdas era el único capaz de traducir una partitura barroca. Hacía años que había dejado de tocar: aquella caja —en apariencia tan elemental— requería de una flexibilidad en los dedos que su artrosis ya no le permitía. Las partituras, por otra parte, requerían de ella una sensibilidad amorosa, una gratitud que ya tampoco sentía.

Igualmente, Ilse solía sentarse como si fuera a tocar y acariciar las teclas nacaradas durante horas, sin permitir que el instrumento exhalara un solo sonido.

Sí, para ella había dos sitios en la casa, nada más, y esa noche uno de ellos la había transformado en una inexplicable forastera capaz de ver armas en la mansedumbre de las sartenes, peligro en la serenidad de las ollas y de las espátulas... ¿Sería el relato de Ana lo que había transfigurado las cosas? ¿O la desesperación de Lanz? ¿O el recuerdo de Gyula? ¿O tal vez la historia triste de la india que no pudo dejar ni siquiera un rastro en la dureza insobornable de aquellas paredes?

Afuera, por la ventana, un lago de cinc espejaba, sin ganas, la luna. Adentro, la casa entera se hundía en un silencio tan idéntico al de la noche que era como estar a la intemperie.

Habló en voz alta para que las paredes le devolviesen un mínimo eco:

—Esta casa no sonríe, no sabe sonreír. Es una lástima, porque así no es un hogar, sino un refugio. Lo mismo que una cueva durante la tormenta.

No escuchó nada.

No hubo caso: el cuerpo de la piedra también absorbió su voz, y fue como si nadie, nunca, hubiese interrumpido aquel silencio oscuro.

Ilse no pudo evitar el recuerdo de su propia casa en los aledaños de Temésvar, su casa paterna con el río Maros defendiéndola por el norte y las últimas ondulaciones de los Cárpatos dando batalla por el sur, agonizantes ya, casi sobre territorio serbio.

El Tratado de Trianon —aquel negocio macabro del resarcimiento— había dejado toda la zona originariamente magiar en manos de Rumania; el perímetro húngaro completo había sido diezmado a favor de los países vecinos. Ellos —los habitantes, la gente— se habían visto obligados a exiliarse sin mover un dedo, y ese exilio rotundo les arrancó de un día para otro el idioma, las costumbres, la religión, la nacionalidad. Todo.

En los alrededores de la casa había más alemanes que otra cosa, y eso no los favorecería demasiado unos años más tarde, salvo, en el caso de Ilse, porque para entonces hablaba alemán a la perfección, y había decidido irse de Rumania, dejar su casa en las colinas verdes, su casa blanca con escaleras

221

de mármol y artesonado de nogal, con altillos y patios internos cubiertos de helechos fríos, su casa con cuartos azules tapizados en seda de Turquía, su casa blanca, más blanca todavía entre los castaños, al final del camino bordeado de siemprevivas y macizos amarillos de alhucemillas del Cáucaso. Su casa que sonreía, porque todo en aquella mansión daba la sensación de una vida cultivada y feliz, una vida rumana que se hablaba en alemán y secretamente en húngaro, al pie del hogar de la cocina, cuando su madre se envolvía en un chal de lana y se sentaba con su padre a tomar vino caliente, sin servicio alrededor para atenderlos, tomados del brazo, como si toda la escena fuese un paseo campestre. Ilse y sus dos hermanos se arremolinaban alrededor de ellos y todos se contaban los sucesos de la semana. Esta ceremonia no ocurría diariamente: de haber sido así, Ilse no la recordaría todavía como algo especial. Ese día de la semana solía ser el sábado, el día que nadie trabajaba en la casa, ni siquiera las empleadas domésticas ni los jardineros. Nunca había fiestas los sábados: era una tradición judía que se respetaba, el descanso sabático, y que su madre implementaba con tanto rigor y desconocimiento profundo como alegría. La casa, así, vacía de empleados, soleada y un poco adormilada por la tarde, sonreía. Con los padres en la cocina, desde el fuego del hogar a la noche, sonreía. En el jardín, entre los helechos y los mosaicos helados, sonreía. Dentro de las jaulas de los canarios —que Ilse mantenía de a decenas, amarillos y ocres, o anaranjados como petunias— sonreía.

La casa de Víktor no. Nunca. Una casa gris, una casa de piedra no puede hacerlo. Apenas si puede mantenerse parca y adusta como un viejo maestro retirado, rodeada de árboles enhiestos y de la oscuridad universal del lago bajo un cielo perpetuamente cubierto. ¡Qué diferencia entre estas lengas retorcidas, estos arrayanes colorados y cipreses densos como el ajenjo con aquellos robles gráciles de Temésvar, o los almendros florecidos, o incluso la elegancia humilde de las hayas!

Víktor había logrado construirla así, sepultada en medio de una vegetación salvaje, y ellos, con los años que llevaban viviendo en el chalet y compartiendo buena parte de las instalaciones con Ana, no habían conseguido desplazar ni un milímetro de esa solemnidad callada y brutal. Víktor con su testarudez empedernida, con su silencio, con sus arranques de ira y su despotismo, había conseguido hacer una casa a su medida, destinada a asegurar la infelicidad de quienes trataran de habitarla.

Por supuesto, Víktor también había huido de allí. El monstruo había sido siempre su excusa perfecta para evitar el dolor que le producía La Pedrera, la presencia de Ana, la ausencia de Carmen, a quien, por otra parte, nunca había amado sino sometido, pero eso no importaba porque el amor para Víktor había sido una forma de dominación.

Como Nimrod, Rey de Babel, en vez de una torre había construido una casa indestructible que se abismaba al borde del lago, soberbia en su trinchera de montañas, para desafiar a Dios.

NANDO

o sea que se trataba de atraparlo, al monstruo
no es un monstruo: es un animal que todavía no conocemos
o sea que se trataba de identificarlo
no puede identificarse algo a lo que no se le ha creado un nombre antes
o sea que se trataba de nombrarlo
tampoco: no puede nombrarse lo que no se conoce,
y si se lo nombra, se lo llama monstruo
o sea que entonces no se trataba del monstruo,
o del animal, o del sin nombre, o del inclasificable:
se trataba del desconocido
no: el desconocido no tenía futuro y tampoco tenía nombre
o sea que se trataba de nombrarlo
no era necesario: él se llamaba Pedro
¿de identificarlo? ¿se trataba de eso?
no se puede identificar lo que no tiene pasado
o sea que se trataba del pasado
sólo tenemos acceso al pasado colectivo, y al presente
o sea que se trataba del presente
tal vez...

Les habían dado a todos una bandeja con un sándwich, y un vaso de plástico con café. Eran las once de la noche. El Estrella del Sur iba ocupado hasta la mitad del coche, con todos pasajeros de la zona, algunos muy provincianos, con bombachas de gaucho y ponchos de lana gruesa. De alguna estancia serían. Ana, por suerte, se había quedado dormida apoyada sobre su saco hecho un bollo contra la ventanilla. Él había elegido el pasillo justamente por eso, para que Ana durmiera y para poder levantarse a fumar un cigarrillo, irse a la parte de atrás del colectivo, o a charlar un rato con alguno de los dos choferes. Uno de ellos, lo había visto desde el momento en que subieron en la terminal, tenía un termo propio de café, mucho mejor que el que les tocaría a ellos. Se lo merecían, por manejar tanto.

Probó doblar el montgomery varias veces (pensando que ese saco, el mejor que tenía, sería totalmente inadecuado para la Capital y para la estación) pero no hubo caso y acabó por aplastarlo contra la ventanilla. De cualquier modo no quería correr la cortina, prefería ver el campo, la lomada suave al principio, después el desierto patagónico de noche, llano, yermo, de color gris azulado. Inanimado, pero veloz. Pequeños montecitos de jarilla y coirón interrumpían el suelo, si bien todavía no habían llegado a la verdadera meseta. Nando estaría a punto de levantarse e irse adelante, con los conductores del ómnibus. Podía sentirlo a su lado, inquieto, resoplando. A cada rato controlaba la mochila. Por suerte no se le había dado por encender la luz y leer el diario.

¡El diario!
¡Lo que daría por leer las noticias de Buenos Aires!
Así, por lo menos, dejaba de pensar en Klára. La pelirroja les había dado un trabajo fenomenal, casi no habían podido convencerla de que no los acompañase a la Capital. Finalmente, con la excusa de que Lanz estaba flojo, que Ana insistía en hacer el viaje sola, y Pedro, también, allá tendido, o como se llamara el infeliz ese, había aceptado pasar los tres días con los viejos, oficiando de ama de llaves. Con lo mal que le encajaba el papel, pobrecita, pero al menos había desistido de ir con ellos.

De todos modos, sabía, presentía, que en cualquier momento Klára se iría lejos. Esto dicho con el eufemismo del caso: se obligaría a irse, o la obligarían directamente. ¿Pero adónde? ¿A Chile? Qué chiste, ningún lugar de Latinoamérica parecía seguro, aunque Klára insistía con Venezuela, o México. A Europa. Él le había rogado que se fuera a Europa, lo más lejos posible, a un país tranquilo, pero Klára le contestó —otra vez, una más de tantas— que los países tranquilos se habían terminado, que cómo no podía darse cuenta de que el mundo nunca sería un sitio tranquilo mientras hubiese desigualdades, mientras existiesen injusticias y enfermedades y hambre… tenía su discurso, era más o menos siempre el mismo y Nando se lo sabía de memoria. No vas a arreglar nada vos sola, la interrumpía, cansado, por decir algo, porque nadie podía ir contra un argumento tan simple y fervorosamente esgrimido por una muchacha de piel delicada y pálida, inmaculada salvo por las pecas que se le amontonaban sobre las mejillas y el puente filoso de la nariz, los ojos negros abrillantados por el candor y una lumbre de cobre iluminándole la cara, como el bastidor de una obra de arte.

Porque ningún hombre podía hacerle frente a una mujer hermosa, y Nando no era una excepción.

Quién te dijo que estoy sola, respondía Klára. Lo desafiaba con su expresión más fresca, como pensando qué lástima un muchacho tan buen mozo y tan insensible, o le tocaba apenas la comisura de la boca con un beso de esos que le daba últimamente, o quizás le había dado siempre, salvo las tres o cuatro oportunidades que habían tenido para estar completamente solos. Un beso leve, como de abeja o de mariposa, y esto haciendo todo un esfuerzo para estirarse unos centímetros más poniéndose en puntas de pie.

¿Dónde estarían? ¿En Choele? Todavía no habían parado desde la tarde, y algunas personas habían empezado a levantarse, inquietas, con más ganas de comer o ir al baño que de dormir. La corpulencia de Nando parecía sobrepasar la angosta butaca hacia todos lados, pero especialmente hacia arriba. No era la incomodidad, y eso que se sentía algo así como Gulliver en Lilliput. Tampoco las ganas de tomar café, o de ir a

227

charlar con los conductores (dos hombres alegres y noctám-
bulos por naturaleza, a quienes conocía de la ciudad), o siquiera de leer un rato. Era ese viaje lo que lo preocupaba, la obcecación de Ana —no por la obcecación en sí, eso era más bien
una característica constitutiva en ella— sino por las consecuencias que tanto empecinamiento traería en las vidas de todos.
Dejar a Klára sola justo en aquel momento, por ejemplo. Lanz,
cada vez más deteriorado. El infeliz medio muerto que alber-
gaban y que en cualquier momento alguien —¿quién? ¿o quiénes?— podría reclamar. Y el lago súbitamente transformado en
una sopa indigna en la que no se podía pescar una miserable
trucha. ¿Qué había pasado con el lago? Hacía poco había empezado a considerar que Ana sí había visto algo, después de todo, pero no el eterno delirio de Víktor, ni las alucinaciones de
Lanz, sino un secreto, el producto de un experimento, algo
mucho más parecido al submarino nuclear con el que fanta-
seaba el viejo que al monstruo ridículo de las leyendas. Nunca
había creído en el monstruo, y por suerte para él, jamás había
conocido a Víktor. Eso, pensaba Nando, había sido determi-
nante para su cordura, y era un dato que Ana nunca había querido admitir. Eso, y el amor funesto y retorcido, mal disimulado por el rencor, que sentía todavía por su padre.

Su padre era, en realidad, lo último en lo que Ana quería
pensar, pero era inevitable: si algo estaba asociado a la imagen de su padre, eso era Buenos Aires. Y no sólo su padre, sino también el colegio en el que acostumbraba a volar gracias
a los jarabes para la tos, todos aquellos años de silencio y de
alejamiento, que era como decir su padre, otra vez. Pero no:
no quería pensar ni en él ni en nadie, ni tampoco en lo que
encontraría —si es que encontraba algo realmente— a modo
de respuesta, o de explicación. Había pensado demasiado,
había barajado miles de respuestas y de explicaciones, para
Pedro y para el envío de su padre al tal Doctor Guzmán, y

cuanto más tiempo pasaba, todas acababan por parecerle igualmente descabelladas. Por eso después del episodio de esa noche en el lago, había decidido no elucubrar más.

Sólo que la noche demoraba tanto…

Como veintitrés horas de viaje. Nunca en la vida había aceptado viajar tanto por él mismo, y ahora lo había hecho por Ana. ¿Por qué? En un momento se le había ocurrido aprovechar la intimidad de la situación para hablar con ella. ¿Para decirle, exactamente, qué? No sabía qué era lo que tenía para decirle, pero desde hacía mucho tiempo que sentía la urgencia de confesar lo que estaba pasando con Klára. Tenía la sensación de que sería mucho más fácil si pudiera abrirse el pecho o la cabeza de un solo tajo, abrirlos físicamente hasta exponer lo que él no era capaz de ver a la mirada crítica y al mismo tiempo queda, subterránea, de Ana. Porque la mirada de ella era la realidad que él nunca había podido ver. Por eso no hablaban, por eso hablar habría sido estéril. Pero tampoco podían seguir así. Él, al menos de eso estaba seguro, no podía seguir así. Porque a lo mejor ya no había nada entre ellos.

¿Qué era realmente lo que había cambiado? Todos ellos, todos, Nando y ella también, habían cambiado. ¿Pero por qué? No quería pensar en eso tampoco. Quería dormir, y le resultaba inconcebible que un paisaje tan soporífero como el de la meseta no consiguiera cerrarle los párpados al menos una hora. Tan inconcebible como el hecho de estar recién a la altura de Choele Choel, sobre la ruta veintidós, con sus pozos y sus camiones cargados de fruta.

Y sin embargo ahí estaba: atrapado como un pobre huemul en la trampa natural de una ciénaga, arriba de un ómnibus incómodo y con unas quince horas por delante. Sentado al lado de Ana, y Ana —como era su costumbre— haciéndose la dormida. O quizás, con un poco de suerte, dormida de veras. El sueño de Ana era un misterio. El sueño de Klára era otro misterio para él, pero por un motivo diferente: todavía no habían tenido oportunidad de dormir juntos o cerca, ni de separarse con pudor o miedo a la madrugada. No se habían acostado, y eso era un hecho. Pero el misterio con Klára tal vez no era el sueño, sino por qué era como si ya, entre ellos, hubiese pasado todo.

De pronto habían parado en la banquina, pero el motor seguía en marcha.

¿Dónde estarían?

A la izquierda del ómnibus había un edificio iluminado. ¿Una terminal? Imposible: faltaba media hora para llegar al pueblo, y no había ni un pueblo moribundo antes de Choele. ¿Era una estación de servicio? Parecía más bien la policía caminera. Lo que fuera: había más de uno que se moría de ganas de ir al baño.

Pero no abrían la puerta. Tampoco parecían haberse detenido en un lugar razonable, sino bastante lejos del edificio de las luces encendidas.

Ana se había despertado. ¿Por qué no abrirían la puerta? Nadie se movía, ni se bajaba a arreglar nada. El motor seguía en marcha, pero ninguno de los pasajeros despiertos se levantaba a preguntar qué estaba pasando.

Estaban hacía quince minutos en el medio de la ruta, en la oscuridad.

Cuando por fin el motor se detuvo con un largo crepitar del escape, les sobrevino la sensación de que había más gente atrás del ómnibus, donde no se los puede detectar. Camuflados. Un vehículo. Detenido también, con las luces apagadas. Camuflado.

—Ana, despertate. ¡Ana!

—Estoy despierta. ¿Qué pasa? ¿Por qué paramos?

—¿Podés fijarte afuera, si se ve algo? Atrás del coche.

Ana pega la cara contra el vidrio. Las ventanas grandes no pueden abrirse desde adentro. No entra brisa fresca. El ambiente se vuelve sofocante y todos están inquietos. Algunos, sin embargo, duermen con ronquidos ligeros y la cabeza caída sobre el pecho.

—Es un camión. Tiene las luces apagadas, mucho no se ve…

—El ejército.

—¿El qué?

—¿Trajiste el documento?

—La cédula, la tengo en la billetera. ¿Qué pasa?

—Sacala. Tenela a mano.

—¿Pero qué pasa? ¡Nando!

Los conductores se levantan de sus asientos, y abren la puerta. Nando alcanza a ver que tienen un gesto de preocupación, pero no de miedo, y se pregunta cuántas veces habrá pasado antes. Después unas figuras se mueven en la noche, rápidas, como animales del monte. En un instante están en la puerta del ómnibus. Siente la mano de Ana crispada sobre su brazo.

—¡Nando!

—Shhhh. Callate.

Lo recordarían todo mucho más tarde, la noche siguiente a la del viaje en realidad, después de llegar al hotel: los soldados con uniforme de fajina y los FAL que algunos cargaban en la espalda y otros apuntaban directamente contra los pasajeros (Ana recordaría que aquellos que les apuntaban al cuerpo eran muy jóvenes, y vacilaban al sostener el fusil, como si con ese gesto de amenaza pudieran acceder a la calma indiferente de los soldados más curtidos que apuntaban al piso); la salida del ómnibus, de a uno, como presos, llevando los bolsos y los sacos, y la fila desprolija que formaron al borde de la ruta; la noche del color de la brea, las luces de aquel edificio que nunca pudieron saber qué era; la mirada perturbada y baja de los conductores; las náuseas repentinas de una mujer y el llanto de otra; los gestos somnolientos o angustiados o sorprendidos de los paisanos; la meticulosa inspección de las pertenencias y los documentos, las fotos cotejadas una por una; el rocío o el miedo que los hacía tiritar; la vuelta al calor del coche, ya no sofocante sino infinitamente protector, los suspiros, las preguntas, los cuchicheos. Las horas que siguieron, oscuras, hasta la madrugada.

Todo lo recordarían los dos más tarde, en un acuerdo tácito por no hablar del tema hasta no estar en un sitio seguro.

Un sitio seguro… en realidad, hacía años que Ana no caminaba por lugares no tanto seguros sino más o menos civilizados, y a pesar de la aprehensión, sintió cierto burbujeo de expectación. De la Terminal de Ómnibus hasta el hotel habían tomado un taxi; el hombre, por el espejo retrovisor, los había observado todo el tiempo con ojos desconfiados. No habían hablado entre ellos, ni con el taxista, salvo para darle la dirección del hotel y para agradecerle el vuelto.

El hotel era una casona vieja típica de los años 10 o 20, con puertas de hierro trabajado y vidrios de mala calidad en reemplazo de los originales. Todavía le quedaban por fuera algunas molduras de flores y cabezas de mujeres sobre las ventanas, y los pisos del hall eran de un delicado mosaico bordó con ribetes color crema cuyo dibujo asombró a Ana, acostumbrada a la piedra sólida y cruda de su casa, a la madera de ciprés barnizada con insistencia. Parapetado detrás del mostrador estaba el conserje o quien cumplía con esa función, un hombre con varios anillos en los dedos largos y aspecto de tahúr. Sin hacer mayores comentarios acerca de lo que buscaban, les pasó el libro de registro y después una llave de bronce atada a una pelota de pañolenci rojo que llevaba bordado el número tres. La escalera de mármol con sus barandillas de hierro forjado llevaba a un corredor discreto y alfombrado, con olor a cigarrillo, al que daban cuatro puertas altas de madera. La habitación que les había tocado daba a un contrafrente claro, abigarrado de terrazas rojas y balcones con ropa secándose al viento. Nando suspiró, aliviado: una ventana a la calle lo habría puesto muy nervioso, después de lo que había pasado.

Ninguno de los dos dijo una palabra acerca de la cama matrimonial y su raída colcha de gobelino. Nando entró brevemente a examinar el baño, en el que una bañera con patas en forma de garras ocupaba casi todo el espacio. Ana no pudo reprimir una sonrisa al verla, lo mismo que el enorme lavatorio ovalado o las canillas emulando sendos cisnes tiznados de verde. Eran objetos adorables, incluso a pesar de las marcas de óxido que el agua había dejado sobre los viejos y ya porosos enlozados. Todo en aquel cuarto transpiraba la frescura paradójica y húmeda de la antigüedad, y Ana olvidó por un instante el episodio de la ruta. Nando, sin embargo, no se dejó cautivar por la belleza de aquel anacronismo, y sugirió ponerse en marcha. Ana se conformó con lavarse la cara y atarse el pelo en un rodete más cómodo.

Decidieron que saldrían a cenar por ahí cerca, a comer una pizza, y volverían rápido. Temprano. Nando no quería estar en la calle. Ana se sentía incómoda, pero sabía que Nando tenía razón.

La pizzería —según les dijo el conserje con cara de tahúr, la mejor del barrio— quedaba en la misma manzana. Se sentaron en una mesa contra la pared, aunque el local estaba vacío, y pidieron una jarra de vino. Ana preguntó qué haría el Ejército en Choele, y Nando le contestó que estaban en todos lados, y que cada vez sería peor. Ana le preguntó por qué, y Nando no dijo nada, pero no pudo evitar pensar en Klára. La conversación, entonces, pasó a los detalles de lo que había pasado. Sin embargo, ninguno de los dos tenía ganas de hablar. Por otra parte, la secuencia de los hechos había sido tan nítida y rápida, tan efectiva, que a la mañana siguiente, a la luz tranquilizadora del amanecer en la pampa bonaerense, varios en el ómnibus se miraron confundidos, como preguntándose si realmente se habían detenido en una ruta y habían formado una fila mientras les apuntaban unos cuantos fusiles.

Esa noche, cuando volvieron al hotel, Nando cerró la ventana y corrió las cortinas a pesar del calor. Antes de dormirse, cada uno en un extremo de la cama y boca arriba, como a la espera de una catástrofe, Nando dijo:

—Mañana vamos a esa dirección, y pasado mañana al Museo, y después nos vamos, ¿de acuerdo?

Ana, después de un instante largo y molesto para los dos, dijo que sí.

Aquella primera noche fue larga, plagada de ruidos inusitados que jamás escuchaban. Las voces que llegaban desde el piso de abajo les resultaban extrañamente agudas y nerviosas, la sordina de los colectivos en la calle, las bocinas apagadas por el encierro y el gorjeo de las cañerías viejas. A las tres de la mañana, cuando al menos los sonidos del hotel habían menguado, se quedaron dormidos.

Se despertaron a las siete, Nando con el cuerpo dolorido por el viaje y Ana con los párpados pesados y una sensación compartida de entumecimiento. Desde abajo llegaba el ruido metálico de cubiertos; el calor del día y de la habitación cerrada, sumados al olor a café y a medialunas que se filtraba por algún resquicio insólito acabó por despabilarlos.

Mientras Nando se daba una ducha, Ana se quedó en la cama estudiando la guía de las calles. No estaban tan lejos de la calle que Pedro llevaba encima como único dato. Incluso, si Nando no estaba de mal humor, podían ir caminando. El humor de Nando era algo que preocupaba a Ana, en particular ahora que no le quedaba más remedio que soportarlo, cuando nunca lo había hecho. La política que habían seguido entre ellos para estar juntos era la de una tolerancia limitada estrictamente por el deseo, y Ana no estaba acostumbrada a ceder ni a negociar sus planes. En circunstancias tan excepcionales como aquellas, sin embargo, no tenía alternativa, pero temía explotar de mala manera si Nando se ponía demasiado paranoico. Él, como casi todos los hombres que había conocido, ejercía una suerte de autoridad natural sobre el modo en que debían hacerse las cosas, todas las cosas, una certeza inapelable acerca de ese modo que, según él, carecía de matices porque lo singular excluía, necesariamente, esos matices de los que hablaba Ana. Ella no lo había soportado nunca, y el resultado era esa famosa tolerancia ajustada, por la cual cada uno aceptaba que el otro tenía más derecho en territorio propio (Ana mandaba en La Pedrera, Nando en la ciudad), y potestad compartida en territorios como aquel hotel, sitios de nadie en los que pocas veces habían estado juntos. Aun así, Ana se prometió acatar las decisiones de Nando sin objetarlas. Nando odiaba viajar, y seguramente estaría pagando bajo la ducha tanto las contracturas del viaje como las del miedo. También odiaba sentir miedo, y Ana apenas si podía entender lo que ese tipo de miedo significaba, porque muy pocas veces en toda su vida lo había sentido. Angustia, sí, aprensión, dolor, fracaso, quizás, pero no miedo. Y eso sí que lo había heredado de Víktor.

—Es la continuación de la calle Carlos Calvo —dijo en voz alta, esperando que Nando pudiese oírla a través de la lluvia—. Caminando serán treinta, cuarenta cuadras, a lo sumo.

Pero nadie le contestó, a pesar de que la puerta del baño estaba abierta.

Nando sentía correr el agua sobre la cara y la espalda. Le habría gustado quedarse todo el día echado en la cama mirando el techo, esperando que Ana hiciese lo que había venido a hacer sin preocuparse por ella ni por Klára ni por nadie. Sólo mirar el techo. Sabía, por supuesto, que eso era imposible. Nunca dejaría a Ana sola, y nunca, al parecer, dejaría de pensar en Klára. Esto último era verdaderamente grave.

El episodio de la ruta lo había dejado más nervioso que de costumbre, con la sensación de que hasta las personas que colgaban sus camisas en los tendales de las terrazas podían vigilarlos, aunque no podía precisar por qué habrían de hacer semejante cosa. En cualquier caso, podían haberlos detenido unas horas antes. Tampoco, se daba cuenta, podían pasar dos días con las ventanas cerradas en medio de ese calor desesperante. Tenía que calmarse, tenía que relajarse. Fundamentalmente, tenía que olvidarse. Ana decía algo desde la habitación, algo de la calle Carlos Calvo. Y querría ir caminando hasta allá, si la conocía bien —y la conocía mucho mejor que eso— Ana querría ir recorriendo las calles hasta aquel lugar marcado por una historia que ignoraban por completo. O no, porque quizás esa dirección ni siquiera tenía que ver con el tipo en coma, pero eso era más bien producto de sus deseos que de la lógica. ¿Por qué un hombre así, apaleado hasta el borde de la muerte, arrojado al precipicio de la barranca con claras intenciones de hundirlo en el lago, o de hacer desaparecer su cuerpo ya destrozado y moribundo, tendría una dirección de la capital en el bolsillo, dirección anotada con letra minúscula, como de mujer, en un papelito que se había salvado probablemente gracias a la mezcla pastosa de sudor y roña que había supurado su cuerpo después de tanto golpe? ¿Sería un aguantadero, el domicilio de un ricachón empresario, de un sindicalista, de un guerrillero? ¿De qué la había jugado ese tipo para que lo golpeasen de tal modo? ¿Y de qué bando lo habían desahuciado?

Le habría gustado quedarse en la cama sin pensar tampoco en eso, ni en qué iban a encontrarse en aquella calle, ni en por qué Ana se había emperrado así en socorrer y cuidar el cadáver de un desconocido. Ni en Klára. Mirar el techo, relajar los músculos. Olvidar. Simplemente, no pensar en nada.

Pero justo esa mañana no sería posible.

Nando cerró la canilla hasta reducir el chorro a un débil goteo que, al fin, concluyó, y después de casi arrancar la canilla por el esfuerzo, le impediría esa misma noche conciliar algunas horas de sueño.

—La calle Carlos Calvo —repitió a destiempo, saliendo del baño con una toalla en la cintura.

—¿La conocés?

—No, pero me suena a San Telmo.

—Podríamos ir caminando…

¡Lo sabía! Y también sabía que el terreno neutral lo obligaba a hacer alguna concesión, al menos una que no fuese realmente importante. Era la vieja y mañosa trampa del Gatopardo.

—Podríamos —dijo, y Ana sonrió.

Después habían bajado a desayunar, y en el restaurante el mismo tahúr los recibió con una sonrisa con un inefable diente de oro.

—Es gratis para los huéspedes —dijo, haciéndolos pasar a una especie de habitación pequeña que daba a la calle. El bar del hotel funcionaba también para los transeúntes que adivinaban el lugar, o que ya lo conocían.

Tres hombres con overoles azules arremangados tomaban café y hablaban en voz baja. Nando y Ana se sentaron en una mesa debajo de la única gran ventana con arco, la misma que desde afuera se veía adornada con molduras de yeso, y desayunaron tratando de no prestar atención a la conversación.

—Yo te digo —decía el que estaba sentado de frente a ellos— que otra avivada de esas y nos cagan a tiros a todos.

—Pero…

—Yo te aviso…

Ana y Nando miraron con obstinación hacia la calle, turbados por el recuerdo de la ruta. De tanto en tanto, no podían evitar una ojeada a aquellas caras lívidas.

—Mejor vamos —dijo Nando—. Se nos va a hacer tarde si queremos ir caminando, no queda tan cerca la calle esa.

Lanz podría estar enfermo, perdido, viejo o loco, pero en algo tenía mucha razón: todas las ciudades eran iguales. ¿Qué tenía de especial esta? ¿O acaso tenía alguna particularidad que la hacía diferente de otras? Nando no había conocido muchas ciudades, eso también era cierto, pero en ese sentido los húngaros habían sido para él una fuente importante de conocimiento del mundo. Los viejos, por ejemplo, le habían hablado de Budapest, durante años, y Nando había terminado por conocerla como si alguna vez hubiese vivido allí. Se imaginaba las avenidas de esa ciudad como las de París, y como las de la cañada de Córdoba, una escena amplia, con árboles de un verde casi azulado y fachadas de piedra blanca y de mármol. Lanz reía cuando él confesaba esas cosas, y Ana lo miraba con una especie de lástima. Ilse, por suerte, solía decirle que sí, que tenía razón, que las avenidas húngaras tenían mucho de parisinas y que en general no eran muy diferentes de las de la ciudad de Córdoba. Nada diferentes, agregaba Lanz entonces, indefectiblemente. La armonía entrañable y mugrienta de Roma, la simetría monumental de Viena, los castillos impecables de Györ, las fábricas de Lintz, la maravillosa decrepitud de Praga, la rigidez de Brno y las colinas de Temésvar, la claridad de Belgrado y las calles de Kiev, los pueblos de esa llanura amarilla y verde y plana como los antiguos concebían el mundo entero, que los viejos llamaban allá *puszta* y ellos, acá, pampa argentina, la similitud entre las gentes que habitaban esos pueblos, igualmente esquivos para todo lo que no fuera cotidiano y palpable… Lanz tenía razón: estas casas que se alzaban con sus estructuras cuadradas y sus portones altos y sus aderezos de cemento, los edificios más nuevos con su proliferación de cristales, las calles con adoquines o con baches y veredas con baldosas flojas o firmes, los árboles raquíticos de esas veredas, eran iguales en todo el mundo. Tal vez no sería acacia allá sino castaño, no serían los tilos perfectos sino los perfectos robles o las hayas, y los adoquines de allá tuviesen varios siglos más de tránsito que los de acá, pero la esencia, la médula, el corazón de las ciudades era uno solo, fuera la calle Chile o Corrientes, Andrassy, los Campos Elíseos o la Cañada.

Y sin embargo, a pesar de la lucidez natural que conservaba la mitad saludable de su cerebro, ¡qué equivocado estaba el viejo! Ana miraba las casonas de las esquinas con sus ventanas altas de vidrios repartidos que ocultaban la vida cotidiana detrás de visillos tejidos al crochet, tan melindrosos y artificiales como los postizos que había entrevisto ya en algunas mujeres por la calle (y ella que pensaba que sólo se trataba de un rebusque de las revistas de moda pero no, andaban en la calle, eran mujeres de la ciudad caminando por las veredas con sus carteras y sus postizos lacios). Cada esquina que pasaban era una sorpresa de la arquitectura y del detalle, de la ubicación y del desafío a esa modernidad que se parecía tanto al edificio de Nando allá lejos, con su absurda mezcla de madera esmaltada y espejos y ladrillos. Esta ciudad no era como las demás, había acacias y tilos, calles anchas o demasiado angostas, cortadas en cruz o en las más estúpidas diagonales, y las señoras acarreaban unas bolsas de plástico con manijas de caño (ya había visto tantas como los postizos) y volvían del supermercado con cara de extrema preocupación.

Allá también se hacían sentir los aumentos, producto de los famosos petrodólares que parecían no tener límite, pero la situación nunca llegaba a ser tan grave. Los viejos se habían acostumbrado a proveerse de lo más elemental. Las cabras de Lanz eran sagradas, los gansos que Ilse se negaba a tener en cautiverio, la pesca de Nando que de inmediato se transformaba en escabeches, la verdura fresca de los valles que pasaba como por arte de magia a los envases que Ilse, con sumo cuidado, parafinaba y sellaba para evitar contaminaciones. Hasta del alcohol podían prescindir, de no ser por Nando que traía de tanto en tanto botellas de algún vino comercial. Cuando no hay nada alrededor, cuando no hay nadie y eso no importa demasiado, no se requiere de mucho más que lo elemental para sobrevivir. Aquí la gente tenía teléfonos, probablemente uno por casa, o por departamento —aunque a juzgar por la cantidad de gente que hacía cola detrás de los dos teléfonos públicos que habían pasado de largo, el arte de telefonear era un lujo todavía para unos cuantos—, y había televisores, también en blanco y negro pero al menos aquí con antenas más perfeccionadas que evitaban el disloque de la imagen como ocurría allá. Había autos bastante modernos circulando por las calles, no decrépitos y con las chapas corroídas como allá, y no, seguramente, como los habría en cualquier ciudad de Europa. Pero esta ciudad con sus floristas y su olor a jazmín y a miñones de panadería, pintada en los paredones y hasta en las veredas, con sus reuniones y conspiraciones, era una ciudad particular. No la Budapest amanerada por el Danubio: un río bilioso y mediocre gastaba sus bordes, y una terminal de ómnibus sucia oscurecía sus puertas.

Cuando Ana era más joven y venía al centro para encontrarse con su padre, todo aquel desbarajuste le había parecido monstruoso. Su padre, en ese contexto, le había parecido

240

tanto o más monstruoso. Las marquesinas de la calle Corrientes le producían una mezcla de repulsión y fascinación, pero no las entendía, no entendía aquella velocidad del centro, aquella mugre sofisticada y sin sentido que a su padre parecía darle exactamente lo mismo. Todo lo cual la llevó —mientras caminaba al lado de Nando por la ambigua tranquilidad de Almagro— a una conclusión dulce y triste: ya no era quien había sido. Ya no amaba a la misma gente, y aquella ciudad que había odiado por una suerte de propiedad transitiva inexplicable, ahora se le antojaba especial.

Venían caminando, Nando apurado, Ana despacio, por Carlos Calvo. Estaban, según los cálculos de Nando, en algo parecido a Caballito. Zona sur, seguro, ya que Rivadavia —una de las pocas avenidas de las cuales se acordaba bien— quedaba a la derecha, o sea, hacia el río. La calle bajaba, primero en forma apenas perceptible, pero a medida que avanzaban la pendiente era cada vez más notoria. Los negocios que cruzaban eran comunes, bastante mediocres, agencias de lotería y talleres en su mayoría. Una casa de sepelios les llamó la atención, por la desmesura de su fachada, y porque marcaba exactamente el uno de la avenida que buscaban. Los muertos merecen un poco de respeto, dijo Nando, y después no ocurrió nada especial hasta unas cuadras más allá, que dejaron atrás un monumental edificio público al estilo de los del centro, como el Correo u Obras Sanitarias.

La avenida Pedro Goyena les pareció demasiado ancha, como si le hubiesen quitado el boulevard que debía llevar en el medio, con faroles y flores. Luego de pasar aquel edificio que ocupaba toda una manzana, rodeado de rejas y gomeros, la pendiente parecía hacerse aún más pronunciada. Las tipas altas, lagrimeando sus savias y parásitos, se entrelazaban por sobre el asfalto en un abrazo a casi veinte metros del suelo, que formaba una profunda cañada de un verde grisáceo y opaco. Las casas se hacían cada vez más señoriales y antiguas, enmudecidas bajo el oscuro abrazo de las tipas. El barrio de los comercios y los transeúntes dejaba paso, de pronto, a un barrio mucho más sombrío. Hasta el silencio rebotaba entre los flancos de aquella larga ristra de casonas con porches y pilares, con jardines delanteros ocultos por la herrería exquisita de otros tiempos. Algunos gomeros brillaban con sus hojas planas dentro de las macetas de cemento, y las moreras violetas enlutaban los corredores que apenas se dejaban ver detrás de las rejas. Ana caminaba por la penumbra súbita de aquel barrio residencial y opulento con la mirada sobrecogida, pensando en la sangre que cubría el cuerpo de Pedro, en los hematomas de su piel, del mismo color de aquellas moreras amables. Casi no había gente en las veredas. Algún que otro portero enfundado en traje azul pasaba el trapo por los bronces de los pocos lugares modernos que quebraban el clasicismo impecable de la calle Pedro Goyena.

Siguieron bajando, dejándose llevar por el silencio, hasta la altura que estaba escrita en el papel: 963. Era en realidad una casa que enfrentaba un indiscreto desvío de la calle transversal, de modo que a mitad de cuadra quedaba mirando a una bocacalle empedrada, como todas las transversales que habían pasado hasta el momento. Por eso, quizás, recibía un poco más de luz que las otras, y Ana y Nando pudieron mirarla a sus anchas, desde la otra vereda. Era cuadrada y sólida, de dos plantas, con las ventanas del piso superior de líneas rectangulares y duras, y postigos pintados de verde inglés. Todas estaban cerradas, y por entre los pilares de la balaustrada dos macetones de yeso dejaban ver unos malvones secos como momias. En el piso de abajo, un porche con arcos redondeados e imponentes como los demás se cerraba detrás de una reja idénticamente negra. Al costado de la casa, un largo pasillo blanco mostraba con orgullo sus muros tapizados por la hiedra. El resto del lugar parecía abandonado, y clausurado como el piso de arriba. La casa aquella estaba flanqueada por un baldío tapado por un paredón, tan derruido que el terreno podía verse perfectamente a través, y por otra casa de aspecto más antiguo pero vivaz, con plantas turgentes y verdes como lechugas en las macetas y balcones, y ventanas iluminadas y grandes cortinas descorridas. Enfrente, donde Ana y Nando estaban parados, había una escuela de aspecto tradicional, con puertas y ventanas de terminaciones puntiagudas que recordaban la arquitectura árabe o el gótico de las iglesias europeas. No parecía haber clases, pero dado que era verano eso no era en sí mismo llamativo. Al lado de la puerta, sin embargo, sobre la pared prístina y moldurada de aquel insólito edificio, habían pegado un afiche de papel que decía "Adiós Sui Generis".

Después de tratar en vano de descubrir el secreto que disfrazaba la casona abandonada, Ana hizo el intento por cruzar la calle y Nando la retuvo. ¿Qué vas a hacer? preguntó, y Ana no supo bien qué contestarle. Nadie atendería el llamador antiguo e inútil de la puerta de rejas, ni el timbre, si es que había algo semejante en el anacronismo señorial de aquel palacete. El baldío no daría respuestas, y hablar con la gente que ocupaba la casa de la derecha le pareció a Nando que podía levantar sospechas, si no sabían de qué se trataba podía incluso ser peligroso. Ana no pensaba lo mismo, pero no pudo convencerlo.

Al cabo de quince minutos parados frente a la dirección, no les quedaba mucho más por hacer.

Volvieron caminando despacio, cuesta arriba. La avenida no los dejaba regresar, los retenía con su poderosa, indescifrable carga de misterio. Ana quiso detenerse en un bar, el único que habían visto, a tomar un café, pero Nando dijo que no, que más allá, que todavía no. Ana no insistió, aunque hubiese querido detenerse un rato, pensar en lo que significaba esa casa elegante y completamente cerrada, tan cerrada al mundo como casi todo el tramo de la avenida.

Nando miró el reloj: eran casi las dos de la tarde. ¿Cuánto tiempo habían estado allí? Tenía la rara impresión de haber estado sepultado por varias horas, aislado del resto de la ciudad. Quiso comentárselo a Ana pero se detuvo: Ana ni siquiera lo miraba, andaba a su lado, sí, e incluso podía tomarse de su brazo, pero su mente estaba tan lejos de él que en otro tiempo —ya no— le habría dolido. La luz del sol les hirió los ojos. Ya habían dejado atrás el descomunal edificio público: recién a la vuelta habían reparado en las pintadas feroces que cubrían los paredones. Aquellas palabras, arañadas en rojo o negro sobre una superficie ya oscurecida por sucesivas pintadas anteriores, quedaron flotando entre ellos, en el silencio que había quedado tendido entre los dos como una prolongación del otro, verdinegro y pesado, que los había envuelto pocas cuadras antes. Silencio que no quebraron esas palabras, sino una mujer encerrada detrás de un balcón enrejado profusamente, una especie de cárcel urbana en una casa de paredes de aspecto oxidado por el deterioro. ¿Tiene un cigarrillo? preguntó, con el brazo extendido por entre el enrejado, la palma de la mano abierta. Era una mujer joven, peinada hacia atrás, mermada y desprolija, con unos anteojos tan gruesos que sus ojos apenas si podían adivinarse detrás de las aureolas que armaban los cristales. ¿Tiene un cigarrillo? repitió, insistente, y Ana sacó un atado de su bolsa, y le ofreció uno. No bien lo agarró, la mujer lo guardó en un bolsillo, y sacó otra vez el brazo con la mano abierta. ¿Tiene un cigarrillo? volvió a exigir, esta vez dirigiéndose a Nando. Nando la observó sin contestarle, ni hacer ningún gesto. Ana miraba la escena con esa curiosidad súbita del antropólogo, que la sacó del estupor en el que había caído. Nando le tenía aversión a los locos. Les tenía miedo, y a pesar de su expresión imperturbable, ella se dio cuenta de que se había quedado petrificado, incapaz de seguir o de contestarle. Entonces lo tomó con suavidad de la mano y lo arrastró hacia la esquina, haciendo un gesto de adiós a la mujer del balcón. Recién dos cuadras más tarde, Nando fue capaz de murmurar, contrariado: era una loquita. Y Ana le respondió que quizás solamente quería dos cigarrillos.

Dieron un largo rodeo por el edificio de Obras Sanitarias y cayeron otra vez en el nacimiento de la avenida, en la que a duras penas luchaban por la vida de la esquina dos tipas de tamaño mediocre, sobrepasadas por la altura de sendos semáforos.

En el límite, casi podría decirse en la frontera entre un barrio y otro, había un petit hotel de aspecto sobrio y arcadas redondeadas, una vieja casa que alguna vez fuera opulenta, tranquila, como segura de sí misma a pesar de que los alrededores se habían teñido de agencias de lotería, ferreterías y talleres. Desde sus balcones pálidamente anaranjados, las ventanas revelaban el entretejido delicado de las cortinas de visillo que con tanta ambigüedad ocultaban el esplendor o el deterioro de las habitaciones. Ana reparó en el nombre de aquel lugar: Hotel San Lorenzo, y en el hálito húmedo y frío que salió, como una bocanada fresca, del oscuro hall de entrada.

De algún modo supo que volvería, y que sería un buen sitio para pasar la noche.

Después de la escena con la mujer del balcón, y de un largo rato de caminata por la tranquilizadora y cuerda Carlos Calvo, Nando aceptó sentarse en un bodegón de aspecto simple y limpio. Eran las dos y media de la tarde del segundo día en la ciudad, y el Brazo de la Melancolía se había convertido en una especie de sueño.

Mientras almorzaban, incapaces de contener miradas de

asombro por una vida urbana a la que estaban tan desacostumbrados, trataron de acomodar el nuevo y extraño dato acerca de Pedro, desde el momento en que su cuerpo había sido arrojado por la barranca. ¿Quién era Pedro? Esa pregunta podía hacérsela Ana solamente, ya que para Nando el hombre no tenía rótulo ni identificación. ¿Qué había sido? ¿Qué relación había entre él y aquella regia casa abandonada en un lugar de la ciudad en el que apenas si podría habitar una clase media acomodada? ¿Qué había significado esa dirección para él? ¿Qué hacía aquel papelito mugriento y doblado con precisión en un bolsillo interno del abrigo de Pedro? ¿Se les habría pasado por alto realmente, o era más bien un señuelo, un mensaje para otra persona?

Todas estas preguntas fueron formuladas de modo fragmentario por uno u otro durante el almuerzo, pero tanto el significado de la casa como la conclusión acerca del misterio de Pedro seguían siendo tan vagos como antes de hacer el viaje.

A la tarde habían ido a un cine de la calle Corrientes. La avenida, al contrario que la caminata de la mañana, le trajo a Ana el recuerdo de Víktor, los bares tradicionales que frecuentaba cuando se encontraba con su padre por algún motivo nunca relacionado con el afecto, sino con cuestiones de índole más bien económica u organizativa. La última vez, por ejemplo, Víktor la había llevado a una oficina que, en apariencia, era una sucursal de un banco extranjero, o algo parecido, donde tres o cuatro personas que hablaban alemán y muy mal castellano se afanaban detrás de escritorios de madera y máquinas de escribir. La oficina en cuestión era un piso chico en un edificio antiguo sobre una de las calles perpendiculares a Corrientes, un poco más lejos de la agitación de los cafés y teatros. El aire allí dentro olía a naftalina y a productos de limpieza: Ana pensó que así debía oler toda

Alemania, sus calles, sus plazas, sus rutas y habitaciones, pero nunca se atrevió a decírselo a Víktor. Hasta aquel lugar habían ido para que Ana pudiese disponer de los fondos de su padre usando su propia firma, y haciendo girar dinero por correo, al sur. Había tenido que implementar el mecanismo en ese mismo viaje, para pagar los gastos de internación de su padre. Nunca, tampoco, le preguntó de dónde venía ese dinero, de qué cuenta, qué negocio, qué hallazgo o qué extorsión. Víktor no le hubiese respondido, no lo había hecho en vida y luego de su muerte, cuando "ese dinero" había salvado a Ana más de una vez de tener que mudarse de La Pedrera, ya no le importó averiguarlo: tanto ella como los dos viejos dependían en gran parte de él.

Por eso Corrientes le producía desasosiego, no sólo vinculado a Víktor sino a los secretos en general. Era como si toda la calle, sus vidrieras y negocios y marquesinas, fuesen capaces de negarle un conocimiento particular sobre ellas, un significado, un sentido más profundo que el de ser un teatro, una librería, un café o una casa de licores finos. Nada, para Ana, era solamente un teatro o una librería o un café o una casa de licores, todos aquellos sitios escondían otros, como aquel piso escondía una oficina o una sucursal de banco, y quizás ese rasgo fuera lo que más la inquietaba de la calle Corrientes.

Pero al fin y al cabo se trataba del cine, y la realidad era que no iban al cine desde hacía años, y aquella tarde ya no llegaba a entrevistarse con quien quiera que fuese el Doctor Guzmán, del Museo de Ciencias (un muerto, pensaba Ana, tal vez apenas un muerto, pero valía la pena intentarlo)

En uno de los cines menos concurridos daban *Tiburón*. Compraron dos botellas de cerveza y un paquete de garrapiñadas a un señor con un carrito en la vereda, y se metieron en la oscuridad de la sala a matar el tiempo. Todavía la realidad era una sola para los dos.

Esa noche, sin embargo, ocurriría un quiebre, una escisión, algo que sólo podría ser reconocido por Ana. El conocimiento adquirido en esa suerte de realidad paralela, desmembrada de la otra fue como el de los antiguos procesos alquímicos, individual y único. Intransferible por completo. Pudo habérselo transmitido a Nando o no, hubiera dado lo mismo, porque a Nando no le habría servido de nada. Era la nada, de la misma manera que era nada el resabio de mercurio tornasolado que quedaba en la batea del alquimista, porque nunca se había tratado del mercurio el hallazgo, ni de aquel rasgo tornasol que lo hacía divino o diabólico o quizás simplemente precioso, sino de todo lo que había cambiado dentro del propio hombre. Lo que importaba verdaderamente jamás se encontraría en la mezcla, ni en el humo de la mezcla, ni siquiera en la secreta combinación de los materiales: era el proceso de la búsqueda, y en eso residía todo el misterio.

Quizás la ida al cine o la película fueran parte de ese proceso, aunque sin duda la angustia intensa que le producía la avenida donde había andado con Víktor tuvo más peso, y la perspectiva de encontrarse con Guzmán al día siguiente incorporó también al monstruo. Lo inclasificable, lo innombrable, lo secreto, lo impenetrable, lo incomprensible: todo se condensó de pronto en una ciudad que ya no era la del mediodía, en unas calles que no eran las que habían visto a la luz del sol.

De una cosa estaba segura: aquella sensación de estar escindida, ella o el universo, no había comenzado en el momento en que se levantó de la cama, apartando con suavidad el brazo de Nando hacia el otro costado para no despertarlo, y vio que el reloj de la mesita de luz marcaba con sus agujas fosforescentes las dos y treinta y cinco de la madrugada: había empezado antes, al salir del cine, con el ruido sordo de una explosión y casi de inmediato las sirenas de la policía, y por detrás el carro de los bomberos con otra bocina más urgente, y luego, cerrando la procesión, el camión del ejército. La gente que estaba en la calle empezó a desaparecer dentro de los edificios, metiéndose en restaurantes y bares, los pocos que habían dejado sus puertas abiertas. De pronto la calle perpendicular en la que estaban, sin árboles, había quedado desierta, y Ana pudo sentir en sus manos la presión húmeda pero decidida de la mano de Nando llevándola hacia la esquina, hacia otra calle, al interior de un negocio que a primera vista parecía una ferretería antigua, o un anacrónico y pequeño almacén de ramos generales. La puerta estaba sin traba; al abrirla campaneó el aire una especie de llamador delicado, similar a un colgante de tubos sonoros. Adentro de la tienda, en las vitrinas y las paredes, colgados de sogas y de cables o desparramados en el piso, los recibió la más curiosa colección de herramientas de aspecto campestre y obsoleto: destornilladores enormes con mangos de baquelita, llaves inglesas, alicates, sacabocados, pulverizadores y metros de carpintero componían una chatarra solemne, la estampa de una época extinta de exploradores e inmigrantes: un lugar al que Víktor seguramente habría sacado el jugo, pero no ellos. El hombre detrás del mostrador —con el pelo de un gris plomizo, afín a su mundo de extrañas herramientas— los observó con atención por unos segundos, y recién después les preguntó qué precisaban. Nando se dirigió al mostrador y luego de una ojeada rápida a los cientos de objetos que los rodeaban, le pidió un destornillador.

Ana permaneció cerca de la puerta, mirando para afuera. La calle seguía vacía, las sirenas sonaban más apagadas.

—¿Qué pasó? —preguntó el hombre, cuando reapareció del interior del local con un destornillador rojo en las manos.

—No sabemos —contestó Nando.

Así empezó la sensación de haber saltado súbitamente de universo.

A partir de ahí, todo ocurrió en dos planos, el mundo de Ana y el de Nando: la llegada al hotel en un taxi que les costó una fortuna, la cena frugal en el bar del hotel, las ventanas trabadas. Mañana nos vamos, dijo Nando, antes de darse vuelta en la cama. Ana intentó tranquilizarlo con una caricia desprovista de cualquier erotismo, pero supo que era inútil.

A las dos y treinta y cinco de la mañana se despertó, se levantó sin hacer ruido, se vistió en el baño, con la luz apagada, y se ató el pelo con una hebilla. Diez minutos más tarde estaba en la calle, en medio de una noche calurosa y muda, y tan negra como aquella vez lo había estado el centro del lago.

En ningún momento se le ocurrió preguntarse qué hacía allí. Sabía que tenía que ir al hotel que había visto al mediodía, el Hotel San Lorenzo. Recordaba perfectamente la dirección y el aspecto del lugar, también el camino a seguir, con una lucidez y una precisión digna de un cartógrafo. Tampoco se le ocurrió preguntarse si todo aquello no se trataba de un sueño o una alucinación, o si Nando no habría estado a su lado todo el tiempo, durmiendo a pesar de su angustia y sus ganas de volver al sur, vigilándola siempre.

No: Ana no se preguntó nada esa noche. Simplemente empezó a caminar en la oscuridad, rehaciendo el camino hacia aquel otro hotel de balcones color durazno y la casa taciturna de la avenida Pedro Goyena.

Recordó, sí, después de unas cinco o seis cuadras de andar, haber tomado un taxi que recorría la calle, solitario y lento como una premonición. Más tarde hubiera jurado que el taxista era el mismo hombre de la tienda de herramientas, excepto que, desprovisto de su entorno, parecía con total naturalidad otra persona. Recordó haber confundido la cara del taxista con la de aquel otro hombre y que ese detalle no le había producido inquietud, sino más bien sorpresa.

Así, en taxi, había llegado por una Carlos Calvo mortalmente silenciosa al nacimiento de Pedro Goyena. La madrugada había producido una imagen especular de lo que había sido en la mañana, al sol: Carlos Calvo parecía la entrada a un monasterio, y Pedro Goyena, desde el principio y hasta donde la vista se perdía en sus ondulaciones, un carnaval iluminado por antorchas y luces eléctricas cuyo resplandor anaranjado se multiplicaba, reflejado, en el techo de tipas. Una enflaquecida carpa de circo, como el interior de una larga serpiente conectada a un voltaje misterioso: la avenida era, entonces, exactamente lo contrario a lo que había sido pocas horas antes. Ese descubrimiento, lejos de asustarla, la llenó de una alegría infantil ante la posibilidad de volver a recorrer la calle, y examinar la casa que les había mostrado, poco antes, su flanco más inerte.

El taxi se detuvo frente al hotel. Ana lo reconoció por la fachada, a pesar de que el cartel de la mañana había desaparecido. En su lugar, una ristra de flores y ramas entrelazadas adornaba el marco superior de la puerta como una rara guirnalda. Había luz en el hall, y los balcones parecían iluminados por faroles chinos de distintos colores.

—¿Es acá? —preguntó el taxista.

—Es acá —dijo ella. No pudo recordar, más tarde, cómo o cuánto había pagado ese viaje.

Sin sorprenderse por la mutación que había sufrido el lugar, Ana se dirigió por el hall hasta un desproporcionado escritorio de madera alquitranada y pulida como el ébano. La habitación, pequeña pero con un techo que se perdía por completo en la oscuridad de la altura, estaba iluminada por varios quinqueles de kerosén antiguos. Ana pensó por un instante que a Ilse le agradaría aquel hotel sin luz eléctrica, pero enseguida se dio cuenta de que el recuerdo de Ilse estaba asociado no a los faroles sino a la mujer que estaba detrás del escritorio, con su cuerpo fino encorvado bajo un delantal y su rodete de varias vueltas sujeto por una red. Ana la miró sobresaltada, esperando una señal de reconocimiento de parte de la vieja, pero no hubo nada más que una sonrisa amable.

—Buenas noches.

—Buenas noches —contestó Ana. Y agregó, sin poder evitarlo—: ¿Mutti?

—¿Disculpe? —dijo la mujer, levantando el arco de las cejas, pero sin dejar de sonreír.

Ana hizo un gesto de cansancio con la cabeza.

—Debe ser esta luz… —dijo, en voz baja.

—¿Le molesta la luz?

—No se preocupe. ¿Tiene un cuarto?

—¿Un cuarto?

—Para pasar la noche. Es por hoy, nada más.

La mujer la miró con cierta pena, como la miraba Ilse cada vez que ella le preguntaba por el pasado.

—No tiene… —dijo Ana, adivinando su expresión.

—No, no es eso. Es que esto no es un hotel, señorita.

—Pero afuera el cartel dice Hotel San Lorenzo…

—¿Hotel San Lorenzo? ¿Dónde dice semejante cosa?

Ana se dio cuenta de que el cartel había sido reemplazado o cubierto por aquella guirnalda que decoraba la puerta.

—Eso decía, ayer a la mañana…

—Ayer a la mañana estábamos desinfectando, señorita. Cucarachas. Salen por todos lados y no hay nada que hacer más que fumigar con equipos profesionales. ¡Son repugnantes!

¡Repugnantes! Eso mismo decía Ilse cada vez que encontraba una cucaracha o cualquier insecto que se arrastrara por el piso o las paredes con cierta velocidad…

La mujer la miraba ahora con una mezcla de curiosidad y fastidio.

—Entonces… usted dice que este no es el Hotel San Lorenzo —repitió Ana, entrecerrando los ojos en un último intento por desenmascarar a Ilse.

—No, lo siento —dijo la mujer—. Que tenga buenas noches, señorita.

—Sí… Disculpe las molestias, debo haberme equivocado de cuadra.

—Seguramente.

—Sí, seguramente. Buenas noches.

—La acompaño, así cierro con llave.

Ya en la vereda, Ana volvió a mirar la puerta, desconcertada. La guirnalda le daba al muro, con sus balcones y ventanas, el aspecto de una gran cara divertida y burlona. Reflexionó unos instantes sobre el significado del mostrador negro bajo la luz anaranjada, en el hall abierto, en los balcones iluminados, pero al ruido decidido de la llave en la cerradura lo había seguido el de un pasador metálico, similar a la tranca de una bóveda o a la escotilla de un submarino.

Un poco contrariada pero todavía entusiasta, Ana siguió adelante, y se sumergió en la pendiente de la calle. El edificio de Obras Sanitarias brillaba como un torpe y deformado árbol de Navidad. ¿Qué estarían celebrando dentro? ¿Quiénes? Podía escuchar el murmullo de la gente por detrás de los muros pintarrajeados, gente que andaba por un jardín de piedra en medio de algo que, realmente, parecía tener el calibre de una gran celebración. Pero el perímetro del paredón no ofrecía entrada alguna, ni ranura por la cual espiar. El edificio estaba literalmente tapiado mientras una gran fiesta ocurría en sus entrañas. Afuera, en la vereda, tampoco daba la impresión de solemnidad, de la rigidez de la mañana, por el contrario, los transeúntes más insólitos parecían haber tomado el barrio residencial para transformarlo en una comparsa digna del carnaval. ¡Carnaval! No era, sin embargo, un carnaval veneciano, ni una murga, con gente disfrazada de otra cosa: era como si esa otra cosa se hubiese disfrazado de gente que circulaba con alegría y desenvoltura por una calle prohibida. Las cuadras, las casonas frígidas e imponentes, las aldabas de bronce y los gomeros callados, todo se había trastocado sin perder ese rasgo enigmático de las horas del día, esa cualidad que ahora, a la madrugada, brillaba bajo la cúpula incandescente de las tipas, a la luz incierta y rojiza de las velas detrás de las ventanas, filtrada por postigos tan modosos como los visillos.

Todo el lugar, de pronto, estaba vivo.

En la hondonada de la avenida, ligeramente más oscura por el desnivel, fosforecía la escuela que habían visto frente a la casa, con sus arabescos más acentuados por las sombras, tan puntiagudos que el edificio se parecía ahora a una modesta catedral gótica. Allí adentro también celebraban el carnaval, o lo que fuera, con una fiesta que explotaba desde el interior con el sonido de una orquesta de violines. Ana entrevió mesas con manteles colorados y pequeñas lámparas votivas como capullos de ámbar, de luz sigilosa; un hombro desnudo y pálido, un hombre con el cabello húmedo adherido sobre la frente, un viejo de barba larga y blanca riéndose con una risa estentórea… aroma a sudor y flores marchitas, todo con cierto aire a burdel. Reconoció —cómo no reconocerlo— la locura arrebatada de las Danzas Húngaras que Ilse tocaba cuando ella y Klára eran pequeñas y jugaban a esconderle las partituras. Casi podía sentir en las manos los pentagramas amarillentos, el nombre de Brahms en letras almidonadas, presidiendo aquel orfanato de notas para ellas ininteligibles.

Muy cerca, a una cuadra de allí, vio pasar un tranvía. Nunca había visto uno; atravesó la bocacalle haciendo sisear los cables, parsimonioso, ingrávido como si fuese una ballena nadando en altamar. A su alrededor todo era fiesta y movimiento, pero la casona cuya dirección había ido a buscar, opuesta a la música y a la alegría fulgurante de la noche, permanecía tan silenciosa como una fortaleza medieval: el porche tenebroso y cerrado, el primer piso clausurado como un convento, las plantas muertas en las macetas. Ana se sentó en el cordón de la vereda, y apoyó la cara entre las manos. Así, por entre las rendijas de sus dedos, pudo ver la luz que se filtraba por debajo del portón lateral, discreta y leve como un delgado hilo que bien podía confundirse con un reflejo de la calle. Pero la posición de Ana, más al nivel del piso, agrandaba considerablemente la ranura que dejaban las hojas de hierro. Por algún motivo la misma luz no resplandecía por encima, ni era suficiente para iluminar el costado de la casa que, detrás de su cerco de material y paños de hierro, se mantenía en penumbras.

Ana se acercó despacio al portón, en apariencia cerrado, y comprobó que la manivela pesada se movía bajo su mano con un ruido de goznes aceitados. Abrió apenas un resquicio, como para examinar el corredor: la luz que había visto desde el cordón de la vereda provenía del final del pasillo, como una lámina que se colaría a su vez por debajo de otra puerta, más lateral, oculta por la escuadra de la pared. En los muros blancos, la hiedra tupida y salvaje absorbía la poca radiación que conseguía trepar por los huecos blancos del encalado, y las piedras grises de las paredes externas de la derecha hacían lo propio. Todo aquel lugar tenía la densidad de un quásar, una gravedad voraz. Ana abrió el portón un poco más, y se coló furtiva antes de volver a cerrarlo.

Sin haberlo planeado se encontraba, finalmente, del otro lado.

El otro lado era, en principio, aquel corredor de hiedra y dos gruesas líneas de empedrado separadas por un cantero infinitesimal, una hilera de gramilla que a duras penas crecía por entre las aristas grises del pedregullo. A su derecha, sobre la puerta protegida por un porche con aire de cúpula, una aldaba de bronce con la cabeza de un león la invitó a enganchar los dedos entre sus fauces abiertas. Una luz lechosa y pálida subía ahora por entre los gomeros oscuros, y se reflejaba en los dientes de la bestia que oficiaba la bienvenida. Ana tomó la aldaba con fuerza, dispuesta a hacerla sonar sin miedo, pero la cabeza de león se desprendió de su bisagra como un pedazo de manteca. El sobresalto hizo que la soltara de pronto, y la cabeza se perdió en la oscuridad terrosa de un cantero. Intentó golpear la puerta con la mano desnuda, pero el sonido se desvaneció en el grosor de la madera.

Volvió sobre sus pasos, y guiándose por la pared de la casa, se dirigió hacia el fondo, hacia el origen de aquella luz rastrera. Al final del corredor, el camino se quebraba hacia la izquierda rotundamente formando la base de una ele donde comenzaba una galería trasera, y un resto de patio cuyos detalles se perdían en una maraña de árboles indescifrables.

A esa galería daban varias puertas, todas cerradas, menos una.

Tanto la puerta alta con postigos abiertos como la ventana que la precedía parecían pertenecer a una cocina o a una habitación de servicio. Una luz lechosa, blanqueada por cortinas que ondeaban con suavidad, se desparramaba como agua por el grueso intersticio entre la madera y el piso hacia el resto de la galería, dándole a los cerámicos un reflejo mortecino, una cualidad lunar. En la sombra, acostumbrada como estaba a andar en la verdadera noche de la naturaleza, Ana se acercó al borde de la ventana, acechando los sonidos y los movimientos, y miró hacia adentro por entre los flancos leves de la cortina.

Era, efectivamente, el interior de una cocina comedor, iluminada desde el techo por una única lámpara galponera que concentraba el haz de luz en el centro de una mesa pequeña. En las cuñas robadas a la oscuridad de las paredes pudo distinguir una ristra de alacenas, un horno, un anafe sobre la mesada, una pava, el mango de un escobillón, y poco más. Pero no fueron esos objetos del cuarto —apreciados de una ojeada rápida e imprecisa— los que atraparon su atención, sino el extravagante grupo que, reunido alrededor de la mesa, jugaban tranquilamente a las cartas.

Eran cuatro bajo la luz, y un quinto, cabizbajo, permanecía sentado cerca del horno, como si estuviese dormido o calentándose los pies. Al principio, cuando Ana vio por debajo de un mantel demasiado corto varios pares de zapatitos minúsculos flotando bien lejos del piso, pensó que se trataba de chicos. Pero enseguida uno de ellos se levantó, o se bajó más bien, de la silla, de modo que su cuerpo entero, rechoncho y de hombritos morrudos, quedó expuesto brutalmente a aquel chorro cenital, alumbrado desde arriba como en el escenario de un circo. El enano, de pie, apenas si sobrepasaba la altura de la mesa. Los otros tres, vestidos idénticamente de negro, lo observaron caminar hasta la hornalla, encenderla a duras penas, en puntas de pie, y sacudir al quinto que parecía dormir, tal como había imaginado Ana, profundamente. Pero no hubo caso: el durmiente siguió en la misma posición, sin siquiera moverse un poco.

Al volver, al enano le costó trabajo retreparse a la silla, y los demás no se tomaron el trabajo de ayudarlo.

Con la espalda bien pegada a la pared, mirando la escena de costado y casi por el rabillo del ojo, Ana pudo seguir con dificultad la conversación.

—…ahora lo llaman "impulso tanático" —estaba diciendo el que se había levantado antes y ahora volvía a su puesto, de frente a la puerta—. Gansadas de los modernos, de los psicoanalistas. ¡Ninguno es capaz de aceptar la verdad!

El que estaba a su izquierda, con anteojos tan espesos como sus bigotes, puso el mazo adelante del hombrecito que Ana no veía más que de espaldas, en una muda invitación al corte. Después mezcló rápido y empezó a repartir hacia la derecha.

—Luz —dijo el primero que había recibido una carta, sin esperar a que el otro terminara con la repartija, y puso unas monedas en la mesa.

—¿Y cuál es la verdad? —preguntó el que estaba de espaldas a Ana.

—Que el hombre es un animal —contestó el otro, haciendo una mueca de regocijo ante las cartas que iba dando vuelta y desplegando sin parsimonia en lo que parecía ser, en su imaginación al menos, un esplendoroso abanico—. Ahora lo quieren empolvar, lo quieren amanerar con la cultura y otras pavadas, pero a pesar de todo ese revoque no pueden disimular lo que es: un animal asesino.

El de bigotes apenas si separó sus cartas, y no hizo ningún gesto.

El último, más próximo a Ana, con su perfil arrugado y la luz cayendo a pique sobre una frente extendida por la calvicie, ni siquiera levantó las cartas de la mesa.

—Ningún animal es un asesino natural. ¿Abren jotas, entonces?

—Sí, dos jotas. ¿Quién lo dice? Natural es todo: la pelea, la competencia, el asesinato, hasta el infanticidio. Y, si no, vean lo que pasa con los leones. Acá en el zoológico son unos animales más bien estúpidos, pero en la llanura donde viven, en África, los machos que andan solos atacan a las hembras con cría. De otro territorio, se entiende. A ellas no les hacen nada, pero a las crías las matan de un tarascón, una por una. Sin los cachorros, las hembras quedan listas para quedar preñadas otra vez... del asesino de su prole.

El que se había levantado (y al que, por lo visto, le tocaba abrir el juego) golpeó la mesa dos veces. Los otros lo miraron con suspicacia.

—Ya empezamos con las mañas.

—Zorro viejo pierde el pelo…

El de la calvicie observó concienzudamente sus cartas, y apostó.

—Voy con veinte —dijo, y acercó un puñado de fichas al centro de la mesa—. Yo creo que la agresión entre animales de la misma especie tiene que tener algún sentido.

—Voy —dijo el que estaba de espaldas.

Y agregó algo que Ana no entendió, y por lo que los demás se rieron.

El de los bigotes tiró a su vez más fichas al centro de la mesa.

—Siempre es mejor que el más fuerte se quede con todo. Es mejor para toda la especie, porque va a tener hijos más fuertes y más peleadores que van a seguir conquistando territorio y hembras y teniendo hijos y así sucesivamente hasta…

Entonces, el que se había levantado dijo con tono lánguido:

—Van los veinte más veinte más.

—Deberíamos sacar el siete para tener más juego —dijo el de bigotes.

—No —respondieron a coro los otros dos, y el que había doblado la apuesta se sonrió.

—…hasta que dominan el mundo. Pero el secreto es que el verdadero enemigo de una especie no es el que se la come sino el que le saca el alimento de la boca. La mayoría de las veces el enemigo está adentro, no afuera —dijo, mirando oblicuamente a su envalentonado compañero.

El de la calvicie se rascó la frente en un obvio gesto de duda.

—Está mintiendo —opinó.

—No sé si es así —dijo el que estaba de espaldas—, pero sin agresión los animales estarían tan amontonados que sufrirían doblemente, porque morirían de hambre, o comidos. Vale decir que la agresión entre los de la misma especie distribuye mejor los recursos para todos.

—Van veinte igual. Para todos no: para los más fuertes.

Más fichas fueron a parar al centro de la mesa.

—Van —repitió el que estaba de espaldas, y Ana oyó otro tintineo—. Bueno, para el caso es lo mismo: "la especie" son los fuertes, porque vinieron de los fuertes y a la larga van eliminando a los débiles. Además —añadió— no siempre está mal la montonera: los verdaderos cazadores, los carnívoros como los leones o los tigres, no pueden atacar a una manada. No pueden concentrarse cuando las presas son tantas. Por eso una manera de defenderse es, justamente, la multitud. Igual siempre termina diferenciándose uno, que se hace el héroe…

El de bigotes dijo: yo paso.

Y agregó:

—O sea que las montoneras son un modo de defensa en el fondo… ¿y cómo es que no se matan entre ellos, entonces?

—¿Cartas, caballeros?

—Tres —dijo el que había doblado la apuesta.

—Una —dijo el de la calvicie.

—¿Así que vas por la escalera? Mirá que ya se dio cuenta hasta el muerto…

—¿Qué te importa? Metete en lo tuyo.

El que estaba de espaldas ignoró momentáneamente el cambio de cartas y prefirió contestar la pregunta del de bigotes.

—No se matan porque la naturaleza es sabia. Por ejemplo: ¿saben por qué las pavas no asesinan a sus pollitos? ¡Porque los pollitos pían! Pío pío pío pío… el piar de los pollitos inhibe a la pava, pero si el pollito no puede piar o si la pava es sorda, los mata a todos a picotazos. En otras palabras: asesinos somos todos, lo que nos diferencia es cuál es el pío que frena a cada uno.

Hubo un silencio reflexivo entre los jugadores.

—¿Cartas? —le insistió el de bigotes.

—Servido —contestó por fin el que estaba de espaldas, y su vocecita templada y suave cayó como una bomba filosa en el medio de la cocina.

Un revuelo disimulado, una agitación indefinible y jubilosa encendió a los jugadores.

—La juega de cayetano…

—¡Pero si no tiene nada!

—¿Nos quiere hacer entrar?

El de los bigotes ya no volvió a repartir; retirado tácitamente de la partida, se limitó a observar lo que quedaba del juego con expresión reconcentrada, mientras impulsaba al que se había doblado la apuesta en la primera ronda a que volviera a hacerlo.

Este había pedido tres cartas, pero frente a la actitud del servido, pasó. Ni siquiera miró las cartas que le tocaron en suerte. Parecía más bien decidido a ver qué pasaba con los demás.

—A veces —dijo, sosteniendo sus cartas entre el pulgar y el anular, y golpeándolas ligeramente contra la mesa— no da lo mismo cualquier otro de la misma especie. Las ratas viven en familias y se defienden entre ellas, pero cuando aparece una rata de otro clan, la destrozan a dentelladas. Hacen una guerra de familias, como la mafia. ¿Qué diferencia hay entre el hombre y las ratas? ¡Ninguna! ¿Qué les da tanto orgullo que no pueden ver lo más elemental?

El de la calvicie resopló con evidente disgusto ante la nueva carta.

—Me voy —dijo, y la tiró junto con las otras encima del mazo.

El enigmático servido habló entonces, sin alarde:

—Amigo, si el hombre hubiera estado tan satisfecho de su sistema digestivo como lo está de su cerebro, esta especie se habría extinguido hace rato por la diarrea. ¿Sabe por qué? Usted preguntaba antes a qué se agarraban con tanta fiereza… es a la razón. El orgullo es la peor de las cegueras. ¿Somos acaso el último grito de la evolución? Seremos lo último que ha gritado esa señora, pero nada más. La novedad es que los hombres no somos ninguna novedad. Y le doy otra primicia: a usted, ver mis cartas le va a costar otros cincuenta.

Y acercó con indolencia un abultado manojo de fichas, que se sumaron al reluciente botín del centro de la mesa.

Habían quedado ellos dos, mano a mano, enfrentados. Ana sólo podía ver la cara del enano que se había levantado al principio. El de los bigotes se bajó de su silla con esfuerzo idéntico al del primer enano, y se dirigió hacia ese quinto individuo que yacía silencioso e inmóvil en las sombras que rodeaban al horno. Lo sacudió un poco, le movió la mano hacia atrás y hacia delante, los dedos. Uno de los dedos quedó perpendicular al dorso de la mano. Se oyó un crujido opaco, y Ana se sobresaltó.

—¡Rumpelstilzchen! ¿Es necesario? —le gritó exasperado el de la calvicie, pero su atención estaba concentrada en el duelo final entre los dos contrincantes que habían quedado para el juego.

Hasta aquel momento, hipnotizada por la conversación, Ana no había reparado en lo más obvio: el quinto personaje participaba de la tertulia desde su rincón de la cocina, muerto. Los dos enanos que se habían levantado hasta entonces habían ido a constatar el avance del *rigor mortis*, y que el segundo le había quebrado un dedo desde la base. Ana se dio cuenta, también, de que había empezado a temblar.

El que estaba frente a ella suspiró.

—Ay ay ay… ¿me va a obligar a verlas? Esta charla es tan interesante…

—No tengo apuro —respondió el que estaba de espaldas.

Pero el tono lastimero se evaporó cuando vio la primera de las tres cartas cambiadas. La puso boca arriba, junto con las dos anteriores, y las mostró a todos, de modo que Ana también consiguió ver los tres ases que el enano esgrimía con una pedantería diabólica.

—Sólo con estas tres veo sus mugrientos cincuenta y voy

con todo lo que me queda —dijo, y estalló en una carcajada desagradable y aguda.

El que estaba de espaldas se tomó su tiempo. Ana no podía ver qué era lo que manipulaba obsesivamente, aunque por el sonido dedujo que se trataba de las fichas que le quedaban, grasientas y mudas ya por el sudor de sus manos.

Al final contestó:

—Pago para ver las otras dos.

El otro desplegó sin dudar todas las cartas en un abanico perfecto: tenía los tres ases y dos nueves.

—¡Full! —exclamó con alegría el de bigotes, que había vuelto a la mesa.

El de la calvicie aplaudió con sus manitas rollizas, mientras sacudía las piernas en el aire.

El que estaba frente a Ana se había quedado mirando, expectante, con ojos negros y lisos como el alquiltrán. En la mano, en alto, seguía sosteniendo su abanico. Un hilo brillante de saliva bajaba por la comisura de la boca entreabierta.

—¿Y?

—Valen más que las mías —dijo el otro, y depositó sus cartas boca abajo sobre el mazo.

El ganador, con un graznido entrecortado, se arrojó sobre la mesa, y cargó con todas las fichas.

Ana podía sentir el esfuerzo que hacía para mantenerse adherida a la pared. Contra la cabeza percibía las irregularidades de los ladrillos, su aspereza, su temperatura. Las manos le transpiraban un sudor frío y pegajoso: si había ido hasta allá para buscar a Pedro, tenía que aceptar que Pedro era lo más parecido al muerto que había quedado despatarrado sobre la silla, en la oscuridad de aquella cocina.

Los enanos parecían estar preparándose para otra mano: uno se ajetreaba mezclando las cartas, el otro juntando las fichas, el otro con una botella de whisky aparecida mágicamente sobre la mesa. El quinto seguía en su sitio, inmóvil. Apartando de a milímetros la cabeza, Ana pudo ver la mitad de su brazo que colgaba al costado de la silla, la mano con el dedo índice completamente doblado hacia atrás, tan enhiesto y rígido como lo demás, y por fin las piernas que le llegaban hasta el suelo, la forma vaga de su zapatilla, y supo que el muerto no era un enano como los otros. Otra vez recordó el aspecto de Pedro en el hospital, Pedro en la barranca, con su brazo doblado y quebrado, su cabeza descansando en un pozo de agua y musgo y sangre. Sintió ganas de vomitar. Unas arcadas que le nacían del diafragma la obligaron a despegarse de su refugio, y retroceder hacia las sombras de la galería, lejos de la ventana. Caminó primero, titubeando, y después se largó a correr los metros que faltaban hasta el portón.

Ya en la vereda siguió corriendo en dirección al nacimiento de la avenida. Unos metros más allá se detuvo y se apoyó contra un fresno raquítico, obnubilado por la presencia bestial de las tipas. La brisa de la madrugada le dio de lleno en la cara en un apático intento por refrescarla, pero Ana no pudo contener el asco, y arrodillándose contra aquel arbolito irregular y candoroso, con la frente pegada a su corteza fría, vomitó.

Durmió hasta el mediodía. Más tarde, Nando evitó hacerle preguntas. Durante el almuerzo tardío Ana lo escudriñó, dudando de si sospechaba acerca de su escapada nocturna, y luego de la escapada misma, desde el momento en que miró el reloj y vio que eran las dos y treinta y cinco de la mañana en unas agujas demasiado resplandecientes.

Transformada al igual que un alquimista luego de una serie de procesos exquisitos y peligrosos, Ana sentía que, a su modo, había podido hacer las paces con el significado de Pedro, pero todavía le quedaba hacer las paces con el monstruo. ¿Qué extraña revelación le esperaría ese mismo día, con Guzmán?

Mientras se preparaba para ir al Museo de Ciencias, revisó los pasos que la habían acercado de vuelta a la casa de Pedro Goyena, el taxista que la había llevado, la mujer tan parecida a Ilse, el portón entreabierto y la cocina con los enanos y su endemoniada partida de cartas, el muerto en la silla con el dedo quebrado, el vómito hirviente, la niebla que cubría su regreso a una ciudad crispada.

Lo último que recordó de aquella noche fantástica fue el paso lento y vaporoso del tranvía, suspendido en el aire como si el largo coche hubiese sido parte de una calesita. Eso, el tranvía, y también el reflejo de su imagen en un vidrio —una ventana, el espejo del baño, una vidriera mal iluminada— su mirada vacía, su expresión de sonámbula.

GUZMÁN

Tiene que jubilarse, profesor. Llévese si quiere la colección de ratas, llévese lo que se le cante pero jubílese y váyase por el amor de Dios de una buena vez. Acá ya no tiene nada que hacer, y hay gente que necesita el espacio. Gente joven con ganas de trabajar, con ideas nuevas, frescas. Usted —que ya no tiene ninguna— debería retirarse, profesor Guzmán, y ser agradecido por el tiempo que pasó en la Institución. Retirarse de buen modo, sin quejas… Por otra parte, ¿por qué motivo habría de quejarse, si siempre hizo lo que quiso acá adentro?

Ya se lo decían de frente y sin cortesías, aunque no exactamente en esos términos porque los científicos suelen ser personas educadas, y los burócratas suelen evitar la grosería tanto como cualquier otra posibilidad de hacer el ridículo, pero Lucas Guzmán no tenía la menor intención de darles el gusto, ni a unos ni a otros. Hacía demasiado tiempo que trabajaba en el Museo, y se había ganado ese pequeño espacio que ahora le reclamaban como si alguna vez les hubiese pertenecido a ellos, a estos burócratas menores, estos insensatos que llamaban ahora "espacio" a los laboratorios, a los talleres, a cualquier mesada de trabajo. Y se lo había ganado, sí, en buena ley. Había publicado —en su época, era cierto, pe-

267

ro ¿tenía acaso la obligación de mantener el ritmo de los treinta a los casi sesenta y siete años?— tanto o más que la gente joven en nombre de la cual pretendían arrebatarle su laboratorio de paleontología evolutiva de casi cuarenta años, había formado a esa misma gente joven y quizás, paradójicamente, a los burócratas que hoy venían con exigencias. Gente joven, qué ironía: en su época los que arrebataban los cargos eran los viejos carcamanes, y tal y cual se lo planteaban ahora parecía ser al revés, porque el desposeído terminaba siendo él, un monumento al viejo carcamán.

Y no sólo había publicado mucho más que ellos: había armado solo, a pulmón, la única colección de Rodentia de todo Sudamérica, vivos y extintos, para que algunos de estos nuevos coleccionistas de fotos, estos sabelotodos de las ferias itinerantes —como si pudiera venderse la educación o siquiera la ciencia con un buen exhibidor de acrílico y un acápite célebre— vinieran a decirle que bien podía llevarse a su casa del Tigre toda la "colección de ratas", mientras liberara el espacio y no creara más problemas.

Él no había creado problemas, sino justamente la colección de Rodentia, pero para ellos los roedores no eran más que eso, roedores, ratitas inmundas, variaciones de lauchas de cocina, y el museo estaba para mostrar otra cosa.

El Museo estaba para Mostrar, y para el Acto Noble de la Exhibición se necesitaba ¿qué cosa? ¡Espacio! Entonces fuera con los laboratorios, a la basura con las colecciones, los esqueletos, los moldes, y los antiguos archiveros de rocas que se remontaban a los hermanos Ameghino. ¡Al demonio con todo lo que ya no vendía! ¡Hala, al incinerador!

Pero él no les iba a dar el gusto. Naturalmente ya no tenía ningún poder, si es que alguna vez había conseguido hacerse de magras influencias benefactoras dentro de la estratificada organización del Museo. Ya no tenía gente a su cargo (todos se habían ido, aunque por suerte bien formados, pensó Guzmán), ni plata para trabajar, ni siquiera podía usar con comodidad el stock de parafinas o los micrótomos Sweiss, esas maravillas de la tecnología escandinava a las que ya nadie consideraba útiles, más que para ser exhibidas —otra vez, siempre exhibir— bajo una gruesa caja de cristal y roble de aspecto solemne. ¡Un micrótomo, por el amor de Dios! ¡Una herramienta de trabajo que funcionaba a la perfección! Pero no: de pronto los instrumentos habían pasado a considerarse "reliquias", así como los laboratorios era "espacios", las líneas de estudio "proyectos" y todo eso, amontonado, se mostraba en anaqueles ordinarios y vistosos porque era la moda de mostrar y no pensar nunca en nada útil más que cómo presentar un fósil. Y si ese fósil era de una criatura prehistórica de grandes dimensiones, entonces, mucho mejor.

Criaturas prehistóricas fantásticas, de dimensiones descomunales.

Guzmán se pasó las manos por la cabeza calva, y suspiró. En su momento había sentido adoración, hasta se había obsesionado con esas criaturas, y también se había hartado hasta el punto de abandonarlos por los roedores, mucho más pequeños y humildes. *¿Pero se había hartado? ¿Era posible que alguien pudiera hartarse de imaginar una tierra salvaje, cebrada de verde y sepia, transitada por las bestias más extraordinarias y magníficas que habían existido jamás?*

No, la expresión no era exactamente hartazgo, pero tampoco tenía intenciones de buscar la expresión correcta. En aquel momento de su vida Guzmán había acabado por juzgar una pasión así (cualquier pasión, de hecho) como algo peligroso —*demasiado peligroso*— y al igual que un opiómano desgarrado por la avidez, había tapiado las puertas de la casa, había borrado el camino al fumadero, enterrado la pipa y la botella de láudano y finalmente se había cortado las manos para no volver a tocarlas nunca más.

¿Era así? Tampoco, pero últimamente no buscar la expresión correcta lo obligaba a empotrar ciertos pensamientos dentro de metáforas más dignas de un autor de teleteatro que de un científico.

Por desgracia para quienes lo querían lejos, y para otros que nada tenían que ver con su trabajo, la vejez no le había traído consecuencias: todavía podía subir hasta la quinta planta por escaleras todos los días, y recordar la taxonomía de cada uno de los especímenes que había conseguido reunir en la colección, sin titubear. Todavía, a pesar de sí, conservaba una memoria rigurosa, aunque Guzmán pensaba que era más bien al revés, que la memoria lo conservaba a él, porque a esta altura sumaban más las cosas que Guzmán hubiera preferido olvidar. Algunas de ellas tenían que ver con las criaturas prehistóricas —*criaturas prehistóricas descomunales*—, pero Guzmán también se había vuelto diestro en embalsamar aquellos pensamientos, aquellas imágenes fastuosas, extrañas y veloces como las de un sueño lisérgico, de ciertos animales —*monstruos de la tierra y el agua*— que podía reconstruir con sólo ver el molde de un esqueleto a medio terminar en los pasillos del sótano del museo y que cobraban vida en su imaginación, entre hediondas plantas venenosas y pantanos amarillos cuajados por el azufre y el metano.

Guzmán sabía cómo detener el proceso: simplemente, pensaba en un roedor cualquiera, y se dedicaba a clasificarlo hacia atrás, es decir, del presente al pasado, retrocediendo sobre las líneas evolutivas de los ancestros comunes hasta los reptiles y a veces más allá, hasta donde su fantasía se atrevía y a veces tambaleaba, dando pasos en falso. Era un ejercicio teórico digno de un compilador o un genio, tanto que, en pocos segundos, los monstruos desaparecían.

También había adoptado aquel mecanismo de evasión para hacer desaparecer otras cosas en su vida, como cuando venían a su oficina los burócratas con la cantinela del espacio y la jubilación, o cuando la señora Hilda, su ama de llaves (Céline le había puesto esa etiqueta ridícula, y él no sólo no se había opuesto en su momento, sino que había permitido que la señora Hilda lo mantuviera después de que Céline huyó de la casa), Hilda la Ejecutora, como le habría gustado a él llamarla, lo regañaba de mal modo porque Guzmán insistía en cocinarse a la noche y dejaba sucio todo el departamento. *¡Esto es una cueva roñosa! le espetaba ella, exaltadísima y soberbia con su cabeza rugiente de sierpes la Hildagorgona, mientras que él, un poco cobardemente si se quiere, empezaba a rebobinar la historia universal del parco ejemplar de* Mus musculus, *o laucha común, que la mujer sostenía asqueada por la cola, apelmazado y seco por obra del talio que la propia Ejecutora espolvoreaba en los bajomesadas y los zócalos en cantidades suficientes como para destruir a toda la especie, especie* Mus musculus, *del viejo y querido Linneo, género* Mus, *también Linneo, subfamilia* Murinae, *clasificación de Illiger a principios del mil ochocientos, familia* Muridae, *incluye lo que estos imbéciles de turno llaman colectivamente "ratas", suborden* Miomorfo, *clasificación sin conflicto, orden* Rodentia, *clasificación de Bowdich, también siglo diecinueve,* infraclase euterios *o mamíferos verdaderos, subclase* peleada, *clase mamíferos, Linneo otra vez, siglo dieciocho, subfilo* vertebrata, *filo* cordata *y reino* animalia, *y así el Hildagrifo, la Hildasalamandra se quedaba vociferando como un tornillo girando en el éter de una rosca falseada, en medio de un silencio sepulcral porque Guzmán ya no la veía, porque la Hildaunicornio había desaparecido y ya no la escuchaba más, hacía rato que no oía más que un ronroneo lejano, e hincaba el diente en esa subclase* peleada *que acababa de aparecérsele y que le daría otros quince minutos de rastreo sistemático y, fundamentalmente, de ausente sordera.*

O, claro, cada vez que recibía una nota de París en la que le avisaban que su hijo había sufrido otra recaída pero que el Estado francés se haría cargo de lo que no podía hacerse cargo su madre, Céline, menos aún el profesor Guzmán con su adelgazado sueldo del Museo de Ciencias, y mucho, muchísimo menos, por supuesto, con el dólar a casi trescientos pesos y el nuevo golpe que venía golpeando las puertas del Estado desde que el General había pasado a la Inmortalidad.

Todas esas complicaciones podían borrarse en segundos, por eso le gustaban tanto los roedores. Eran fáciles, eran accesibles. Eran como él: no aparecían ni importaban, salvo en contadas oportunidades, y para molestar.

Aquella tarde, seguramente, tendría que volver a apelar a su mecanismo secreto para recibir a la chica, pero todavía le quedaba algo de tiempo. Si resultaba ser alguien puntual, tenía una hora por lo menos para hacerse un café e ir hasta la esquina del parque a comprar un sándwich de milanesa. El almuerzo que le había preparado la señora Hilda ya se lo había regalado a José, el portero de la entrada para administrativos por la que Guzmán hacía su ingreso triunfal cada mañana. José era el único que agradecía el puritanismo gastronómico de su ama de llaves, especialmente desde la postración del segundo infarto. Sobre las condiciones de su propio corazón, Guzmán prefería no pensar, y como estaba seguro de que de cualquier modo le quedaban pocos años de vida, seguía regalando gustoso sus almuerzos para prolongar la vida del pobre José, que por añadidura era mucho más joven que él, y tenía varios hijos sanos que lo necesitaban.

Él, Guzmán, moriría probablemente de una muerte espectacular e impresionante —*¿no había estado pensando en eso, de hecho: en la manera en que ocurriría el último gesto sobre el que tendría algún dominio?*— al contrario de lo que había pasado con Guzmán padre, que durante los dos meses de una campaña había sucumbido al cáncer de próstata, cáncer que ocultó durante años, por vergüenza. Guzmán padre, "el loco", había sido un científico extraordinario, y como tal había terminado sus días, porque a los grandes hombres solamente los puede matar una mala idea, o una enfermedad estúpida. A Kepler, por ejemplo, lo habían matado las arcadas que le dio hacer un viaje en barco en medio de una tormenta, para cobrar unas coronas que igualmente no lo habrían sacado de la pobreza. A Descartes lo había matado un resfrío. Pocos morían de desgracias acordes a la vida que habían llevado. Ni siquiera Galileo había acabado como suponían todos, sufriendo la tortura de la Inquisición, sino por una artritis perversa que lo tenía a mal traer desde mucho tiempo antes, gracias a la versión renacentista del aire acondicionado. En verdad, lo liquidó el dolor en los huesos mientras disfrutaba de las visitas de Milton en su palacete de Fiesole. Bacon murió de neumonía tratando de rellenar un pollo con nieve para ver si el frío le conservaba la carne, aunque comprobó lo contrario, y en carne propia. Y si el gran Sir Isaac Newton no se moría de alguna tontería como intoxicación por mercurio, lo habría matado alguno de sus cuantiosos y bien ganados enemigos con una ecuación garabateada en un bollo de papel engarzado a la altura de las amígdalas. Morir como morían los Médici, desangrados por ciento veinte puñaladas en el corazón, o con la sien partida al medio de un hachazo, no había muerto nadie. Ni siquiera la extenuada Madame Curie, poco menos que fosforescente de radiación gamma.

Eran contadas las muertes como las que pedía Rilke, hechas a medida de los grandes intelectos, pensó Guzmán, mientras aceptaba una vez más, y siempre un poco incrédulo a pesar del tiempo que llevaba regalando su almuerzo, el profuso agradecimiento de José por un desabrido panaché de verduras. De esas grandes muertes, se dijo, moriremos los perejiles. *Alguna de esas noches podrían sacarlo a él también con la cabeza tapada, como a cierto vecino que vivía en el edificio de enfrente, y que él había visto porque tenía un sueño ligero y ahora, con la vejez, también lo despertaba el hambre, o las ganas de ir al baño, y aquella noche en particular estaba en la ventana del living tomando un martini diluido —porque además le daba por beber vermut para volver a dormirse— y entonces pudo verlos, camuflados algunos, otros de*

civil, subirse a un auto común y corriente arrastrando al vecino a
quien pudo reconocer gracias a los pijamas rojos, que el hombre usa-
ba cuando salía a regar las plantas de su propio balcón. Si no hubie-
se sido por los pijamas rojos ¿habría pensado que ese hombre que se lle-
vaban era un delincuente? ¿O que esos otros hombres eran policías?
Y esa misma noche, con la cabeza cubierta con un suéter, se lo lleva-
rían como sin dudas se habían llevado al vecino a un sitio de apa-
riencia remota —aunque lo más probable era que estuviese a la vuel-
ta, en el sótano de una lavandería o una tienda anodina— y al día
siguiente saldría en el diario un pequeño recorte, oscuro y nebuloso co-
mo todas las noticias que aparecían en los diarios en los últimos me-
ses, que diría que el ejército había realizado un operativo en la Capi-
tal para dar con posibles elementos perturbadores del orden y de la
seguridad públicos. ¿Pero era esa una muerte espectacular? Sólo si al-
guien lo presenciaba, como había visto él al vecino, de lo contrario ape-
nas habría cumplido el doble propósito de desaparecer para los buró-
cratas y para su ama de llaves. Desaparecer, ni siquiera morir
con solidez: eso no era espectacular, no eran ciertamente las
ciento veinte puñaladas ni el hachazo en la sien —*porque a de-*
cir verdad no tenía evidencias de que el vecino hubiese muerto, sino
que más bien había dejado de existir en la configuración del mundo
cotidiano— era algo así como lo que había ocurrido con los dinosaurios durante la novena extinción: de pronto ya no estaban más, habían desaparecido y en su lugar, más modestos pero mucho mejor equipados, los mamíferos habían percudido
el mundo bello de los pantanos y las bestias.

Claro que ninguno de estos fárragos acerca de la muerte
y las extinciones podría reemplazar el nombre del perfecto
roedor que le ahorraría la molestia del encuentro con aquella chica. Por algún motivo se la representaba joven, aunque
la carta no decía mucho, sólo que quizás él había conocido a
su padre, al padre de ella se entiende. En cualquier caso no

mencionaba su apellido, y él no tenía el menor interés, ya que de tener realmente el afán de recordar algo trataría de reconstruir la imagen de su hijo, o la de su mujer; pero no, no tenía el menor interés en recordar, así como tampoco, a partir de aquella carta escueta que él había respondido con un telegrama, podía tener la menor evidencia de que semejante contrariedad vespertina era una chica.

Que estaría al caer, por lo que además tendría que apurar el sándwich.

O no, se dijo Guzmán, y sonrió para sus adentros al figurarse el ala oeste del Museo. El ala oeste era un Triángulo de las Bermudas arquitectónico, donde los pasillos se parecían tanto entre sí que uno siempre tenía la sensación de estar circulando por el mismo lugar. Pero no sólo eso: ahí estaban las colecciones más viejas de moldes de esqueletos, con algunos ejemplares formidablemente montados, y como los pasillos eran oscuros y estrechos, las bestias se aparecían como desde los techos de los armarios —donde estaban realmente— e inclinaban sus corpachones raquíticos y monstruosos hacia el piso. Para cualquiera desacostumbrado al espectáculo —e incluso para los acostumbrados— aquellos esqueletos de aspecto reptiliano y pesadillesco, con sus cuencas vacías y sus garras, conformaban el interior de un tren del terror, en el que los olores a pegamentos, formol y polvo acumulado por años contribuía a hacer la experiencia todavía más vívida y menos racional.

Por el corazón de aquel laberinto Guzmán había sugerido a José que desviara el ingreso de la visitante femenina, al entregarle la tácita cifra de la coima: el panaché de verduras. De todos modos, era uno de los caminos posibles. ¿Lo habría hecho José, o se habría arrepentido? Ese José era demasiado tierno para la institución: por obra de la maravilla, a pesar de su candor y de sus infartos, no lo habían despedido.

En eso estaba, terminando el sándwich y conjeturando cómo encontrarían el cadáver de la chica —reseco como el de las lauchas que asesinaba la Hildacancerbero en su cocina— cuando la puerta de su oficina se abrió sin ceremonia, y una mujer, joven, sin dudas, pero de ningún modo la "chica" de la imaginación de Guzmán, apareció en el umbral de la puerta.

—Quién hubiera dicho que para subir hasta su oficina había que bajar al sótano —dijo Ana con una sonrisa.

Guzmán tosió, un poco atragantado, como si lo hubiesen pescado in fraganti en lo más recóndito de su pensamiento. Pero se recompuso de inmediato: de un modo extraño, ahora que la tenía frente a sí, la chica que no era chica le caía todavía peor.

—Son los misterios de la arquitectura, pero no tenía por qué ir hasta el sótano —dijo, con naturalidad—. Hay una escalera a la izquierda de la entrada que la trae directo hasta este piso, y todo, fíjese qué interesante, en sentido vertical.

—El portero me indicó así —contestó Ana, sin darle importancia al sarcasmo de Guzmán—. De paso, tienen una colección impresionante allá abajo. Llama la atención que esté arrumbada en un lugar tan… tan…

—¿Oscuro? —sugirió Guzmán.

Su truco mezquino había salido mal, pero al menos todavía le quedaba el otro, el elegante e infalible: la taxonomía de Houdini. Intentó pensar en algún roedor estrambótico, algo para oponerle a aquella mujer, pero se dio cuenta de que ni siquiera se habían presentado. Ana, por su parte, pareció adelantársele otra vez.

—Discúlpeme, doctor Guzmán: soy Ana.

—Lucas Guzmán. Puede tutearme si quiere, a mi edad hay pocas cosas que ofenden. Y puede tomar asiento también; después de semejante travesía debe de estar agotada.

—Gracias.

Ana se sentó en la única silla, frente al escritorio de Guzmán. Los restos del sándwich, un block de papel prístino, una lapicera fuente y dos libros viejos encuadernados en verde y oro era todo lo que había sobre la mesa.

—Usted dirá —dijo Guzmán. *Ni siquiera era bonita. Tenía una expresión curiosamente aindiada, pómulos altos, nariz demasiado ancha o demasiado larga, no podía decidirlo, pero la piel blanca y los ojos grises de los sajones. Llevaba el pelo atado en una cola de caballo, la cara despejada, sin maquillaje, vaqueros, una camisa que bien podría haber sido de hombre, y zapatillas. ¿Por qué motivo las mujeres ya no se arreglaban más? Céline la habría odiado; era —seguiría siendo— diametralmente opuesta a esa mujer, pero a Céline le gustaba mostrarse, y a esta, todo parecía indicarlo, le gustaba andar mirando esqueletos por los sótanos.*

—No sé muy bien cómo empezar —dijo Ana.

—Empiece por esa carta suya, entonces —dijo Guzmán, sin intención real de ayudarla, sino más bien de ganar un poco de tiempo para localizar al roedor ideal para aquella oportunidad. *¿Que era cuál? Podía no ser un roedor: dadas las circunstancias, esta vez podría tratarse de un tubulidentado, o de un quiróptero. ¿Por qué no? Porque él era la encarnación humana de un roedor, y el mecanismo se alimentaba pura y exclusivamente de roedores, de modo que fuera lo que fuese debía de tener un único par de incisivos en cada mandíbula y basta. Había más de dos mil especies para elegir: ¿un agutí, un capibara? ¿Una rata almizclera?*

Pero Guzmán notó que la chica había empezado a contar su historia, y no era conveniente descuidar el principio de la cuestión, porque el principio de las cosas era una especie de base lógica a la que siempre, aun habiéndose perdido todo el resto, podía volver. Con la ciencia, se dijo, pasaba lo mismo.

—Mi padre —decía Ana— vino de Alemania muy joven, y vivió el resto de su vida en la Patagonia, sin contar los períodos de hospitales y tratamientos que pasó acá, en Buenos Aires. Conocía la cordillera mejor que nadie, o mejor que la mayoría, y durante mucho tiempo, hasta que falleció de hecho, se dedicó a buscar...

Se calló de pronto, pero no como si tratara de encontrar la palabra justa, sino como si estuviese tratando de decidir si seguía adelante o no.

—Déjeme adivinar: la Ciudad de los Césares —dijo Guzmán, risueño. *Pero era pura pretensión: no se sentía risueño ni mucho menos, y esa mujer le molestaba tanto como la historia que había empezado a contar. No, no era la chica: era la historia, y lo más grave era que no le daba tiempo para...*

Ana lo observó sin suspicacia, sumergida en sus propias dudas.

—Algo así —dijo, sonriendo también—. Pero no exactamente. Lo que él buscaba era una quimera, una... obsesión. Eso: el producto de una enfermedad, de una leyenda, de una equivocación o una serie de equivocaciones. O una maravilla.

—Ahá. *...para pensar en el roedor que lo sacaría de allí. Un puercoespín. Algo en la actitud de esa chica le hacía acordar a un puercoespín, quizás nada tan estrafalario, más bien un castor. Pero tampoco. Estaba en problemas, porque si a esta altura no tenía al menos el nombre de la especie...*

—Perdón, no tenía ni tengo intenciones de hacerme la misteriosa, créame. Soy una persona tan racional como usted, y hasta le diría que usamos los mismos métodos, por eso me cuesta decirle lo que voy a decirle. Esa carta que le escribí era para verificar que usted vivía y seguía trabajando acá, usted o su padre, porque no estaba claro si mi padre se había comunicado con usted, o con su padre, o siquiera si usted, o su padre, recibieron eso que mi padre le envió.

¡Pero "eso" estaba tan abajo, tan sepultado! Capas geológicas lo habían cubierto, capas de locura, de frustración...

—Su padre, mi padre, esto se ha puesto un poco confuso. Déjeme aclararle algo antes de seguir: mi padre no vive, como se imaginará ahora que me tiene delante de sus ojos, yo mismo soy un anciano. Y sospecho, por lo que dijo hasta el momento, que su padre tampoco vive, ¿es así?

—Es así, pero…

—Permítame una cosa más: ¿cuál era la gracia de su padre?

—Víktor Mullin. Tendría que haber empezado por ahí, ¿verdad?

Entonces era eso, nomás, y no sólo "era eso" sino que ya no había posibilidad de equivocación. ¿Por qué no había podido adivinarlo, al menos intuir de quién podría tratarse? Dios santo… ¿cómo no se había dado cuenta antes?

—Víktor —repitió Guzmán, como si realmente estuviera intentando recuperar el nombre de un rescoldo moribundo de su memoria. En verdad, estaba tratando de desviar la atención de la chica: aquel nombre había golpeado una membrana delicada cuya vibración no tenía ningún interés en escuchar.

Se quedó con las manos enlazadas por unos segundos, y los ojos perdidos en una telaraña que hacía lustros cubría una de las esquinas del techo.

—No, no recuerdo a nadie llamado así —dijo por fin, emulando una expresión entre culposa y resignada—. Podría deberse al Alzheimer, sabe, a mi edad. Pero Víktor… *Y en el fondo no mentía, porque el nombre que sí recordaba era Mullin, a secas, o directamente "el alemán". Era un nombre antiguo que se confundía con otros, como por ejemplo el de Céline, y con la imagen de un mundo que había hecho todo lo posible por olvidar, por eso debía volver con urgencia al castor que había seleccionado, o al puercoespín, o incluso a algo todavía más antiguo, pero volver, o mejor dicho, echar a rodar la maquinaria de la evasión antes de que fuese demasiado tarde.*

—Entonces se lo debe haber mandado a su padre —dijo Ana.

—¿Le mandó qué?

—Porque de haber sido usted, lo recordaría.

—Insisto: no sé de qué habla. ¿Qué cosa?

—Esto —respondió Ana, y sacó de su bolso la copia en carbónico de la carta.

Guzmán hizo como que miraba el papel con detenimiento, pero concentró su atención en la topografía insólita de un pliegue que atravesaba el texto.

—En realidad, lo que esta nota sugiere es que mi padre lo mandó por correo al Doctor E. Guzmán. ¿Su padre?

—Es probable —dijo Guzmán. *¿O sería acaso Lucas Ezequiel Guzmán, alias El Cobarde, quien había respondido por él? ¿Quién le habría puesto el nombre Ezequiel? Sin lugar a dudas, su madre. Si algo recordaba de ella era el rosario de cuentas violetas que su padre le había traído de Toledo (como premio consuelo por no llevarla jamás con él) y una Biblia con tapas de cuero, su libro de cabecera. De esa profunda convicción religiosa de su madre, y de la indiferencia supina de su padre por las cuestiones domésticas, había salido Lucas Ezequiel, el Apóstol de la Paleontología Moderna, el Profeta de los Roedores Sudamericanos. El destinatario del original de aquella copia de carbónico que había mandado Mullin hacía tanto tiempo.*

Pero Guzmán no estaba dispuesto a seguir adelante: había conseguido desplazar muchas otras cosas, casi tan importantes, para que los últimos años de su vida pasaran en relativa tranquilidad. Antes de volver a todo aquello prefería...

Su respuesta, sin embargo, había alentado a Ana. *¿Es probable? ¡Error! ¡Tendría que haberle dicho que no, que su padre se llamaba Felipe y él, Lucas, y que la E de la carta pertenecía tal vez a uno de esos parientes energúmenos de los que ninguna familia se salva nunca!*

—Víktor le mandó a su padre un espécimen, una muestra de tejido quizás, un resto de un animal. Acá le pedía que por favor fijara la muestra para preservarla, y que lo esperara para dar a conocer el resultado. ¿Tiene alguna idea de qué puede haber sido?

Guzmán hizo girar su sillón hasta quedar enfrentado a la única ventana de la oficina. Esa ventana daba al parque que rodeaba el museo, y todos los mediodías llegaban hasta el alféizar unas palomas, a compartir con él los restos de sus almuerzos. Pero esta vez no había ninguna.

—Tal vez su padre le comentara algo al respecto. O el envío nunca llegó a destino —insistió Ana una vez más, al borde del desánimo.

Por fin, luego de un silencio largo e incómodo, Guzmán giró de nuevo hacia ella.

—¿Puedo preguntarle qué cree usted que su padre mandó?

Ahora le tocó el turno a Ana de permanecer unos segundos en silencio.

Le comieron la lengua los ratones, pensó Guzmán, y en ese instante la misma palabra lo llevó al ejemplar perfecto para una evasión descomunal: el último cricétido fósil que él mismo había planeado bautizar con su nombre: Auliscomys guzmanis. *Ahora sí podía empezar con las respuestas automáticas y gentiles porque su mente, todos los procesos de su mente estarían a salvo, involucrados en la sistemática de aquel habitante del Pleistoceno de Monte Hermoso, provincia de Buenos Aires. ¿Cómo sería Monte Hermoso en el Pleistoceno, con la rústica estructura turística de estos días? ¡Qué no daría por contemplar por un solo minuto ese paisaje que tantas veces había imaginado, cuando todavía se daba todo el tiempo del mundo para imaginar cosas semejantes!*

—Porque quizás haya sido sólo un animal raro para él, con una mutación, una enfermedad. No me creería las veces que la gente encuentra mascotas insólitas, o con tumores, y las mandan al museo como si acá alguien pudiese hacer algo por ellas...

—Mi padre no era esa clase de gente.

—No se preocupe, no lo dije por él, pero quizás encontró un animal con una enfermedad o una anomalía fenotípica y...

Ana lo interrumpió.

—¿Conoce usted el episodio de Última Esperanza?

—¿Esa historia de principios del siglo? —preguntó Guzmán, *aunque estaba mucho, pero mucho más atrás en el tiempo, en la planicie bonaerense del Pleistoceno, con estos* Auliscomys guzmanis *que todavía no estaba seguro de que aceptaran como especie distinta del* Auliscomys pictus, *el primero con un procíngulo más asimétrico que el último, por empezar, ni de que pudiera mandar el trabajo antes de que lo echaran a patadas por haber... ocultado evidencia científica. No, ni siquiera ocultado: renunciado a conservarla, que es algo muy distinto. Pero a lo hecho, pecho, como decía su padre, por eso* Auliscomys guzmanis, *del género* Auliscomys, *taxa de Osgood, también por 1915. Cuando ocurrió lo de Última Esperanza.*

—Lo conoce. Muy bien: yo pienso que mi padre mandó algo parecido a esos huesos gelatinosos que se encontraron en la cueva de Última Esperanza.

La afirmación, blandida por fin como un machete, consiguió arrancar a Guzmán del Pleistoceno.

—Se imagina que de ser así, habría trascendido de inmediato. Los ungulados se extinguieron hace pocos miles de años, y si su padre hubiese encontrado otros restos de estos animales, tendría en este momento un busto en el museo, al lado del de Ameghino o el del mismísimo Darwin...

—¿Usted cree que pudo haber sido un ungulado?

—No: usted cree. Yo no creo nada, yo estoy especulando sobre lo que usted dice, nada más. *¿Nada más? ¡Hipócrita! ¿Cuántas veces había temido, después de aquello, que alguien, algún socio diabólico del alemán, o su espectro, pudiese volver a exigirle explicaciones? Porque la caja, como le había dicho a Mullin, nunca había llegado, entonces Mullin le había preguntado que cómo sabía que era una caja, y él había reído con ligereza y había convencido al alemán de que él mismo se lo había dicho minutos antes, y había agregado una frase graciosa para distender la cuestión, algo así como "los años no vienen solos", que a Mullin no le había hecho* *nada de gracia. La hija, para colmo, parecía haber heredado el mismo talante del padre.*

—Yo no creo que mi padre haya mandado nada parecido, porque buscaba otra cosa.

Todo el mundo busca otra cosa, hubiese tenido ganas de decirle Guzmán, pero prefirió callarse. El silencio lo cobijaba, porque sólo en el silencio sería capaz de retomar la sistemática de *Auliscomys guzmanis* y no pensar en esa época, la época en que Céline, definitivamente, había dicho basta, porque también ella buscaba otra cosa.

—Otra cosa —repitió a su pesar Guzmán, o una voz en su interior que de algún modo había encontrado la filtración, la rajadura hacia la realidad—. La realidad es… —empezó a decir otra vez, como llevado de la mano por esa voz que nunca oía en la propia y que ahora lo asustaba un poco, pero la chica le ganó de mano.

—El plesiosaurio del lago —dijo Ana por fin—. Eso.

Guzmán se quedó mirándola con una mirada un poco idiota. *Nunca había pensado que toda esta cuestión llegaría tan lejos. En ese momento, más que nada en el mundo, odiaba su propia desidia, su propia y desmedida indulgencia. ¿Por qué no le había preguntado quién cuernos era ella antes de aceptar recibirla? Se habría ahorrado toda esta malasangre, porque ya ni el *Auliscomys* podía parar a su memoria, y mucho menos a la chica que tenía frente a sí, firme como un poste de alta tensión. Igual a su padre, a Mullin, con quien gracias a Dios se había encontrado una sola vez, y para decirle que el famoso envío se había perdido en el correo argentino, como solían perderse tantas cosas en todas las entidades que dependían del Estado, pero en especial las encomiendas. Mullin tenía los mismos ojos grises de la chica, menos achinados quizás, pero más duros y hundidos en una cara percudida por la naturaleza, aunque con esa reciedumbre germánica que hacía difícil calcularle la edad. Había muerto, de todos modos, ahora él ya no importaba. Pero su hija sí.*

—Usted sabe perfectamente que eso es imposible —contestó. *Le estaba costando demasiado hablar por sobre esa voz que se resistía a volver a la taxonomía de los roedores, al único método que podía aislarlo del pasado o del presente. Tal vez porque funcionaba alternativamente con uno u otro, pero no cuando era necesario pertrecharse contra los dos.*

—Al menos dígame por qué —dijo Ana.

—¿Por qué es imposible que exista un plesiosaurio, o cualquier reptil marino extinguido hace sesenta millones de años, en un lago de origen glaciar de la Patagonia argentina? Usted parece ser una persona formada, no una ignorante, no me diga que vino hasta acá para preguntarme eso.

—Vine para preguntarle qué fue lo que mandó mi padre desde la cordillera, y además sí, vine a preguntarle exactamente lo que se preguntó usted antes de tildarme de ignorante: por qué existe una criatura así en un lugar así, cuando se supone que el último de ellos desapareció hace sesenta millones de años.

—Lo primero ya se lo contesté: no tengo la menor idea de qué pudo haber mandado su padre Víktor —*tenía que insistir en nombrarlo de otro modo, llamarlo Víktor y que fuera un extraño para la voz que lo conocía como Mullin, de lo contrario iba a cometer el mismo error que había cometido al revelar la forma de aquella encomienda antes de que el alemán dijese nada al respecto*— aunque, a su pesar, sospecho que era un espécimen raro, nada más que eso, y que, más a su pesar, el suyo y el de su padre, eso se perdió, o lo recibió otra persona y lo procesó y luego lo olvidó, porque se imagina que si alguien hubiese recibido una caja con el resto fresco de un plesiosaurio, no estaríamos acá ni usted, ni yo, ¡y este museo sería diez veces más grande y estaría en la Quinta Avenida, o al lado de la Abadía de Westminster, no en el medio de Parque Centenario!

Había ido elevando el tono de voz hasta casi gritar, pero Guzmán se daba cuenta de que no lo hacía por enojo, ni por

284

arrebato, como debía de parecerle a la chica, sino por miedo, miedo pánico a que esa otra voz que pugnaba por hacerse oír consiguiera filtrarse nuevamente y confesarle a ella que no, *que no había sido el resto de un animal vivo y que tampoco había sido un plesiosaurio, sino algo mucho más inquietante, algo que quizás ella nunca entendería: un verdadero prodigio de la evolución.*

Pero Ana no era fácil de amedrentar. Así como había sorteado los corredores repletos de esqueletos sombríos, lo miraba desde su silla con la expresión entre hosca y divertida de quien no se contenta con creer lo que sus sentidos le muestran y escudriñan siempre más allá, en lo que Guzmán, ciertamente, no tenía intenciones de revelar.

—Pareciera que en el fondo el tema lo preocupa —dijo, sin cambiar la postura.

Guzmán intentó por última vez, con todas sus fuerzas, recobrar la actitud indiferente, escalar un poco más la taxonomía de Auliscomys: *Tribu* Phyllotini —*sin conflicto*— *clase* Cricetidae, *nombrada por Rochebrune allá por fines del mil ochocientos... mil ochocientos ochenta, ¿u ochenta y uno?*

—Es imposible —murmuró Guzmán—. Imposible.

—¿Y si le dijera que se equivoca?

—¿Con qué evidencia? Vamos a hablar en serio por un momento, ¿quiere? Usted vino a preguntar por qué, y yo le estoy diciendo que es imposible.

—No me entendió: yo no vine a preguntarle si era posible o no. Digamos que estoy loca, o que sé, con certeza, que eso existe, porque yo lo busqué, como lo buscó mi padre, y porque yo lo vi. No me importa si me cree o no, ya ni siquiera me importa a mí, se lo puedo asegurar, pero hay un ciclo de apariciones, un ciclo de quiescencia y de despertar, como una hibernación que se corresponde a otro factor, no a la temperatura, no a las estaciones, sino a uno mucho más simple y más lógico: la comida. Y no necesariamente la presa, no me malinterprete; tanto no podría afirmar, pero sí, al menos, algo que la precede y que la obliga a fluctuar de la misma manera. Si se tomara el trabajo de analizar la cantidad de observaciones del monstruo en los últimos cien años durante esos ciclos, y suponiendo que las observaciones de los primeros viajeros son fidedignas como las de los indios, le aseguro además que la cantidad de criaturas fue disminuyendo, y que quizás, incluso, quede un solo espécimen en todo el lago. Saquemos del medio a mi padre: digamos que todo esto que acabo de decirle es lo que yo creo, y que no necesito determinar si es posible o no, sino por qué existe, cómo puede haber sobrevivido, y fundamentalmente, qué es. ¿Puede ayudarme ahora?

Guzmán, a sus sesenta y siete años —casi setenta, como gustaba de ufanarse— pensó: por qué a mí. *Nunca se había preguntado eso antes, ni cuando le dieron la beca para especializarse en paleontología evolutiva en la cátedra de la Technische Universität Clausthal, en Alemania, donde su padre se había formado también, y lugar que probablemente fuera la causa de la amistad, o el vínculo epistolar, entre su padre —ya enfermo y bastante viejo— con el padre de la chica que ahora lo miraba con los ojos muy abiertos, y la expresión franca, un poco oscurecida, esperando su respuesta; no se había preguntado nada parecido el día que conoció a Céline, ni el día que ella aceptó casarse con él a pesar de que su futuro no estaba en Europa, ni tampoco el día que ella aceptó venir con él a Argentina a radicarse definitivamente, en el caso de Guzmán, al menos, eso había sido así; no se había preguntado eso cuando nació Paul, como había rebautizado Céline a Pablo, su hijo, el hijo de los dos, con una anomalía cromosómica que haría de su vida una serie de eventos miserables, de la suya propia, la de su madre y la de Pablo, porque lo único que le estaría permitido, con una asistencia perpetua, irracional e impagable, sería sobrevivir, medio muerto, a costa de estrujar la vida de los que lo rodeaban; no se había preguntado ni remotamente por qué a mí cuando sintió por primera vez que había si-*

do una suerte de elegido para estudiar ciertos monstruos, cuando las campañas y las trasnoches en las excavaciones, el taller y las bibliotecas le dieron a entender que estaba muy cerca de encontrar la solución a uno de los problemas de la evolución más grandes de toda la historia, no sólo el nexo, sino quizás el nexo vivo, entre lo que fueran los monstruos reptiles y los mamíferos, y no se preguntó eso, por cierto, el día que recibió como una señal divina el misterioso envío de Mullin desde un punto ignoto de la precordillera, tres huesos planos que encastraban perfectamente, tres huesos de un cráneo cuyo molde hipotético había elaborado hasta el cansancio con sus manos y con su imaginación mientras la salud de su hijo se deterioraba cada día un poco más, lo mismo que su matrimonio, su reputación de científico cuidadoso, su criterio, su salud, su vida tal y como todos la habían conocido, incluso él. No, había preferido no preguntárselo ni siquiera en los momentos en los que las cosas le pasaban o mejor dicho, que lo atravesaban, como si él hubiese sido una estrella imposible de derribar, un ego envuelto en las llamas de una teoría descabellada, porque para cuando consiguió finalmente apagar el incendio —destruyendo lo único que le era lícito a él destruir por propia mano y voluntad— ya era tarde para preguntarse nada.

Por eso Guzmán, con su otra voz en silencio y expectante, respondió a la pregunta de Ana con aquella otra pregunta que jamás se había hecho antes.

Ana lo miró con una mezcla de pena y desamparo: la oscuridad de tormenta en sus ojos grises había desaparecido. Tal vez, sólo tal vez, la presencia de Ana significara algo, se dijo Guzmán, algo que él no alcanzaba a comprender todavía, no una redención —que ya no era posible—, no un reconocimiento de lo que había hecho ni una aceptación —cosa que tampoco era posible—, pero sí que, después de todo, no era tan tarde para preguntárselo.

Y fue como si de pronto la chica hubiera podido dar con el método para leerle los pensamientos, y empezara a ejer-

287

cerlo con alegría mientras él repasaba todo lo que no le había dicho, todo lo que tampoco le diría, porque ella misma, en su clarividencia, había decidido que la imposibilidad de Guzmán no era importante, que ese pasado cobarde no era lo que había venido a buscar sino justamente lo que él había procurado encontrar de un modo desaforado y negligente cuando era joven: una explicación plausible, una teoría que encuadrara lo inexplicable, para poder seguir viviendo en un mundo que todavía tenía nombres para las cosas.

—Por qué a usted —repitió Ana, pensativa—. Le voy a ser sincera: esta carta es el único y último vínculo entre Víktor, el monstruo y yo. O entre la búsqueda de mi padre y la mía. Lo que sé es que iba dirigida a alguien que entendería de qué se trataba. Aunque haya sido su padre el destinatario, o aunque ninguno de los dos haya recibido nunca nada, ni él ni usted podrían negarse a discutir sobre lo que Víktor encontró, porque mi padre habrá estado loco, pero sabía muy bien quiénes eran sus interlocutores. Y si alguno de los dos recibió ese envío… al menos usted tuvo mucho tiempo desde entonces para pensar en el asunto.

Guzmán sintió una comunión nueva e instantánea con aquella mujer que le había desagradado desde el principio, y a quien no habría recibido nunca de haber sabido quién era, pero no pudo decírselo, y sonrió por primera vez con una sonrisa sin sarcasmos.

—Pongamos que alguna vez lo pensé… con un mínimo de seriedad, y llevado más que nada por la leyenda de la expedición de Frey, y los hallazgos de Última Esperanza. Pongamos que es cierto, que hay un animal en el lago, un animal que el sentido común indica que no debería estar ahí, porque… ¿por qué, exactamente?

—¿No fue usted acaso el que dijo que era imposible?

—Un plesiosaurio, sí. Un plesiosaurio tal y como lo conocemos, por los fósiles de Mary Anning, que al pasar le digo me recuerda bastante a usted, es imposible, pero lo del plesiosaurio lo dijo usted, no yo.

—¿Entonces?

—¿Usted lo vio?

Ana sacudió la cabeza, con rabia y también con un poco de vergüenza.

—No podría decirle que lo vi, porque fue a través del ojo de una cámara, es decir, la cámara registró algo que yo veía, en todo caso, pero no podía distinguir. Y tengo que admitir que las fotos que se salvaron son inquietantes solamente para mí, que puedo reconocer cada marca del lugar y por eso, o sobre eso, qué es lo anormal, lo que no debería estar ahí. Pero si la cámara hubiera sido todo, ni siquiera me tomaría el trabajo de decírselo. Esa misma noche lo vio otra persona que estaba en la orilla. De hecho, muy cerca de donde debería haber estado yo en aquel momento. Quizás la luz habría sido suficiente... no lo sé. No quiero lamentarme: ya pasó, contra eso no puedo hacer nada.

—Supongo que no tiene sentido pedirle esas fotos... ¿La hora del avistaje coincidió?

—Absolutamente. Cuando Lanz empezó a gritar, yo estaba en línea recta pero del otro lado de... de... lo que sea que emergió, en el medio del lago. Disparé una foto atrás de otra: la mayoría salieron subexpuestas. Mientras tanto, oía a Lanz gritar como un loco, como cuando se desconecta de la realidad pero no igual, era otro grito, era algo que estaba viendo suceder, y yo sabía que estábamos viendo lo mismo desde dos ángulos opuestos... Traté de acercarme lo más rápido que me permitieron los remos, pero cuando llegué todo lo que pude reconstruir vino de Ilse, la mujer de Lanz, que escuchó lo que decía.

—No entiendo —dijo Guzmán, un poco perplejo—. ¿Su amigo tampoco sabe lo que vio?

—Mi amigo, doctor Guzmán, tiene más o menos su edad,

y sufre del mal de Korsakov: Su mente no retiene nada de lo que pasó apenas diez minutos atrás, a veces menos que eso, a veces más, pero le adelanto que este no fue el caso.

—Es… inaudito —dijo Guzmán—. La única persona que presumiblemente lo vio bien es la que no puede recordarlo. Parece, perdone que le sea franco, un chiste de mal gusto.

—Si no se tratara de Lanz, y si su enfermedad no significara algo mucho más cruel que no recordar lo que acaba de ocurrir, le daría razón. Pero Lanz tiene esa virtud: es una especie de sonar de monstruos. Tal vez lo eligen justamente por eso…

—¿Por qué?

—Porque saben que es tan vigilante como pueden serlo las lengas del bosque, los arrayanes, los peces del lago. Ninguno de ellos puede dar testimonio, y así los monstruos pueden seguir viviendo en paz.

—Me parece una visión demasiado lírica del asunto, Ana, pero en todo caso, ese Lanz no es una especie de sonar de monstruos, sino un sonar de especies. ¿Vio que yo también me puedo poner creativo?

—Imagino que ahora me va a decir qué es lo que estuvo pensando todo este tiempo.

—Le ruego que no se haga ilusiones: no tengo evidencias, y lo que es peor, a diferencia de usted, creo que todo esto es un disparate. *¿Un disparate? Un sonar de monstruos… eso había sido él también, y hasta era probable que todavía lo fuera, un sonar pasado de moda, avejentado como esos satélites rusos que quedaban orbitando alrededor de la Tierra, completamente olvidados, una pieza más de la ilustre chatarra sin retorno que algún día, en el futuro, los astronautas en su periplo a Marte mirarían con un poco de lástima. Esta analogía sentimental, por otra parte, no le traía dolor sino más bien el gozo del estoicismo, igual que los exabruptos de Hilda o las visitas de los burócratas.*

—No se preocupe por mí, estoy resignada tanto a la falta de evidencias como a los disparates.

—Y una cosa más: la clasificación, usted lo sabrá, es un arte falible, porque depende de los conocimientos que se poseen en un determinado momento, como la factura de un crimen: se analiza sobre las pruebas que hay, aunque las pruebas no hagan al criminal, sino a la circunstancia del crimen. Puede fallar, sin dudas, pero hay algo más grave que eso: puede ser al divino botón. Esto se lo digo porque clasificar una quimera es darle un nombre, darle una entidad, y eso significa perderla. ¿Me comprende? En otras palabras: ¿está dispuesta a perder esa quimera suya?

Ana pensó de inmediato en su antigua capacidad de volar. Hacía rato que no podía hacerlo, pero al menos podía vivir en un mundo en el que la lógica más férrea tenía un talón de Aquiles, una debilidad insalvable: la memoria, pero no la de la realidad, sino la del deseo.

Guzmán insistió por última vez:

—Le advierto que lo que la razón infunde, Ana, ya no se puede recuperar.

Ana dijo que sí.

Recién entonces, como si hubiese estado esperando la aceptación de un sacramento que los uniría, paradójicamente, en un sacrilegio científico, Guzmán resucitó para ella una teoría en la que había prometido no volver a pensar nunca más.

—Como hipótesis, me inclino a pensar que se trata de una línea divergente de los pelicosaurios. ¿Sabe usted lo que son, o lo que eran?

Ana asintió, pero Guzmán siguió adelante como si hubiese recibido una negativa categórica.

—Supongo que no siendo tan llamativos como los grandes carnívoros, muy poca gente los identifica. La Pangea original era la tierra de los anfibios y de los reptiles primitivos: todo iba perfecto, las plantas habían oxigenado la atmósfera y el mundo relumbraba, hasta que el planeta empezó a estallar por dentro. Al final del Pérmico se dio la extinción en masa más grande de toda la historia. La lava contaminó los océanos, y casi toda la vida acuática y terrestre desapareció. Hasta los trilobites. Y lo que no mató el sulfuro de los volcanes, terminó por liquidarlo el hielo que lo cubrió todo como una mortaja por miles de millones de años. Pero durante el paraíso del Pérmico, mucho antes de que evolucionaran los dinosaurios, los verdaderos reyes de este planeta eran los sinápsidos, o reptiles con forma de mamíferos. Ellos coparon el mundo. Los había herbívoros, carnívoros y omnívoros, en el ecuador y en los trópicos. Después vino la extinción, pero un giro azaroso de la evolución favoreció a una línea que derivó más tarde en los mamíferos actuales. Los primeros sinápsidos fueron los pelicosaurios, que ya tenían una... (*¿Cómo nombrar la evidencia que había destruido, cómo argumentar sin poder utilizarla?*) una arquitectura del cráneo... especial, muy especial, que permitía la fijación de una nueva batería de músculos. Esos músculos fueron fundamentales para la alimentación y para la comunicación animal, dos factores nada despreciables... Los paleontólogos sostienen que, de los pelicosaurios, únicamente prosperó la línea originaria de los mamíferos, aquella que poseía este nuevo tipo de cráneo. Bueno: yo pienso que no.

—Pero eso es mucho más arriesgado que si se tratara de un plesiosaurio: no sólo sería un animal extinguido hace 60 millones de años, sino además una especie en transición que ni siquiera figura en el registro fósil.

—No se crea. Hay fósiles de Edafosaurio y de Dimetrodon, las dos especies de pelicosaurios del Pérmico que tenían crestas dorsales. La evolución es un proceso que ocurre de cualquier modo; es prueba y error en la licuadora de la selección natural, y sobreviven no los más fuertes, sino los mejor adaptados. Adaptación —repitió Guzmán—, no fuerza. Si pensamos por un momento en la posibilidad —remota, convengamos, pero de eso se trata— de que una línea evolutiva a partir de los pelicosaurios convergiera hacia los mamíferos, vale decir, que adquiriese rasgos comunes a los que presentan algunos de los mamíferos actuales, por haberse visto sometida a presiones de selección semejantes, podríamos postular la existencia —remota— de algún "fósil viviente", un ejemplar vivito y coleando de alguna especie "primitiva", por ser similar, si no idéntico, a los registros fósiles que certifican a sus antecesores... y que no presentan cambios en su forma. Eso no significa que no se hayan visto sometidos al proceso evolutivo, sólo que conservan la forma antigua porque les ha resultado una ventaja.

—Usted quiere decir que la selección natural sostuvo una "forma" que se adecuaba a las circunstancias de la tierra durante las extinciones: ¿los mamíferos no la cambiaron, pero esta criatura sí, porque al igual que los mamíferos, se adaptaba al mismo hábitat?

—Algo así. Si acepta la idea de que una línea desconocida de pelicosaurios sobrevivió hasta hoy, habría que iniciar el camino recorrido por su criatura hace 225 millones de años. Por algún capricho evolutivo, esta línea desconocida pudo mantenerse con un árbol filogenético sin ramas, es decir, un hilo recorrido solamente por los pelicosaurios que poco a poco fueron adquiriendo rasgos de mamíferos por convergencia evolutiva. Luego comenzó la deriva continental. El resultado es la configuración actual de los continentes y tierras emergidas, pero se inició hace ciento sesenta millones de años. Es recién durante el Período Terciario, que abarca desde hace sesenta y cinco millones de años hasta hace un millón y poco, que se rompe el enlace de tierra entre América del Norte y Europa y, al final del período, se unen América del Norte y América del Sur. Durante el Período Cenozoico se termina de formar la Patagonia. Un millón de años atrás empezó un gran período glacial y durante todo ese tiempo, la mayor parte de la Patagonia se cubrió de masas de hielo fabulosas, con tal poder erosivo que consiguieron desgastar el suelo de rocas y escarbar valles muy profundos. Hace unos catorce mil años terminó la última glaciación: los hielos remitieron, y a su paso, los ríos modificaron sus cursos y los valles generados por los glaciares se llenaron de agua, originando la mayoría de los lagos actuales. Son lagos profundos, en forma de "V", muy poco productivos. El agua es casi destilada, porque proviene de los deshielos. Todo eso, las temperaturas bajas, la poca cantidad de nutrientes, el perfil cortante del fondo y la acción de los vientos de la cordillera, impiden el arraigo de la vegetación acuática, y hace difícil la existencia de redes tróficas complejas... ¿Pudo quedar entonces una línea de estos animales perdida en el espacio y en el tiempo? ¿Hubo un camino evolutivo de más de doscientos millones de años que derivó en un monstruo desconocido por la ciencia? Es posible, sobre todo teniendo en cuenta que los especialistas en biodiversidad planetaria aseguran que podrían existir más de diez millones de organismos vivientes en este planeta y que sólo conocemos un millón y medio de ellos. Un décimo, piénselo, y esto siendo muy generoso.

Ana sacudió la cabeza, dubitativa.

—¿Pero entonces por qué no se ve más seguido? ¿Por qué las descripciones son tan diferentes? El cuero de los indios no es la criatura que buscaba mi padre, ni la que buscaba Frey, y esta criatura tampoco es la que buscaba Onelli, ni la de Última Esperanza...

—Espere. Supongamos que existieron varias poblaciones patagónicas de estas criaturas a medio camino entre los reptiles y los mamíferos: habitaban valles subterráneos, tan antiguos como la roca madre de la Cordillera de los Andes; eran poblaciones que poco a poco, a medida que se elevaban los macizos rocosos y se generaban valles infranqueables, iban aislándose unas de otras. Con el aislamiento podría haber surgido una especie nueva; quizás ocurrió pero no quedan registros. La cordillera patagónica tiene características especiales: menor altura de cumbres, valles transversales, crestas aserradas, numerosos sistemas de lagos, valles en U, morenas y pasos que permiten el flujo de vientos húmedos del Océano Pacífico, favoreciendo la formación de bosques muy densos. En estos ambientes con gran actividad de volcanes, casi todas estas poblaciones aisladas fueron extinguiéndose… pero si la cuenca que habitaban hubiese sido lo suficientemente hospitalaria en términos de alimento y protección, es posible que alguna población, o su remanente en extinción, haya permanecido en silencio hasta nuestros días… Sería una rareza, sin duda: los individuos deberían tener muy baja tasa reproductiva, y ser muy longevos, promedio de 150 a 180 años de edad, con largos períodos de hibernación acorde a ciclos climáticos quinquenales o decenales, como usted sugirió hace un rato.

—Los ciclos podrían ser de tormentas solares, que de algún modo estimulan el crecimiento de las algas, una proliferación que sirve de sostén a otra especie de la que se alimentarían estos animales al salir de la hibernación…

—O bien es más complejo, y las algas neutralizan a la especie que normalmente se alimenta de lo que estas criaturas comen al entrar en actividad. O incluso tal vez las algas sean solamente una señal, como un despertador, porque cambian una característica crucial del lago.

—¡La alcalinidad!

—Por ejemplo, o el nivel de oxígeno disuelto, o cierto compuesto mineral que de pronto se expone por oxidación. Eso es común en los ciclos tróficos de lagos africanos: una cadena entera a veces puede mantenerse gracias a la presencia, en determinado momento del año, de un metal que luego forma una sal que forma parte de la cubierta de microorganismos que… en fin, no tengo que contarle cómo sigue una cadena trófica.

—La alimentación y la hibernación podrían estar ligadas por los ciclos de cualquiera de estas variables. ¿Pero la temperatura? Piense que la temperatura del agua, por debajo de los veinte metros, es constante… y helada.

Con un gesto de impaciencia, Guzmán pareció restarle importancia a la objeción.

—Al haber adquirido rasgos de mamíferos podrían ser parcialmente endotérmicos. Quizás estas criaturas fueran capaces de mantener su temperatura corporal cercana a los veintiocho o treinta grados, como los ornitorrincos actuales… De todos modos, convendrá conmigo que su monstruo no puede estar exento de problemas —ya le hemos solucionado teóricamente unos cuantos— y que estas especulaciones no explican por qué no se los ve nunca, ni cómo hicieron para sobrevivir. En el fondo, Ana, el suyo es un ser imperfecto, que vive a pesar de la selección natural, no gracias a ella. Un ser amputado que ha aprendido a utilizar lo mejor posible sus muñones…

Guzmán empezaba a sentirse irritado otra vez. Antes, mucho antes, cuando todavía le importaba y le dedicaba todo su tiempo, la teoría de los pelicosaurios también perdía fuerza a medida que la explicaba. De pronto, se le transformaba en una gran pieza teatral, en la que cada elemento de la escenografía debía tener —y acababa por tener— alguna utilidad. Las teorías siempre eran funcionales a una idea preconcebida, como los personajes a los diálogos, como los diálogos a las escenas. Y era esa racionalidad lo que más lo incomodaba. Cuando pasaba esto pensaba en aquel episodio con Mullin, y se preguntaba qué era lo que había tenido entre sus manos y destruido, si no había sido acaso el producto ilusorio de dos delirantes, uno que creía haber encontrado lo que buscaba, y el otro que creía haber buscado exactamente eso, y desde siempre.

Se mantuvo callado, sumido en un silencio hosco.

—Siga por favor —dijo Ana—. Aunque le parezca disparatado.

—Es que el problema está justamente ahí.

—¿En que le parece disparatado?

No: que no me lo parece, pero es algo que usted no entendería nunca. O sí, pero prefiero no saberlo.

—El disparate es bastante corriente en la ciencia, y el método científico es la espumadera, la malla que lo tamiza. Acá no hay nada de eso. Piense esto por favor: una de cada diez mil especies deja algún registro fósil que pueda identificarla, que alcanzan para armar un relato, una suerte de apuesta. Eso significa que la mayoría de las especies de todos los tiempos se han ido sin dejar más rastro de su presencia sobre la tierra que el de un cangrejo sobre la arena.

—Ya le dije que no importa.

Y no importaba… ¿porque hablaba del monstruo realmente? ¿O era que hablaba de todos ellos, de él, de su padre, de Mullin, de Ana, de los imperfectos que, a pesar de Darwin, escondidos, agazapados en el tiempo, buscaban la manera de sobrevivir? ¿No sería esa locura común lo que los mantenía vivos?

—Tiene razón. Nada de esto importa.

—¿Entonces?

Guzmán suspiró.

—El sitio donde viven las criaturas permitiría la existencia de poblaciones muy pequeñas de individuos, tan reducidas que la falta de variabilidad genética podría haberlos llevado ya al cuello de botella de la extinción. El hábitat podría ubicarse en cavernas anfibias subterráneas, y eventualmente saldrían a los lagos a través de túneles. No obstante, al no existir luz en esas cavernas, todo el ecosistema debería basarse en redes tróficas asentadas en organismos quimiosintetizadores; existirían fenómenos de bioluminiscencia y las cuevas con aire podrían ser iridiscentes por presencia de minerales como la pirita. La piel debería ser muy particular, sin ningún tipo de pigmento; como consecuencia de su pasado de reptil-mamífero, también podrían estar cubiertos por algún tipo de escamas y pelos como los pangolines asiáticos, lo que les daría una estructura superficial mimética, haciéndolos indetectables, casi invisibles. Este tegumento facilitaría la difracción de la luz: se lo podría observar como islotes rocosos, embarcaciones lejanas, brillos del lago, cardúmenes de alevinos o, a la distancia, como sombras de nubes. Por ser también acuáticos, sus extremidades habrían evolucionado hacia miembros palmeados, con pliegues o membranas interdigitales. Su forma sería hidrodinámica, que minimiza el rozamiento con el agua, haciendo más eficaz la velocidad de desplazamiento. También debería tener una capa de grasa subcutánea junto a una *retia mirabilis* extensa o algún otro mecanismo fisiológico similar para mantener el calor del cuerpo cuando despierta.

—Los despertares serían durante el verano, cuando el calor del ambiente podría alcanzar para calentarle el cuerpo de una vez.

—La actividad predadora, sin embargo, sería crepuscular, durante el momento de máxima actividad y mayor capacidad de mimesis gracias a la ambigüedad de la luz. Esto, según usted, coincide con los avistajes, pero al mismo tiempo significa que la hora en la que sale a cazar es también el momento en que no puede ser detectado. Los avistajes serían más el producto de la suerte, o de una condición especial que quebrara la mimesis.

Una fascinación triste ensombreció la voz de Ana.

—¿Se da cuenta? Aquella noche brillaba... no sé cómo explicarle: era una oscuridad brillante, y la cámara vio eso mismo, pero invertido, como a través de un filtro: una oscuridad más opaca que el resto de la oscuridad...

Guzmán se quedó mirándola ensimismado, como si fuese una escena que recordaban juntos; después giró la silla hacia la ventana. Una paloma de pescuezo tornasolado picoteaba migas detrás del vidrio.

—El resto son detalles inútiles —dijo en voz baja, sin dejar de mirarla.

El silencio los envolvió por un largo rato. A juzgar por la luz del atardecer, habían pasado horas desde que Ana llegara. Ninguno de los dos había reparado en el tiempo, y tampoco parecían, ahora, reparar en el silencio, cada uno sumido en sus propios pensamientos. A cada lado del escritorio, Guzmán miraba el cielo descolorido a través de la ventana, mientras Ana se miraba las manos.

Finalmente Guzmán se levantó, y fue hasta la cafetera.

—¿Le apetecería un café? —preguntó.

—Le agradezco, pero me están esperando abajo. Se hizo tarde, muy tarde, mire la hora que es.

—¿Un compañero cazador de monstruos?

—Un incrédulo paciente —contestó Ana—. Por suerte, más paciente que incrédulo.

Era casi de noche. A partir de esa hora, un silencio pétreo que nacía del sótano comenzaba a sepultar el museo de abajo hacia arriba, como si el edificio estuviera regurgitando su soledad, su derecho a un silencio sólo compatible con los fósiles, y de adentro hacia fuera, en capas sucesivas y envolventes, al punto que, vista desde el parque, aquella mole de cemento imponente era capaz, por sí sola, de acallar el aire de los jardines perimetrales a medida que el cielo se oscurecía.

Era un espectáculo que Guzmán apreciaba, y al que nunca dejaba de asistir, cosa que lo obligaba a irse de la oficina a la hora apropiada para sentarse en un banco de plazoleta que estaba justo al frente del museo. Pero lo más probable era que hoy se fuera directamente a su casa —aunque tal vez antes pasara por el supermercado a comprar algo más fuerte que un vermut— y tomaría en secreto varios tragos antes de enfrentar a Hilda, porque sospechaba que hoy, al menos, su maniobra evasiva no funcionaría.

Ana guardó la carta en su bolso enorme de rafia, y sacó un sobre de papel marrón, que dejó sobre el escritorio.

Guzmán supuso que se trataba de las fotos.

—¿Puedo preguntarle —dijo— si piensa seguir buscándolo?

Ana se alisó la camisa, colgó el bolso del hombro, y le tendió la mano: Guzmán pensó entonces que ella se iría de su oficina y de su vida tan sencilla y repentinamente como había llegado, y que eso era lo mejor que le podía pasar.

—Supongo que voy a hacer un intento más, y después otro, y otro, hasta que me pase lo mismo que le pasó a usted, y deje de pensar en eso.

Guzmán tomó de un solo trago un café minúsculo, y le dio a su vez la mano, aliviado: sabía que a medida que pasaran las horas, la teoría le parecería más y más ridícula, y la situación de aquella tarde se superpondría con lo que había pasado hacía tantos años, como si su memoria insistiera en ofrecerle una última posibilidad de revisión. Con un poco de suerte, y siempre suponiendo que su método secreto fuera capaz de beneficiarlo otra vez con la sordera, todo aquello volvería a entrar en el mismo sitio oscuro de su cerebro, sitio que lo mantenía más cuerdo o más loco, no lo sabía, pero seguramente menos viejo que el resto.

—Le deseo suerte —dijo Guzmán, con amabilidad.

—Lo mismo para usted, y espero que sepa disculpar este asalto —dijo Ana, desde la puerta.

—No hay de qué. Y acuérdese de que hay una escalera que baja directamente a la entrada.

—No sé si no prefiero el otro camino…

—Tiene razón: vaya por donde guste.

Cuando Ana estaba a punto de cerrar la puerta, Guzmán la detuvo con un gesto.

—¿Puedo preguntarle una cosa más? Si su padre creía que eso que había hallado era tan importante, ¿por qué lo mandaría por correo?

Ana lo miró, sorprendida.

—Víktor era alemán, doctor. Los alemanes confían ciegamente en el correo. Y los impacientes también, porque pueden detenerse. Víktor encontró lo que encontró, lo mandó a quien sabía que podía ayudarlo, y siguió viaje. ¿Su padre no era así, acaso?

—No lo creo.

—¿Cuándo murió su padre?

El viejo Guzmán había muerto de cáncer en Santa Rosa de la Pampa, en realidad a medio camino entre San Rafael y Buenos Aires, en una casilla rodante, dos años antes del hallazgo de Mullin. Al enviar la pieza, el alemán había creído seguramente que Guzmán padre y su hijo eran la misma persona, o le daba igual cuál de los dos lo recibiera, siempre que compartieran una misma y corpulenta fascinación por las criaturas del pasado.

No había sido así: la fascinación del padre no había empatado jamás la obcecación del hijo.

Estaba a punto de contestar una mentira —cosa que, por otra parte, la chica podría constatar con facilidad—, pero Ana sacudió la cabeza y dijo que eso tampoco importaba en absoluto, que Víktor sin dudas lo había apreciado lo suficiente como para haberle mandado aquello sin mediar más seguro ni compromiso que el del correo argentino.

Volvió a despedirse, y cerró la puerta con un golpe decidido y rápido. Después, los pasos se escucharon por unos segundos: no había ido por la escalera directa, sino otra vez por la que conducía a los corredores del sótano.

Debía ser una mujer difícil de conformar, pensó Guzmán, y recordó una frase de Goethe, a quien su padre había leído como escritor y él, casi exclusivamente, como un opaco científico del Romanticismo: *La mayor dicha del hombre que piensa es haber explorado lo explorable y haber reverenciado tranquilamente lo inexplorable.*

¿Tranquilamente? ¡Cuánto se había equivocado! Nunca habría tranquilidad ante lo inexplorable, jamás habría nada parecido a la reverencia: sólo frustración y sed, las mismas con las que el propio Goethe había encarnado, con más clarividencia y honestidad, a su versión del Fausto. El hombre que piensa no se resigna, por eso alguna vez Ana encontraría al monstruo, o el monstruo a ella, y ese reconocimiento, estaba seguro, sería una verdadera fiesta para los dos.

Guzmán guardó en su maletín el cuaderno, la lapicera fuente y los dos libros verdes, y se dispuso a bajar las escaleras con la poca luz que había quedado. Llegó al banco de la plazoleta, y se sentó a recuperar fuerzas para volver a su casa.

Hacía rato ya que el atardecer no tenía las aristas del sol en el oeste, apenas el resabio de un color que alguna vez fuera amarillo, como de ácido pícrico oxidado. Trató de imaginar cómo habría sido aquel parque durante el Pleistoceno, oscurecido por la voracidad de los helechos, aquel silencio que ahora imponía el museo y que había sido, millones de años atrás, el aliento contenido de todas las criaturas destinadas a morir esa misma noche.

KLÁRA

_____

Cierta gente huyendo de cierta gente.
En cierto país bajo el sol
y bajo ciertas nubes.

Dejan tras de sí su cierto todo,
campos sembrados, ciertas gallinas, perros,
espejos en los que justamente se contempla el fuego.

Continuamente ante ellos un cierto no hacia allá,
un no es este el puente que hace falta
sobre un río extrañamente rosa.
Alrededor ciertos disparos, más lejos o más cerca,
y en lo alto un avión que, un poco, se balancea.

No estaría mal una cierta invisibilidad,
una cierta parda pedregosidad,
y aún mejor un cierto no haber sido
por un tiempo corto o hasta largo.

Algo ocurrirá todavía, pero dónde y qué.
Alguien les saldrá al paso, pero cuándo, quién,
de cuántas formas y con qué intenciones.
Si es que puede elegir,
quizás no quiera ser un enemigo
y los deje con una cierta vida.

WISLAWA SZYMBORSKA, fragmento de "Cierta gente"

Según Mutti, ella —Klára— había nacido bajo el signo de Géminis, entre mayo y junio de 1944, un año antes de que terminara la Guerra. Esto —incluido el aspecto astrológico de la cuestión— era tan seguro como lo otro: que sus padres

303

habían muerto en la bodega del barco que los traía a América. O quizás no los traía a ningún lado sino que los sacaba de Europa, los dispersaba por el mundo… ¿Habrían participado ellos de la guerra? ¿Formaban parte de alguna resistencia? ¿Se habrían opuesto al régimen que terminó por arrasarlos? ¿Habrían aceptado sus reglas de juego, para ser luego traicionados? ¿Habrían creído en alguna promesa? ¿Habrían cometido algún crimen en nombre de alguna causa? ¿Los habrían apresado alguna vez, delatado, torturado? ¿En cuáles cárceles? ¿Habrían pasado por los campos de muerte? ¿Y cómo qué: como prisioneros, o como guardianes?

¿Cuántas posibilidades había entonces para su historia? ¿Cuántas?

Había nacido con un nombre incierto, un día igualmente incierto entre mayo y junio, en el seno de una familia cuya identidad —en todas sus formas y aspectos— desconocía, y en un sitio que, a grandes rasgos, podría considerarse Europa. Mutti solía decir también que su madre era de los Balcanes, y que su padre tenía la apariencia frágil y morena de ciertos lugares de Serbia.

Y eso era todo. Nadie en el mundo podía decir nada más acerca de ella o de su historia.

La sangre tira, fue uno de los primeros dichos que le llamaron la atención, ya de grande. No lo pudo entender, y tuvo que preguntarle a Lanz qué significaba aquel tirón de la sangre que sonaba a desgarro. Y Lanz, que siempre le había dicho la verdad, le había contestado que a ella no le tiraría nada, pero que en definitiva era una buena cosa, porque todos los hombres tenían que aprender a estar solos en el mundo, y a ella la soledad le venía dada. Como un regalo.

A partir de entonces, Klára había entendido esa soledad esencial dentro de ella como un regalo, pero jamás la había sentido como tal. Gracias a esa dicotomía su vida había sido una amalgama de dos vidas: la hija de Mutti y de Lanz, la hermana de Ana, la que entendía la soledad como un beneficio, y la otra. A esa otra, unos pocos la llamaban "la húngara". Pero ese era casi un nombre de guerra.

Le han dado el asiento de la ventanilla, sobre el lado derecho del avión. Sabe que en ese momento vuelan en una dirección vagamente norte y este, a juzgar por el color del cielo. Del otro lado, más allá de las ventanillas de la izquierda, se pone el sol, y los pasajeros han empezado a correr las cortinas. La suya le muestra el cielo como un anfiteatro a través del acrílico sucio. Sobrevuelan una capa de nubes iluminada desde abajo; el blanco original se ha transformado en amarillo y luego en magenta, y muy pronto será azul. Se pregunta si Ana estará ahora con la cámara de Víktor al lado del lago, en el Brazo de la Melancolía, sacando su foto del crepúsculo. ¿Qué diría Ana si estuviera ahí con ella, si pudiera apreciar el significado del crepúsculo desde otro lugar, desde aquel mismo asiento, a diez mil metros de altura? ¿Cómo se vería el lago, la casa de piedra, el bote de Lanz, la cabaña, el bosque? Puntos serían, probablemente. Puntos en la mancha gris de la cordillera. Y los hombres desaparecerían; las guerras, las batallas, las bombas, se verían quizás como un delicado jaleo de polvo.

Todo quedaba atrás, sumido en el durazno luminoso del oeste: Mutti, Lanz, Nando, Ana, La Pedrera, un muchacho muerto, la Cooperativa, la agrupación de Pascual. La húngara.

La azafata interrumpe la sordina del avión para preguntarle a Klára y al hombre de pelo blanco que está sentado a su lado si quieren algo de beber. El hombre pide una gaseosa, ella un vaso de agua. En el aeropuerto, antes de abordar, Nando le había dado una tira de tranquilizantes. Después la había abrazado, y ella se había dejado abrazar. Ahora eso también estaba lejos.

—¿Tiene miedo? —pregunta su compañero de asiento,

sonriente, cuando la ve sacar de la bolsa la tira ominosa y plateada de pastillas.

La pregunta la sobresalta. Ha hecho un gesto amable, algo que quiso parecerse a una sonrisa, pero no pudo contestar. No debe entablar conversación con nadie. No quiere. Una vez más está dejando atrás su vida, sólo que esta vez es ella la que la deja y no al revés, como fue al principio.

Pascual ya no está. La Cooperativa tampoco. Eran ella y Pascual quienes organizaban todo el trabajo, y cuando se llevaron a Pascual, la agrupación mapuche entera pareció disolverse por unos días, como si nunca hubiesen existido, mimetizados en el desierto. Pero eran indígenas y estaban acostumbrados a sufrir, y a resistir, así que le propusieron seguir adelante junto con Antonio, el hermano de Pascual, y dos militantes más, uno de adentro y otro de afuera de la agrupación. Eso había durado menos de veinte días, hasta que les notificaron que debían cerrar la Cooperativa. Habían intentado sostener un funcionamiento clandestino, mientras ella y Antonio trataban de localizar a Pascual sin llamar la atención.

Todo se había derrumbado en tan poco tiempo que le costaba rememorar los acontecimientos. Sin la Cooperativa no había escuela, no había puesto sanitario, y no había comunidad. Pero sin Pascual tampoco había agrupación, y ella no podía suplantarlo aún sintiéndose con fuerzas como para hacerlo, porque Pascual era mapuche, y ella era... quién sabe qué era. Si algo la había unido a él era su batallar permanente, sin descanso, ni físico ni ideológico, por la identidad. No se había permitido descansar en alguna promesa elocuente, ni aflojar la guardia ante un logro escueto: Pascual no daba tregua, no daba respiro, y en esa militancia, a su lado, se había formado ella. Pero no era lo mismo. Y un día se dio cuenta de lo que significaba Pascual en su vida, y ese mismo día —porque era irreflexiva, no como Ana— se lo dijo. Y Pascual no dijo nada.

Lo último que supieron de él fue que lo habían trasladado al penal de Neuquén. Después de eso, el rastro se perdía, y no había registros oficiales de otros traslados. Tampoco había habido motivos "oficiales" para la detención, más allá de los obvios: que era un activista de origen mapuche, sin afiliación partidaria de ningún tipo, y que sostenía una Cooperativa cuyo fin era aglutinar a una comunidad desperdigada en unas tierras supuestamente usurpadas al fisco, unas treinta hectáreas de precordillera en los alrededores de Barda Roja.

Y fue en ese tiempo, durante la búsqueda encubierta y pesimista de Pascual, cuando habían tirado un cuerpo por la barranca del Brazo de la Melancolía, muy cerca de La Pedrera.

—¿Quiere tomar algo más? —pregunta la azafata, de nuevo con su carrito repleto de botellas traqueteando por el pasillo.

—Creo que se durmió —contesta por ella el hombre de pelo blanco, y Klára, con la cara vuelta hacia la ventanilla y los ojos cerrados con firmeza, se lo ha imaginado por un instante reproduciendo el gesto de tomar una pastilla, y a la azafata mirándola compasivamente desde sus infinitas horas de vuelo. Pero cuando el carrito se alejó, el hombre dijo en voz baja:

—Puedo ahorrarle la cena también, si quiere.

—Gracias —respondió ella, sin mirarlo.

—No tiene por qué.

La noche seguía su carrera asimétrica por el cielo, esparciendo su tinta por el este, acechando el oeste vacilante de rojos, pero Klára apenas si puede ver el espacio ya ganado por la oscuridad.

No se había enterado del incidente de la barranca hasta una semana más tarde, cuando fue a encontrarse con Nando en la confitería del centro de la ciudad. Ese recuerdo particular le producía un escozor de culpa y de vergüenza. ¿Qué sentido tenía Nando en su vida, después de todo? Ni ella podía entenderlo. Nando era la cara opuesta de Pascual, el amante de Ana, un amigo querido a quien conocía desde hacía muchos años, y el único que protegía, a su modo, a esos dos viejos que eran toda su familia. Qué había buscado entonces en él, ¿protección? ¿Y desde cuándo ella había empezado a necesitar protección, o al menos un remanso, ese descanso de la lucha que nunca podía darse al lado de Pascual? ¿O había sido por Pascual, por la imposibilidad cierta que suponía un hombre como él?

Ya tampoco importaba: era por Nando, también por él, que se había subido a aquel avión. Un año atrás Nando no sabía nada de Pascual, ni siquiera de la Cooperativa. Para él, como para todos, Klára era asistente social en un proyecto vinculado a los indígenas, y daba clases en la escuela rural de Barda Roja. Y ella nunca había tenido intenciones de ocultarlo, hasta que Pascual le enseñó a usar un arma, la primera vez que tuvo que quedarse en el puesto sanitario a pasar la noche. Así se saca el seguro —había dicho, tirando hacia atrás la parte superior como si el revólver hubiese sido un animal con un falso lomo—, el dedo lejos del gatillo. Y así se carga.

Esa noche, sola en el medio del monte, no había pegado un ojo, pero no tanto por el arma que sabía al lado del catre, sino por Pascual. Poco tiempo después de eso, en aquel mismo lugar, muy temprano a la madrugada, se lo llevaron. Nadie oyó disparos, pero tampoco había nadie lo suficientemente cerca del puesto. Pascual estaba solo, y el único testigo de lo que había pasado fue el aspecto devastado de la habitación, los signos de la violencia. Y las advertencias de Pascual acerca de que eso podía ocurrir.

¿Era la tensión, la ausencia de Pascual, la incertidumbre, lo que había acercado a Nando? ¿O algo mucho más sencillo, como la soledad?

El recuerdo de aquel encuentro con Nando estaba teñido por la culpa, pero también por el episodio de la barranca: ese cuerpo del dispensario suspendido en la muerte fue la última esperanza de encontrar a Pascual, con vida, con un resto de vida. O casi muerto, pero encontrarlo. Nando nunca había visto a Pascual, aunque para entonces ya sabía de él. Ella le había contado todo unos días antes de la Navidad, y de ahí en más, a la culpa y la confusión se habían sumado los reproches de Nando, los celos. Cuando se arrepintió de haberlo hecho ya era tarde, pero le hizo prometer que no diría una sola palabra, ni siquiera a Ana. Nando le había preguntado por qué, y ella le había respondido que no quería ni debía involucrar a nadie en sus problemas. Pero la verdad era que Nando le había preguntado por otras razones, otros motivos: por qué Pascual, por qué la Cooperativa. Por qué no dejaba todo aquello de lado de una vez. Por Pascual, había contestado ella, en la cocina de La Pedrera, la noche de Navidad.

Eso había sido, más o menos, el fin de lo que ni siquiera había empezado entre ellos, hasta lo de la barranca.

Y la ilusión de que aquel cuerpo fuese el de Pascual había durado muy poco: debajo de la piel tumefacta, Pedro, como lo llamaba Ana, era otro desconocido, otro como ella, en todo caso. Sin nombre, o con un nombre asignado al azar, como el suyo.

Quizás no tendría que haberle hecho caso a Nando.

Quizás debería haberse quedado. Seguir buscando. Esperar hasta que pasara lo peor, y volver a empezar, con Pascual o sin él. Pero por una vez, Antonio estuvo de acuerdo con alguien que no conocía y que seguramente le inspiraría poco más que desprecio. Como estaban las cosas, no podrían hacer nada, ni por la comunidad mapuche —que ya se había disgregado, sin escuela ni puesto sanitario activo— y mucho menos por Pascual. No pudo evitar pensar en él cada una de las veces que vio a Pedro, tres en todo el verano, contando la última. Tampoco en que debía mantenerse lo más lejos posible de Barda Roja y los lugares que la vinculaban a Pascual, como le había sugerido Antonio. Y había creído que La Pedrera podía ser un buen refugio, hasta que Lanz empezó a hablar de los hombres negros que los acechaban desde la periferia del bosque.

No había querido trasladarse allí cuando Ana y Nando se fueron, pero no pudo negarse, considerando que los viejos y Pedro se quedaban solos. Según Ana, el estado general de Pedro se había estancado en una "suspensión animada". Lo decía sonriendo, convencida, como si el empleo del tecnicismo fuera una broma interna, o una combinación admirable de palabras que describían la situación de una manera precisa. Las precisiones siempre alegraban a Ana, que había empezado a vivir en una realidad nebulosa desde el cambio del lago. Klára no entendía cómo no habían buscado ayuda para estudiar el fenómeno, pero al mismo tiempo la ausencia de gente husmeando en los alrededores, de noticias sobre el microclima que había transformado el Brazo de la Melancolía —o como llamaran los mapas a aquella fisura calada por el lago— la tranquilizaba. De cualquier modo, Ana estaba sola en ese mundo de fantasía, en el que había un hombre moribundo y joven, y una criatura prehistórica que la negaban, cada uno a su manera. Al final tuvo que acceder a quedarse tres días a cargo de la casa, que era como decir a cargo de todo.

Habían pasado dos días desde que Ana y Nando tomaran el ómnibus a Buenos Aires, para seguir el rastro de la única pista que tenían de Pedro: un pedazo de papel abollado con una dirección escrita, papel que, por suerte, parecía haber sobrevivido a la tragedia bastante mejor que él, si es que era realmente su dueño y no una coincidencia macabra. Además seguían otras huellas: las de un científico posiblemente muerto, o de una criatura improbable. La imaginación de Ana aceptaba todo lo que tenía apariencia razonable, pero sólo apariencia.

Klára intuía que serían sus últimos días en La Pedrera.

Nunca le había gustado esa casa, pero Lanz había insistido en permanecer allí cuando murió Víktor, y Mutti —aunque hubiese querido lo contrario— no se opuso. Se quedaron en ese monumento a la soledad, aislados, como dos eremitas. Cuando Ana volvió, tampoco quiso dejarlos. Al principio supuso que Ana se instalaría con Nando en la ciudad, pero la había sorprendido. Nando también: los dos aceptaron el juego del amante sin esperanza.

Ella no quiso vivir entre las mismas paredes que cobijaron a Víktor. No era la soledad del lugar lo que temía —¿qué era esa soledad comparada con la suya?— sino el espíritu obsesivo que había impregnado cada piedra. Nunca quiso vivir allí, y apenas pudo marcharse lo hizo, alegando primero un estudio y luego trabajos que no tenía. Gracias a eso, Mutti, Lanz y Ana nunca supieron qué hacía, o por lo menos no exactamente.

Una vida que no tenía raíces tampoco tenía por qué tener follaje, ni flores, ni frutos. En eso sí coincidía con Ana: las dos eran de raíces flotantes, como las de los camalotes.

Ellos aparecieron cuando Ana y Nando todavía no habían regresado; como si hubiesen estado acechándolos para encontrar el momento perfecto. A diferencia de lo de Pascual, esto ocurrió durante la tarde, a plena luz del sol. Fue la primera vez que se dejaron ver.

En esos días Klára se dio cuenta de que Ana era incapaz de aceptar el deterioro físico de Pedro, que se había enamorado de él, o de su lucha estéril por la vida. O era quizás que la perturbaba lo desconocido, lo que no podía nombrarse, y el amor era para Ana una forma de la perturbación. Nunca la había visto hacer tanto por otro, a excepción de los viejos. Jamás, por cierto, por Nando. Debía de haber sido terrible para él descubrir todo el amor del que Ana sí era capaz, y que en todo caso su amor por la imposibilidad era más feroz, más fuerte, menos corrupto. El único eterno. Una vez le había confesado —Nando— que nada real podía llamar la atención de Ana. Ella se había reído en aquella oportunidad, pero ahora pensaba que tenía razón. Lo extraño era que nadie que la conociera se aventuraría a opinar eso de Ana, más bien todo lo contrario.

Si la llegada de Pedro a la casa fue decisión de Ana, su permanencia en la casa y en el mundo lo habían sido también. Y cuando Ana y Nando se fueron, fue como si se hubiese dado cuenta y hubiese dejado de pelear. Pero no moría: había luchado demasiado, con una voluntad que no debía nada a su conciencia, como para caer de un día para el otro.

Y fue como si ellos hubieran sabido todo, desde siempre. Ana decía que Lanz deliraba con hombres negros que espiaban detrás de la cortina del bosque, en las sombras del lago. Tenía razón, pero Ana también: era muy difícil separar el embrollo de pasado y clarividencia de Vatti, sólo que la clarividencia había estado siempre, incluso en medio del lodo de su enfermedad. Y como él los había padecido antes, mucho antes, pudo reconocerlos.

Estaban ahí, agazapados, y no golpearon a la puerta: pasaron. Entraron primero al chalet, al cuarto donde estaba Lanz durmiendo. Mutti no pudo detenerlos. Lanz despertó y los halló en medio de la habitación, con sus ropas sombrías y sus armas que le apuntaban a la cabeza. Era probable que Lanz ni siquiera supiese dónde estaba, si en La Pedrera o en Cszervenka, y así se quedó, paralizado, hasta que le estalló todo por dentro. La violencia de las convulsiones fue tal que ellos se detuvieron, pero apenas por unos segundos. Lo dejaron sin más, para revistar cada minúsculo centímetro de aquel cuarto, el pequeño living oscuro, la despensa, el baño. Dieron vuelta cada objeto con mano de hierro. Mutti reaccionó para evitar que Lanz se ahogara con la lengua. Le brotaba espuma por la boca, los ojos se habían rotado hacia atrás, dejando dos globos ciegos y sangrientos. Las manos se le habían agarrotado, lo mismo que los pies. A ellos no les importó nada. Mutti se echó sobre el cuerpo de Lanz como para protegerlo de una bomba, y ahí se quedó, hasta que el último de ellos salió del cuarto. Después buscó la jofaina de hierro que llenaba de agua cada mañana, y la estrelló con todas sus fuerzas contra el vidrio de la ventana. Un solo golpe lo hizo añicos. El sonido reverberó en la barranca, como si todos los árboles se hubiesen ahuecado para amplificarlo. Ellos se demoraron en el jardín que separaba la casa del chalet, sorprendidos, pero igualmente oscuros e impávidos como grandes moscas.

Ese ruido del cristal la había alertado, antes de que pudieran entrar a La Pedrera. Alcanzó a verlos, todavía inquietos, animales carnívoros para los que cualquier estampido resulta molesto a la sensibilidad extrema de su oído. Sin miedo, apenas si se hablaban. Uno de ellos se acercó a la ventana, inclinándose ligeramente, y trató de distinguir el interior del living. A ella le pareció que la claridad de afuera se lo impediría, pero se equivocó. Detrás del cristal, el hombre abrió de pronto los ojos afinados como dos estrías, y gritó su nombre a los demás sin dejar de mirarla. Ella leyó en sus labios el nombre por el que la llamaba Pascual, y todos los de la agrupación, y también alcanzó a verle la cara, basta, perforada por las cicatrices; tenía el ojo derecho hundido y de una negrura sin vitalidad, como de vidrio. Un párpado caía fláccido sobre el otro ojo, cubriéndolo por completo y dándole al conjunto un aspecto demencial y repugnante.

Apenas el hombre se retiró de la ventana para buscar a los otros, se movió lo más rápido que pudo. Sabía que Ana conservaba el Winchester de Víktor, un rifle de palanca, de calibre grueso, restañado innumerables veces por Lanz y por el mismo Víktor. Los dos lo cuidaban como si fuese un niño. Lanz, luego de la muerte de Víktor, se había ocupado de limpiarlo y engrasarlo cada vez que cambiaba la estación. Nunca se le ocurrió usarlo para cazar, ni siquiera para tirar a las latas, como sí hacía Nando cuando Lanz accedía a sacarlo de su trono para la limpieza cuatrimestral. Ese rifle había atravesado con Víktor toda la Patagonia, cargado sobre su espalda gracias a una bandolera de cuero que también conservaba Ana, enroscada alrededor del arma como un parásito.

Así lo encontró, exactamente donde debía estar, abrazado por la inseparable bandolera. Al lado de una caja de cartuchos.

Pedro dormía de costado en la cama debajo de la ventana. La luz entraba a raudales y lo señalaba sin piedad, como acusándolo de su indefensión. Hacía semanas que tenía la espalda completamente llagada, y el único modo de respirar sin ayuda del aparato era así, de costado, ya que la flema había inundado gran parte de sus pulmones, y sólo parecía funcionar una porción tan ínfima y de volumen tan escaso que el aire no hacía tiempo a entrar que ya era expelido sin fuerzas. El resto era un ruido opaco de líquido sacudiéndose en compartimientos estancos.

Respiraba con la frecuencia de un pájaro, y con la misma levedad. Cuando lo levantó, tomándolo por las axilas, tuvo la impresión de que estaba levantando un esqueleto aireado al que sólo le faltaban las plumas. Lo llevó casi en andas con una facilidad que explicaban por igual la inconsistencia de ese cuerpo y su propio pánico. Lo había arrastrado, en realidad, al único lugar de la casa al que quizás no pudieran entrar: el sótano.

Ana y ella solían jugar allí de pequeñas, a escondidas de Mutti, que odiaba el olor a calabozo, a encierro denso de esa habitación de escasos seis metros cuadrados y profundidad de aljibe. La escalera de piedra parecía no llegar nunca al fondo, y muchas veces el piso estaba anegado por las napas del lago. Mutti no entendía cómo todos podían dormir sabiendo que por debajo de la casa había un espacio semejante a una cripta. Ana y ella, sin embargo, bajaban a las entrañas de La Pedrera con la felicidad de dos exploradores, ataviadas con chalinas de Mutti y unos collares de cuentas verdes, con velas y un atadito con comida y más velas "por si se quedaban encerradas allá abajo para siempre". Gracias a esas incursiones infantiles, Klára conocía cada palmo del sótano, y particularmente, cómo disimular la entrada secreta de la escalera.

Para el que no conocía la casa, era casi imposible distinguir la hendidura milimétrica que se recortaba de los tablones del piso, confundiéndose a la perfección con el límite de los listones y las junturas de cemento. Lanz era quien había diseñado la puerta en el piso, haciendo coincidir los dos cortes transversales con las vetas marcadas del pino, y la disposición aleatoria de los tablones.

Era invisible para cualquiera, salvo para ellas. Víktor la había olvidado, Lanz no bajaba jamás, y a Mutti le costaba encontrarla. Ana y Klára eran prácticamente las dueñas de un pozo que nunca había servido para nada, a excepción de algún que otro reto cuando Mutti las descubría. Después de tanto tiempo, habría podido encontrar esa puerta de memoria, aun en la oscuridad, contando los pasos desde la pared.

Arrastró, entonces, hasta la puerta secreta, el cuerpo de esponja de Pedro, junto con el rifle y una linterna. No hubo tiempo para nada más, ya que al levantar con esfuerzo la madera, hundiendo las uñas entre los resquicios taponados de mugre, escuchó el golpe en la puerta de entrada, y luego el chirrido de los goznes al ceder. La escalera los había ocultado mientras bajaban, primero a él, luego al rifle, finalmente a ella con la linterna entre los dientes, para disimular el acceso. Había también una traba de seguridad del lado de adentro, una suerte de pasador que alguna vez habían colocado con Ana para parapetarse del mundo en un caso postrero, como los que solían imaginar por esa época. El pasador seguía allí, aunque demasiado herrumbrado como para correrlo. Consiguió deslizar el extremo de la traba justo sobre el borde, de modo que podrían abrirla, pero con mucho más esfuerzo que el que le había tomado a ella.

El rifle resbaló de sus manos y cayó rebotando hasta el piso, donde el agua ahogó el ruido con un chapoteo breve. Supo que no podría bajar a Pedro más que hasta los últimos escalones, y dejarlo sentarlo ahí, envuelto en la manta que sin intención había arrastrado también hasta el sótano. Maniobró por unos minutos largos el cuerpo ya muy debilitado, sintiendo entre sus manos partes de piel seca, despegada de la carne, y partes húmedas de linfa o de sangre, donde sus dedos se encontraban con las escaras abiertas. Escuchaba por encima de sus cabezas el sonido de las botas sobre la madera trémula del living, los pasos en la cocina, el estrépito de metales, y luego, el silencio. Habían subido al primer piso. Rogó entonces, acurrucada en la escalera y abrazando a Pedro para que no se resbalara, para contagiarle un poco de calor o de ánimo a su lasitud, que Mutti se quedara en el chalet. Sabía que el ruido de la ventana rota había sido una señal para que ella actuara rápido, porque la conocía, y porque Mutti tenía unos reflejos asombrosos que, por algún motivo —su necesidad de no ejercitarlos con ella—, nunca descubrieron el lado que Klára les escondía desde hacía varios años.

Dejó a Pedro apoyado contra la pared, y bajó a buscar el rifle. Podría haberlo encontrado de cualquier modo, aunque su mano se hundió entera en el agua helada antes de tantear el piso. Trató de encontrarlo sin mojarse toda en aquel lago podrido y oscuro. No le daba más miedo esa atmósfera lúgubre del sótano que el silencio que venía espesándose en la planta baja desde hacía varios minutos. Estaba segura de que no se habían ido, pero no podía saber qué había pasado con Mutti, o con Lanz. Por primera vez tomó conciencia de que el viejo había sufrido seguramente otro ataque —aunque lo confirmó recién más tarde, cuando Mutti pudo regresar a la casa— y que esa vez, casi con la misma seguridad, el ataque sería mucho más definitivo.

Desde el piso, con el rifle a mano, vigilando la tapa de madera de la entrada, vio la cara de Pedro iluminada de lleno por la luz descarnada de la linterna. Se estaba muriendo. Un color azul había teñido la piel que quedaba fuera de la manta. Era como ver a un ahogado en el fondo del mar. Subió los escalones que los separaban y se abrazó a aquel cuerpo de gorrión. Una imagen volvió con fuerza a su memoria: Ana y ella, en el bosque, con un pichón despatarrado al pie de un arbusto, medio muerto. Todo a su alrededor eran piares y sonidos amorosos de las aves que pululaban allá arriba, en la cúpula verde donde apenas si se filtraba el sol. Ella lo sostenía en una mano del mismo modo que entonces, en el sótano, sostenía entre sus brazos el cuerpo de Pedro. Ana, mirándolo con una curiosidad despiadada —tan característica de ella— dijo que no valía la pena recuperarlo, que de cualquier modo moriría de hambre. Klára se negó: perdido por perdido, había que intentarlo igual. No, dijo Ana, y empezó a darle una lista abrumadora de razones por las cuales el animalito no sólo no sobreviviría, sino que ni siquiera tendría la posibilidad de morir dignamente cerca de los suyos, en su ambiente, de frío, lo cual significaba sin dolor. Al final la convenció, y ella había vuelto a dejarlo entre las ramas del arbusto, acomodado como una criatura en un moisés. Al día siguiente, cuando volvieron a ver qué había pasado, el pichón ya no estaba. ¿Te das cuenta?, dijo Ana. A lo mejor se salvó. A ella la ilusión le había durado pocos segundos. Sí, le contestó. Pero las dos sabían que se lo habían comido durante la noche.

Una sensación idéntica la había embargado en la escalera del sótano.

Al rato, no supo cuánto tiempo más tarde, escuchó abrirse la puerta, y pasos más livianos que venían directamente a la entrada del sótano. Unos dedos como de rata rasparon distintos sectores del piso. Después escuchó su nombre, Klára, y un llanto sofocado.

Lo primero que vio cuando salió del hueco fue la cara de Mutti, o mejor dicho, una máscara de cera, una expresión demudada que mezclaba la frustración y el odio y un dolor que no recordaba haber visto nunca en ella con tal potencia.

Luego de cargar a Pedro otra vez hasta el living, habían ido las dos hasta el chalet a ver a Lanz, inerme y pálido sobre la cama. Parecía haber envejecido varios años. Tenía la frente mojada por el sudor, estaba despeinado, y uno de los ojos permanecía extrañamente abierto y seco. Su agitación contrariaba tan evidentemente aquella otra agonía azul de Pedro, sobre el sofá en el living de la casa grande…

Mutti lo miraba desconsolada.

—No tiene arreglo —susurró.

—Ya lo sé —había contestado Klára.

—¿Qué vamos a hacer ahora?

Ella se había quedado callada. Miró la cara de Lanz: debajo de los rastros húmedos de la convulsión iba apareciendo un entumecimiento nuevo, una rigidez que aquietaba cada línea de expresión hasta estrecharle la piel sobre los huesos como una máscara tersa, inexpresiva, apagada. Mutti tenía razón: ya no tenía remedio. Y no se trataba solamente del estado de Lanz: Pedro también se moría.

—Van a volver, Klára.

—Vatti necesita un médico, y Pedro también.

—No quiero estar sola.

—Pedro se va a morir. No resiste más…

—Tal vez sea lo mejor.

La voz de Mutti quedó flotando en el aire por unos segundos.

—No mires así —dijo, sin cambiar el tono—. Es lo mejor que podría pasarle.

—No entendés…

—¡Está desahuciado, Klára! ¡Ya lo mataron una vez, y vienen a rematarlo!

—Mutti… no es así…

—¿Qué pasaría si lo encuentran? ¿Qué pasaría si lo despiertan? ¿Alguna vez pensaron qué es peor para él?

—¡Ilse!

Nunca le había gritado, y hacía años que no la llamaba por su nombre. Siempre Mutti, mamita, mamá. ¿Cómo explicarle que no habían venido por él? ¿Cómo empezar a contarle quién era esa otra a la que sí regresarían a buscar?

—Vuelvo en dos horas —dijo, y la abrazó. Después había abrazado a Lanz, que tiritaba sobre la cama.

Durante el viaje a la ciudad, mientras manejaba la camioneta de Ana por el camino de la barranca, decidió que no volvería a La Pedrera más que para sacar a los viejos y a Pedro de allí y llevárselos a la clínica de Marvin hasta que llegaran Nando y Ana.

En la ambulancia, a la altura de los cipreses, casi en el lugar en el que lo habían arrojado, Pedro murió.

Marvin diría más tarde que sus pulmones estaban tan llenos de líquido que, literalmente, se había ahogado.

Ahora tampoco importaba Pedro, o como quiera que se hubiese llamado. Había desaparecido con la misma violencia sofocada que lo había arrastrado hasta el Brazo de la Melancolía. Y ella también.

El hombre sentado a su lado había girado la cabeza hacia

el pasillo, y con este gesto nimio le había regalado una ficción de intimidad, amplificada por el cuadro de la ventanilla y su rotundo paisaje de aire.

Seguían yendo hacia el este, aunque ella no quería pensar en el destino de aquel viaje. En ese momento habría dado todo lo que le quedaba, que era nada, para que una enfermedad o la locura la obligaran a olvidar el presente, a volver atrás en el tiempo, muy atrás, donde no llegaba el recuerdo de Ilse ni del viejo, donde tendría acaso unos pocos meses y un hombre cetrino, de cabello renegrido, la acunaría entre sus brazos mientras una mujer de cuerpo vigoroso descubría su pecho para amamantarla, sonriéndole por entre dos rizos rojos desprendidos de su trenza, perfectos como dos espiras de cobre. Alrededor de ellos todo, quizás, sería también guerra. Tal vez ese hombre y esa mujer no tendrían dónde refugiarse, y les esperaría un destino ya vislumbrado, porque como decía Lanz, si hay algo que se espera en cualquier guerra es la muerte. Pero en ese instante en el que ella quedaría inmovilizada en el recuerdo, por una enfermedad o la locura, la bodega del barco sería todavía un presagio, una historia entre miles de historias posibles en un futuro vacío, tan vacío como el cielo aquel que se embebía de noche, cada vez más vasto, de un azul callado e inmenso, como el fondo de un lago.

FINAL

Flaquita querida,

Te aclaro que si te escribo esta carta, la segunda ya, es porque la anterior, una versión lacónica de agosto, no volvió a mis manos, y si bien eso no significa nada, así como nada me hace presumir que la recibiste, tengo la sensación de que este silencio que obtengo en respuesta es, de algún modo, esperanzador. Que estoy loca pensarás, si es que recibís estas líneas donde sea que estés, y si recibiste las anteriores pensarás además que estoy doblemente loca por haber escrito una carta en tu nombre, nada menos que para Ilse. Si querés mi opinión, creo que Mutti lo sabe todo, pero no quiere admitirlo. Al contrario de Lanz, pobre viejo, a quien ya no le queda otra que saber incluso lo que no quiere. Principalmente lo que no quiere… pero no importa eso ahora. Nando me permitió escribir en tu Remington, y esa máquina odiosa por una vez jugó a favor, porque cuando le di a Mutti tu carta, o sea la mía, ella reconoció de inmediato las "ges" decapitadas y la falta de acentos, dos molestias que me cansé de observar y de las que vos te cansaste de reírte, como siempre.

Al menos esas teclas flojas o rotas crearon un inicio de verosimilitud que no vino para nada mal, dadas las circunstancias…

Te preguntarás, como me pregunto yo, si tiene sentido seguir adelante con esta mentira ruin, si otra carta u otra pretensión de ceguera de parte de Ilse le haría, en definitiva, algún bien. Y Flaquita… no lo sé. ¡Hay tantas cosas que no sé ahora! Miro los operativos en el medio del lago, la expresión inconmovible de Mutti debajo de sus arrugas, tan blanca… No te voy a decir lo que pienso al respecto, vos lo sabés mejor que yo. Mutti es acero puro, el día que esta mujer se muera el mundo entero la va a llorar sin darse cuenta, como la pérdida de un gran secreto.

Así estamos, Klára. Releo el libro que me dejaste en la mesa de luz antes del viaje a Buenos Aires como si de pronto fuese un manuscrito sagrado, y no puedo sacar ninguna conclusión. En realidad sí puedo: no dice nada acerca de dónde estás, o si te vamos a volver a ver.

Me parece que Nando oculta algo, pero no me atrevo a preguntarle. Y las veces que me atreví —naturalmente, a mi modo— me contestó con evasivas discretas. Como aquella pelea entre ustedes la noche de Navidad. Cosas de política, me contestó. Y decía la verdad, pero también mentía. Es decir: había algo más. No te lo quise preguntar a vos en ese momento, y después ya era tarde. De cualquier manera, a esta altura puedo aceptar que hay cuestiones que no admiten ninguna definición: son así.

Pero no te escribo para hacerte perder tiempo con imprecisiones del pasado reciente. Algunas, sin embargo, son inevitables, porque el presente no se entiende sin ellas. Sabrás, en tal caso, perdonarme.

Mi intención es contarte cómo estamos ahora. Los días de la primavera ya se cuelan por la ventana y me asombran, como siempre me asombró la belleza poderosa de la naturaleza en este lugar inhóspito. No puedo creer que hayamos pasado un verano y buena parte del otoño sumergidos —literalmente— en aquella pasta de algas rojas. Ahora aquello parece no haber existido nunca: ni las algas ni esas tardes apretadas del aire, tan sofocantes, tan inmóviles, que hacían dudar si el continente entero no se había desplazado para el otro lado del Pacífico.

Es extraño, qué rápido y eficiente es el olvido, incluso de lo más terrible. Uno asume que es un proceso inevitable sólo para la felicidad, que las buenas memorias se recuerdan menos que las desgraciadas, pero no: se olvida todo.

El estancamiento duró un par de meses más, después de que te fuiste. Bueno, imagino que te fuiste. En realidad voy a hacer de cuenta que lo hiciste, flaquita, porque no me queda otra alternativa, salvo romper esta carta y sentarme a llorar en la orilla del lago, como cuando éramos chicas. Te voy a confesar algo: creo que por primera vez en mi vida prefiero no saber por qué ya no estabas acá cuando Nando y yo volvimos de Buenos Aires. O quizás sí estabas, pero no para mí. ¿Fue Nando el último que te vio, que estuvo con vos? No lo sé. Dudo de él, dudo de las cosas que me cuenta, y más todavía de las que no me dice. ¿Estuvo realmente con vos, en la ciudad, donde le contaste lo que había pasado mientras nosotros no estábamos?

La segunda vez que vinieron tampoco fue amable, pero al menos ya estábamos preparados. Y la tercera… digamos que todavía no se fueron, y que por lo visto no se van a ir hasta que encuentren algo de lo que han venido a buscar, aunque no les sirva de nada. De la primera vez, en cualquier caso, tengo más que nada la impresión de Mutti, y lo que Nando me contó de tu parte… ¿por qué no me esperaste? Es algo que nunca voy a terminar de entender: que hayas hablado con él y no conmigo, que soy tu hermana.

Klára, casi no puedo avanzar sin hacerte preguntas. ¡Es que es tan difícil seguir así, sin un indicio o una certeza!

Ya no hay algas, es verdad, y el lago ha vuelto a ser de ese azul cristalino y helado de antes. Ya no hay monstruo —no en la superficie, al menos— ni peces lívidos muertos en la orilla. Ya no hay más fotos, ni más muestras de agua, y el deterioro de Lanz parece haberse estabilizado en una confusión constante pero más bien serena. Desde hace dos meses, por ejemplo, llama a Mutti, Sashenka, y Mutti le responde con naturalidad, aunque con una mirada muy triste.

Ese nombre empezó allá por la Navidad, ¿te acordás? Entonces Ilse no dijo nada, como si no supiera de qué se trataba. Ahora estoy segura no sólo de que sabe, sino que la regresión de Lanz la lastima de un modo que ninguno de nosotros puede aliviar, porque no lo va a compartir jamás. Vos la conocés. Es más, quizás hasta sepas de qué se trata. Pero no te preocupes, no pretendo que me lo cuentes. Conque te lleguen estas líneas y algún día puedas responderlas, o volver a casa... ¿por qué todo es tan difícil?

Me doy cuenta de que no puedo, sin embargo, criticar a los viejos por sus secretos. Todos nosotros hemos escondido algo. Esta casa, la historia de esta casa y la nuestra, la de este lugar, está herrumbrada por un óxido del que nadie va a hablar jamás. Lo mismo ocurre con los monstruos. Pero como dijo el doctor Guzmán, el paleontólogo del Museo de Ciencias, lo que se hace permeable a la realidad no se recupera para la especulación, por eso nombrar a los monstruos los obliga a una existencia abierta que hasta entonces no tenían, y a uno mismo, a enfrentarlos. La posición, como ves, no es muy cómoda.

Es curioso: mientras ellos aparecían acá y Lanz sufría el ataque definitivo, Nando y yo estábamos en la ciudad, siguiéndoles el rastro...

El viaje sirvió también para hacer las paces con la ciudad, que odié tanto como odié a Víktor en su momento. No me malinterpretes: no pienso volver, pero al menos no me molesta el recuerdo. Elijo este lugar. Alguna vez lo hizo Víktor, y los viejos también, y Nando, y vos, a tu manera, también lo elegiste al no elegirlo. Esta es mi casa, no podría vivir sin estas paredes grises y sin mi escritorio navegante, o el horizonte del lago en la ventana.

No estoy en paz, es cierto, pero estoy más en paz que antes.

Hace tiempo ya que la cama-diván volvió a su sitio, en el piso de arriba. El living se parece ahora, otra vez, al de aquella noche de Navidad, cuando empezó todo. Me acuerdo de tus ojos mientras Mutti contaba un mito popular húngaro o un cuento para niños, brillantes, un poco entrecerrados, como si hubieses querido perderte a propósito... Después me viene a la memoria la imagen del ataque de Lanz, sus ojos inflamados, a Mutti sosteniéndolo para que no cayera al piso, y después, más imprecisa, la de ustedes dos en la cocina.

¡Cuánto me arrepiento de no haberte preguntado!

Nando se ha vuelto impenetrable con respecto a algunas cosas. A muchas, en realidad, pero yo también. Creo que así logramos un equilibrio de silencio que no nos perturba. Hace meses que no dormimos juntos. Esto no agrega nada, lo sé, pero necesitaba decírtelo. Quizás se dio cuenta del embarazo al mismo tiempo que yo, mientras volvíamos de Buenos Aires. Tres veces tuvo que parar el ómnibus en el medio de la nada, para que yo bajara a vomitar. Desde ese día, del modo usual y sobrentendido de siempre —como todo entre nosotros— las cosas cambiaron.

No puedo, aunque quisiera, repetir las bobadas que acostumbran las madres primerizas. Las náuseas se pasaron enseguida, y los cambios ocurren con una espontaneidad que no me sorprende ni me aterra. Mi cuerpo es como el cuerpo de una cierva que asume la preñez que llega luego de la temporada de reproducción. La criatura está ahí, donde el vientre se hincha. Crecerá lo que tenga que crecer. Un día saldrá al mundo, y al igual que la cierva, la lameré con esa fruición concentrada de las hembras, y no me importará nada más. Sé que va a ser así. Sé también que Nando va a estar cerca, y que eso será todo.

Tal vez vos te diste cuenta, antes incluso de que me diera cuenta yo. Cuando éramos chicas yo pensaba que podía convencerte con mis razonamientos, que podía rellenar esos recuerdos vacíos para las dos como quien rellena muñecos de tela con alpiste, con explicaciones más o menos plausibles, datos más o menos verosímiles. Insistí en las cuestiones de la naturaleza porque es más difícil negarlas, no porque resulte más fácil admitirlas, pero en el fondo siempre sospeché que, a través de las costuras, veías el miriñaque deslucido de ese vestido impecable que es la satisfacción.

Me pregunto si, como entonces, lo adivinaste inintencionadamente, porque cuando éramos chicas te esforzabas por creer en mí.

Pero me faltan piezas. Siempre faltan piezas. Es el principio de indeterminación: cuando se consigue aprehender un rasgo, el otro se evapora. Es una tarea imposible, jugar a un juego al que le faltan piezas todo el tiempo; un poco aquel críquet de Alicia con los flamencos de palos y los armadillos de pelotas. Supongo que son las reglas de la física, y en consecuencia las del universo, y hay que aceptarlas sin protestar. Jugar, vaticinar la forma que no se consigue precisar, adivinarla o bien olvidarla y jugar sin ella. Prescindir de ella. Vivir en comunión con los agujeros. No me hagas caso.

Acá, a mi lado, Ilse vuelve a la carga con las preguntas: que si ha escrito Klára, que quién se ocupa de la garrafa de gas. Hace unos minutos, antes de que empezara a escribirte, dijo que los de la Prefectura se morirían de frío si bajaban al lago, pero lo dijo pensando en el monstruo, y yo también pensé en el monstruo.

Volví a verlo el mismo día que moría el verano. Verlo es una manera de decir: otra vez, no sé qué vi exactamente, pero lo que sí sé es que la diferencia entre aquella noche en el medio del lago y esta es que ya no me importaba la exactitud. Ni siquiera me importaba realmente verlo como se ven las cosas en la naturaleza. Como lo veía Víktor. Ya no me importaba. Fue, diría yo, una especie de despedida privada, apropiada para nuestro romance escarpado y de tantos años.

¿Cuándo sería la próxima vez? ¿Habría una próxima vez? ¿En qué año? ¿De qué ciclo oculto dependería? Esas preguntas, en cualquier caso, me interesaban más que su verdadera forma. En otras palabras: ya no era un monstruo, sino la criatura de Guzmán. Tenía un nombre —que podía o no corresponderle— pero nombre al fin, una identidad que Guzmán había pensado para él, una historia, un color, un aspecto posible, incluso una evolución en la Tierra. El resto de los detalles los había imaginado yo, aplicando todas las probabilidades, la razón, las pruebas indirectas. Los mitos y las leyendas más antiguas coronaron ese nombre que mi padre no se había atrevido a pensar, más por respeto a la naturaleza del hombre que a la de la criatura.

Era 21 de marzo, último día del Fin del Mundo, según las profecías milenaristas, y el equinoccio de otoño: ese día y esa noche habrían de durar lo mismo en todo el planeta. No era una señal menor.

Poco tiempo antes habíamos enterrado a Pedro en las profundidades del lago sobre la barranca izquierda. Enterrado también es una manera de decir. En ese mismo lugar yo remaba sin hacer ruido sobre el tapiz calmo de la superficie. Inclinada por sobre el borde, escudriñaba esas vísceras de agua enrojecida, esperando ver el cuerpo de Pedro flotando todavía allá abajo, de cara al cielo, suspendido por un encaje de algas que lo mantendría así, levitando, como atrapado en una tela de araña o un puñado de venas sin cuerpo. Caía el sol del equinoccio en el aire morado, y las algas transformaban poco a poco el lago en un cuenco negro. Y entonces supe que había pasado otra vez. Había ocurrido a mis espaldas, no muy lejos del bote, y cuando volví a oír ese sonido de submarino que se hundía, de algo que abrevaba del lago desde adentro, ya era tarde, y la última huella del remolino generado por el movimiento se apagaba con un rumor de burbuja.

Pero esta vez busqué los testigos que tenía más cerca. Los

árboles de la orilla miraban el lugar de la aparición, deslumbrantes de verde, con la savia agolpada en la cara, arrebolados como niños espiando por la rendija de una puerta. Los troncos espectrales de la lengas formaban una vanguardia extravagante y delgada; detrás, los troncos enfermos de los arrayanes, los ñires con su humildad de tullidos, las matas rojas de las mitrarias, las lágrimas del amancay, los cipreses llenos de hongos y de plantas parásitas cubriéndoles las ramas, debilitándolos con su cabellera de flores... era el ejército entero de la naturaleza teñido por los colores del descubrimiento.

Entonces, por puro instinto, o como si Pedro desde el fondo me hubiese llamado a gritos, miré hacia abajo una vez más, donde los colores nítidos del aire se habían transformado en una fosforescencia de algas, y vi una silueta oscura a contraluz del resplandor que emanaba del agua, una sombra negra, ahusada, que cruzó por debajo del bote con la velocidad de una orca.

No sé si lo vi en realidad. Si fue una rama, el producto de residuos o reflejos, de mi propia necesidad, o una criatura común amplificada por la urgencia, tampoco puedo saberlo, y quizás no lo sepa nunca. Lo que vi, en todo caso, fue una fosforescencia quebrada, algo que eclipsó por un instante aquel brillo extraordinario, y desapareció en la profundidad, en dirección a la barranca.

El muro sumergido de la barranca... Me pregunto si habría ido a refugiarse en las cuevas iridiscentes de las que hablaba Guzmán. Desde entonces no puedo evitar imaginarme la base de estas montañas como una gran esponja petrificada, cubierta por una brea de fauna muerta hace millones de años. Un lecho prehistórico, percudido por el silencio y el aire, donde también habita el cuero sigiloso de los indios, y las ovejas sacrificadas al borde del lago. Y Pedro.

Sé que hiciste todo lo posible, y que habría muerto tarde

o temprano, que es un período lo suficientemente vago y elástico como para que nadie lo tome en cuenta. Todos nos vamos a morir, tarde o temprano, y Pedro no era la excepción. Hubiera preferido, sin embargo, que su muerte dependiera de mí. Es un sentimiento horrible; en mi caso, por desgracia, tiene que ver con el amor.

Pero al menos sé dónde está, porque pude decidir dónde sepultarlo. Fue una noche rara la del entierro de Pedro —yo insisto, por costumbre, en llamar entierro a lo que debería ser más bien naufragio— aunque es cierto que el verano se había extendido más allá de sus límites, tan arbitrario como había comenzado el año. Una noche calurosa, con un cielo azabache que contradecía la luna, radiante como nunca. Por eso —gracias a esa luna de escaparate— pudimos ver su piel azularse más que la muerte cuando tocó el agua, con una lividez que no recuerdo haber visto antes, salvo en esos instantes finales en los que el crepúsculo parece una magulladura vieja.

Como a los vikingos navegantes que morían después de una vida de pesares, lo deslizamos de cabeza en el agua negra, amarrado a una balsa cargada con cuatro piedras grandes, formando una cruz externa a su cuerpo (los que morían de una vida feliz, dicen, debían entrar con los pies primero, al revés del parto, para cerrar correctamente el ciclo de su vida). Pudimos haberle prendido fuego a la balsa para semejar el funeral completo, pero habría sido demasiado peligroso: no teníamos más alternativa que un hundimiento discreto. Tampoco habríamos podido enterrarlo en el bosque, donde la tierra y los animales se deshacen al unísono de los secretos.

La tierra expele, el agua cubre: ese antiguo dicho de los indios es uno de los tantos que están escritos en las cuevas, al lado de las pinturas rupestres.

Así es, flaquita: el nuestro es un cementerio particular. ¿Te contaron alguna vez la teoría del fondo del lago? Es interesante: dicen que el fondo real no se conoce, que las capas de bosques sepultados uno encima de otro ocultan la cuña final. Dicen que hay ciertos sectores en donde se pierde la señal de los sonares, como si la base se continuara a través de la tierra. Las veces que escuché a Lanz reírse como loco de estas ideas… Pero te aseguro que el desnivel brutal de la barranca izquierda posee algo de ese tenebroso sinfín de la teoría.

Tengo la impresión de que nada de lo que caiga de ese lado va a hallarse nunca. Que nada que viva en ese fondo puede ser descubierto. Aunque no soy devota de estas tonterías, estoy empezando a considerar que esta parte del lago conecta con la Antípoda, como decía Lanz, y que del otro lado del mundo estamos todos patas para arriba, imágenes especulares de nosotros mismos, sobrevolados por un monstruo que vuela libremente por el cielo.

A veces me pregunto en cuál de los fondos disimulados de esta morgue está Víktor, intacto, preservado por el frío. En cuál de estos pliegues que si se desdoblaran, mostrarían el más insospechado cadáver exquisito, compuesto por cuerpos que no tienen nada que ver el uno con el otro, aunque sólo en apariencia: los une justamente el fondo, y un hilo común de desdicha, de obsesión, de persecuciones. Cuántos, como Pedro, se hallarán allá abajo, en la pasta negra de los bosques, entrelazados, como en las fosas de las que habla Lanz desde hace meses. Cuántos monstruos desdichados. Si saldrán a la luz algún día.

●

AGRADECIMIENTOS

A Luis Cappozzo y a Fernando Novas, del Museo Argentino de Ciencias Naturales "Bernardino Rivadavia", por prestarse al juego de armar una teoría sobre la base de evidencias inventadas por mí, puramente funcionales a la ficción.

Al Museo de la Patagonia de Bariloche, que me abrió una tarde las puertas para recrear aquella monumental expedición de 1922.

A Walter Rodríguez, periodista del diario *Río Negro*, y a la gente del Archivo, que me permitieron revolver los ficheros del monstruo.

A todos los que acompañaron la escritura de esta novela, enriqueciéndola con sus comentarios, sugerencias y correcciones. Son muchos, y muy queridos.

ÍNDICE